Feldhaus

Echt am Limit!

Zwei Katastrophen in einem Band

Der vorliegende Doppelband enthält die Bücher
›Echt fertig!‹ und ›Echt durchgeknallt!‹

Hans-Jürgen Feldhaus, geboren 1966 in Ahaus (Westf.), studierte nach einer Lithografen-Ausbildung Grafikdesign in Münster. Dann hat er angefangen, Bücher zu illustrieren: Kinderbücher, Jugendbücher, Schulbücher ... jahrelang! Bis dann eines Tages ein Junge namens Jan Hensen quer durch seine Birne spazierte. Und der hat dann zu dem Feldhaus gesagt: »So! Du schreibst jetzt einen Roman! Einen über mich. Ich erzähle, du schreibst! Und ein paar Bilder müssen auch rein. Die machst du dann noch schnell. – Hau rein!«
Feldhaus haute rein, schrieb und machte. Und am Ende sind's dann sogar vier Romane geworden, nicht nur einer. Weil dieser Jan Hensen echt viel zu erzählen hatte.

FELDHAUS

ECHT AM LIMIT!

dtv

Ausführliche Informationen über
unsere Autoren und Bücher
www.dtv.de

Von Hans-Jürgen Feldhaus sind außerdem bei dtv junior lieferbar:
Echt abgefahren!
Echt krank!
Echt fertig!
Echt durchgeknallt!
Echt fett! – Zwei Katastrophen in einem Band

MIX
Papier aus verantwortungsvollen Quellen
FSC® C019821
www.fsc.org

Ungekürzte Ausgabe
2016 dtv Verlagsgesellschaft mbH & Co. KG, München

Umschlag- und Innengestaltung: Hans-Jürgen Feldhaus
Gesetzt aus der Thesis, Schriftenfamilie: TheSans
Satz: Hans-Jürgen Feldhaus
Gesamtherstellung: Druckerei C.H.Beck, Nördlingen
Gedruckt auf säurefreiem, chlorfrei gebleichtem Papier
Printed in Germany · ISBN 978-3-423-71711-3

ECHT FERTIG!
COMIC DRAMA!
iPAD
FÜNF VOR ZWÖLF
NULL EMPFANG
FALSCH!
JUSTUS BLOCH
ARSCH
WELTNEUHEIT!!!
SEIN ODER ...
... NICHT SEIN!
KEINE FRAGE!
TICK
OBERARM! (HAMMER-WORTSPIEL)
EXTREM ORIGINELL!
NADINE MÜLLER
DAS LEBEN KÖNNTE SCHÖN SEIN
PRÜFEN UND STREICHEN (ALSO EINS VON BEIDEN)
ECHTE(R)
FREUND(IN)
ICH...
... UND DU
... MÜLLERS KUH!
UNBRAUCHBAR
BRAUCHBAR!
AMOR, LIEBESGOTT. (BLINDFISCH!)
HOMETASTE LESS!

Für Andrea P.

LEBEN UND *leben* IN HAMBURG

THEMA VON DER SCHULPROJEKTWOCHE

... UND: FASZINIERENDES WORTSPIEL

~~AUFSATZ~~ VON
~~NIEDERSCHRIFT~~
~~AUSKUNFT~~
~~NIEDERKUNFT~~
~~ECHTE SCHEISSARBEIT~~

PROTOKOLL!
JAN HENSEN

PROTOKOLLFÜHRER FÜR DAS TEAM:

JAN HENSEN

JUSTUS BLOCH

NADINE MÜLLER

LENA SENGER

Protokolleintrag Nr. 1 – Freitag, 13:29 Uhr

Ab Montag beginnt die Projektwoche unserer Schule und das Thema dieser Projektwoche unserer Schule lautet *Leben und leben in Hamburg* und ich bin ein Projektwochenteamprotokollführer und …

… *dies* hier ist so ziemlich der bescheuertste erste Satz, den je ein Mensch seit Anbeginn der Zeitrechnung für ein Buch überhaupt geschrieben hat und …

… PUNKT!

… und nur mal so für den Fall, dass du dich tatsächlich bis zu dieser Seite dieses Buches durchgebissen hast: Das hier ist wirklich die totale Zeitverschwendung!

Das Ding ist, ich schreib diesen Müll sogar freiwillig! Für Lena! Lena Senger! Lena und ich sind jetzt zusammen. Also in einem Team jetzt! Erst mal nur. Aber später dann *richtig*. Lena und ich – ein Team! Für immer!

Das Leben ist schön!

… *das* ist mal ein Satz. *So* müssen Bücher anfangen! *Das Leben ist schön!* Da hat man doch gleich viel mehr Lust weiterzulesen.

Dass das Leben schön ist, weiß ich seit heute Morgen. Da kam Frau Kaulingfrecks mit einer komplett versteinerten Miene ins Klassenzimmer geschritten und verkündete sehr ernst: »Kinder! Ab Montag, Punkt acht, beginnt der 3. Weltkrieg! Wir werden alle sterben!«

Das hat sie natürlich nicht wirklich gesagt. Aber das, was sie wirklich gesagt hat, hat sie genauso locker gesagt wie beispielsweise eben ein NATO-Viersterne-General, der seinen Soldaten mal eben mitteilen muss, dass es nächste Woche ordentlich Stress mit irgendeiner Großmacht gibt und dass sie deshalb alle die Löffel abgeben werden.

Gesagt hat sie in Wirklichkeit: »Kinder! Am Montag, Punkt 8, geht's los. Die Projektwoche steht vor der Tür! Seid bereit!« Da wusste jeder: Die Lage ist ernst und Frau Kaulingfrecks nicht zu Scherzen aufgelegt. Weil: *Projektwoche!* Das bedeutet Chaos. Ausnahmezustand. Die Lahmlegung von Schulzeiten, Schulregeln. Praktisch gesehen: die Zerstörung des kompletten Schulsystems! – Ich bin mir eigentlich ziemlich sicher, dass Frau Kaulingfrecks das so sieht und ein paar andere Lehrer sehr wahrscheinlich auch.

Ich sehe das so, dass sämtliche Schüler einer Schule dazu gezwungen werden, eine Woche lang kreativ zu sein. Vorher wird ihnen noch ein unfassbar originelles Motto vor die Füße geworfen und dann heißt es: Mach mal! Saug dir was aus den Fingern! Sei kreativ! Eine Woche lang! ... du *Schüler*!

Im letzten Jahr hieß das unfassbar originelle Motto: *Zukunft macht Schule.* – Das war zwar genauso behämmert wie *Leben und* ***leben*** *in Hamburg*, aber immerhin konnte man sich da noch auf das Wort *Zukunft* stürzen. Und da haben dann auch alle Raumschiffe aus Pappmaché zusammengematscht oder Roboter aus Schrott zusammengekloppt, die eine Sache perfekt draufhatten: Umfallen, wenn man sie anguckt.

Innerhalb einer Woche wurde die komplette Schule mit dem Krempel zugehauen. Und am Ende sah die Schule aus wie eine Raumstation für echt schwererziehbare Alien-Kinder, die immer irgendwie mit Bastelarbeiten beschäftigt werden müssen, weil sie sich sonst immer gegenseitig die Köpfe abbeißen.

Ich wüsste ja gern, wer die *Projektwoche* erfunden hat. Also wer auf diesem Planeten zum allerersten Mal auf die wahnsinnig originelle Idee kam, Projektwochen an Schulen einzuführen.

... eine Kunstlehrerin vielleicht. So eine mit Holzkugelkette um den Hals und mit Doppelnamen auch noch. Frau *Müller-Thurgau* oder so ... was weiß ich. *Was* ich weiß, ist, dass Frau Müller-Thurgau heute aller Wahrscheinlichkeit nach in einem 23 Meter tiefen Erdloch in Afghanistan versteckt leben muss. Weil sie nicht vernünftig nachgedacht hat. Weil sie nicht auf dem Schirm hatte, dass es beispielsweise in Hamburg eine Klassenlehrerin einer 7a gibt, die Projektwochen leidenschaftlich hasst. – Frau Kaulingfrecks!

Weil wenn *die* wüsste, dass Frau Müller-Thurgau zurzeit in einem 23 Meter tiefen Erdloch in Afghanistan hockt, die würde auf der Stelle hinfahren. Mit einem Kipplaster, der voll beladen ist. Mit zusammengematschten Raumschiffen und Schrottrobotern, die super umfallen können. Und dann würde Frau Kaulingfrecks den Kipplaster direkt vor Frau Müller-Thurgaus Erdloch parken und den ganzen Krempel darin abladen ... zusammen mit ein paar echt schwererziehbaren Alien-Kindern, für den Fall, dass Frau Kaulingfrecks auf dem Weg nach Afghanistan welche gefunden haben würde.

»Kinder! Am Montag, Punkt 8, geht's los. Die Projektwoche steht vor der Tür! Seid bereit!«

Wirklich *jeder* wusste heute Morgen, dass die Lage ernst und Frau Kaulingfrecks nicht zu Scherzen aufgelegt ist! *Jeder!* ... außer Cemal! Der zeigt auf und haut gleichzeitig raus: **»Äy – voll krass – äy, Frau Kaulingleiste! Wie lange steht da schon rum, der Projektwoch vor Tür? Soll isch rausgeh'n und scheiss Projektwoch sag'n: »Du kumms hier nisch rein, äy?! – Sack ja und isch mach!«**

Da brüllten dann alle vor Lachen, aber alle waren dann auch echt gespannt, welches Strafmaß Cemal diesmal von Frau Kaulingfrecks zu erwarten haben würde. Wäre ja schließlich nicht das erste Mal, dass Cemal mit seinen eingespielten Türsteher-Nummern unserer Vollblutdeutschlehrerin voll auf die Nerven geht.

Und echt erstaunlich war dann, dass Frau Kaulingfrecks einfach nur stöhnte: »Ach, Cemal! Heute so ***ganz*** besonders geistreich. – Teletubby gefrühstückt … ***oder was – äy***?!«

Da lag die Klasse dann komplett am Boden. Außer Cemal, versteht sich. Man darf die Kaulingfrecks einfach auch nicht unterschätzen. Das ist sein Problem, dass er's immer wieder tut.

Jedenfalls: Cemal schwieg und die übrige Klasse dann auch irgendwann wieder und Vier-Sterne-General Kaulingfrecks wiederholte ernst: »Projektwoche! Montag ist es wieder so weit. Und ihr wisst, was das heißt! Die Klassenverbände werden gesprengt und ...«

»Äy, will isch gesprengt werden, oder was, äy?! Will isch ganz klar nisch, äy!«, ballerte Cemal dann wieder fröhlich los, gut erholt von dem letzten Gegentreffer.

»Cemal Yildirim! Noch *ein* Spruch und du gehst vor die Tür!«, warnte Frau Kaulingfrecks ihn jetzt.

»Äy – geht nisch, Frau Kaugummi, da steht schon Scheissprojektwoch rum!«, nahm Cemal die Warnung nicht ernst und ...

... dann wartete Frau Kaulingfrecks, bis Cemal die Klassentür von außen zumachte, und fuhr viersterne-generalmäßig ernst fort: »Projektwoche! Zu diesem Zwecke werden sämtliche Klassen unserer Schule aufgelöst. Überlegt euch gut, was ihr zu dem diesjährigen Motto dieser ... ***kreativen Veranstaltung*** beitragen wollt. Besprecht euch auch mit den Schülern anderer Klassen. Bildet kleine Arbeitsteams.«

Und dann impfte sie uns noch ein, dass wir ***niemals*** vergessen sollten, dass dies eine Schule ist und kein Freizeitpark und ...

... und was Frau Kaulingfrecks uns sonst noch so alles eingeimpft hat, kann ich nun wirklich nicht mehr genau sagen, weil ab *Bildet kleine Arbeitsteams* habe ich eh nicht mehr ordentlich zugehört. Weil ab *Bildet kleine Arbeitsteams* konnte ich nur noch eins supersonnenklar denken: Das Leben ist schön! Oder wird es sein. Zusammen mit Lena Senger. Für eine Woche in einem Team. Und dann für immer! Ich und Lena. Lena und ich – ein Team!

Und jetzt gab es auch nur noch ein *klitzekleines* Problemchen: Lena Senger wusste noch nicht, dass das Leben schön sein wird.

Also sehr wahrscheinlich wusste sie es schon, aber was sie eben zu diesem Zeitpunkt noch nicht wusste: dass ich unbedingt in ihr Team wollte. Woher auch? Lena weiß praktisch gesehen nichts von mir. Außer meinen Namen vielleicht. Weil wir auch sehr wenig miteinander zu tun haben. Praktisch gesehen haben wir *gar nichts* miteinander zu tun. Bisher war das so. Aber das wird sich alles ändern. Ab nächste Woche wird es sich das. Also ändern! In der Projektwoche! – **Das Leben ist schön!**

Gesegnet seist du, Frau Müller-Thurgau, du Schöpferin der göttlichen Schulprojektwochen ... da in deinem afghanischen Erdloch!

Eintrag 2 – Sonntag, 23:20 Uhr

Ich habe nachgedacht! Gerade eben noch mal im Bett! Und dann musste ich gerade eben noch mal wieder aufstehen und mich an meinen Schreibtisch setzen.

Weil, keine Ahnung, ob dir das auch schon irgendwie aufgefallen ist: Aber zum Thema *Projektwoche* steht hier bisher nix Brauchbares drin. Was ein bisschen blöd ist, weil morgen früh geht's ja los mit der Projektwoche und vorher ist noch *Teamgruppenprojektideenbesprechung*, bei der die erste halbe Stunde dabei draufgehen dürfte, den Namen dieser bescheuerten Veranstaltung vernünftig auszusprechen. Und danach sollen dann eben alle Teams ihre Hammerideen raushauen, die sie sich zu dem Projektthema aus den Fingern gelutscht haben. Im Falle unseres Teams mithilfe eines Protokolls ... geschrieben vom *Protokollführer* ... der in jedem Fall dooferweise *Jan Hensen* heißt.

... es ist wirklich unfassbar, dass ich mich *freiwillig* zu dieser Mörderarbeit gemeldet habe. Ich, ein Protokollführer. Das ist Wahnsinn, ist das.

Aber du musst mir glauben: Es ging nicht anders. Ich *musste* mich freiwillig melden. Es ging schließlich um unser Team. *Teamgeist* ist wichtig. Da muss man eben auch manchmal Opfer bringen.

… na ja, und außerdem wäre ich sehr wahrscheinlich auch erst gar nicht reingekommen in *unser* Team, wenn ich nicht voll einen auf Opfer gemacht hätte.

Die Sache war die: Als Frau Kaulingfrecks mit ihrer *Kriegserklärung* durch war, atmete sie noch mal NATO-viersterne-generalmäßig schwer durch und stöhnte uns an: »Das Projektwochen-Motto hängt ja schon eine Weile aus. *Leben und* ***leben*** *in Hamburg*. Hat denn schon jemand eine Idee zu diesem … … … ***außergewöhnlich originellen*** Titel?«

Und da ging in der ersten Reihe ein wundergleich zarter Zeigefinger in die Höhe. Nämlich der von Lena Senger und die sagte dann: »Ja, wir haben uns schon etwas überlegt. Nadine und ich. Wir werden eine superschöne PowerPoint-Präsentation in dieser Woche machen. Mit einer superspannenden Reportage über das Leben in Hamburg. Über die Menschen und ihre Berufe. Das wird superschön.«

»Ach du Scheiße! Wie langweilig ist das denn?!«, nuschelt mich da mein Kumpel Gerrit von der linken Seite an und: »Superschön: Gleich kotz ich!«, nuschelt es von der rechten Seite total begeistert rüber. – Sebastian. Auch ein Kumpel von mir.

Und ich selber nuschle gar nichts, denke aber auch, dass das so ziemlich die dämlichste Idee ist, von der ich in den letzten 13 Jahren überhaupt gehört habe, und dann zeige ich auf und spreche in den Klassenraum: **»Superschön! Dieselbe Idee hatte ich auch! Ich bin dabei!«**

Und da glotzen mich Gerrit und Sebastian sehr verwundert an. – *Jan Hensen*: der Meister im Grenznotenschreiben, der Gratwanderer der Versetzung, der Anti-Schüler! *Dieser* Jan Hensen soll eine Idee gehabt haben?!? Und dann noch so eine, von der man vorher weiß, dass sie unfassbar viel Arbeit bedeutet?!?

Die beiden glotzen mich also extrem verwundert an und mit ihnen die ganze Klasse … einschließlich Klassenlehrerin Kaulingfrecks.

Das hat mich dann schon ein bisschen geärgert, aber was sollte ich tun?! Ich konnte ja schlecht sagen, dass ich auf jeden Fall in Lenas Team will – ganz egal, *wie* dämlich die Idee ist, die sie sich da mit ihrer verzickten Bestfreundin Nadine ausgedacht hat.

Jedenfalls – Frau Kaulingfrecks meinte dann, als sie fertig mit Glotzen war: »Fein, Jan! Dann gehst du in das Team von Lena und Nadine. Das macht Sinn!«

›Ja, das macht ***extrem*** viel Sinn!‹, denke ich überglücklich.

»Nein, es macht ***überhaupt keinen*** Sinn!«, widerspricht da plötzlich Lenas Nachbarin doof. – Nadine Müller, die Kuh!

Und die widerspricht dann auch weiter: »Der Hensen soll woanders reingehen. Der bringt uns nichts. Außerdem sind wir schon komplett. Der Justus Bloch aus der 7c ist auch dabei.«

»Da seid ihr dann aber nur zu dritt«, legt Frau Kaulingfrecks für mich super vor und ich lege schlau nach: »Ganz genau. *Zu dritt* ist zu wenig. Es müssen *vier* sein. *Vier* Schüler pro Team. Mindestens! Stand alles im Aushang.«

»Wir nehmen den Lehmann noch dazu! Das sind dann *fast* vier!«, rechnet Nadine zusammen und tippt auf den Kopf von dem kleinen Hendrik Lehmann neben sich rum.

»Ich will aber nicht!«, quäkt Hendrik Lehmann. »Das Thema interessiert mich einfach nicht.«

***»Mich* aber!«**, gebe ich noch mal alles. »Mich interessiert das mit ... den Jobs ... und den Dings ... den *Menschen* eben ... die noch leben ... also hier in Hamburg ... in PowerPoint alles. Superidee!«

Da guckt mich die Kaulingfrecks erst noch mal ordentlich verwundert an und sagt dann aber zu Lena und Nadine: »Also, wie sieht's aus, meine Damen?«

Die Damen stecken dann noch mal kurz die Köpfe zusammen, tuscheln und kichern ein bisschen, nicken sich zu und dann dreht Nadine Müller sich zu mir rum und sagt: »Okay, du bist drin! Aber du schreibst das Protokoll!«

»Welches Protokoll?«, fragt Frau Kaulingfrecks. »Das wird doch gar nicht verlangt.«

»Von *uns* schon!«, erklärt die Müller. »Wir brauchen es unbedingt für unsere *P.P.P.* – also PowerPoint-Präsentation eben. Für die Fotos und so weiter. Das muss doch alles kommentiert werden.«

»Ah ja«, sagt die Kaulingfrecks da nur noch und dann glotzt sie mich wieder an. Wie alle anderen auch. Ich kann da förmlich in ihren extrem gespannten Gesichtern ablesen, dass sie jetzt alle nur noch eine Frage beschäftigt: *Wie wird Jan Hensen – Held der Arbeitsvermeidung – sich entscheiden?*

»... ... ... gnnng ... ...«, entscheide ich mich. Die Kuh Müller hatte mich in der Hand. Und die Lena auch ein bisschen. Sie wussten beide, dass ich unbedingt in ihr Team wollte. Auch wenn sie nicht wussten, warum wirklich, aber dass ich unbedingt reinwollte, wussten sie eben.

Die komplette Klasse guckt also gespannt zu, wie ich den Mund langsam öffne, und da kommt dann raus: »J... ... ja klar! Ich mach das! ... *sehr* gerne!«

»**Ein Wunder!** ... äh ... ich meine: Jan! Das ist ganz *wunderbar* und sehr lobens...«, will Frau Kaulingfrecks irgendwas Lobenswertes über mich sagen und dann kommt sie aber nicht weiter damit, weil da nämlich plötzlich Cemal Yildirim durch die geschlossene Tür brüllt: **»SAG MAL, HENSEN! HAST DU EIGENTLICH NOCH ALLE LATTEN AM ZAUN? WAS IST LOS MIT DIR?«**

Schon möglich, dass Frau Kaulingfrecks sogar so was Ähnliches im Kopf hatte. Was dafür spricht, ist, dass sie dann auch herzlich lachen musste. Zusammen mit der kompletten Klasse. Aus den Fenstern hätten sie alle springen können vor lauter *Herzlich-Lachen* ... auf *meine* Kosten.

Was mir dann aber ganz ehrlich komplett egal war. Weil: Ich hatte es geschafft! Ich war in Lenas Team. Und darüber habe ich mich dann eben sehr gefreut. So sehr, dass ich dann auch aus dem Fenster hätte springen können ... vor lauter Freude!

Cemal durfte dann übrigens wieder reinkommen, was er dann aber gar nicht machte, weil es dann eh geklingelt hat und alle dann raus auf den Schulhof sind.

»Ganz im Ernst, Hensen«, haut Kumpel Cemal mich da noch mal an. »Der Schrank, in dem dir ein paar Tassen fehlen, ist praktisch nicht vorhanden, oder?«

»Yep! Total bescheuert!«, meint dann auch Sebastian.

»Und dann auch noch so ein fürchterlich uninteressantes Thema!«, quäkt der kleine Hendrik mich von unten an.

»Hensen! **Jan! Freund!** Das ist die Projektwoche, Mann! Eine *Extrawoche* Ferien! Warum tust du dir das an? Warum denn nur??? Warum???«, wirft dann auch noch Gerrit fassungslos in die Runde und dann ...

... steht plötzlich Lena in unserer Runde. Lena Senger! Meine *Teamgefährtin*!

»Äy Lönaaaaa! Isch lieb disch, äy«, switcht Cemal dann wieder in seinen Dönersprachmodus um. **»Isch will disch heiraten, äy. Mein Vatär gibt dein Vatär tausend und eins Kamele und dann können wir!«**

Da lachen dann alle total bescheuert und ich dann auch mit, weil das wär ja auch sofort aufgeflogen, wenn ich nicht über Cemals albernes Witzchen gelacht hätte. Da hätte ja jeder sofort gemerkt, dass ich Lena irgendwie echt gut finde ...

... und dass ich mir irgendwie ernsthaft vorstellen kann, sie irgendwann auch zu heiraten.
... in fünf Jahren oder so.
Hat ja auch alles noch
ein bisschen Zeit!

Alle lachen also. Außer Lena selbst natürlich. Die lacht nicht und sagt zu Cemal nur: »Superwitzig, Yildirim!« Und dann guckt sie mich mit ihren wunderschönen blauen Augen an und sagt: »Das Protokoll, Jan! Das wär ganz gut, wenn du bis Montag schon ein paar Sätze schreiben könntest. Kannst du ja ein bisschen zusammenfassen, was Nadine und ich eben alles schon erklärt haben.«

»Hä, hä! Ihr habt was erklärt? Was denn?«, mache ich dann einen auf total bescheuert supercool und tue so, als wüsste ich gar nicht, worum es geht.

Was ich in dem Moment echt perfekt draufhabe, weil ich brauche nicht mal so zu tun als ob, weil ich wirklich nicht den blassesten Schimmer habe, was Lena und Nadine vorhin im Unterricht *noch* alles so erklärt haben. Da war ich irgendwie nicht anwesend, mit den Gedanken woanders eben, nicht voll da also.

Und dann tue ich aber so, als wüsste ich natürlich ganz genau, worum es geht, und sage cool: »Keine Sorge, Lena. Ich mach das schon! Hä, hä!«

»Bis Montag, ja?!«

»Ja klar bis Montag! Das krieg ich hin. Hä, hä!«

… *Häää, häää!* Einen Scheiß krieg ich hin! Jedenfalls nicht bis Montag. Genau genommen haben wir den nämlich schon, den Montag. Seit fünf Minuten. Montag. Heute also. Um fünf nach zwölf. *Mitternacht*. Da krieg ich einen Scheiß noch hin. Ich weiß ja nicht mal, worum es eigentlich geht. … also irgendwie natürlich schon. Aber das reicht aller Wahrscheinlichkeit nach nicht ganz aus, wenn ich morgen – also *heute*, gleich in 7 Stunden und 55 Minuten – vorlese: »Ich weiß irgendwie, worum es geht … Punkt!«

Aber egal! Ich krieg das schon irgendwie hin. Irgendwas fällt mir da schon noch ein. ... das mach ich doch im Schlaf! ... Eintrag Ende! ... Gute Nacht!

GROSSARTIG!
EINMALIG!!
UNERREICHT!!!

31 GANZE SEITEN GENIAL AM THEMA VORBEIGESCHRIEBEN!

Eintrag 3 – Montag, 12:33 Uhr

Fürs Protokoll: Heute Morgen, Punkt acht, fanden sich mehrere Teams jeweils in einer Gruppe zusammen für die *Teamgruppenprojektideenbesprechung* und in dieser *Teamgruppenprojektideenbesprechung* hat jedes Team seine Ideen vorgestellt, welche dann besprochen wurden, und ...

... noch so ein Satz und ich krieg den Nobelpreis für Literatur!

Jedenfalls: Heute Morgen haben sich mehrere Teams in jeweils einer Gruppe getroffen und dann wurde viel gequatscht. Mit Gruppenleiter auch noch, damit nicht alle durcheinanderquatschen. Die Gruppenleiter sind in der Regel Lehrer.

... oder so welche, die mal vollständige *Lehrkörper* werden wollen. Die nennt man dann *Referendare* und genau so einer ist unser Gruppenleiter. Ein *Referendar.* Und der heißt Gero *Preobratschinnsky* ... oder so ähnlich. Der ist noch ganz besessen von dem Job als Lehrer. Macht einen auf *total locker,* springt bei jedem Satz rum wie ein Hampelmann und alle dürfen ihn duzen. Was irgendwie auch Sinn macht, weil seinen Nachnamen kann eh keiner vernünftig aussprechen.

Jedenfalls: Wir – heute Morgen – auf dieser Besprechung – und der Gero brüllt dann total locker in den Klassenraum: **»Hey *Kids*! Ich bin ja so gespannt auf eure coolen Ideen für die Projektwoche. – Fangen wir doch mal mit euch an«,**

... und strampelt mit seinen Armen Richtung Team von meinen Kumpels Gerrit, Sebastian, Hendrik und Cemal und *der* dönert zurück: »Äy, Herr Prebrratz, wir haben superschön extremgeil coole Idee für das Projecktwoch. Is aber noch ...«

»Nenn mich doch bitte *Gero*. Das ist einfacher, Kenan«, unterbricht Gero Cemal.

Und Cemal zurück: »Alles klar, *Günther*!«

Und Gero dann wieder: »*Gero*! Nicht *Günther*, Kenan.«

»Und isch binn coole *Cemal*, nicht scheiß *Kenan*, ... Günther!«, meint Cemal zu Gero dann noch mal und dann ...

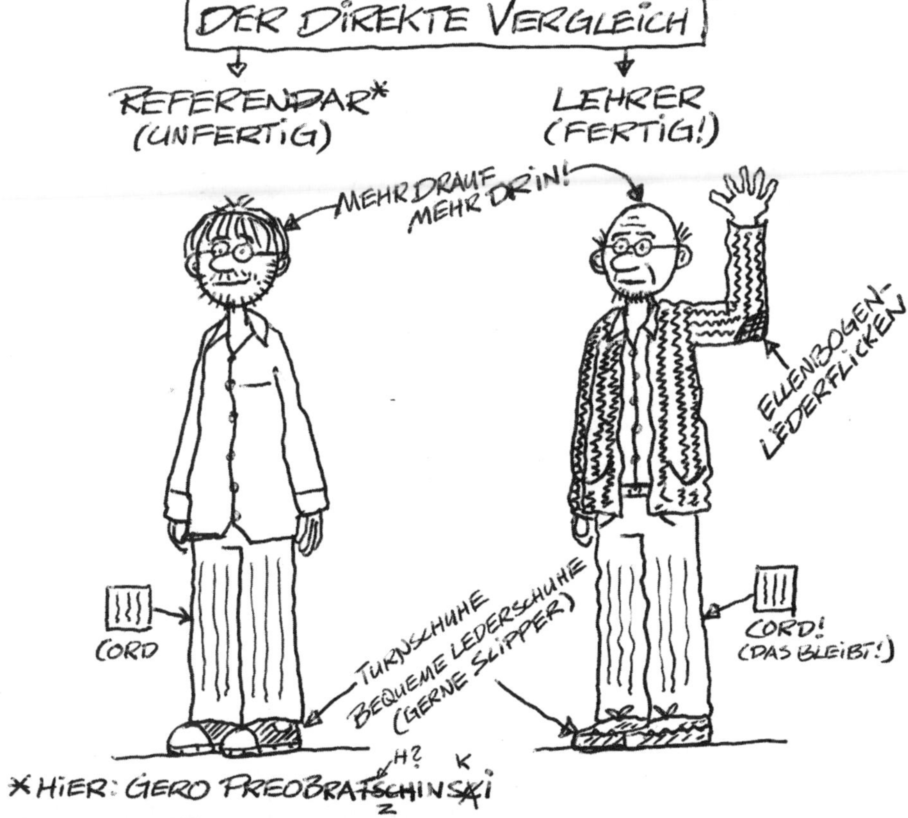

… lagen mehrere Teams jeweils unter einem Gruppentisch und brüllten vor Lachen. Außer Gero, versteht sich. Der versuchte dann, irgendwie wieder Ruhe in die Gruppe zu kriegen, was ihm dann auch irgendwie nach nur 20 Minuten gelang.

Und dann durfte der Cemal noch mal anfangen, die *coole* Idee von seinem Team vorzustellen: »Is extrem scheißencoole Idee! Aber voll geheim noch, äy.« Und dann macht er eine superübertrieben wichtige Pause und sagt dann superwichtig leise und supergeheimnisvoll: »… … isch sack nur … … … … *Stadtpark!* … … … Günther!«

Da rollt der Gero wegen *Günther* dann aber nur noch mal kurz die Augen und fragt dann wieder superinteressiert nach, warum denn diese Idee noch geheim bleiben muss, und darauf erklärt ihm dann Cemal irgendwas und Gerrit, Sebastian und Hendrik dann auch noch mal abwechselnd irgendwas, was kein Mensch versteht, und Gero sagt dann ganz zum Schluss mit Finger am Kinn und total beeindruckt: »Ah, verstehe!«

Ich sag dir, mein Freund: *Nichts* hat *Günther* verstanden! Weil es *nichts* zu verstehen gibt. Die einzige Idee, die meine Kumpels haben, ist die, eine Projektwoche lang wunderschön im Stadtpark abzuhängen. Die können vielleicht einen unvollständigen Lehrer voll verarschen, aber nicht mich. Weil: Die Rede ist hier von meinen Kumpels! Ich weiß, wie die ticken! ... weil ich vom Prinzip her genauso ticke! Im Stadtpark abhängen! Das machen wir sonst immer schön zusammen.

Und deswegen war ich da auch schon ein bisschen neidisch auf meine Kumpels, als die ihre *geheimnisvolle* Projektidee erklärten, die kein Mensch verstand außer mir eben. – Ohne mich werden sie projekttechnisch abhängen, während ich freiwillig ins *Arbeitslager* gehe.

Aber dann dachte ich: ›Es ist egal! Ich habe mich nun mal entschieden! Für Lenas Team!‹, dachte ich entschieden und ließ meine Blicke durch unser Team schweifen. Sie schweiften von diesem Justus Bloch neben mir und schweiften weiter vorbei an der Kuh Nadine Müller bis zu Lena Senger. Und da blieben dann meine schweifenden Blicke auch voll hängen. ›Lena Senger! Für **dich** habe ich mich entschieden!‹, dachte ich dann noch einmal glücklich und dann …

… hörte ich auf zu denken, weil ich hörte, wie man meinen Namen rief. Referendar Gero rief ihn. Mehrmals anscheinend, weil alle ihren großen Spaß hatten, dass ich nicht gleich reagiert habe.

»Jan, alles in Ordnung mit dir?«, fragt mich da noch mal der total besorgte Gero.

»Äh ... jaja, alles gut!«, beruhige ich ihn und sage ich nichts mehr und Gero guckt mich dann aber trotzdem immer noch ganz erwartungsvoll an.

»Was!«, will ich wissen.

Und Gero dann superaufmunternd: »Du bist dran, Janny! Eure Team-Idee! Stell sie doch bitte vor! Nur Mut, Janny! Trau dich!«

»Ich heiße Jan und nicht *Janny* ... ***Günni*!**«, witzle ich da noch mal rum, weil ich es auch echt nicht ausstehen kann, wenn man mich *Janny* nennt.

Da hatte ich erst mal die Lacher wieder voll auf meiner Seite. Und was besonders gut war, dass *Günni* noch mal ganze zehn Minuten brauchte, die voll aufgedrehten Teams wieder ein bisschen unter Kontrolle zu kriegen. In der Zeit konnte ich mich nämlich noch mal voll geistig auf die Ausrede konzentrieren, die mir heute Morgen noch auf dem Klo eingefallen war. – Ich sag ja: irgendwas fällt mir immer ein.

Günni also, also *Gero* eigentlich, kriegt die Meute nach rund zehn Minuten wieder ein bisschen unter Kontrolle und dann fordert er mich noch mal auf, unsere Teamidee vorzustellen. Da sag ich dann erst cool: »Kein Thema!«, und greife cool in meinen Rucksack, um das Protokollbuch cool herauszuziehen. – Was natürlich der totale Quatsch ist, weil ich hundertprozentig weiß, dass das Buch da garantiert nicht drin ist, sondern in der zweituntersten Schublade von meinem Schreibtisch liegt. Ich greife also in meinen Rucksack, voll zielsicher ins Leere, setze ein total erschrockenes Gesicht auf und jammere los: »Oh, so ein Mist! Ich hab das Protokoll zu Hause vergessen! Tut mir echt leid, Günther!«

»Ich heiße ...«, sagt Günther und die Müller mault: »Na super!«

Und Lena sagt erst gar nichts und guckt mich nur enttäuscht an, was viel schlimmer ist als *rummaulen*.

»Ach *Janny*, kein Problem!«, quatscht mich dann aber plötzlich dieser Justus Bloch doof von der Seite an.

Und bevor ich da auch nur sagen kann, dass dieser Penner mich nicht *Janny* nennen soll, quatscht der Typ einfach weiter: »Ich mach das für dich, Janny. *Ich* kann unsere Teamidee auch *ohne* Protokoll erklären.« Und legt dann auch gleich los. Ohne Punkt und Komma. Einfach so. Wie vorgelesen. Aus dem Kopf raus erklärt er allen, worum es sich bei *unserer* Teamidee handelt.

Da war ich schon ein wenig angenervt, aber andererseits war ich dann aber auch echt froh, dass ich aus der Schusslinie von Günther und Nadine war und von Lena sowieso.

Dieser Justus Bloch erklärte also *unsere* Teamidee, und worum es sich im Einzelnen bei dieser Idee handelt, kann ich dir, mein Freund, eigentlich immer noch nicht so ganz genau sagen, weil ich nicht so ganz genau zugehört habe, was dieser Justus Bloch da so alles erklärt hat, weil ich da nämlich wieder voll damit beschäftigt war, Blicke schweifen zu lassen, die dann immer voll bei Lena hängen blieben – heimlich, versteht sich.

Bis dann dieser Justus Bloch endlich fertig war mit Labern und ganz zum Schluss noch mal oberwichtig sagt: »*Leben und **leben** in Hamburg*. Eine spannende Reportage über die Bürger dieser Stadt – *unsere* Eltern also!«

»Unsere ***was***?«, frage ich doof nach, was dann aber Gott sei Dank keiner so richtig mitgekriegt hat, weil Referendar Günther komplett irre vor lauter Begeisterung den Justus anbrüllt: **»TOLL, JUSTUS, EINFACH NUR TOLL. GANZ AUSGEZEICHNET. EINE WUNDERVOLLE IDEE!«**

»Ja, ich weiß! Sie ist brillant!«, gibt dann doch tatsächlich dieser eingebildete Bloch zurück, worauf ich dann zu meinen Kumpels rüberschiele, die dann alle gleichzeitig ihre Finger in den Hals schieben.

Was ich dann selbst auch am liebsten gemacht hätte, wenn sich da nicht plötzlich eine wunderrein glockengleichhelle Stimme zu Wort gemeldet hätte. – *Lenas* Stimme: »Gero, es wäre echt superschön, wenn sich unser Team außerhalb der Schule treffen könnte. Also in dieser Projektwoche dann. Keine Ahnung, privat vielleicht. Abwechselnd bei mir und den anderen oder so. Da haben wir einfach mehr Ruhe für unser superschönes Projekt.«

›Privat!‹, denke ich total begeistert. ›Privat bei Lena! Bei ihr zu Hause! Wie *superschön*! Alles läuft bestens. Alles wird gut. Lena und ich. ***Privat!***‹, denke ich alles wie von Sinnen total begeistert und dann antwortet aber der Günther superbescheuert: »Ihr könnt aber genauso gut hier in der Schule an eurer PowerPoint-Präsentation arbeiten. Im Medienraum an den Schulrechnern.«

»Die sind ständig besetzt«, kontere ich da schnell und clever.

»Exakt! Meistens von den Spacken aus der Zehn. – Keine reelle Chance«, stimmt mir da ausgerechnet die Müller zu.

»Außerdem haben die Schulrechner zu wenig Leistung für eine derartig aufwendige *P.P.P.*«, setzt Spacko Bloch noch einen obendrauf. Was aber genau richtig war, weil damit hatten wir den guten Günther komplett ausgeknockt.

Der sagt dann nur noch mal: »Also gut, meinetwegen! Dann macht das so. Privat! Aber zu den morgendlichen Gruppenbesprechungen erscheint ihr weiterhin, okay?«

»Selbstverständlich!«, antwortet Justus.

»Supergern!«, antwortet Lena.

»Geht okay!«, antwortet Nadine.

»Kein Thema, Günni!«, antworte ich.

»Ich heiße Günther ... äh ***Gero***, nicht Gün...«, antwortet der Referendar Gero Preopaczynski, weshalb dann mehrere Teams wieder komplett am Boden liegen vor lauter Lachen und sich auch bis zum Ende der Stunde dieser *Teamgruppenprojektideenbesprechung* nicht mehr einkriegen.

Und als Günther uns beim Schulgong erlaubte, dass wir nun gehen dürften, waren sowieso schon fast alle halb auf dem Schulhof, und da sagte Lena zu mir ... und zu Nadine und Justus natürlich auch ein bisschen: »Wenn das für euch okay ist, können wir uns heute gern bei mir zuerst treffen.«

Für mich war das *sehr* okay und Nadine und Justus waren auch damit einverstanden.

Ein Treffen mit Lena! ***Privat!*** In exakt 55 Minuten und 23 Sekunden um exakt 14:00 Uhr werde ich Lena treffen. Bei ihr zu Hause! ***Voll privat!*** ... zusammen mit den andern beiden Spacken. Also Nadine und diese Knalltüte Bloch sind natürlich auch dabei. Aber das ist extrem nebensächlich. Extrem *hauptsächlich* ist, dass Lena und ich uns treffen werden. **Endlich!**

Also es ist nicht so, dass ich Lena vorher noch *nie* allein getroffen hätte. Da gab's schon die ein oder andere Begegnung. Also zum Beispiel: erste große Pause, Schulhof. Da hab ich sie mal zufällig allein rumstehen sehen und bin dann auch sofort auf sie zu – superzufällig – und habe dann voll cool so getan, als hätte ich sie gar nicht gesehen, und ...

... bin dann einfach stumpf weitergelaufen. An ihr vorbei und weg.

Oder zweites Beispiel: zweite große Pause, Schulhof ...

... was keinen Sinn macht, dir davon zu erzählen, weil in *Beispiel zwei* exakt dasselbe passiert ist wie in *Beispiel eins*.

Fakt ist: Ich könnte dir jetzt mindestens 1034 Beispiele nennen, wo immer dasselbe passiert: *Ich – auf sie zu – tue so, als würde ich sie nicht sehen – und laufe weiter. An ihr vorbei und weg ... Punkt*

Da könntest du nun denken: ›Höchst uncool, dieser Jan!‹

Worauf ich dann denken würde: ›Denk doch, was du willst, ... Blödmann!‹

... aber weißt du was? Irgendwie hast du auch total recht. ... also für den Fall, dass du so über mich denken würdest.

Weil, klar: Es *ist* uncool! *Weiterlaufen und weg* – das bringt ja nichts, wenn man jemanden näher kennenlernen will.

Aber du machst dir ja kein Bild, wie es in mir drinnen aussieht. Total hohl sieht's da nämlich aus. Also natürlich immer nur dann, wenn ich in der Nähe von Lena bin. Ich sehe sie und fühl mich hohl – richtig leer vor lauter Aufregung, wenn du verstehst, was ich meine. Ich weiß dann einfach nicht mehr, was ich sagen soll, und hau dann einfach ab.

... bis auf ein einziges Mal! Da bin nicht abgehauen. Konnte ich auch gar nicht. Weil das war bei McDonald's in der Schlange. Da kann man nicht einfach so abhauen. Weil, wie doof wär das denn, wenn man sich in eine Schlange stellt und dann einfach wieder abhaut.

Jedenfalls: Ich – in der Schlange – und da – plötzlich, unerwartet, ganz überraschenderweise – tippt mich jemand an. – Ich dreh mich um, und wer ist es?: Lena!

Und die sagt dann: »Hi Jan.«

Und ich lauf rot an und sage: »... ... ... äh ... Hi.«

Und Lena sagt dann nichts mehr.

Und ich, rot angelaufen, sage dann noch mal: »Öhmm ... ... essen hier?«

Und Lena dann: »Nein, ich möchte mir hier eine Bohrmaschine kaufen.«

Und ich, knallrot wie ein Feuerlöscher, wiederhole doof: »Eine B... ... Bohrmaschine! ...?¿?«

Und sie dann: »Kleiner Scherz«, und grinst.

Und ich, rettungswagenalarmfarbenrot, grinse verzweifelt zurück: »... *ähäää* ... ein Witz! Verstehe! ... *ähäää* ... witzig. Echt!«

Und dann sage ich noch mal oberdoof: **»Schüss!«**, und ...

... geh dann aber gar nicht weg. Ich dreh mich einfach nur schnell um und bleibe cool stehen. Also in etwa so cool wie ein zusammengekloppter Schrottroboter. Und genauso hohl wie einer auch noch. So fühl ich mich. Wie ein hohler Roboter, der eine Sache perfekt draufhat: Umfallen! Aber selbst dazu bin ich dann noch zu dämlich.

Nach 3 Minuten – also nach einer gefühlten Ewigkeit mit Lena im Rücken – war ich dann endlich dran, bestelle irgendwas, knall 5 Euro auf die Theke, warte nicht mal aufs Wechselgeld, dreh mich schnell um, grinse voll verzweifelt superdoof in Lenas Gesicht, sage »... ähääää ...« und stolpere aus dem Laden raus.

... mit einer Tüte Eis in der Hand, wie mir dann im nächsten Moment auffällt. Für 5 Euro!

Höchst uncool, das alles! Ich weiß.

Ich kann so was einfach nicht. Jedenfalls nicht unvorbereitet. Wenn ich vorbereitet gewesen wäre, dann wäre diese Begegnung komplett anders verlaufen. Ganz sicher, das!

An die tausend Mal habe ich exakt dieselbe Szene durchgespielt. Habe mir überlegt, wie das ***eigentlich*** hätte laufen müssen. Viel cooler eben: Ich – in der Schlange bei McDonald's – Lena tippt mich an – Ich dreh mich um – Lena sagt »Hi Jan!«, und ich sag dann supercool: »Hey! Hi Lena! Das ist ja schön, dass wir uns hier treffen. Mensch, ich hab vielleicht einen Hunger. Ich komm grad vom Fallschirmspring-Training. Darf ich dich einladen?«

Worauf Lena vielleicht nur noch verlegen lächeln kann und ein bisschen rot anlaufen ganz sicher auch noch. Worauf ich dann aber einfach nur sagen werde: »Cool!«, und zur Bedienung dann noch: »Zweimal die Karte rauf und runter ... mit Mayo!«

So hätte das laufen müssen! Lief es aber nicht! Weil ich nicht vorbereitet war!

In exakt 43 Minuten und 2 Sekunden ist es so weit. Treffen mit Lena. Bei ihr zu Hause. Und ...

... ich *bin* vorbereitet!

Eintrag 4 – Montag, 15:55 Uhr

Das Treffen bei Lena ... war gewesen! Und ich war vorbereitet! Perfekt vorbereitet war ich!

Noch auf dem Weg zu den Sengers bin ich noch mal jedes Detail meiner perfekten Vorbereitung voll strategisch durchgegangen.

Überpünktlich würde ich bei den Sengers auf der Matte stehen. Nämlich exakt drei Minuten vor der Zeit. Da wäre ich dann der Erste und würde dann auch als Erster den Klingelknopf von den Sengers drücken. Exakt eine Sekunde lang. – *Ding Dong* – Kurz darauf würde mir Lena die Tür öffnen. – *Aber Achtung!* – Vielleicht würde auch Frau Senger in der Tür stehen. Damit musste ich rechnen. *Unbedingt* musste ich das. Mütter sind wichtig! Es ist enorm wichtig, bei ihnen einen guten Eindruck zu machen. Punkte bei Müttern sammeln, das ist die halbe Miete. Ich würde mich ordentlich vorstellen und ihr zur Begrüßung höflich die Hand reichen. Nicht zu lasch, nicht zu kräftig – der *perfekte* Händedruck musste es sein.

Dann würde ich Lenas Zimmer betreten. Lena wäre dann vielleicht schon drin und würde auf ihrem Schreibtischstuhl sitzen.

Und weil es dann perfekterweise keine weitere Sitzgelegenheit geben würde, würde ich mich auf die Kante von ihrem Bett hinpflanzen. Ich – auf *Lenas* Bett. Dann würde ich ihr Zimmer bewundern. Die Einrichtung. Mit treffend ausgesuchten Wörtern würde ich dies tun – *geschmackvoll, hübsch, geil, cool* ... pro Gegenstand ein ausgesuchtes Wort.

Und irgendwann wären dann auch die drei Minuten rum und dann würden um Punkt 14:00 Uhr Nadine Müller und Justus Bloch dazukommen. *Justus Bloch*, diese Pfeife. Der kann vielleicht wie auswendig gelernt den Günther volllabern, aber bei Lena hätte er da keine Schnitte mehr. Sobald er den Mund aufmacht, würde ich da voll drüberfahren und sagen: *Hey Bloch, du Furz! Merk dir mal gut, was* ***du*** *sagen wolltest. Jetzt reden die Großen, okay?!* – Da würde Lena dann loskichern und die bescheuerte Müller garantiert auch, weil die ist ja schließlich Bestfreundin, und Bestfreundinnen müssen ja auch immer loskichern, wenn die Cheffreundin es tut.

So gesehen, gar nicht mal so übel, wenn der Bloch dabei ist. Er, der Depp – ich, der Player! Perfekt!

›... perfekt!‹, dachte ich also auf dem Weg zu den Sengers auf meinem Rad fahrend, da ...

… fuhr das Rad dann aber gar nicht mehr, weil die bescheuerte Kette wieder mal abgesprungen ist. Damit hätte ich rechnen müssen. Rechnete ich aber nicht. Hab's einfach komplett vergessen, dass die Kette dauernd abspringt.

Egal! Ich hab die Kette wieder auf die Zahnräder draufgefummelt und musste dann aber highspeedmäßig voll in die Pedale treten, damit ich wenigstens noch Punkt 14:00 Uhr bei den Sengers auf der Matte stehen konnte.

Komplett abgehetzt erreichte ich mein Ziel! Um 14:05 Uhr! Zu spät! Hektisch stellte ich mein Fahrrad ab und drückte dann aber wie geplant eine Sekunde lang den *sengerschen* Klingelknopf. Überraschenderweise machte es dann eine Sekunde lang ***Riiiiing***, nicht *Ding Dong*. Aber das war ja auch komplett egal.

… nicht *ganz* so egal war, dass ich dann einen amtlichen Fingerabdruck auf dem gediegenen Klingelknopf entdeckte. Meinen *eigenen* nämlich. Von den ölverschmierten Händen nach meinem unfreiwilligen Boxenstopp.

Schnell überprüfte ich meine Hände und entschied, dass der kleine Finger der linken Hand noch der sauberste von allen ist, und wischte den Fleck wieder weg. Blöd war, dass ich den Klingelknopf dabei noch mal drücken musste. Immer und immer wieder. – ***Ring Ring Ring Riiiiiing RiingRing Rrrrrrrrrrrrrrrrrrrrrrriiiiiiiiiiiing...***

Und auch richtig blöd war, dass ich den Fleck gar nicht wegkriegte und ihn eigentlich nur noch immer mehr auf der gesamten Klingelfassung verteilte, je öfter ich darauf rumrubbelte. – ***RingRingRingRingRingRingRingR...***

... die Tür sprang auf und vor mir stand: Frau Senger! Lenas Mutter! Wie von mir einkalkuliert – knallhart berechnet eben.

Da wusste ich, dass der erste Eindruck, den ich auf Lenas Mutter machte, jetzt nicht unbedingt der genialste war. Aber noch konnte ich das Ruder rumreißen und streckte ihr meine Hand zur Begrüßung hin. Schnell wie *Günther,* also so *hampelmannmäßig* eben.

Frau Senger hielt mir dann auch ihre Hand hin, die ich dann höflich durchschüttelte. Mit dem festen Griff eines Hufschmieds. Weil ich da schon ein bisschen Lampenfieber hatte.

Da stöhnte die feine Frau Senger kurz auf vor lauter Schmerzen, aber so richtig-**richtig-RICHTIG *SAUBLÖD*** war dann, dass ihre rechte Hand nun auch komplett ölverschmiert war …

Aber egal! Das mit dem Mütter-Punkte-Sammeln müsste ich halt noch ein wenig üben und Frau Senger führte mich dann ja auch fast direkt zu Lenas Zimmer … über einen kleinen Umweg über das Gäste-WC, wo ich meine Hände ordentlich waschen musste.

Dann aber endlich durfte ich Lenas Zimmer betreten und …

… da war der Schock groß. – Dass Lenas Zimmer einer mit Bravopostern zugekleisterten Puppenstube glich, war eine Sache. *Geschmackvoll? Hübsch? Geil? Cool?* – All meine mühevoll ausgesuchten Wörter konnte ich treffsicher in die Tonne kloppen. Das war die eine Sache!

Eine extrem komplett andere Sache war, dass Justus Bloch auf Lenas Bett saß. Mittendrauf. Im Schneidersitz. Unmittelbar neben Lena. *Meiner* Lena. Und beide zusammen guckten mich nicht mal an. Supergut gelaunt glotzten sie nur auf das iPad, das der Bloch in den Händen hielt, und beide kicherten bloß.

»Hensen, du bist zu spät!«, begrüßte mich dann wenigstens Nadine Müller, die auf dem Schreibtischstuhl rumsaß.

»Tut ...«, wollte ich sagen, dass mir das echt leidtut, wenn mir da nicht ausgerechnet der Bloch über den Mund gefahren wäre und bescheuert losreimte: »Fünf Minuten vor der Zeit ist des Kaisers Pünktlichkeit!«

Und da war es höchste Zeit für meinen Konter! Das konnte ich nicht durchgehen lassen und haute meinen *Player*-Spruch raus, den ich mir ja noch auf der Fahrt hierhin für den Deppen Bloch zurechtgelegt hatte: »Hey Bloch ... ähm ... merk dir mal gut, was **ich** sagen wollte. Jetzt reden die Großen ... äh ... okay? ... **Furz!**«

Du musst mir glauben, Kumpel. Ich hätte den Spruch garantiert auch richtig abgefeuert, wenn denn alles planmäßig cool verlaufen wäre. Aber bis dahin lief eben so gar nichts planmäßig cool und deswegen war ich auch selbst höchst uncool neben der Spur und machte mich mit dem Versprecher zum King aller Deppen!

Bloch wieherte laut los vor Lachen, Lena auch und Bestfreundin Müller dann sowieso. Bis sich dann alle endlich wieder eingekriegt hatten und Lena dann *endlich* auch mal mit mir sprach.

»Setz dich doch«, sagte sie süß.

»Vielen ... äh ...«, bedankte ich mich superdoof, weil mir jetzt erst auffiel, dass der einzige Stuhl im Raum ja bereits von der Müller besetzt war und der Bloch neben Lena sich auf ihrem Bett im selben Moment dann noch mal extra breit gemacht hat.

Da musste ich mich dann eben auf den Teppichboden setzen. Als *Einziger*!

Ich sag dir, mein Freund: Es war die maximale Erniedrigung! Tiefer kann ein Mensch nicht sinken ... oder *sitzen* eben.

Aber wurscht! Immerhin drückte mir Nadine dann noch eine von den Fantaflaschen in die Hand, die sie für jeden mitgebracht hatte, und dann waren alle drei sowieso wieder voll mit ihrer öden Projektidee beschäftigt und beachteten mich gar nicht weiter.

»Also, ich fasse noch mal zusammen, Mädels«, legt der Justus obermaxmäßig los. »Heute gehen wir zu ***deinem*** Vater, Lena – richtig?!«

»Superrichtig, hab schon mit ihm gesprochen! Um fünf wäre gut. Da hat er ein bisschen mehr Zeit für uns«, antwortet Lena.

»*Feini feini fein!*«, sagt der Bloch dann wieder obermaxmäßigblöd und tippt auf seinem bescheuerten iPad rum.

Ich recke ein bisschen den Hals, um auch was sehen zu können, damit ich wenigstens ein bisschen im Bilde bin. Bin ich dann aber gar nicht, weil der Bloch sein iPad ausgerechnet dann immer ein klein wenig mehr zu sich hindreht, sobald ich den Hals ein bisschen danach recke. Erst dachte ich, dass das wohl ein blöder Zufall ist, und weil er's dann aber immer und immer und **immer wieder** tut, sobald ich meinen Kopf hebe, weiß ich, dass es die pure Absicht ist.

›Er spielt mit mir wie mit einem bescheuerten Hund, der nach einem Leckerli bettelt‹, denke ich echt sauer, und bevor ich gleich auch noch anfange zu bellen, sage ich clever: **»Wow!«**

Was ein bisschen sehr doof rauskommt, weil ***Wow*** nun mal so ähnlich klingt wie ***Wau***. Aber egal, ich sage: **»Wow!«**, und dann noch mal etwas leiser: »… wow. Geniales iPad. Schmeiß mal rüber … ***Blochi*!**«

Da guckt er mich im ersten Moment extrem baff an, weil ich ihn *Blochi* genannt habe, und ich kann dir jetzt auch echt nicht sagen, ob er da den Spitznamen zum ersten Mal hört oder ob der Spitzname bei ihm extrem miese Erinnerungen weckt. – Was weiß ich: vielleicht an seine Kindergartenzeit, wo sie ihn vielleicht ***alle*** *Blochi* nannten, bevor sie ihm regelmäßig Bauklötze an die Birne gehauen haben. – Kann sein, muss nicht.

Fakt ist, er hat mir sein bescheuertes iPad tatsächlich rübergeschoben, und ich überfliege im nächsten Moment so unauffällig wie möglich den geöffneten iPad-Kalender, damit ich endlich peile, worum es hier überhaupt geht.

Montag: 13:57 Uhr – Treffen bei Lena, lese ich da als Erstes.

›Die linke Sau!‹, denk ich. ›3 Minuten vor der vereinbarten Zeit. Das war *mein* Plan!‹

Da habe ich aber dann keine Zeit mehr, mich weiter darüber aufzuregen, weil der Bloch dann anfängt, mit seinen Händen rumzuwinken, weil er das iPad zurückhaben will.

Montag: 17:00 Uhr – Betriebsbesichtigung und Interview auf der Polizeiwache mit Herrn Polizeihauptkommissar Senger … kann ich grad noch den zweiten Eintrag lesen, bevor der Bloch dann anfängt rumzuquengeln: »Gib es wieder her!«

Da bleibe ich aber cool und sage: »Sehr gute Wahl, das Teil, … ***Blochi***! Hab dieselbe Version.«

Und Bloch sagt dann: »Das würde mich doch sehr wundern, wenn ausgerechnet *du* die gleiche iPad-Version hättest. Kennst du die überhaupt?«

»…?«, antworte ich mit drei Punkten und einem Fragezeichen, weil ich keine Antworten habe.

»Es ist die *neueste*! Hat mir mein Daddy von seiner letzten Dienstreise aus Amerika mitgebracht. Kriegt man hier erst in zwei Wochen«, trompetet er rum und schiebt dann extra-arschig nach: »… wenn man es sich *leisten* kann … ***Janny***!«

Und da war's aus. Justus Bloch hatte einen echt wunden Punkt bei mir erwischt. *Zwei* Punkte sogar. Punkt eins: Ich kann mir die neueste iPad-Version tatsächlich *nicht* leisten! … nicht mal die ältere. Praktisch gesehen bin ich komplett *versionsunabhängig* … weil ich nämlich überhaupt kein iPad habe. – Und Punkt zwei: Ich kann es **echt** nicht ausstehen, wenn man mich *Janny* nennt!

»Ach, Janny!«, sagte dann Lena auch noch mal. »Jetzt gib

Justus doch bitte das iPad zurück. Wir wollen doch noch die anderen Termine durchgehen.«

»Genau, ***Janny***! Sei brav und gib es wieder her!«, rührt Justus dann noch mal in derselben Wunde rum.

Und da war's dann *mehr* als aus. *Amtlich* aus war's. Supersauer war ich.

Aber dann, mein Freund, riss ich mich übermenschlich stark zusammen. *Nichts* ließ ich mir anmerken. Weil ich hatte eine Eingebung. Ganz plötzlich. Eine geniale Idee, mit der ich Justus Bloch außer Gefecht setzen konnte.

Und nicht nur das. – Die blöde Pissbirne würde im nächsten Moment das Feld räumen müssen. Nach Hause würde er gehen müssen. – Freie Bahn für Lena! ... und für den freigewordenen Platz auf ihrem Bett!

Ich also – mich übermenschlich stark zusammenreißend – beuge mich zu Justus Bloch rüber, um ihm das iPad wiederzugeben. Mit meiner rechten Hand tue ich dieses. Der Hand also, mit der ich gleichzeitig auch meine Fantaflasche umklammere, die noch halb voll ist ...

... und im nächsten Moment dann komplett leer, weil ich sie ausgekippt habe. *Aus Versehen. Ganz aus Versehen* direkt über dem Reißverschluss von Justus Blochs weißer Cordhose. Voll auf seinen Pillermann.

›Volltreffer!‹, denke ich und sage aber gleichzeitig: »Oh sorry, ***Blochi***! War keine Absicht!«

»Pass doch auf, du Blödmann!«, sagt der Bloch – praktisch gesehen voll angepisst.

Und dann jammert Lena aber plötzlich los: »Mein Bettlaken. Mein wunderschönes neues Bettlaken. Wie sieht das denn jetzt aus?!«

Ich guckte doof auf das schneeweiße Bettlaken und hatte eine ziemlich klare Vorstellung davon, was Lena meinte, wie das denn jetzt aussehen würde mit dem gelben Fleck drauf auf dem schneeweißen Bettlaken. – Nadine anscheinend auch, weil die dann kurz auflachte. So unterdrückt mit Mund zu, so *knarzend* über den Rachen eben. Ich weiß nicht, wie ich dir das sonst noch beschreiben soll. Vernünftige Buchstaben gibt es dafür nicht.

Jedenfalls: Nadine lachte *irgendwie* kurz auf und da fauchte Lena sie an: »Das ist nicht witzig!«, und sprang im nächsten Moment auf, rannte aus dem Zimmer und kam ein, zwei Momente später wieder mit ihrer Mutter zurück. – Frau Senger eben. Die blickte dann *extrem verschärft* entgeistert auf mich herab, weil sie anscheinend voll im Bilde war über das, was gerade passiert ist, und sagte dann aber zu Justus Bloch: »Ach, Justus, wie ungeschickt von dem ... *Jungen* hier. Aber das kriegen wir schon wieder hin. Ich wasche deine Hose aus und dann stecke ich sie schnell mal in den Trockner.«

Lena gab dem Bloch dann auch noch eine Jogginghose von ihrem älteren Bruder, die er sich in der Zwischenzeit überziehen konnte. Und nachdem Lenas Bett wieder frisch bezogen war, pflanzte er sich da einfach wieder hin, und dann wurde da weitergemacht, wo ich die Teambesprechung unterbrochen hatte.

Meine clevere Fanta-Attacke, sie ging daneben ...

... und dann auch noch ordentlich nach hinten los, weil irgendwann war diese Besprechung ja auch mal vorbei und dann mussten wir alle gehen. Also *Nadine* und *ich* mussten es. *Justus Bloch* durfte bleiben. Weil seine Cordhose ja auch noch im Trockner war.

Bloch! Allein mit Lena! *Meiner* Lena! In der Jogginghose ihres leiblichen Bruders! In *ihrem* Zimmer! Auf *ihrem* Bett! Sitzend! ... oder *liegend* womöglich! ... es ist alles so ... so ... so grausam!

... das Treffen bei Lena? Es war eine einzige Demütigung ... Niederlage ... Katastrophe ... alles in einem!

Eintrag 5 – Montag, 20:33 Uhr

Fürs Protokoll: Heute um 17:00 Uhr war unser Team auf der Polizeiwache von Herrn Senger, der dort als Polizeihauptkommissar arbeitet. Das Team hat Polizeihauptkommissar Senger interviewt. Polizeihauptkommissar Senger führte das Team durch die Polizeiwache. Das Team machte Fotos hiervon ...

... und auch mal nur so fürs Protokoll: Justus Bloch ist ein Arschloch!

Aber ehrlich, Kumpel! Er ist verschlagen und böse. ... wie dieser Typ aus *Star Wars*. Ich mein den mit der Kapuze. – Okay, da tragen viele eine Kapuze. Auch die Guten. Aber ich meine jetzt den einen *Bösen*. Den mit der Faltenfresse! Den Chef vom Imperium. Du weißt schon: *Star Wars – Das Imperium schlägt zurück* – nur für ganz Arme eben. Mit Justus Bloch in der Arsch-Rolle. ... Das *Arsch-Bloch* schlägt zurück!

... um Punkt 17:30 Uhr tat er dieses. Auf der Polizeiwache von Lenas Vater, Herrn Senger, dem Polizeihauptkommissar eben.

Auf dem Weg zur Polizeiwache hatte ich schon so ein ganz bescheuertes Gefühl. Aber das hatte erst mal gar nichts mit dem Bloch zu tun. Das bescheuerte Gefühl kam daher, dass ich einfach keinen Bock hatte, zur Polizeiwache zu fahren. – Polizisten ausfragen. Die Polizeiwache abknipsen. Einen Bericht darüber schreiben. Für eine superschönbescheuerte PowerPoint-Präsentation. Wozu das alles? Das ist doch total bescheuert.

Aber dann bin ich eben doch zur Polizeiwache gefahren, weil ich auch noch andere Gefühle habe. Für Lena eben. Also eins jetzt. *Ein* Gefühl! Und im Grunde genommen kann ich dir nicht mal so ganz genau sagen, warum eigentlich. Es gibt einfach keine logische Erklärung dafür.

... ich glaube, es sind ihre Grübchen, wenn sie lacht. Die sind total süß.

... oder die Nase, die ist auch ... *sehr* süß.

... und die Augen erst! Die sind ebenfalls ... *süß* ...

... was eine extreme Untertreibung ist, weil – Kumpel – ich sag dir: Lenas Augen sind der absolute Hammer! Blau sind die. Wie der Himmel über Hamburg an einem sonnigen Nachmittag im Mai. ... oder wie unsere Mülltüten für Restmüll. Die haben die gleiche Farbe.

Aber was ich eigentlich sagen wollte, war, dass ich unterschiedliche Gefühle habe, und wegen einem ganz speziellen bin ich dann eben doch zur Polizeiwache gefahren. – Ich wollte Lena Senger wiedersehen. Unbedingt wollte ich das. Besonders nach diesem Katastrophentreffen bei ihr zu Hause. Ich wollte es wiedergutmachen und bin hingefahren. Mit einem Geschenk im Rucksack. Einem Nachthemd mit *Minnie Maus* drauf. Das wollte ich ihr schenken. Vor den Augen von Polizeihauptkommissar Senger, Lenas Vater. – Bei Vätern Punkte zu machen ist vielleicht noch wichtiger als bei den Müttern. Weil ein Vater denkt im Allgemeinen immer noch einen Schritt weiter und guckt, ob der Typ, der seine Tochter gut findet, auch als Schwiegersohn taugt.

Vor den Augen von Lenas Vater also würde ich das Nachthemd cool aus dem Rucksack ziehen und ihr dann überreichen. – »Hier, für dich, Lena! Hab ich grad noch mal schnell in der Stadt besorgt.«

... was dann auch nur ein *kleines bisschen* gelogen gewesen wäre, weil das Nachthemd gehört eigentlich meiner großen Schwester Hannah. Ich hatte es aus ihrem Wäscheschrank gefischt.

Hannah war grad nicht zu Hause und das war auch ganz gut, dass sie es nicht war, weil wenn sie mich dabei erwischt hätte, als ich die Schiebetür von ihrem Wäscheschrank mit langen Fingern aufschoben habe, hätte sie die Schiebetür von ihrem Wäscheschrank ganz sicher wieder voll zugeschoben. Voll Speed mit meinen langen Fingern drin. Ganz sicher das! – In Sachen Wäscheschrank versteht Hannah keinen Spaß.

... im Grunde genommen versteht Hannah überhaupt keinen Spaß. Weil sie ja auch gar nichts verstehen kann. Weil sie innen drinnen hohl ist. Aber amtlich und dauerhaft. – Das sehen meine Eltern natürlich etwas anders. *Die* sehen das immer so, dass wir *beide* irgendwie nicht ganz dicht sind. Also wenn Hannah beispielsweise im Begriff ist, mir den Kopf abzureißen, und das *nur*, weil ich gleichzeitig versuche, ihren Arm durchzubeißen.

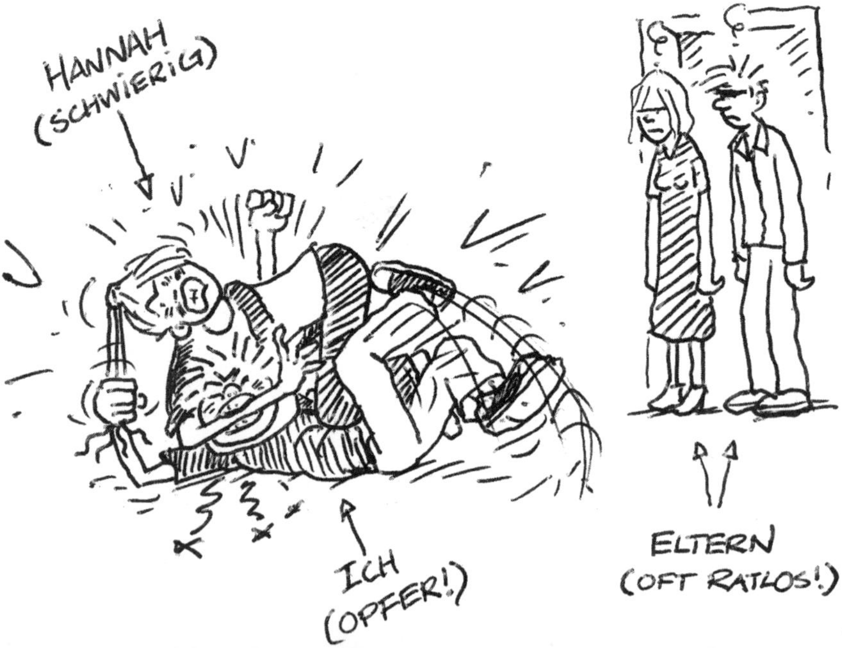

Aber das wollte ich eigentlich alles gar nicht erzählen. Erzählen wollte ich eigentlich nur, dass ich nun ein passendes Geschenk für Lena hatte, mit dem ich dann voller Gefühle zur Polizeiwache gefahren bin. Fast superpünktlich bin ich da aufgeschlagen. Nur *zwei* Minuten zu spät.

Lena, Nadine und der Bloch standen da natürlich schon vorm Eingang rum.

»Ah! ***Janny!*** Auch schon da!«, begrüßte mich der Bloch dann doof.

Da habe ich dann aber gar nicht drauf reagiert und dann nur noch gedacht, dass der Bloch gleich ganz schön doof aus der Wäsche gucken wird, wenn ich Lena das Nachthemd schenken werde. Im Beisein von Herrn Senger ... meinem zukünftigen *Schwiegervater.*

Und der erwartete uns auch schon, als wir die Polizeiwache betraten.

»Hallo Lenchen, mein Engel!«, begrüßte er seine Tochter. Nett irgendwie, aber auch ein bisschen streng. – Also die Stimme von ihm. Mit der Stimme würde er vermutlich auch Terroristen klarmachen, dass es besser wäre, *jetzt* die Waffen fallen zu lassen, bevor er sie über den Haufen ballert. – *Das* habe ich dann gedacht und deswegen habe ich auch nicht gleich das Nachthemd aus dem Rucksack gezogen, um es seinem *Lenchen* zu schenken.

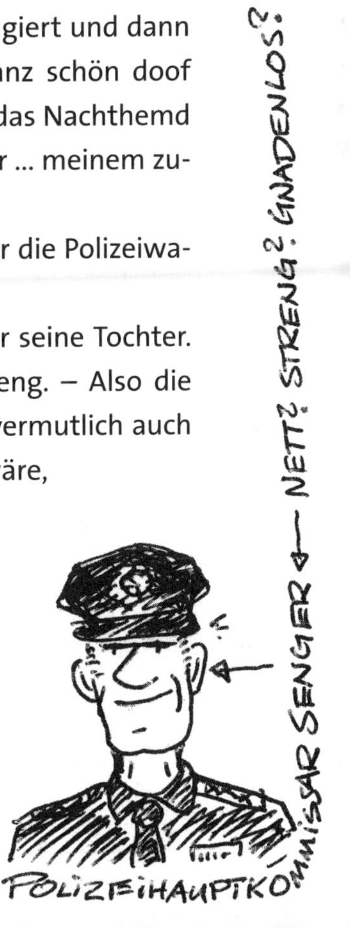

›Besser erst mal abwarten. Gucken, wie der so drauf ist‹, entschied ich clever und reichte ihm clever die Hand.

»Guten Tag, Herr Senger. Ich bin Jan Hensen, der Schulkamerad ihres Engels ... äh ... ***Tochter***!«, stellte ich mich ihm superhöflich vor. Punktetechnisch war das schon mal ein guter Anfang.

Das hat dann anscheinend auch der Bloch gepeilt, der dem Herrn Senger ebenfalls die Hand reichen wollte. Aber da konnte der Trottel auch nur noch ins Leere greifen, weil der Herr Senger schon vorangegangen war.

»Also dann man los, Kinners! Rein in die gute Stube!«, befahl er.

Er führte uns durch *die gute Stube*, stellte uns noch andere Polizisten vor und wir stellten abwechselnd unsere Fragen.

... das heißt: Justus, Lena und Nadine stellten sie. *Ich* nicht, weil mir einfach keine Fragen einfielen, zu denen ich nicht eh schon Antworten hatte.

›Man kommt hier rein – und erst mal nicht wieder raus. Unter normalen Umständen ist das so. ... wenn man Scheiße gebaut hat‹, überlegte ich und ging in Gedanken die verschiedenen Haufen Scheiße durch, die ich schon extrem *polizeiamtlich* gebaut hatte.

Und dann wurde ich gedanklich unterbrochen, weil Müller, die Kuh, mich plötzlich von der Seite anquatschte: »Sag mal, Hensen, willst du dir eigentlich keine Notizen machen? Du bist der Protokollführer!«

»Äh ... nicht nötig! Das hab ich alles im Kopf. Rufe ich später einfach ab und schreib's dann runter«, log ich.

Da standen wir gerade im Keller vor einer Stahltür mit Scheibe drin und Polizeihauptkommissar Senger erklärte uns: »... und hierhinter befindet sich unsere *Ausnüchterungszelle.*«

»Eine schöne ***Zelle*** für die blauen ***Fälle***«, reimte Bloch wieder bescheuert los, worauf der Herr Senger schmunzelte: »Ganz genau so ist das, junger Mann. Nur heute ist sie leer.«

Sagte es schmunzelnd und schob den schweren Riegel der Stahltür hoch und öffnete sie.

Dann klingelte sein Handy. Polizeihauptkommissar Senger ging ran und meinte dann kurz darauf zu uns: »Ich muss mal eben zur Zentrale hoch. Guckt euch die Zelle ruhig an und dann kommt ihr nach, verstanden?!«

»Verstanden, Papi!«, antwortete Lena und ging rein in die Zelle. Gefolgt von Nadine, Justus und mir.

Ich sag dir, Kumpel, da kriegte ich auf einmal wieder eins von meinen Gefühlen. Ein ganz beklemmendes diesmal. Schon sehr oft hatte ich mir vorgestellt, in so einer Zelle rumhocken zu müssen ... nach dem ein oder anderen Haufen jeweils, den ich – wie gesagt – schon mal hier und da *aus Versehen* gebaut hatte.

Kalt war die Zelle, mit Kacheln bis zur Decke hoch, komplett gefliest der Boden. Selbst die Bank. Und mit einem Klo aus Stahl in der Ecke.

»Wie krank ist *das* denn?!«, meinte ich zu dem Ding ohne Schüssel.

Nadine stellte sich neben mich und drückte auf die handgroße Stahltaste vor uns. Worauf dann in dem Stahlding das Wasser durchrauschte.

»Na ja«, meinte sie. »Immerhin gibt es hier Wasser. Ich hab da mal von einem Fall in Amerika gehört, da haben sie jemanden aus Versehen eingesperrt. Fünf Tage lang. *Ohne* Wasser! Die haben den da einfach vergessen. Dieser Typ hat dann irgendwann angefangen, seinen eigenen Urin zu trinken ...«

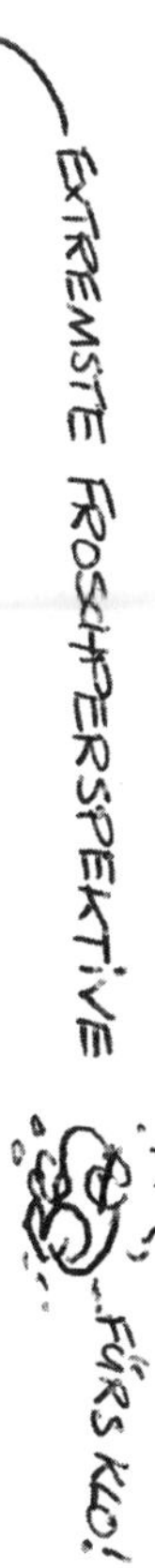

»Igiiiiitt, wie superekeliiiig ist das däääannnn!«, sagte Lena total angewidert.

»... aber auch nicht doof. Hätte er es nicht getan, wäre er verdurstet«, meinte Nadine noch mal.

»Leute, mir reicht's hier. Ich geh hoch«, sagte Lena da, verließ die Zelle und lief dann auch schon den langen Flur runter Richtung Treppe.

»Warte, ich komm mit«, rief Nadine und dackelte ihr hinterher.

»Ich auch!«, hörte ich dann auch den Bloch sagen.

Und dann wollte ich natürlich auch raus und drehte mich zur Tür rum, die ...

... dann im nächsten Moment ins Schloss fiel. *Vor* meiner Nase!

Durch die Scheibe der Stahltür sah ich gerade noch, wie Justus Bloch irgendetwas herunterdrückte. – den Riegel der Stahltür nämlich. – ***Tschack!***

»Das ist nicht w...«, wollte ich dann zu ihm durch die verriegelte Stahltür sagen, dass ich das ***nicht witzig*** finde, da grinst er mich plötzlich an – verschlagen und böse – und geht weg.

»NICHT WITZIG, BLOCH! KOMM ZURÜCK!«, brülle ich los und hämmere gegen die dicke Scheibe von der Stahltür.

... Bloch kam nicht zurück! Niemand kam zurück! Ich stand da in meiner Zelle, bollerte wie ein Geisteskranker gegen die Stahltür, und weil dann aber auch nach schätzungsweise 20 Minuten wirklich *niemand* zurückkam, hockte ich mich auf die Bank. Ich musste an Nadines Geschichte von dem Typen aus Amerika denken und hatte auf einmal schrecklichen Durst.

›Immerhin werde ich nicht verdursten!‹, versuchte ich mich dann selbst zu beruhigen und glotzte auf das Stahlklo in der gegenüberliegenden Ecke … untröstlich.

›… und ich werde verhungern! Ganz sicher werde ich das. Spätestens in einer Viertelstunde oder so‹, dachte ich dann untröstlich weiter und *noch* weiter: ›… und erfrieren werde ich auch. Erst verdursten, dann verhungern, dann erfrieren!‹

Und weil es wirklich echt ziemlich kühl war da in meiner Zelle, packte ich meinen Rucksack aus, um zu gucken, ob irgendwas Brauchbares darin wäre, was ich mir überziehen konnte.

War es! – Das rosa Minnie-Maus-Nachthemd meiner Schwester. Und da überlegte ich im ersten Moment noch, was eigentlich schrecklicher ist: verdursten oder erfrieren …

… und zog das Nachthemd dann aber über, weil mir wirklich echt kalt war. Ich zog es über, kauerte mich wieder extrem untröstlich auf meine Bank, glotzte *extremst* untröstlich das Klo an und da …

... flog die Tür auf. – Herr Senger stand darin. Und hinter ihm Lena, Nadine und der Bloch! Und *die* lagen dann im nächsten Moment am Boden vor Lachen, als sie mich da sitzen sahen ... in meinem Nachthemd.

»Wie konnte das denn passieren?«, fragt der Senger streng und sein Lenchen prustet: »Wir dachten, du bist auf der Toilette oder so. ... ***prust!***«

»Mi-Mi-Minnie Ma...hahahaha-hihihihihih...
...hhhhhhhh... ... ...h«, kriegt die bescheuerte Müller kaum noch Luft vor Vergnügen.

Und der Bloch grinst: »Wie gut, dass ich noch mal vorgeschlagen habe, hier unten nachzuschauen.«

Und da war's dann aus! *Nichts* fiel mir mehr ein, was ich darauf noch hätte sagen können. Komplett *sprachlos* also stampfe ich auf Bloch zu, um ihm ein paar aufs Maul zu hauen, und dann komme ich aber gar nicht mehr dazu, ihm ein paar aufs Maul zu hauen, weil ich auf dem Weg zu ihm in dem Nachthemd hängen bleibe und im nächsten Moment auf der Nase liege.

Lena, Nadine und ganz besonders der Bloch bogen sich vor Lachen …

… und weil aber so Typen wie der strenge Polizeihauptkommissar Senger zum Lachen eigentlich immer nur in den Keller gehen …

… bog der sich auch vor Lachen. Schließlich waren wir ja in einem. Einem Keller eben.

… wie spaßig!

Und weil ich wirklich der *Letzte* bin, der keinen Spaß versteht, habe ich dann eben auch gelacht, weil …

… wer zuletzt lacht, lacht am besten!

… ich mach dich fertig, Arsch-Bloch!

Eintrag 6 – Dienstag, 11:33 Uhr

Fürs Protokoll: Heute Morgen war die zweite Teamgruppenbesprechung und auf dieser verkündete der Gruppenleiter Gero Präbläblalinsky, dass am Ende der Projektwoche auf das Team mit der originellsten Arbeit eine coole Überraschung warten würde …

… und wenn Gero mich heute Morgen persönlich gefragt hätte, ob ich scharf auf diese *coole Überraschung* sein würde, hätte ich ihm ganz klar geantwortet: *Nein, Günther! Bin ich nicht! Die kannst du behalten und dir zu Hause aufs Klo stellen. Als Andenken an deine Referendarzeit.*

Im letzten Jahr wartete nämlich die *coole Überraschung* in Form von USB-Sticks auf das Gewinnerteam. – Mann, haben die sich gefreut.

Und in dem Jahr davor gab's für jeden Gewinner eine Kaffeetasse mit Lateinspruch drauf. *Carpe diem! – Nutze den Tag!* … was ich persönlich wörtlich genommen hätte und die Kaffeetasse gleich morgens als Erstes in die Tonne gehauen hätte.

Alles in allem: Es reichen locker zwei Finger, an denen man sich abzählen kann, in welcher Form die *coole Überraschung* in diesem Jahr auf einen lauert.

Vom Prinzip her hätte Gero auch *jeden* heute Morgen fragen können, ob er scharf auf die *coole Überraschung* sei, da hätte er prinzipiell von jedem *dieselbe* Antwort gekriegt: *Nein, Günther! Wirklich nicht! Kapier's endlich! Behalt den Kram!*

Jeden hätte er fragen können ... bis auf drei Leute! Meine Teamkollegen nämlich! Ausgerechnet! Lena, Nadine und der Bloch sind ganz heiß drauf, den ersten Platz zu machen. Was blöd ist, weil ich nun mal Teamkollege Nummer vier bin, und das heißt ganz klar, dass die mich mit reinreißen. ... also in einen Haufen Arbeit eben, *da* werden sie mich mit reinreißen. Sicher das.

Als Gero nämlich fertig war mit *Verkünden*, da waren meine Teamkollegen ganz aufgeregt und rutschten total albern auf ihren Stühlen rum vor lauter Aufregung.

Und Lena flüstert dann auch noch ganz aufgeregt in die Runde: »Ich denke, die originellste Arbeit, die machen *wir.* Mit unserer superschönen PowerPoint-Präsentation.«

›*Ich* denke, dass PowerPoint-Präsentationen fürs Klo sind!‹, denke ich dazu.

Und dann denke ich aber auch noch, dass ich das irgendwie auch ganz gut finde, wenn Paare nicht immer hundertprozentig gleich ticken. Also Lena und ich, wenn wir demnächst ein Paar sein werden – da finde ich es vorteilhaft, wenn wir nicht bei jedem Furz dasselbe denken. Öde wäre das.

Allein die Vorstellung: Ich sitz mit Lena abends beispielsweise auf einer Parkbank – Hand in Hand oder so – und dann verglüht über uns gerade eine Sternschnuppe und ich denk: ›Wow! Eine Sternschnuppe! Ein *Meteorit,* der Millionen von Lichtjahren durchs Weltall raste. Durch Galaxien, die nie ein Mensch zuvor gesehen hat. Vorbei an fremden Welten mit unbekannten Lebensformen drauf. Und eine von diesen unbekannten Lebensformen hat vielleicht eines Abends exakt denselben Meteoriten gesehen. Vielleicht saß sie dabei auch auf einer Parkbank. Neben einer anderen unbekannten Lebensform.‹

Das denke ich dann alles da auf der Parkbank neben Lena sitzend – Hand in Hand oder so – und dann will ich auch sagen, was ich grad alles gedacht hab, und dann sagt Lena aber: »Ja, ich weiß!«

Das wäre doch total öde. Da könnte man sich doch gar nicht mehr vernünftig unterhalten.

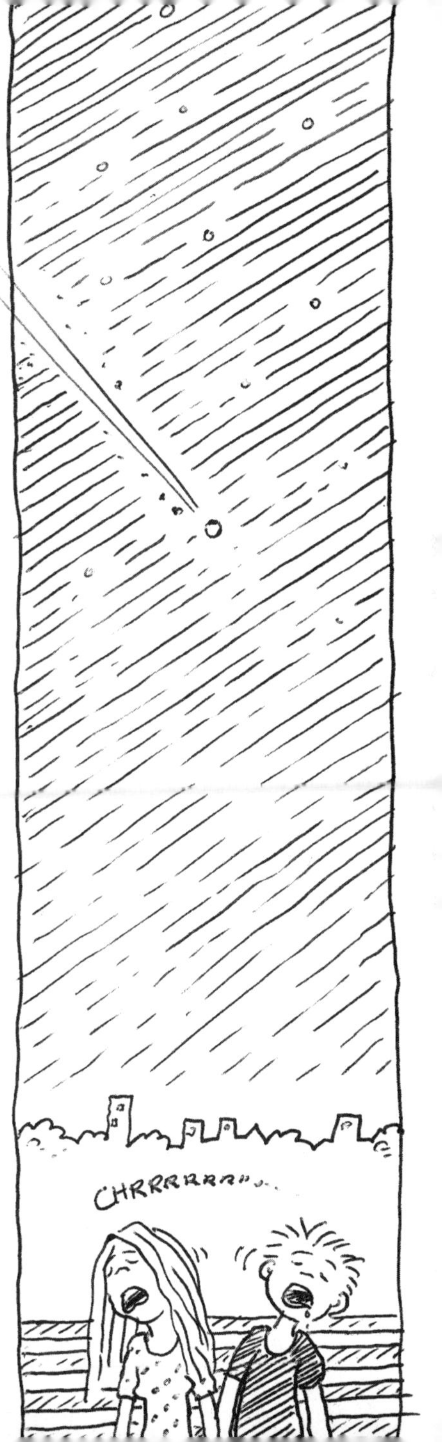

Und deswegen fand ich das irgendwie auch ganz gut, dass Lena da komplett anders über *originelle Arbeiten* denkt als ich.

Hampelmann Gero fragte dann noch, wie weit wir mit unseren *coolen* Ideen denn schon vorangekommen sind.

Worauf dann zum Beispiel das Team von Marie, Clara, Hanna und Jonas antwortete, dass sie mit ihrem Pappmaché-Projekt prima vorankommen würden. – Das Rathaus würde schon stehen.

Das musst du dir mal vorstellen: Die haben tatsächlich vor, die komplette Hamburger Innenstadt aus Pappmaché nachzubasteln. Das ist doch krank!

»TOLL!«, rief dann aber der Gero ernsthaft begeistert und hampelte dabei auf das nächste Team zu. Nämlich das von meinen Kumpels, und Cemal legte dann wieder seinen Dönergang ein: »Äy, unser Idee läuft voll toll geil, ... Günther.«

»Praktisch wie von selbst!«, ergänzt Gerrit.

»Ich heiße ...«, sagt Gero.

»... Günther?«, fragt Kumpel Sebastian dann aber. »Können wir schon gehen?«

»Äh ... nein ... wieso?«, fragt Gero nach.

»Uns läuft ein wenig die Zeit davon«, antwortet ihm der kleine Hendrik schlau. »Unser Stadtparkprojekt erfordert unsere höchste Konzentration.«

›Na super!‹, denke ich da wieder ein bisschen neidisch. ›*Höchst konzentriert* im Stadtpark abhängen.‹

Und dann gucke ich im nächsten Moment voll neidisch meinen Kumpels hinterher, wie sie aus dem Klassenraum stürmen, weil Gero es ihnen tatsächlich erlaubt hatte.

›Unfassbar!‹, denke ich noch, aber da höre ich auf einmal den Bloch neben mir sagen: »Unser Projekt läuft ebenfalls großartig an. – Wir waren gestern auf der Polizeiwache. Das war sehr *aufschlussreich*.«

Sagt es, grinst dann so doof zu mir rüber und da weiß ich ganz genau, was er denkt, und die Müller anscheinend auch, weil die lacht dann wieder kurz auf. Also mit Mund zu und diesem knarzenden Rachen-Geräusch, wofür es keine vernünftigen Buchstaben gibt.

Und als Gero dann auch noch mal extrem interessiert nachfragt, was denn so aufschlussreich gewesen sei, laufe ich voll rosa an wie ein Minnie-Maus-Nachthemd, und dann sagt Lena aber plötzlich: »Ach, nicht so wichtig! Heute machen wir übrigens unsere Betriebsbesichtigung bei Nadines Eltern. Die haben einen Familienbetrieb.«

Kumpel, ich sag dir, vor Dankbarkeit hätte ich Lena um den Hals fallen können. Sie hatte das Thema extra gewechselt. Für mich tat sie es. Um mich zu retten.

... was das übrigens für ein Familienbetrieb ist, den die Müllers da haben, kann ich dir noch nicht so genau sagen. Da wollte Nadine noch nicht so recht mit der Sprache rausrücken, als Gero da noch mal voll-neugierig-super-interessiert nachfragte.

»Wir arbeiten mit Menschen!«, grinste sie nur ein bisschen geheimnisvoll.

»Voll spannend!«, grinste auch Lena, die als Nadines Cheffreundin wahrscheinlich Bescheid wusste.

Aber diesmal war ich nicht der Einzige, der nicht ganz im Bilde war, weil der Bloch dann auch genauso doof und fragend zu den beiden rüberguckte.

Wie auch immer: Gleich um zwei ist Treffen bei den Müllers.

... und jetzt, mein Freund, ist aber erst mal ein komplett anderes Treffen angesagt: *Jan Hensen vs. Pizzablitz.* – Der steht nämlich gerade klingelnderweise mit vier Pizzen vor unserer Wohnungstür rum. Die hatte meine Mutter geordert. Ausnahmsweise. Weil eigentlich kocht meine Mutter immer selbst. Nur seit gestern nicht mehr. Weil sie irgendwie voll im Stress ist mit ihrer Arbeit im Museum, da kann sie nicht mehr für uns kochen. Was ich irgendwie aber auch total geil finde, dass meine Mutter voll im Stress ist, weil ... eigentlich kann sie *gar nicht* kochen!

PROTOKOLLEINTRAG
ENDE

PS: Justus Bloch – ich habe dich nicht vergessen!!!

Eintrag 7 – Dienstag, 18:55 Uhr

Löst du eigentlich gerne Rätsel?

Für den Fall, dass *ja* – dann hätte ich jetzt eins für dich: Rate, was die Müllers für einen Familienbetrieb haben!

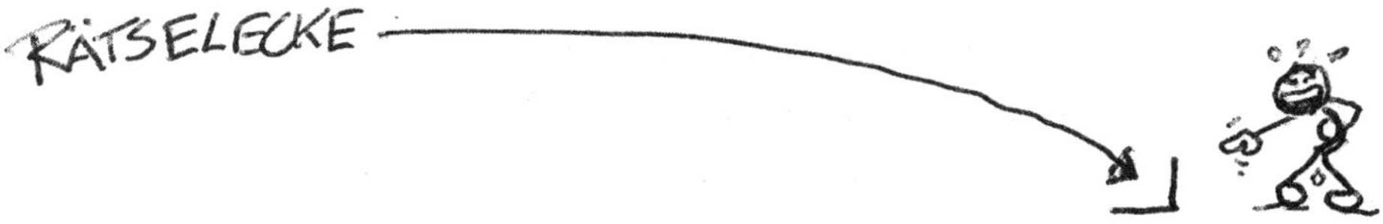

Da kommst du *im Leben* nicht drauf! – Wenn du so willst, wäre das auch schon der Tipp, den ich dir geben kann: *im Leben nicht!*

Und jetzt ist es eigentlich auch schon total leicht, weil – richtig, mein emsiger Rätselfreund: Die Müllers haben ein Bestattungsunternehmen! Bei sich zu Hause! Kein Scheiß! Ehrlich!

Total abgefahren, der Laden! – Kann ich dir jetzt alles ganz genau sagen, wie das da läuft bei den Müllers. Ich komm nämlich gerade von denen ...

... *fünf Minuten vor der Zeit* stand ich bei den Müllers auf der Matte und dann hat Nadine mir selbst die Tür aufgemacht und mich mit den Worten *Du bist zu früh!* begrüßt und ist dann einfach wieder ins Haus verschwunden.

Da hatte ich ja eigentlich schon keinen Bock mehr, hinterherzustiefeln, hab's dann aber natürlich doch getan, weil ich dachte, dass Lena ja vielleicht auch schon da wäre.

Ich folge Nadine also in die Küche und Lena war dann aber doch noch gar nicht da. Und von Bloch auch noch keine Spur.

Nadine zeigt auf einen Stuhl und knallt eine Flasche Fanta für mich auf den Tisch.

»Aber hier wird nicht gekleckert, klar?!«, grinst sie mich so doof dabei an und da sag ich dann aber nur »Pfff!« drauf und nehme halb verdurstet einen ordentlichen Schluck aus der Pulle, den ich ...

... im nächsten Moment ordentlich auspruste. Voll über den Tisch. Voll aus Versehen! Weil ich mich erschrocken hab. Weil in dem Moment, als ich die Fantaflasche an den Hals setze, latschen da zwei Männer mit einem Sarg stumm durch die Küche.

Und als wäre das das Normalste der Welt, wenn zwei Männer mit Sarg stumm durch eine Küche latschen, pflaumt Nadine mich an: »Och, Mensch, Hensen, das nervt!«, holt die Küchenrolle und wischt den Tisch wieder sauber.

»Was war das?«, frage ich echt baff.

»Was war *was*?«, fragt Nadine.

»Na *das* eben! Der *Sarg*!«

»Ach so! Das war Opa!«

»Das tut mir leid!«

»Ja, er kann echt nerven.«

»... ?¿?¿? .... er ist ***tot***, Nadine!«

»Na ja! *So* tot auch wieder nicht! Der ist noch ganz gut zu Fuß und kann immerhin noch mit meinem Pa die Särge schleppen.«

»... ah! ...?¿? ... und wer war dann im Sarg, wenn nicht dein Opa?«

»Der war natürlich leer, Mann! Der ist neu!«

Und weil ich da natürlich immer noch klassisch verpeilt aus der Wäsche gucke, klärt Nadine mich mit dem Familienbetrieb der Müllers auf, und dass das eben ein Bestattungsunternehmen ist.

»Hab ja gesagt: *Wir arbeiten mit Menschen*«, grinst sie mich noch mal an.

Und dann ging sie raus aus der Küche, weil es geklingelt hat, und kam kurz darauf mit Lena zurück ... und dem Bloch auch. Die beiden waren zusammen gekommen. Was mir einen kleinen Stich versetzt und der Bloch mich dann auch noch so dämlich angrinst, als könnte er meine Gedanken lesen.

Da will ich mir aber nichts anmerken lassen und sage zu Lena: »Die Müllers haben hier ein Bestattungsunternehmen. Echt abgefahren, oder?«

»Ja, ich weiß!«, grinst Lena mich an und da muss ich kurz an unser *Parkbank-Gespräch* von heute Morgen denken und dann ...

... fällt dem Bloch aber im selben Moment sein eigenes Gegrinse voll aus dem Gesicht und er stottert doof und leichenblass: »Ein B...B...B...B...Bestattungsunternehmen?«

Bloch hatte Schiss! Das merkte man. – Was man ja auch irgendwie verstehen kann, wenn jemand Schiss hat vor toten Menschen. – Ich persönlich hab da jetzt nicht so das ganz große Problem mit. Hat vielleicht damit zu tun, dass ich schon mal was mit einem Toten zu tun hatte. ... also *so* tot war der dann aber noch gar nicht und ...

... ist jetzt aber auch wirklich ein komplett anderes, *echt krankes* Thema!

Fakt ist: Ich hab seitdem nicht mehr das ganz große Problem mit Leuten, die tot sind ... oder sein sollten!

Der *Bloch* aber. Voll Schiss hatte der und wollte es sich dann aber auf gar keinen Fall anmerken lassen, dass er voll Schiss hatte. Nicht vor den *Mädels*. Und schon gar nicht vor mir.

»Ah! ... ähm ... intere...rere...ssant!«, stammelte er sich einen zusammen.

»Okay, dann man los! Ab in den Keller!«, sagte Nadine dann und ging fröhlich voran.

»In den K...«, wiederholte Bloch unvollständig doof und voll weiß im Gesicht.

»Alles klar, *Blochi*?«, frage ich ihn da noch mal, als wir die Treppe zum Keller runtergehen.

Worauf er aber gar nicht mehr antwortet. – Blochi hatte *echt* Schiss!

Unten begrüßten uns die beiden Männer, die ich schon aus der Küche kannte. – Nadines *Pa* und ihr quicklebendiger Großvater. Die waren grad damit beschäftigt, den leeren Sarg in ein Regal reinzuhieven.

»Da ist ein *echt* ***toter Mensch*** drin!«, flüstere ich dem Bloch von hinten ins Ohr.

Bloch sagte nichts. Er stand da wie ein Roboter, der eine Sache super draufhat: Umfallen!

Und dann taumelte er aber nur robotermäßig hinter uns her, als Nadines Vater uns durch seinen Betrieb führte ... also durch den Keller eben ... sein *Totenreich*!

Tote hat er uns aber nicht gezeigt.

»Das kann ich leider nicht machen, mein Junge. Hat was mit *Würde* zu tun«, antwortete Herr Müller mir, als ich danach noch mal *extra* gefragt hab.

»Aber ich kann dir verraten, dass sie genau dort drin sind. Vier Unfallopfer. *Amtlich* tot!«, sagte Nadine da noch mal zu mir und zeigte grinsend auf einen schmalen Ikea-Blechschrank in der Ecke.

Das war echt witzig und auch der alte Müller musste laut lachen, als er just in dem Moment den Schrank aufriss.

»Ungck!«, machte der Bloch neben mir irgendein extrem angespanntes Geräusch und dann noch ein erleichtertes ***Pffffffffff*** hinterher, als er sah, dass in dem Blechschrank *natürlich* keine Leichen drin sind, sondern nur ein Putzeimer und Besen und so was.

Der alte Müller nahm sich den Besen und ging damit nach oben. Und ich ihm hinterher, weil ich mal aufs Klo musste.

Und als ich wenig später die Treppe wieder runterging, entdeckte ich einen Lichtschalter am Ende der Treppe ...

... und knipste ihn nach unten! – Vollkommene Dunkelheit – *endgültige* Finsternis!

»Mist!«, höre ich Herrn Müller genervt in die Finsternis knurren. »Opa hat oben wieder das Licht ausgemacht.«

Und: **»Opa! Mach das Licht wieder an! Sofort!«**, höre ich Nadine dann brüllen.

Und: »Hihihihihi ... wie gruselig!«, höre ich Lena auch noch mal ein bisschen albern in die unendliche Finsternis kichern.

Und ... Justus? – Den höre ich nur schwer atmen! Immer lauter und lauter.

Was logisch ist, weil ich ihm auch immer *näher* und *näher* komme. Den Weg zu ihm hatte ich mir ganz genau eingeprägt, bevor ich das Licht ausgeknipst hab. – Exakt zehn Schritte schnurgeradeaus.

Und nach Schritt *elf* stehe ich dann aber auch exakt hinter ihm, greife ihm voll kalt in die Schulter und puste ihm ins Ohr: »Buh!«

... quiekt Bloch wie ein angeschossenes Meerschweinchen los und rennt weg.

In welche Richtung, weiß ich erst nicht, weil es ja auch so schrecklich dunkel war. Und dann weiß ich's aber doch, weil es dann nämlich auf einmal ***KLONK!*** macht. Was exakt so klingt, wie wenn man mit seiner Birne voll in einen Ikea-Blechschrank reinbrettert.

Und dann sehe ich auch, dass der arme Justus mit seiner Birne da voll reingebrettert ist, weil dann ja auch das Licht wieder angeht.

»Tut mir leid! Bin wohl aus Versehen an den Schalter gekommen!«, brüllt Opa Müller von oben in den Keller. ... *unschuldig*, wie ich zu sagen wüsste! Der Schalter *oben* war nicht das Problem.

»... ich weiß auch nicht. Bin wohl gestochen worden. Von einer Wespe oder so«, erklärt Justus Bloch uns wenig später, nachdem er auf die Couch in Müllers Wohnzimmer gesetzt wurde.

»Eine Wespe?! In *meinem* Keller?! Undenkbar!«, meint Herr Müller.

»Vielleicht hat der arme Justus sich aber auch einfach nur erschreckt, weil ich von der Toilette zurück in den dunklen Keller bin und ich ihn *aus Versehen ganz leicht* an der Schulter berührt habe«, trage ich dann zur Aufklärung des *Unfalls* bei.

Da guckt der *arme* Justus mich an, als hätte ich ihm grad einen Vorschlaghammer volles Pfund auf den kleinen Zeh oder sonst wohin gehauen. Extrem überrascht also.

»Buh!«, puste ich ihm da ins Gesicht. Aber ohne Stimme diesmal. Nur für ihn. Zum Lippenlesen.

Bloch las und hätte platzen können vor Wut. Aber da hatte er sich doch noch ein wenig im Griff und presst nur voll angespannt heraus: »Totaler Quatsch! Ich wurde von einer Wespe gestochen. Und damit *basta*!«

»Pfff ... eine Wespe! In *meinem* Keller! ... undenkbar!«, stellt Nadines Pa noch mal klar und geht dann aber raus. Zusammen mit Opa Müller.

»Wo denn? Zeig mal!«, fordert Nadine Justus dann auf, uns seinen geheimnisvollen Wespenstich zu zeigen.

Und weil es da aber logischerweise nix zu zeigen gibt, sagt Bloch clever: »Am Po irgendwo! Wollt ihr das wirklich sehen?«

Nein! Niemand wollte Blochs Hinterteil nackt sehen. Nicht mal ich! Und damit war die Geschichte komplett vom Tisch. Bloch wechselte dann auch schnell das Thema und fragt in die Runde: »Wo machen wir eigentlich morgen unsere Betriebsbesichtigung?«

»Bei Jannys Mutter. Im Museum«, antwortet Lena ihm.

»Das hatten wir aber gestern schon alles besprochen«, sagt Nadine leicht angenervt und zu mir dann noch mal: »Hast du mit deiner Mutter gesprochen? Macht sie für uns die Führung im Museum?«

Da gucke ich sie erst superblöd an, weil ich voll nicht auf dem Plan habe, was *wir* gestern alles besprochen hatten, und sage aber: »Ja klar! Schon längst! Kein Thema!«

»Gut, gut, Hensen!«, lobt die Müller mich blöd und schiebt dann noch mal hinterher: »Wie sieht's eigentlich mit dem Protokoll aus?«

›Finster!‹, denke ich und lüge schlau: »Äh... ... gut sieht's aus. Alles supi! Hab's gestern noch mal alles auf mein Laptop übertragen.«

»Was für eins?«, fragt Bloch dann doof.

»Wie – *was für eins*?«, wiederhole ich.

Und Bloch dann wieder: »*Was* für ein *Laptop*, Mann?! *Samsung, Acer, Apple* …«

»Apple!«, antworte ich.

»*MacBook Air* oder *MacBook Pro*? Ich hab das *MacBook Air*. Das ist etwas billiger, aber …«

»MacBook Pro!«

Da guckt er erst ganz erstaunt und grinst dann aber wieder so total doof überheblich: »Ah ja! ***Du*** hast ein *MacBook Pro*! Respekt, Respekt! Kannst du mir ja morgen mal zeigen, ***dein*** *MacBook Pro*!«

»Geht nicht!«, sag ich. »Steht bei mir zu Hause. Darf ich auch gar nicht mit zur Schule bringen. Weil es eben so teuer war, ***mein*** *MacBook Pro*!«

»Ist ja kein Problem! Wir sind ja morgen eh bei dir«, sagt er darauf – total doof überheblich dauergrinsend.

»Wieso sind wir morgen eh bei mir?«, frage ich da blöd nach.

»Mein Gott, **Hensen**!«, mault Müllers Kuh mich an. »Weil wir das so besprochen hatten! *Teamtreffen abwechselnd bei jedem zu Hause!* – Alles muss man dreimal sagen!«

»Weißt du das denn nicht mehr, Janny?«, fragt Lena supersüß nach.

»Öh! ... ja klar weiß ich das noch«, weiß ich von nichts.

Und dann war dieses Supergespräch aber auch schon wieder vorbei und wir sind alle rauf auf Nadines Zimmer und haben angefangen, an ihrem Rechner diese öde PowerPoint-Präsentation zusammenzufummeln. Also Fotos reingestellt mit Schatten drunter und so was ... vorläufig noch ohne Text. ... den muss ich dann noch nachliefern. Also das Protokoll eben, aus dem die Kommentartexte zusammengebastelt werden sollen. ... was ein echtes Problem werden könnte, weil es noch kein Protokoll gibt.

… was aber ein Witz ist im Vergleich zu dem Problem, was ich *jetzt* habe. – *Kein* Laptop nämlich! Jedenfalls nicht von *Apple*. Und schon gar kein *MacBook Pro*! Nicht mal *irgendetwas* Vergleichbares. *Mein* Laptop ist vergleichbar mit einer alten Pizzaschachtel. Genauso klobig und in etwa auch mit der Rechenleistung einer Pizzaschachtel. – *Das* ist das Problem! Und daran ist nur der Bloch schuld, weil er mich provoziert hat!

… und meine Eltern! Weil ich durch sie gezwungen war zu lügen!

… weil ich durch sie gezwungen bin, in der Steinzeit zu leben!

… weil sie mich nicht lieben! *Mich!* Ihren eigenen und *einzigen* Sohn! Das weiß ich! Seit ein paar Wochen weiß ich es. Seit meinem 13. Geburtstag.

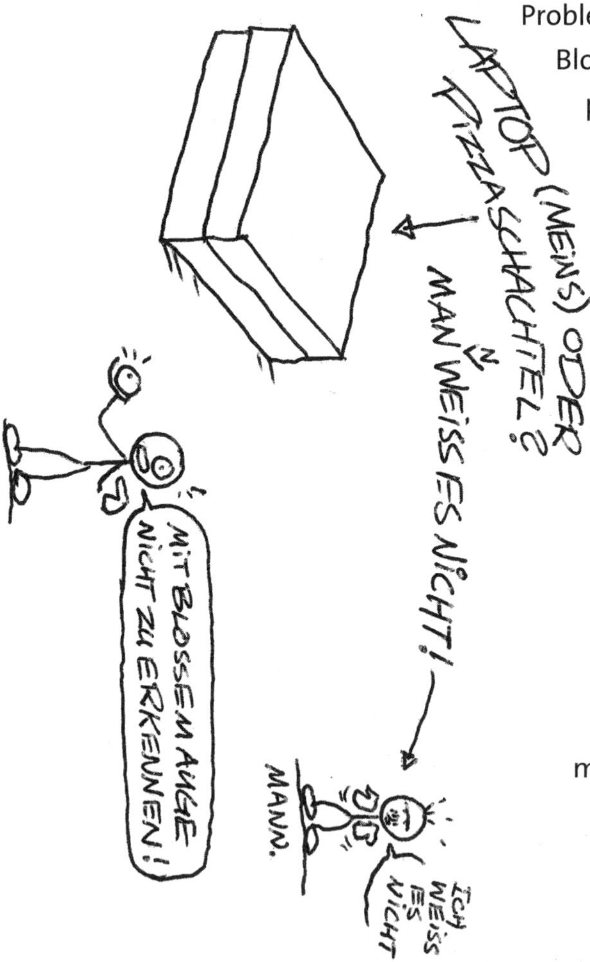

Weil ich *vor* meinem 13. Geburtstag zu meinen Eltern gesagt habe: »Vater! Mutter! Ich werde bald 13!«

Worauf Vater und Mutter gesagt haben: »Sohn! Das ist uns bekannt!«

Und ich dann darauf: »Gut! Ich will ein iPad! Wenn ich es *nicht* kriege, muss ich denken, dass ihr mich nicht mehr lieb habt.«

So! Und was hab ich gekriegt vor ein paar Wochen zu meinem 13. Geburtstag?

Sehr richtig: *kein* iPad!

Und da könntest *du* jetzt sagen: »Da übertreibt der Jan doch bestimmt ein wenig! Nur weil seine Eltern ihm zum Geburtstag kein iPad schenken, muss das ja wohl noch lange nicht heißen, dass sie ihn nicht lieb haben.

Worauf ich dann sagen müsste: »Recht hast du! Ich denke auch nicht, dass meine Eltern mich nicht lieb haben. Ich denke, dass sie mich *hassen*!«

Ansonsten hätten sie mir ja wohl kaum an meinem Geburtstag vor ein paar Wochen dieses … ***Ding*** in die Hand gedrückt. Ein namenloses Stück Plastik, von dem mein Vater dann auch noch behauptet hat, dass es ein iPad wäre.

»Ist es nicht!«, habe ich darauf gesagt.

»Aber es ist ein Tablett-Rechner. So einen wolltest du!«, hat mein Vater dann gesagt.

»Erstens: Es ist Englisch und heißt *Täblät*, und zweitens: Nein, ich wollte nicht! Ich wollte ein iPad!«, sag ich dann wieder.

»Es ist genauso gut wie ein iPad. Nur billiger«, sagt mein Vater wieder.

»Es ist billig und kann nichts!«, sage ich.

»Du bist undankbar!«, sagt er.

»Ich bin wählerisch. Das ist ein Unterschied!«, sage ich.

Worauf meine Mutter sich einmischt: »Du hast die Wahl zwischen *diesem* ***Täblät***-Rechner und ***keinem*** iPad!«

»Ich wähle ...«, sag ich noch doof und dann aber gar nichts mehr, weil ich da auch schon gepeilt habe, dass meine *eigene* Mutter mir die Pistole voll auf die Brust gedrückt hat.

Daher habe ich mich dann sehr wählerisch für dieses ... ***Tablet des Grauens*** entschieden.

Was ein Fehler war! – Weil hätte ich mich *dagegen* entschieden, dann würde ich jetzt in Erdkunde besser dastehen ...

... was daran liegt, dass ich für mein Referat in Erdkunde eine glatte Sechs bekommen habe. Und das, obwohl ich mir diesmal echt total viel Mühe damit gegeben hatte. – Bilder aus dem Internet kopiert. ... und die Texte dann auch noch! Weil da dachte ich: ›Besser könnt ich's auch nicht formulieren.‹

Mit meinem *Geburtstags-Plastik-Tablet* habe ich dann alles noch schick zusammengebastelt, bin damit in die Erdkundestunde, habe das Teil an den Beamer gefummelt und wollte gerade anfangen, das Referat schick zu präsentieren, da ...

... konnte ich es dann aber gar nicht mehr präsentieren, weil mein *Geburtstagsgeschenk* sich weigerte, überhaupt noch *irgendetwas* zu präsentieren ... außer einer unendlichen Leere auf dem Plastikbildschirm.

Da haben dann alle herzlich gelacht und Herr Klarholz – mein Erdkundelehrer – auch, und als er fertig war mit Lachen, hat er mir eine *Sechs* verpasst.

... meine Eltern hätten mir genauso gut eine Schiefertafel und ein Stück Kreide schenken können. Das wäre besser gewesen. Passender irgendwie auch. War nämlich auch das Referatsthema. – *Kreidezeit!*

Steinzeit! In *der* lebe ich! Computertechnisch gesehen ist das so. Mit Mamas altem Laptop. Klobig wie eine Pizzaschachtel und schwer wie ein Stein und in etwa auch genauso alt wie einer. Null Ahnung, wie alt Steine sind, aber klar ist: Im direkten Vergleich würde so ein Stein bei Stiftung Warentest um Längen besser abschneiden als mein Laptop. Da passt einfach mehr drauf …

… wenn man Kreide hat!

Aber ich will mich auch nicht dauernd beschweren. Weil immerhin habe ich ja auch noch einen Kuli. Und ein Notizbuch. *Dieses* Notizbuch. Garantiert absturzsicher. Kannst du gerne mal ausprobieren. – Lass es auf den Boden fallen und dann überzeug dich selbst: Alles noch da! Jedes Wort! ... ist doch toll, oder?!

Geschenkt hat mir dieses geniale Blätter-Wunderwerk übrigens meine Schwester.

... also zugeworfen hat sie's mir. Direkt an den Kopf. Weil ich ihr gesagt hatte, dass ich sie für eine ausgesprochen *hohle Frucht* halte, und weil sie da gerade keine Axt zur Hand hatte, hat sie mir eben ihr leeres Notizbuch an den Kopf geworfen. Und das hab ich dann einfach behalten. ... kann sie eh nix mit anfangen ... diese hohle Frucht!

... wo war ich eigentlich stehen geblieben? ... *Kreidezeit – Steinzeit – Plastikmüll – Vater – Mutter – Bloch ...*

... Bloch! Da war ich stehen geblieben. Bloch hat mich provoziert und er ist schuld daran, dass ich jetzt ein echtes Problem habe.

Und nun brauche ich eine vernünftige Lösung dafür. Bis allerspätestens morgen Nachmittag, wenn Lena, Nadine und der Bloch hierherkommen. Also zu uns nach Hause. Auf mein Zimmer – in die extrem *applefreie* Zone.

... aber da muss ich mich später irgendwie drum kümmern. *Jetzt* wird erst mal ordentlich reingehauen! ... also *ernährungstechnisch*! Weil soeben höre ich, wie mein Vater zur Tür reinkommt. Mit schätzungsweise 53 Plastiktüten Essen. Vom Chinamann. Einmal die kompletten Nummern *süß-sauer* rauf und runter. **Hmmm...mjamm, mjamm, mjamm!**

Es lebe die Kunst! Und der Stress, den Kunst verursacht! Es lebe Mamas Museum!

Eintrag 8 – Mittwoch, 13:10 Uhr

Fürs *vollständige* Protokoll: ... aber erst mal nur für heute. Das von gestern und vorgestern folgt dann noch nach!!!

... also **fürs vollständige, extrem lückenlose Protokoll für Mittwoch, den 11. Juni: Heute Morgen auf der dritten Teamgruppenbesprechung unter der Gruppenleitung des Gruppenleiters Gero Preoschimansky hat dieser jener ... Welchinsky den Teams mitgeteilt, dass am kommenden Montag die Ausstellungseröffnung stattfinden wird ...**

... was ich irgendwie auch echt witzig finde. Also nicht die Ausstellung selbst natürlich. Die ist nicht witzig. Die ist sinnlos, unbedeutend, witzlos! – Aber eben doch witzig daran finde ich, dass Mama – also meine *Mutter* – am selben Tag auch ihre Ausstellungseröffnung im Museum hat. *Mama und ich – Sklaven der Kunst. Gladiatoren im todesverachtenden Kampf um Ruhm, Ehre ... und Kaffeetassen mit Lateinspruch drauf.*

Was sie persönlich nicht *ganz* so witzig fand, als ich genau *das* gestern Abend beim Essen raustrompetet habe ... mit einer halben Portion *Nummer 102 süß-sauer* im Mund.

»Mit vollem Mund spricht man nicht!«, rügte mich mein Vater und dann knurrte meine Mutter eben: »Das ist ***nicht*** witzig, Jan!«

»Wieso? Du und ich. Opfer der Kunst. **Voll witzig!**«, sag ich dann und schiebe mir gleich drauf noch mal drei leckere frittierte Bananen in den Hals.

»Mama, wo ist mein Minnie-Maus-Nachthemd?«, fragt da meine witzlose Schwester Hannah komplett am Thema vorbei.

Mama zuckt mit den Schultern und ich sage: »Das ist nicht das Thema!«, und nehme mir aber fest vor, dass ich das bei Gelegenheit mal zurück in ihren Wäscheschrank legen werde.

»Pfff!«, macht Hannah.

»Wie läuft's denn mit euren Ausstellungen, ihr *Kunstsklaven*?«, fragt Papa ein *bisschen* lustig nach.

»Läuft ... Punkt!«, informiere ich meinen Vater ausführlich.

»Murmelmurmel!«, murmelt Mama sich irgendeine Antwort zusammen.

Da guckt mein Vater uns abwechselnd an und brummelt dann nach einer Weile: »Schön, dass wir mal drüber geredet haben.«

Da hat dann aber auch keiner mehr so richtig drauf reagiert. Mama schüttet sich ein halbes Glas Rotwein in den Hals und mümmelt dann wieder an ihren Bambussprossen rum.

Wie gesagt: Meine Mutter ist mit ihrer Ausstellung voll amtlich im Stress ...

... was mich persönlich ein bisschen wundert. Ist ja schließlich nicht die erste Ausstellung, die sie da organisiert. – Ein paar alte Bilder aufhängen! Kann ja wohl nicht so schwer sein.

… und die Nägel, die sie dafür braucht, kann sie sich nun auch locker leisten. Also ihr *Museum* dann. Obwohl das da bei denen auf dem Konto so ähnlich aussehen muss, wie mein Sparschwein sich fühlt. – Total leer nämlich! Praktisch gesehen haben die nämlich gar keine Kohle für Mamas Sonderwünsche. Also für ihre Ausstellung eben, die sie da ab Montag am Start hat. Aber meine Mutter wäre nicht meine Mutter, wenn sie da nicht gesagt hätte: »Ich ***will*** die Ausstellung! Und ich ***krieg*** sie auch!«

Ich sag dir, da ist sie wie ein Terrier. Total verbissen! Und dann hat sie es auch tatsächlich irgendwie geschafft, einen *Sponsor* aufzutreiben. Also einen Typen mit Spendierhosen. So einen hat sie gefunden. Total irre, sag ich dir. Der schenkt meiner Mutter für ihre Ausstellung einen Haufen Geld und dann will er nicht mal, dass sein Name irgendwo fett über den Bildern steht. Da wär ich anders.

... aber egal, jedenfalls hat eben dieser Topsecret-Typ es mittels Geldfluss ermöglicht, dass Mamas Ausstellung laufen kann. Und sie wird laufen. Ganz sicher das. – Und meiner persönlichen Meinung nach könnte sie deshalb auch etwas geschmeidiger sein. *Lockerer* eben.

... ist sie aber nicht.

»Was willst du denn hier?«, begrüßte sie mich nämlich total unlocker, als ich mit Lena, Nadine und dem Bloch vor zwei Stunden in ihrem Museum aufgeschlagen bin.

»Die Betriebsbesichtigung – *Museumsführung*!«, antworte ich ihr. »Wir hatten darüber gesprochen ... *schon längst!*«

»Ach ja, richtig. ... aber das war *heute Morgen*, nicht *schon längst*!«, korrigiert meine Mutter doof drauflos.

Und dann ging sie aber auch schon los, die *Betriebsbesichtigung*. Und das, obwohl meine Mutter eigentlich ja so was von null Zeit für so einen ausgemachten Schwachsinn hat. Aber da schlägt ihr Kunstherz ... also ihr *Herz für Kunst* so dermaßen hoch, dass sie dafür alles andere schon mal stehen und liegen lässt, wenn sie die Gelegenheit wittert, *kulturmüde* Teenager für den ganzen Krempel begeistern zu können. Jedenfalls: Meine Mutter schleppte uns durch das komplette Museum, wir stellten ihr *wahnsinnig spannende* Fragen ... also meine *Teamkollegen* stellten sie dann wieder, *nicht* ich.

… also nicht, dass mich der Job meiner Mutter *gar* nicht interessieren würde, aber das war hier nun mal das absolute Heimspiel. Und das kannst du wörtlich nehmen, Kumpel!

Praktisch gesehen habe ich hier meine halbe Kindheit verbracht. … also *ganz* früher dann. Als ich noch *ganz* klein war. Da hat mich meine Mutter oft mit zur Arbeit mitgeschleppt, wenn das Kindermädchen krank war oder so was. Aber das war *gestern*. … also *ganz* lange her!!!

Heute sieht die Sache so aus, dass ich trotzdem noch ganz gut Bescheid weiß. Und deswegen konnte ich dann auch locker selbst die saudämliche Frage von dem obersaudämlichen Bloch beantworten, die er eigentlich meiner Mutter gestellt hat.

»Natürlich sind das Originale, du Hirni«, antworte ich ihm, als wir wieder in der Ausstellungshalle angekommen sind.

»Das kann ich ja nicht wissen!«, zickt der Bloch da rum. »Außerdem habe ich deine Mutter gefragt, nicht dich ... *Janny*!«

Und dann sehe ich, wie er sein Angeber-iPad aus seiner Tasche kramt, um ein paar Fotos von den Originalen zu machen. Was natürlich absolut verboten ist hier im Museum. – Da sag ich aber extra nichts zu, weil ich ganz genau weiß, was als Nächstes kommt.

»KEINE FOTOS!«, brüllt Mama ihn da nämlich voll streng an, worauf der Bloch voll erschrocken beinah sein iPad fallen lässt.

»Tut mir leid, Junge! Aber Fotografieren im Museum ist hier *strengstens* verboten«, erklärt meine Mutter ihm da noch mal etwas freundlicher.

»Aber, Frau Hensen! Wir brauchen doch die Fotos!«, sagt Lena supertraurig, was irgendwie auch echt süß ist, wenn Lena supertraurig ist.

»Exakt! Für unsere PowerPoint-Präsentation! Unser Projekt, Frau Hensen«, mischt sich die Müller doof ein.

»Ihr macht eine *PowerPoint-Präsentation*??? – Wie langweilig!«, haut meine Mutter da raus.

Da waren alle erst total überrascht und auch ein kleines bisschen beleidigt. Außer mir! – Endlich sprach mal jemand aus, was ich schon lange wusste!

»Tut mir leid, Leute, ich sehe das so!«, sieht meine Mutter das noch mal exakt genauso wie ich. »Es wäre doch viel spannender, wenn ihr *selbst* künstlerisch aktiv werdet. Macht *eigene* Kunstwerke! Stellt sie aus. – Also *parallel* zu eurer Diashow. – Eine Pinnwand, ordentlich im Raum platziert, wirkt Wunder. – Was meint ihr?«

»Superschön!«, meint Lena da total begeistert.

»Gute Idee!«, meint Nadine, ebenfalls hin und weg.

»Großartig, Frau Hensen!«, meint Schleim-Bloch.

›Total bescheuert! Parallel *noch* mehr Arbeit!‹, meine ich und sage aber natürlich nicht, was ich meine.

»Sehr schön!«, meint meine Mutter selbst noch mal hochzufrieden. »Ich mach euch einen Vorschlag: Ihr fertigt eigene Porträts an. Das würde auch ganz wunderbar zu eurem Museumsbesuch heute passen.«

Sagt es und blickt noch mal ganz verzückt zu den Bildern ihrer Ausstellung rüber …

… ***Faces – Selbstbildnisse im Wandel der Zeit***.

So soll das Ding heißen. – Lauter Selbstporträts. Von uralt bis nagelneu. Von Typen, die anscheinend nix Besseres zu tun hatten, als den lieben langen Tag sich selbst abzupinnen.

... ich *habe* Besseres zu tun! Null Zeit für Kunst! Was ein bisschen blöd ist, weil in exakt – warte – ja: in exakt 3 Stunden, 29 Minuten und 2 Sekunden um Punkt 17:00 Uhr laufen nämlich Lena, Nadine und der Bloch hier auf. Bei uns zu Hause also. Zum Teamtreffen eben. Und da werden sie alle ihre Selbstporträts mitbringen. Das hatten wir so besprochen.

... also Lena, Nadine und Schleim-Bloch hatten das so mit meiner Mutter besprochen. Und ich dann eben auch ein bisschen, aber wie gesagt: Ich habe wirklich Besseres zu tun! *Null* Zeit für Kunst!

Eintrag 9 – Mittwoch, 16:32 Uhr

… also sagen wir mal: *verdammt wenig* Zeit für Kunst, nicht *null*! Weil immerhin habe ich diese extrem unnötige *Mehr*arbeit dann ja doch noch erledigt. Also mich selbst gezeichnet eben. Das Ergebnis ist jetzt echt nicht der Brüller, aber für mehr hat es wirklich nicht mehr gereicht, weil *noch mehr Zeit* wollte ich wirklich nicht mehr für diesen Blödsinn verschwenden.

Weil schließlich musste ich ja auch noch mein Zimmer aufräumen. … für meinen Besuch! … für *Lena*!

Was bis gerade gedauert hat und *echt* Arbeit war, weil ich das in der Form noch nie zuvor gemacht habe. Praktisch gesehen eine universelle Weltneuheit.

Und dann musste ich ja auch noch in die Stadt fahren. Um ein Poster zu besorgen. Mit *Justin Bieber* drauf! – Der interessiert mich eigentlich echt nicht die Bohne, aber ich weiß, dass Lena voll drauf steht. Und da dachte ich eben, dass das bestimmt eine Menge Eindruck macht, wenn sie sieht, dass Justin Bieber bei mir im Zimmer hängt.

Ich also in die Stadt – und die hab ich dann auch halb abgrasen müssen, bis ich endlich bei Karstadt fündig geworden bin. Fünf ganze Euronen für den Vollspacko im Posterformat!

... aber da hatte ich dann auch noch Glück! Weil in der Computerabteilung wurden gerade ein paar Applerechner ausgepackt. Und da durfte ich dann einen Karton mitnehmen. Einen *leeren* natürlich nur! Aber immerhin einen Original-Karton von dem allerneusten Granatenteil, was Apple sich da ausgedacht hat. – *MacPro – pro Desktop.* – Ein Rechner in etwa nur so groß wie meine Birne, aber mit schätzungsweise 3 Trilliarden mal mehr Leistung drin.

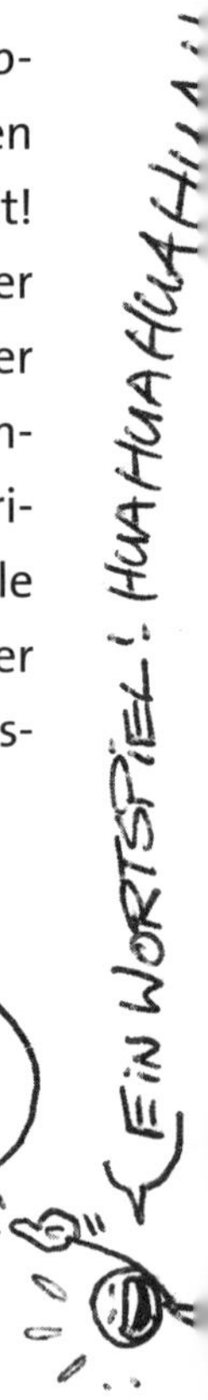

Das Ding ist nämlich, dass ich *exakt* so ein Hochleistungs-Hammerteil nun auch noch habe.

... also haben *sollte* ... neben meinem *nicht* vorhandenen iPad und *keinem* Laptop von Apple.

... weil der Bloch mich wieder provoziert hat.

Heute Morgen war das. Nach dem Museumsbesuch. Als wir rausgegangen sind. Da hat er wieder so ganz ekelhaft rumtrompetet, dass das mit den fehlenden Museumsfotos überhaupt kein Problem wäre.

»Wenn ich will, kann ich das komplette Museum künstlich nachbauen«, trompetete er rum. »Ihr versteht schon. *Virtuell* eben. An meinem *Mac Pro*.«

Und weil da Nadine und ganz besonders Lena wieder so total beeindruckt rumstaunten, habe ich dann gesagt: »So ein Zufall, ***Blochi***. Hab ich auch!«

... hab ich natürlich *nicht*! Und dafür aber eben *noch* ein Problem mehr, für das ich nun jedoch eine Lösung gefunden habe: den leeren Apple-Karton von Karstadt.

Den hab ich dann auf den Gepäckträger geklemmt und den Justin Bieber unter den Arm und bin dann wieder nach Hause geradelt. Schnell und direkt ...

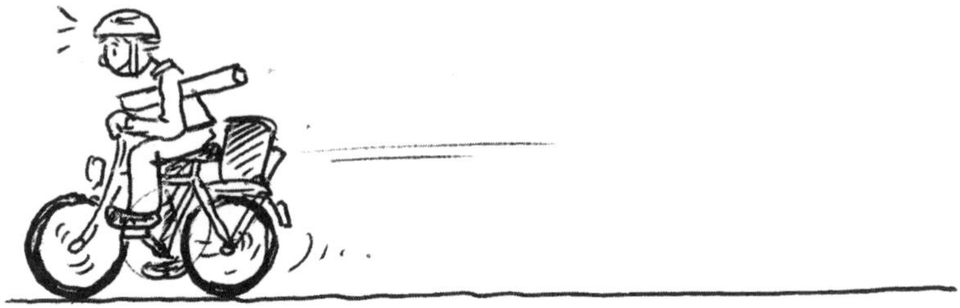

... mit einem kleinen *indirekten* Umweg durch den Stadtpark. Zeitlich lag ich gut im Rennen und da wollte ich einfach mal meine Kumpels wieder treffen, mit ihnen quatschen und so ...

»Selam, mein Brrruder, Selam!«, begrüßte Cemal mich stürmisch und hielt mir sein Smartphone direkt vors Gesicht.

»Was soll ich damit?«, gucke ich das Teil doof an.

»Reinsprechen!«, quäkt Hendrik. »Du wirst gefilmt!«

»Yildirim, lass den Scheiß!«, sag ich zu Cemal und Cemal dann aber: »Wie läuft es, Brrruder? Wasgeht, äy?«

»Äh ... geht so. Bin ordentlich im Stress wegen ... – Ist aber auch scheißegal. Und jetzt mach das Ding endlich aus. Das nervt. Aber ehrlich, Mann!«

»Strike!«, grinst Cemal da von einem Ohr zum anderen, drückt dann aber auf *Stopp*, rechnet irgendwas rum, liest irgendwas von seinem Handy ab und triumphiert in die Runde: **»Acht Sätze in 20,1 Sekunden! – Rekord!«**

»W...«, will ich Cemal fragen, was das Ganze soll.

»Das zählt nicht, Mann!«, mosert Sebastian dann aber los. »›*Bin ordentlich im Stress wegen ...*‹ ist kein ganzer Satz. Es zählen nur *ganze* Sätze. Der Rekord bleibt bei mir. Sieben Sätze in 23,5 Sekunden.«

»W...«, versuche ich einen neuen Start.

»Außerdem zählen *Kumpels* nicht!«, krittelt Gerrit auch noch mal.

»Ich ...«, sage ich.

»Äy, hab isch gesackt *Kumpel* zu Hensen? Hab isch ganz klar *Brrruder* gesackt, äy!«

»W...«

»Das ist *Mogeln* und reicht trotzdem nicht«, gibt Gerrit zurück.

»WAS MACHT IHR DA, VERDAMMT?«, platze ich dann echt genervt.

Und da gucken mich alle ganz überrascht an und Cemal sagt: »Das, mein Freund, ist selbstverständlich Projekt *W.Z.A.H.V.C.*!«

»Äh ... verstehe«, verstehe ich die Welt nicht mehr. »Ihr arbeitet echt für die *Projektwoche*?«

»**Quatsch!** Der *W.Z.A.H.V.C.* ist ein *knallharter* Wettkampf!«, grinst Rekordhalter Sebastian.

Und Gerrit dann noch: Der ***W***er-***Z***uerst-***A***ufsteht-***H***at-***V***erloren-**C**ontest! – ***W.Z.A.H.V.C.*** Der offiziell welterste Wettkampf seiner Art!«

»... und absolut *projektwochenschadstofffrei*!«, versichert Cemal dann auch noch mal grinsend.

»Wobei das mit dem Komma immer noch nicht ordentlich gelöst ist«, wirft Hendrik ein. »Korrekt müsste es heißen: W.Z.A.***K.***H.V.C. – ***W***er-***Z***uerst-***A***ufsteht-***Komma***-***H***at-***V***er…«

»Die Sache ist die, Hensen«, unterbricht Sebastian ihn stumpf. »Wir filmen die Typen, die hier vorbeikommen, und quatschen sie an. Im Sitzen. Der Reihe nach. Wer den längsten Clip mit den meisten Sätzen von einem Typen drauf hat, hat gewonnen«, und zu Cemal noch mal deutlich: »… es zählen aber nur ***ganze*** Sätze!«

»… und wer zuerst aufsteht **KOMMA** hat verloren!«, beharrt Hendrik auf seinem Komma und erklärt noch: »Meint, dass man den Passanten nicht hinterherlaufen darf, um sie länger filmen zu können. Wer es trotzdem tut, wird disqualifiziert.«

»… und es zählen ***nur*** Typen, die wir ***nicht*** kennen!«, unterstreicht Gerrit dann auch noch mal und ebenfalls in Richtung Cemal: »Das sind einfache, aber *strenge* Regeln!«

»Regeln sind da, um sie zu brechen. Und außerdem macht Hensen ja jetzt nur noch mit den Highend-Streber-Spacken rum. Der zählt also momentan nicht als *Kumpel*«, kontert Cemal.

»Und was ist das da neben dir?«, fragt Sebastian und zeigt auf Lernfreak, Musterschüler und Klassenüberspringer Hendrik Lehmann.

»Ich bin *anwesend* und schon gar nicht ***das da***!«, beschwert Hendrik sich.

»Lehmann ist eine Ausnahme!«, sagt Cemal da noch mal, worauf Gerrit dann auch noch mal *irgendwas* sagt, was ...

... ich dann aber nicht mehr genau verstehen konnte, weil ich da nämlich schon weitergefahren bin. Was aber auch keiner so richtig mitgekriegt hat von meinen Kumpels ...

... oder *Ex*-Kumpels. So was kann ja schnell gehen. *Drei* Tage und – ***zack*** – ist man draußen.

Aber egal erst mal! Kümmere ich mich später drum!

Jedenfalls bin ich dann *schnell und direkt* nach Hause gefahren, habe Justin Bieber an die Wand gepappt und den Pappkarton von Apple vollgepackt. Mit meinen Matchboxautos. Die hatte ich *rein zufällig* eben grad zur Hand, weil ich sie *rein zufällig* bei meiner Aufräumaktion unter dem Bett gefunden hatte. Daher!

Ist aber auch komplett egal! – Entscheidend ist, dass ich den Karton so lang mit meinen Autos vollgepackt habe, bis ich das Gefühl hatte, dass es vom Gewicht her wohl irgendwie passen würde. Zum Schluss noch eine Lage Socken obendrauf … und ein paar Unterhosen auch noch. Zur Sicherheit. Als Dämmmaterial. Und dann habe ich den Karton mit Tesafilm ordentlich zugeklebt und ihn exakt in die Mitte von meinem Zimmer platziert. – Alles perf…

… sorry, mein Freund! Musste da gerade mal unterbrechen, weil bis gerade war noch nicht *alles* perfekt! Weil bis gerade fehlte noch ein sehr wichtiges Detail in meinem Zimmer. Das iPad natürlich … und das Apple-Laptop natürlich auch. Aber das meine ich jetzt nicht. Dafür habe ich sowieso eine komplett andere, aber ebenso *geniale* Lösung gefunden.

Nein, was ich meine, ist *Musik*. *Lenas* Musik. Von *Justin Bieber*! Die fehlte mir gerade noch. Aber da bin ich diesmal schneller fündig geworden als mit den Plakaten von diesem Schwachmaten.

In Hannahs Zimmer nämlich. Praktisch gesehen, ist Hannahs Zimmer für mich in letzter Zeit eine echte Fundgrube geworden. Und *sehr* praktisch ist, dass Hannah gerade nicht da ist. Die kommt praktischerweise auch erst gegen acht zurück. Das weiß ich deshalb so genau, weil sie Mama und Papa heute Mittag gefragt hat, ob sie heute so lange bei ihrer Freundin Steffi bleiben darf. Wobei ich aber *auch* ganz genau weiß, dass das mit *Steffi* stumpf gelogen ist. Hannah turnt bei *Patrick* rum. … oder hängt mit ihm ab oder was weiß ich denn, was die da machen. Jedenfalls weiß ich hundertprozentig genau, dass Hannah seit ein paar Wochen mit ihm was am Start hat. Steht alles auf *WhatsApp*. Also auf ***ihrer*** *WhatsApp*. Kann ich ja nichts für, wenn sie ihr Handy überall doof rumliegen lässt … auf ihrem Schreibtisch zum Beispiel.

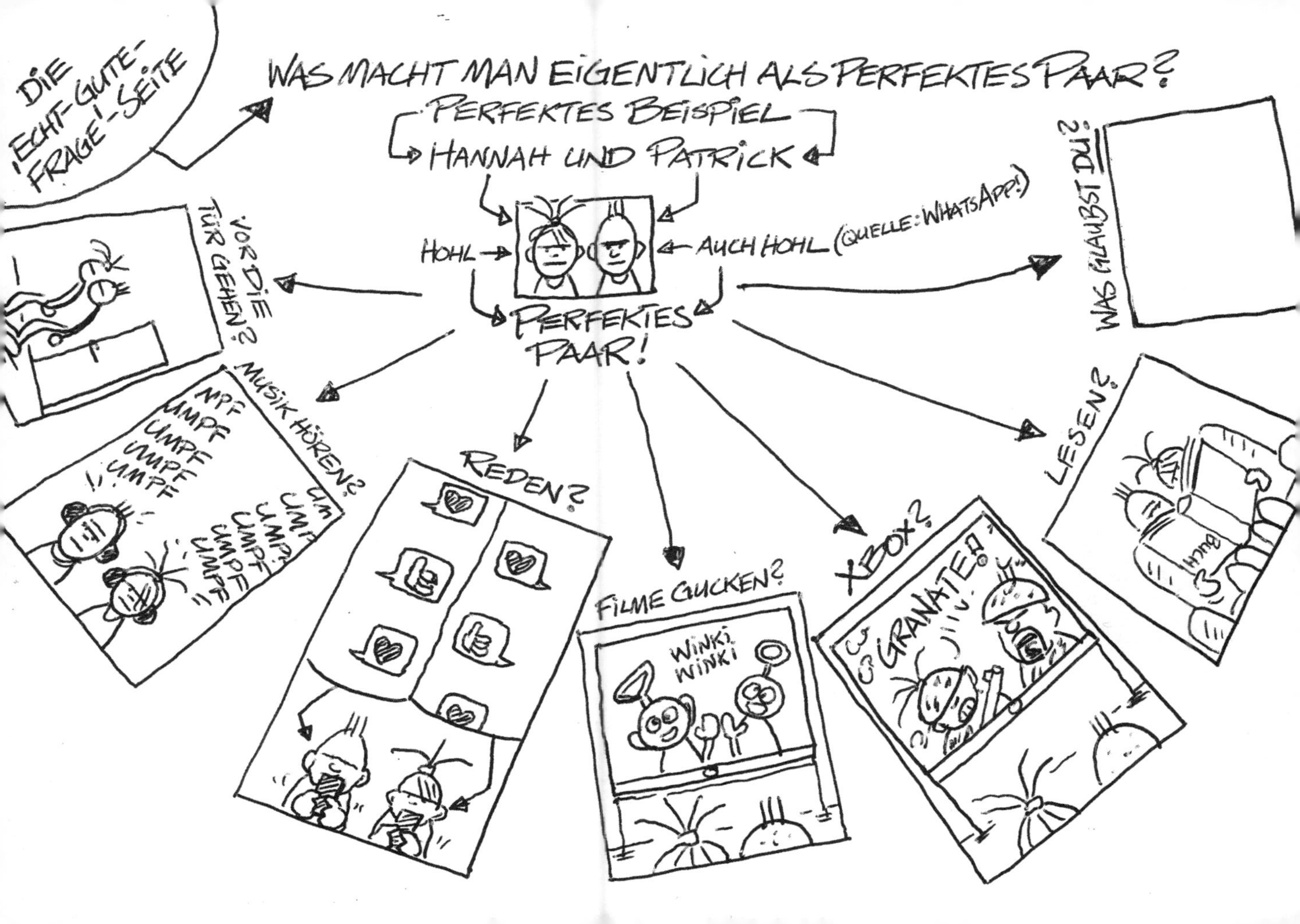

DIE 'ECHT-GUTE-FRAGE'-SEITE
WAS MACHT MAN EIGENTLICH ALS PERFEKTES PAAR?
PERFEKTES BEISPIEL
HANNAH UND PATRICK
HOHL
AUCH HOHL (QUELLE: WHATSAPP!)
PERFEKTES PAAR!
VOR DIE TÜR GEHEN?
MUSIK HÖREN?
MPF UMPF UMPF UMPF UMPF
UM UMPF UMPF UMPF UMPF UMPF
REDEN?
FILME GUCKEN?
WINKI WINKI
XBOX?
GRANATE!
LESEN?
BUCH
WAS GLAUBST DU?

Aber das wollte ich eigentlich alles gar nicht erzählen. Erzählen wollte ich, dass ich nun auch Musik im Zimmer habe. Von *Justin Bieber*! Mittels iPod und Dock-Station meiner Schwester.

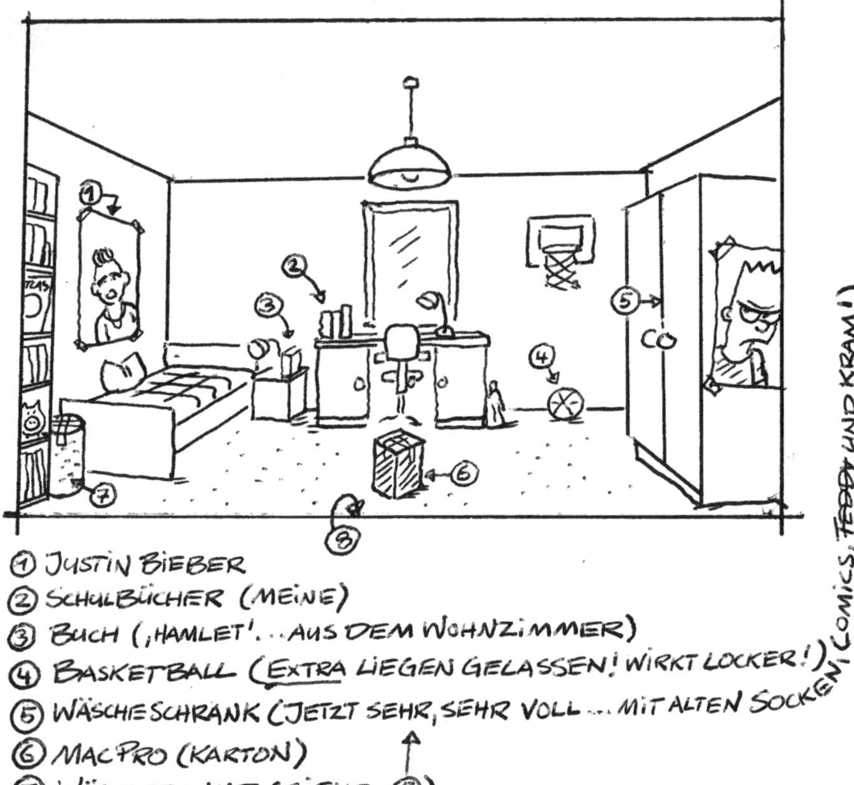

Perfekt! Der Besuch kann kommen! *Lena* kann k...

Eintrag 10 – Mittwoch, 23:03 Uhr

Lena *kam*! Punkt fünf! *Wieder* zusammen mit Bloch. Keine Ahnung, warum Lena mir das antut.

Aber das muss man vielleicht auch etwas lockerer sehen. – In einer Beziehung ist es wichtig, dass man dem anderen die Freiheit gibt, die er braucht. Da würde sich Lena zum Beispiel bestimmt sehr eingeengt fühlen, wenn ich ihr vorschreiben würde, mit wem sie Kontakt haben darf und mit wem nicht. *Freiheit* ist in einer Beziehung enorm wichtig ...

... und hat meiner Meinung nach aber auch ganz klar ihre Grenzen. Das werde ich Lena dann bei passender Gelegenheit auch mal erklären, dass ich das schon *sehr* schade finde, wenn sie sich mit Typen wie dem Bloch abgibt ...

... und dann auch noch wagt, ausgerechnet mit diesem Arschloch hier zusammen anzutanzen.

Aber egal erst mal. – Die beiden standen Punkt fünf auf der Matte, und was ich dann ja auch wieder ganz gut fand, dass Nadine Müller original fünf Minuten zu spät kam.

»Du bist zu spät!«, begrüße ich sie an der Wohnungstür auf der Matte und lasse sie dann auch ganz genau da alleine doof rumstehen und gehe zurück in mein Zimmer. – *Strike!*

Lena hatte sich schon auf meinen Drehstuhl hingepflanzt und ausgerechnet Bloch sich auf mein Bett geschmissen. – Womit der Plan in Sachen *Sitzordnung* schon mal gründlich durcheinander war.

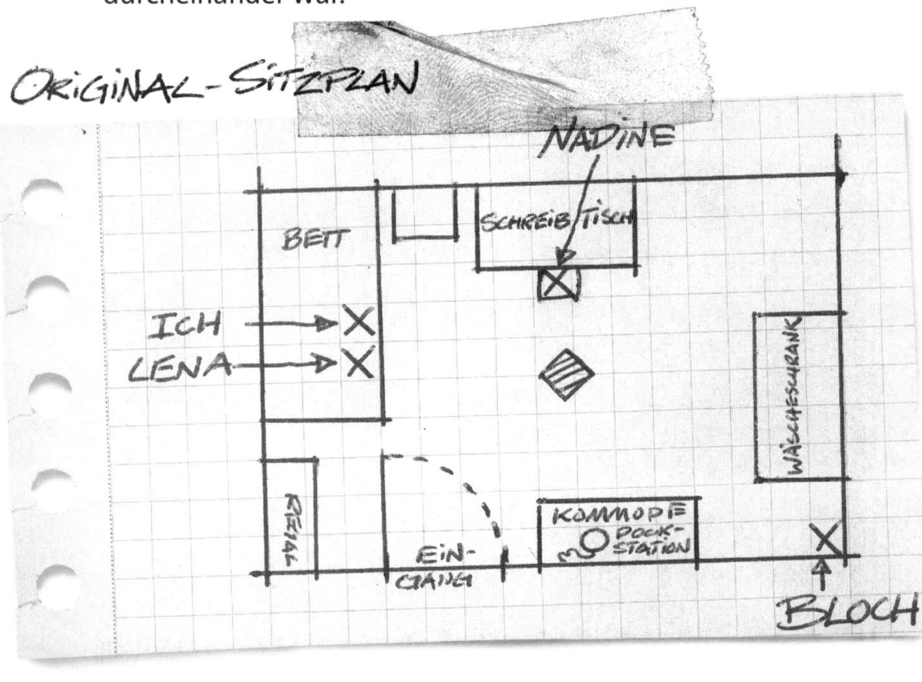

Aber wurscht erst mal! Nadine kam dann auch knurrend rein und setzte sich freiwillig auf den Boden.

Und dann, Kumpel, lief es ja auch wirklich absolut perfekt.

»Oh, Janny!«, jauchzte Lena nämlich überglücklich, als sie das Poster über dem Bett entdeckte. ***»Justin Biiieeebeeer!!!«***, und zeigt auf diesen Poster-Hirni mit seiner total behämmerten Frisur.

»Sieht aus, als hätten sie ihm da ein Eichhörnchen auf den Kopf getackert«, meinte dann auch Nadine Müller treffend.

Worauf ich dooferweise kurz auflachen musste. So unterdrückt eben ... also mit Mund zu. *Knarzend* irgendwie über den Rachen eben ... ohne vernünftige Buchstaben.

Was Lena aber Gott sei Dank nicht mitkriegte, weil Bloch *endlich* den Karton in der Mitte des Zimmers entdeckte und sehr erstaunt ausatmete: »Der *Mac Pro*! – Du hast tatsächlich einen *Mac Pro*, Hensen. Unglaublich ... ...?!?!«

»Tjaaaa!«, sage ich da nur sehr, sehr cool und dann noch *super*beiläufig: »Könntest du den bitte für mich auf die Kommode da stellen? Damit wir Platz haben für das Tablett. Für Cola und Chips. – Ich hol das mal schnell.«

Sage es und verlasse das Zimmer. Bleibe aber direkt hinter der Tür stehen, um Blochs Reaktion beobachten zu können.

»Unglaublich«, stöhnt er da noch mal ganz fassungslos, als er den Pappkarton anhebt und ihn vorsichtig auf die Kommode hievt.

›Perfekt! Kein Matchbox zu viel drin!‹, denke ich, hole schnell das Tablett mit Cola und Kram aus der Küche, und als ich damit dann wieder das Zimmer betrete, fragt Bloch mich: »Warum ist der noch im Karton?«

›Wieder perfekt!‹, denke ich und gebe die perfekte Antwort auf diese perfekte Frage: »Ach so! Richtig! Das hat mein Vater gemacht! Der schickt den morgen *direkt* zu Apple! Nach Amerika! Damit sie den da auftunen! Du verstehst schon! *Noch mehr* Leistung eben!«

Strike! – Bloch atmet nur noch.

»Und wo ist dein iPad und das MacBook Pro?«, fragt Nadine dann plötzlich.

Das war wieder eine *kleine* Abweichung von meinem Plan. Meiner Berechnung nach sollte diese Frage *auch* der Bloch stellen. – Aber das spielte ja auch eigentlich keine Rolle. Entscheidend war, dass die Frage überhaupt gestellt wurde, auf die ich dann auch wieder eine perfekte Antwort parat hatte: »Ach herrje! *Mein* iPad und *mein* MacBook Pro! Beides nicht da! – Meine Schwester mal wieder! Da passt man mal einen Moment nicht auf und dann – *schwupp* – krallt sie sich immer meine Sachen.«

»Kenne ich!«, stöhnt Nadine. »Mein kleiner Bruder ist genauso drauf!«

Und dann lief es wieder *voll* nach Plan! – Bloch stellt die entscheidende Frage Nummer 3: »Und womit – bitte schön – sollen wir gleich die PowerPoint-Bearbeitung machen?«

»Hmmm, gute Frage!«, sage ich und lege eine genau berechnete Kunstpause mit Finger am Kinn ein und sage weiter: »Wir könnten das Laptop meiner Schwester benutzen. Das ist zwar fürchterlich lahm, aber für PowerPoint wird's wohl reichen.«

Meinen *superspontanen* Einfall fanden Lena, Nadine und der Bloch jetzt nicht ganz so prickelnd, aber dann waren sie schließlich doch damit einverstanden. – Perfekt!

Ich mache mich also auf den Weg zu Hannahs Zimmer, um das Laptop zu holen, das ich selbst zuvor auf ihren Schreibtisch platziert hatte. *Mein eigenes* nämlich. Die *Pizzaschachtel* also. – Ich bin schon halb aus dem Zimmer, da ruft Lena supersüß hinterher: »Ach Janny, lass doch erst mal. Kannst Du doch auch später holen. Ich meine – keine Ahnung – aber ich wär jetzt echt schon supergespannt auf eure Kunstwerke. – Ich hab meins auch dabei. *Hihihi!*«

Janny – Komisch ist das. Ich kann es ***wirklich – echt – überhaupt nicht*** ausstehen, wenn man mich *Janny* nennt, aber wenn Lena es tut ... einfach nur süß!

»Genau, ***Janny***!«, quatscht der bescheuerte Bloch mich an. »Jetzt ist *Kunst* angesagt! – *Hähähä!*«

Das war eine weitere Abweichung des Plans. Aber auch mit der konnte ich leben. Ob ich mein Laptop jetzt oder dann eben später aus Hannahs Zimmer zurückholen würde, war eigentlich nicht wichtig. Dank Hannahs Abwesenheit!

Und dann kam ja auch schon im nächsten Moment meine Mutter nach Hause. Also zurück von ihrer Arbeit aus dem Museum. Und anstatt dann einfach mal Feierabend zu machen, abzuschalten – *shoppen gehen* oder was weiß ich: *Kochkurse für Anfänger* besuchen –, also anstatt ihre Freizeit einfach mal sinnvoll zu nutzen, kam meine oberpeinliche Mutter in mein Zimmer marschiert und wollte sehen, *was wir Feines gezaubert haben.*

... oder *zusammengekritzelt* im Fall *Nadine Müller*! Die präsentierte meiner Mutter als Erste ihr Kunstwerk.

Okay – fairerweise muss man sagen, dass Müllers Selbstporträt eine echte Fleißarbeit war. Superordentlich mit Bleistift durchschraffiert. Und eine gewisse Ähnlichkeit hatte der Betonkopf auf dem Papier auch mit ihr. ... aber sonst? – Total unbegabt!

»Das ist *ganz* entzückend, meine Liebe!«, lobte meine Mutter Nadine Müller.

Was eiskalt gelogen war! Ich kenne meine Mutter. In Sachen *Kunst* ist sie gnadenlos kritisch.

»Ach, wie ... *hübsch*! Und diese großen Augen! Ganz ... *wunderbar*!«, log meine Mutter weiter, bis sich die Balken bogen, als sie das nächste Selbstbildnis sah. – *Lenas* nämlich.

Kumpel, ich sag's echt nicht gern, aber irgendwo muss man ja auch mal sachlich bleiben: Lenas Bild war der absolute *Manga-Müll*! – Augen so groß wie von einem Alien. Also von einem *sehr überraschten* Alien, dem man vielleicht grad ein backsteingroßes Zäpfchen hinten reingerammt hat. – Würde mich doch schwer wundern, wenn meine *kunstverwöhnte* Mutter das anders gesehen hätte.

Und dann war sie aber auch wieder *ganz die Alte*, als ich ihr meine Arbeit auf den Tisch warf: »Das ist luschig, Jan! Und dann auch noch mit *Kuli*! ... das kannst du besser! *Viel besser!*«

Lena und Nadine sahen das ähnlich. – Ausgerechnet diese beiden extrem talentlosen Girlies. Echte Frechheit eigentlich.

Was mich überraschte, war, dass der Bloch nicht in dieselbe Kerbe schlug. – Er grinste nur dämlich und kramte eine Zeichenmappe aus seinem Rucksack. – Eine *Zeichenmappe*! Wie eingebildet ist das?!

»Oh, sieh an! Eine *echte* Zeichenmappe! Wie beeindruckend«, staunte meine leicht zu beeindruckende Mutter, klappte sie vor sich auf und ...

... glotzte unfassbar erstaunt das Bild an, das darin lag. – Ein Bild, das wirklich *null* Ähnlichkeit mit Bloch hatte. – Mit einem Typen drauf, der gelangweilt an seinem Schreibtisch abhängt und aus dem Fenster glotzt. – *Null* Ähnlichkeit! ... aber dafür wirklich *unfassbar erstaunlich* gut gezeichnet. Mit Bleistift und mit Tusche oder so was. Auf feinstem Papier.

»Booaaah!«, sagten dann auch prompt die erstaunten Mädchen.

Was mir beinah auch rausgerutscht wäre, aber da hatte ich mich gerade noch im Griff und sage zu Bloch so gelangweilt wie möglich: »Das hat *null* Ähnlichkeit mit dir!«

»Na und?«, grinst Bloch doof zurück. »Da war ja auch nie die Rede von, dass es Ähnlichkeit haben sollte. – Die Rede war von *Porträt*, nicht ***Selbst***por…«

»Es ist eine *Kopie*!«, schneidet meine Mutter dem Schwachkopf das Wort ab.

»Äh …«, kann Bloch da erst nur drauf sagen und schiebt dann aber dreist hinterher: »Das haben Sie gut erkannt, Frau Hensen. Mein Resp…«

»Du hast geschummelt!«, schneide *ich* ihm dann das Wort ab.

»Was heißt hier *geschummelt*?!«, plappert er aber wieder kackendreist drauflos. »Die Rede war von ***Anfertigen***, nicht von ***Selberzeichnen***! – Und genau *das* habe ich getan. Ich habe eine *perfekte* Kopie von einem Original-Porträt ***angefertigt***! Mit meinem Hochleistungs-Scanner und meinem Tintenstrahldrucker und …«

»Jaja – nänä, schon klar, Bloch!«, stöhne ich ihn total begeistert an. »Echt perfekt, Bloch! Ganz groß, Bl…«

»Bloch?«, funkt meine Mutter plötzlich in meine Stöhnerei. »*Der* Bloch? Bankberater Bloch? Das ist dein Vater?«

Und Bloch darauf von ganz ekelhaft oben herab: »*Selbstverständlich*, Frau Hensen. Aber mein Vater ist *selbstverständlich* kein kleiner *Bankberater.* Sonst hätte er mir ja auch wohl kaum so ein wertvolles Original zur Verfügung stellen können, um eine derart *perfekte* Kopie anzufertigen. ***Selbstverständlich*** also leitet mein Vater das Geldinsti…«

Und bevor der Bloch da auch nur noch ein Mal *tut* sagen kann, sagt meine Mutter spitz: »Das ist mir bekannt, Junge!«

Und dann stand sie plötzlich auf, rückte ihren Rock zurecht, strich sich einmal hektisch durch die Haare, räusperte sich, flötete superfreundlich: »Sehr schön, Kinder! Macht weiter so!«, und stöckelte aus dem Zimmer.

Lena, Nadine und der Bloch fanden das vielleicht normal, aber – wie gesagt, Kumpel: Ich *kenne* meine Mutter. *Plötzlich aufstehen – Rock zurechtrücken – durchs Haar streichen – superfreundlich rumflöten* und dann auch noch *aus dem Zimmer stöckeln*: Das sind *ganz* klare Zeichen von amtlicher Anspannung.

Das weiß ich deshalb so genau, weil Mama exakt immer *dasselbe* tut, wenn sie mit Papa Stress hat. Das kommt nicht so oft vor, aber *wenn* es vorkommt und ich dann auch noch dabei bin, wenn es vorkommt, dann tun beide immer so, als hätten sie *überhaupt* keinen Stress miteinander, weil sie nicht wollen, dass ich es mitkriege.

Kriege ich aber! Jedes Mal! – Manchmal frage ich mich ja, für *wie* dämlich die mich eigentlich wirklich halten …

… aber das ist ein anderes Thema! – Das Thema ist, dass Mama mein Zimmer verließ und ich wusste, dass sie voll angespannt war. Was ich aber nicht wusste und immer noch nicht weiß, ist das *Warum*! – Möglich, dass sie den Vater von Justus Bloch kennt. Und denkbar auch, dass der Vater wie der Sohn ist – ein *Arsch*-Bloch eben. Und dass meine Mutter den Vater vom kleinen Arsch-Bloch deswegen nicht ausstehen kann.

Aber das sind alles nur Vermutungen. Wissen kann man so was nicht.

Wissen kann man, dass Klein-Arsch-Bloch dann einfach auch nicht aufhörte, mir mit seiner Angeberei mit seiner Witz-Kopie voll auf den Sack zu gehen.

Der Nadine Müller anscheinend auch, weil die haute sich dann einfach auf mein Bett und stöhnte gelangweilt Justin Bieber an.

›*Justin Bieber!* Die Rettung!‹, dachte ich da.

Und während Lena bestimmt zum dritten Mal sagte, dass sie Blochs Bild *irgendwie voll süß* fände, ging ich zur Kommode rüber und drückte auf *Play* von Hannahs iPod ...

If I was your boyfriend, I'd never let you go

I can take you places you ain't never been before ...

Kumpel, ich sag dir: Es war ***per-fekt***! – Von jetzt auf gleich hörte Lena Senger auf, Blochs *Kack*strahl-Ausdruck anzuhimmeln, und fing an, mit Justin Bieber im Duett zu singen ...

... Baby take a chance or you'll never ever know.

... und Bloch – der hörte auf zu atmen! Jedenfalls machte er so den Eindruck. Er stand einfach nur stumpf da und sah zu, wie Lena da rumwippte und mit dem Bieber sang ...

... NA NA NA, NA NA NA, NA NA NA – YA GIRL ...

... und Nadine Müller? Die machte irgendwie den Eindruck, als würde sie da auf meinem Bett überlegen, ob es möglich wäre, von dort aus die Zimmerdecke anzukotzen.

... NA NA NA, NA NA NA, NA NA NA – EY ...

... sangen der Bieber, Lena ... und dann auch *ich*. – Textlich hatte ich das schnell drauf. Was jetzt nicht die *ganz* große Kunst war. Aber egal – ich hatte es drauf, und dann fing ich auch an rumzuwippen. Haargenau so wie Lena. Im Takt zu *unserem* Lied.

... NA NA N...

Justin Bieber und Lena Senger verstummten. Ganz plötzlich taten sie das.

… und ich dann auch, als ich beim Rumwippen eine tollkühne Drehung um mich selber machte und dabei sah, wer in der Tür stand. – Hannah!

›Deutliche Abweichung des Plans! Schwer korrigierbar!‹, schätzte ich die Lage richtig ein.

»Was soll der Scheiß? Was machst du mit meinem iPod, du Troll?!«, zickte Hannah dann auch direkt los.

»W… was machst du hier? Du sollst bei Patr… äh … *Steffi* sein!«, stammelte ich doof.

»Das geht dich einen *Scheiß* an, was ich hier mache!«, brüllte sie mir voll ins Gesicht, schnappte sich voll sauer ihre Dock-Station und fegte dabei voll ungeschickt auch den Apple-Karton von der Kommode. Und der knallte auf den Boden und ...

... platzte auf!

›*Nicht* korrigierbar!‹, dachte ich in die extreme Stille des Raums hinein.

Womit ich die Lage wieder einmal richtig eingeschätzt hatte. – Nadine, Lena und der Bloch glotzten noch still dem Matchboxauto hinterher, das als Letztes aus dem aufgeplatzten Apple-Karton gekullert war und quer durch mein Zimmer eierte, und dann ...

... platzten sie selbst. Vor Lachen.

Hannah begriff nichts und ging kopfschüttelnd aus dem Zimmer. Nadine, Lena und ganz besonders der Bloch kriegten sich dann auch nur schwer wieder ein.

Und dann kam Hannah aber *noch mal* in mein Zimmer gerauscht. Zusammen mit dem Laptop. *Meinem* Laptop. – Sie knallte das Teil einfach auf meinen Schreibtisch und fauchte mich an: »... und ***dein*** scheiß Rechner hat in ***meinem*** Zimmer **nichts** verloren!«

Und da war's dann ganz aus. – Nadine, Lena und ganz besonders der Bloch geierten, gackerten, brüllten wie die Geisteskranken.

»Was ist so komisch?!«, knurrt Hannah da noch mal absolut peilfrei und geht dann aber endgültig aus meinem Zimmer raus ...

... und ich am liebsten hinter ihr her. – Aber das ging nicht. Ich stand da wie festgetackert. Und Nadine, Lena und ganz besonders der Bloch? – Die lachten sich halb tot!

... was ich im Nachhinein ein kleines bisschen schade finde, dass die sich nur *halb* totgelacht haben.

... *ganz* tot wäre besser gewesen! Jedenfalls für den ganzen peinlichen Rest des Abends.

EINTRAG 11 – DONNERSTAG, 14:04 UHR

Fürs amtlich vollständige Protokoll für Donnerstag, den 12. Juni ... was bedeutet, dass die Protokolllücken *Montag – Dienstag – Mittwoch* noch zu einem späteren Zeitpunkt geschlossen werden ~~müssten~~ ~~sollten~~ könnten ...

***Heute Morgen* also musste die Teamgruppenbesprechung um eine halbe Stunde verschoben werden, da unser Gruppenleiter Gero Neoprentschynski zunächst nicht in der Lage war, den Klassenraum zurückzuerobern, weil die Besatzer aus der Oberstufe sich weigerten, ihn wieder freizugeben. Was im Einzelnen geschah ...**

... kann ich dir, mein Protokoll-Lesefreund, im Einzelnen gar nicht sagen, weil ich nämlich voll verpennt habe und logischerweise gar nicht dabei war, als dieses alles geschah. – Fakt ist, dass ein Team aus der Oberstufe sich den Raum einfach gekrallt hat, weil sie den für ihr eigenes Projekt gebrauchen wollte. Und da hat dann Günther ... also *Gero* hat dann mit denen anscheinend ohne Ende rumdiskutiert und verhandelt und dann wollten die erst immer noch nicht raus und dann aber doch, weil dann nämlich Frau Kaulingfrecks zufällig um die Ecke kam und sie kurzerhand einfach rausgeschmissen hat. – Günther fiel der Kaulingfrecks dann weinend um den Hals und hat sie ganz lange auf den Mund geküsst ...

... was ich aber persönlich nicht *wirklich* glaube, dass er's getan hat, weil ich hab die Geschichte von Cemal. Der kam mir heute Morgen zufällig entgegen, als ich auf dem Weg zur Schule war. Viel zu spät, versteht sich. Weil – wie gesagt – ich hab verpennt. Aber voll.

... was daran lag, dass ich gestern Nacht auch verdammt wenig geschlafen habe, und dann hat meine Mutter mich heute Morgen auch gar nicht erst geweckt, weil sie da nämlich schon aus dem Haus war. Da hat sie mich wohl einfach irgendwie vergessen. ... *mich*, ihren einzigen Sohn! – Aber wie gesagt: Mama ist zurzeit wirklich nicht gut beieinander, weil sie zurzeit auch total überfordert ist wegen ihrer Arbeit und dieser Ausstellung. – Was sie natürlich ***niemals*** zugeben würde, dass sie deshalb voll am Rad dreht, aber denken kann man sich's ja doch. Jedenfalls hat sie gestern beim Abendessen *nur noch* gemurmelt, ihren Teller gar nicht mehr angerührt, sogar den Wein stehen lassen und ist dann wegen Migräne vorzeitig ins Bett. – Das sind ***amtliche*** Zeichen für Überforderung!

Wie auch immer: Ich – heute Morgen – voll verpennt – zur Schule gehechtet – treffe zufällig Cemal – der erzählt mir, was heute Morgen Sache war – und da will ich noch sagen, dass ich ihm die Knutschnummer mit Günther und der Kaulingfrecks aber nicht abnehme, da …

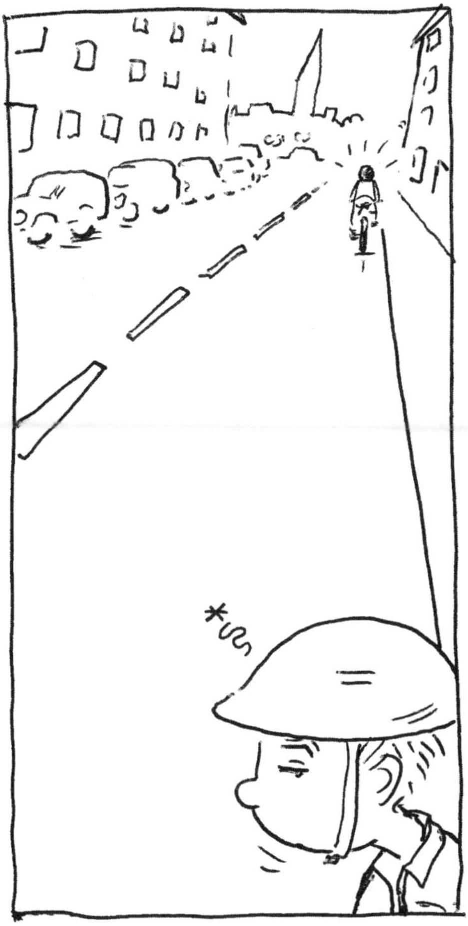

… ist Cemal dann aber schon längst weitergefahren. – Richtung Stadtpark!

›Meine Kumpels! Da muss ich mich echt mal drum kümmern‹, denke ich da noch, weil ich mich in den letzten Tagen echt ziemlich rar gemacht habe bei denen, und da kann das gut sein, dass die mich vielleicht auch gar nicht mehr dabeihaben wollen, weil ich denen auch vielleicht total egal geworden bin. – *Das* denke ich dann auch noch alles und dann …

... macht es ***Beeep Beeep***. – Mein Uralthandy in meiner Jackentasche. Eine SMS!

›Von Lena!‹, ist da mein erster Gedanke und dann war's aber nur der Bloch.

›Hi JANNY! Betriebsbesichtigung heute
in der Bank von meinem Daddy um
13:00 Uhr. Komm mal pünktlich ...
... und bring dein iPad mit! ☺‹

›Arschloch!‹, ist mein zweiter Gedanke, weil Bloch ganz genau weiß, dass ich kein iPad habe. Seit gestern Abend eben weiß er das *ganz* genau. Du weißt schon: dieses Katastrophen-Treffen bei mir zu Hause.

Weil nachdem Lena, Nadine und ganz besonders der Bloch sich blöderweise nur *halb* totgelacht haben, haben wir dann tatsächlich noch an dieser bescheuerten PowerPoint-Präsentation rumgefummelt.

Bescheuert lange auch, weil wir dafür eben mein Laptop benutzen mussten. Also eben das Ding mit der Rechenleistung einer Pizzaschachtel ... oder eines Pappkartons mit Matchboxautos drin. – Such dir was aus.

Jedenfalls hat es schon irre lang gedauert, die Daten von Nadines Stick auf mein Laptop zu übertragen, und dann hat alles Weitere auch irre lang gedauert, weil mein Laptop dann ja auch immer irre lang überlegt, ob es Sinn macht, Befehle *überhaupt* auszuführen. Und gestern Abend dann, da ist mein Laptop wohl zu dem Ergebnis gekommen, dass *nichts* im Leben Sinn macht, und ...

... hat sich aufgehängt! ... Abschied für immer! ... mit einem dumpfen Knall und einem traurigen Rauchwölkchen darüber.

»Na super, Hensen! Die ganze Arbeit für die Tonne«, mault die Müller mich da total genervt an.

»Aber echt, Janny, superblöd ist das!«, jammert Lena auch ein bisschen verärgert.

Nur Bloch grinst dann dämlich: »Ach, ist doch kein Problem. Das kann ***Janny*** ja noch mal alles nacharbeiten. Mit seinem ***MacBook Pro Laptop***!«

Und da hol ich ordentlich Luft, weil ich dann aus purer Gewohnheit als Nächstes raushauen will, dass das *natürlich* kein Problem ist mit *meinem* MacBook Pro Laptop, und dann halt ich die Luft aber an, weil Lena mich so schräg von der Seite anguckt und die Nadine sowieso.

»... ... ... hab-keins. Und iPad auch nicht«, quetsche ich daher nur raus.

Was dann auch niemanden mehr *wirklich* überrascht, dass ich *auch* kein iPad habe, nur lachen kann darüber auch wirklich niemand mehr. ... außer Bloch! Der grinst! ... triumphierend irgendwie!

›*Riesen*arschloch!‹, ist dann auch ganz normal mein dritter Gedanke, als ich mein Uralthandy wieder zurück in die Jackentasche stopfe.

Und dann denke ich aber auch noch, dass ich mich von dem Bloch nicht mehr provozieren lassen darf.

Da muss man einfach cool bleiben. Ganz besonders, wenn Lena dabei ist. Da reagieren gerade Mädchen, glaube ich, auch ziemlich empfindlich drauf, wenn man *nicht* cool bleibt. – Also wenn man beispielsweise zu jemandem *Riesenarschloch* sagt … und wenn man ihm dann zum Beispiel noch einen sportlichen Tritt in den Hintern verpasst … und ihn darauf in den Schwitzkasten nimmt und seine Birne mit der Faust ordentlich durchmassiert … – das finden gerade Mädchen alles wohl eher *megapeinlich* … und *super-uncool*, glaube ich auch.

Einfach nur cool bleiben!

Cool wie ein *Jedi-Ritter*. Also wie die Typen aus *Star Wars*. Du weißt schon: die mit den Kapuzen. Also die *Guten* jetzt. Cool und smart!

Cool und smart wie ein Jedi-Ritter betrat ich daher also auch die Bank von Blochs Daddy. ... und *pünktlich* wie ein Jedi-Ritter dann auch noch. Nämlich schon um ***zehn vor*** eins.

Und als dann aber auch um ***zehn nach*** eins immer noch keiner von meinen Teamkollegen zu sehen war, kramte ich nicht mehr ganz so cool wie ein Jedi-Ritter mein Handy raus und drückte hektisch Blochs Nummer rein, um da mal nachzuhaken, wo die bleiben.

Und als ich das erste Freizeichen am Handy höre, höre ich gleichzeitig ein anderes Handy klingeln. Ich dreh mich mächtig erstaunt in die Richtung, aus der das Klingeln kommt – aus einem Fahrstuhl nämlich, der sich gerade geöffnet hatte.

Und aus ihm heraus kommen Lena Senger, Nadine Müller, Justus Bloch und noch irgendein anderer Typ mit Anzug und Krawatte. Und dann sehe ich, wie Bloch sein klingelndes iPhone aus der Tasche zieht, draufguckt und dann das Klingeln einfach wegdrückt ...

... worauf ich gleichzeitig natürlich nur noch ein Besetztzeichen auf meinem Handy habe.

»Du bist zu spät! *Viel* zu spät!«, begrüßt Nadine mich charmant wie immer, als sie mich als Erste entdeckt.

»Wieso zu spät?! Ich sitz hier schon seit 20 Minuten rum. Seit zehn vor eins nämlich.«

»Das ***ist*** viel zu spät, Janny! Wir hatten doch ***zwölf*** gesagt!«, sagt Lena dann, und »Nein, hatten wir nicht« sag ich dann wieder und halte beiden Mädchen zum Beweis auch noch mal mein Handy mit Blochs SMS abwechselnd unter die Nasen.

»Da steht *eins*, nicht *zwölf*. Aber warum ...«, sagt Nadine da noch mal echt überrascht und guckt zu Bloch rüber und ich dann auch.

Und der grinst: »Oh! Ehrlich? Da muss ich mich wohl vertippt haben. Sorry, Janny. War keine Abs...«

»Duuuuuuuuuuuuuuuuuuuuu ... RIESENSARSCHLOCH!«, falle ich ihm da ins Wort und dann über ihn her, um ihm sportlich eins auf die Nase zu geben.

Und dann landet meine Faust aber gar nicht auf seiner Nase, sondern bleibt auf dem Weg dahin einfach in der Luft stehen. – Weil mein Arm festgehalten wurde. Von dem Typen neben Bloch nämlich. Also *dem* mit Anzug und Krawatte.

»Was ist denn das für ein Benehmen, du ***Bengel***!«, mault der Typ mich mächtig sauer an.

»Ach, lass doch, Daddy! Der gehört zu mir! Er ist *harmlos*!«, sagt der Bloch dann zu dem Typen, der sein *Daddy* ist, und *der* löst dann auch irgendwann seinen Schraubzwingen-Griff und lässt mich schließlich ganz fallen.

»Ah – *harmlos*! Na dann ...«, meint Daddy-Bloch dann nur noch mal gelangweilt, klatscht sich in die Hände, als würde er sie sauber machen, und dann steigt er einfach über mich hinweg, als wäre ich ein Müllbeutel, und geht zum Ausgang rüber. Und Justus hinter ihm her. Zusammen mit Lena, meiner *Jedi-Prinzessin* ...

… nur die Müller bleibt stehen, hilft mir sogar hoch und meint: »Uncool, Hensen. *Höchst* uncool!«, … und geht dann auch weg – den anderen hinterher.

Recht hat sie, die Müller. – Es *war* uncool. *Höchst* uncool. – Was ich selbstverständlich niemals zugegeben hätte. Vor der Müller schon gar nicht …

… aber wo sie recht hat, hat sie recht!

Eintrag 12 – Donnerstag, 19:05 Uhr

Leben und leben in Hamburg! – Ich ***liebe*** es!

... und die Müller hat ja echt den Schuss nicht mehr gehört, weil, mein Freund: Ich ***bin*** cool! ... und smart sowieso! *Sehr* cool und *sehr, sehr* smart – ***das*** bin ich!

Willst du wissen, warum? – Ich sag dir, warum!

... die Sache war nämlich die: Als ich eben auch aus der Bank rausgeschlurft bin, standen Lena, Nadine und Klein-Arsch-Bloch da noch vorm Ausgang rum. Zusammen mit Daddy-Bloch.

»Also, Mädels! Abgemacht! Treffen heute bei mir!«, quakte Klein-Arsch-Bloch gerade.

»Wie viel Uhr?«, frage ich noch mal nach und extrem direkt ***nur*** in Richtung *Mädels*.

»Um fünf!«, antwortet mir die Müller dann auch direkt, worauf Daddy-Bloch direkt auf mich zeigt und seinen Sohn direkt fragt: »Kommt *der* etwa auch mit?«

»Ja, Daddy! *Der* ist auch dabei. Aber ich pass schon auf!«

»Sehr gut, Junior! Nicht, dass uns da später ein paar Silberlöffel fehlen. Man weiß ja nie. ... *hahaha*!«

Worauf ich echt sprachlos war, als Bloch *senior* das sagte und ich ihm auch nur unfassbar sprachlos hinterherglotzen kann, wie er zurückgeht, in seine Bank.

›Das Arsch-Bloch in der Originalversion!‹, fällt mir dann doch noch ein, was ich dann aber nur denke und nicht sage.

Und was ich dann auch nicht sage, aber *ganz klar* denke, ist, dass ich Mama gut verstehen kann.

… also für den Fall, dass sie den Bloch *senior* tatsächlich kennt. – Da kann man schon mal angespannt einen Raum verlassen, wenn ein Arsch-Bloch drin ist. Egal, ob *klein* oder *groß*. Da ist kein Unterschied.

Aber egal: Weil eigentlich wollte ich dir ja auch nur erklären, warum ich denke, dass ich cool und smart bin und dass das ganz stark mit dem Treffen bei den *Arsch-Blochs* zu tun hat, wo ich nämlich gerade herkomme.

Als ich *hinkam*, sah die Sache erst noch ein wenig anders aus: Ultrapünktlich stand ich Punkt fünf auf der Matte von Blochs Villa und drückte den Klingelknopf.

... und dann musste ich den Klingelknopf aber noch ein paar Mal drücken, bis der Bloch nach schätzungsweise drei Minuten mir dann endlich die Tür aufgemacht hat.

»Ah, ***Janny***! Auch schon da!«, begrüßte er mich.

»Ich war pünktlich, ***Blochi***!«, brummelte ich da schon leicht genervt.

»Jaja, reg dich ab und komm rein. Sind deine Schuhe sauber?«

Und da hätte ich ihm ja direkt schon wieder eine reinhauen können, so sauer war ich, aber da dachte ich noch mal an die Jedi-Ritter: ›Cool bleiben! Einfach nur cool bleiben‹ – und schleifte meine Schuhe kurz über die Matte und betrat die Bloch-Villa.

»Nicht von schlechten Eltern, was, Janny?!«, quatschte Angeber Bloch mich voll, als ich in der gediegenen Eingangshalle stand. – Marmorboden, Marmorsäulen hier und da, ein bombastischer Kronleuchter unter der meterhohen Decke und in der Mitte von allem ein schwarzes, glänzendes Pferd. ... also eins aus Stein. – *Sehr* gediegen ... und ***sehr*** geschmacklos auch.

»Jaja, Blochi, ganz toll. Wo sind die anderen?«, sag ich dann aber nur und dann ist Bloch auch zur Küche vormarschiert und ich ihm hinterher.

An dem Marmorküchentisch – in etwa so groß wie eine Tischtennisplatte – saßen Lena und Nadine und mampften Kuchen.

»Möchtest du auch ein Stück?«, fragte Bloch mich da ungewohnt höflich.

»Ja, möchte ich. Gern«, kriegte er dann auch eine höfliche Antwort von mir.

»Oh!«, machte er dann ganz erstaunt. »Leider keins mehr da. Da habe ich mich wohl verzählt.«

Und das war dann der zweite Moment, in dem ich meine Faust ungebremst in dem Gesicht von Bloch hätte einparken können. – ***Verzählt!*** – Bei ***vier*** Leuten! Eins – zwo – drei – ***vier***! Wir schwer ist das?!

»Ach, wie superschade«, nuschelte Lena dann aber mit vollem Mund und da hatte ich mich wieder voll unter Kontrolle und dachte aber auch kurz: ›Nicht mit vollem Mund, Lena.‹

»Kannst die Hälfte von mir haben, Hensen«, bot die Müller mir dann an.

»Ach, lass mal. Hab eh kein Bock auf Kuchen ...«, log ich sie voll an. »... aber *danke*!«

Und als sie dann alle endlich ihre leckeren Kuchen-Teilchen verputzt hatten, führte uns der Bloch durch die komplette Villa. – Ein Raum gediegener und geschmackloser als der andere. Marmorböden hier, noch mehr Marmorsäulen da, Kronleuchter unter meterhohen Decken dort und zu jedem und allem musste der Bloch seinen Senf abgeben.

»Boooaaah!«, machte Lena zu jedem und allem und »Aha« die Müller nur.

Und weil ich gar nichts zu dem ganzen gediegenen Schrott sagte, sagte der Bloch dann irgendwann zu mir: »Da bist du sprachlos, was, ***Janny***?!«

Aber auch da behielt ich meine geballte Faust voll in der Hosentasche und der Bloch brachte uns dann endlich nach oben auf sein Zimmer, wo wir die PowerPoint-Präsentation weiter zusammenfummeln wollten. ... an seinem Rechner.

Und da, Kumpel, muss ich nun ***ganz ehrlich*** sagen: Da war ich wirklich sprachlos. – So was *hast* du noch nicht gesehen!

Der amtlich ***echte*** *Mac Pro* auf dem Riesenschreibtisch, der mächtige A3-Scanner, 2 – in Worten: ***zwei!!!*** – riesige Apple-Bildschirme … das ganze Drumherum! – Es war der Wahnsinn!

»Wooow!«, staunt Lena.

»Respekt«, meint die Müller.

»… und wo ist dein Drucker?«, frage ich extra-gelangweilt.

Was ein Fehler war, dass ich es fragte, weil darauf tippte Bloch lässig auf eine Taste von dem Unterschrank, worauf dann ein Mordsteil von Tintenstrahldrucker auf Schienen langsam herausgefahren kam.

»Wow! Wow! Wow!«, bellt Lena wieder.

›Wie superalbern‹, denke ich.

»Etwas albern, oder?!«, meint Nadine überraschenderweise.

Worauf ich dann auch kurz auflachen muss ... unterdrückt, knarzend, rachentechnisch ... frei von Buchstaben.

»... und damit hast du dieses superschöne Bild ausgedruckt?«, fragt Lena nach.

›Falsche Frage!‹, denke ich genervt, und die Müller anscheinend auch, weil ich sehe, wie sie kurz mit den Augen rollt und ich dann auch, weil wir *beide* wissen, was als Nächstes kommt.

Und richtig: **»Gute Frage, Lena!«**, brüllt Bloch begeistert und wetzt prompt aus dem Zimmer und kommt kurze Zeit später wieder rein. – Mit der Zeichenmappe. Mit dem Bild drin von diesem Typen drauf, der an seinem Schreibtisch abhängt.

»Eine *perfekte* Kopie! Das geht halt nur mit der *perfekten* Ausrüstung!«, legt er dann auch direkt los und schiebt in meine Richtung grinsend ein: »... wenn man sich's denn ***leisten kann***!«

›*Jedi-Ritter! Jedi-Ritter! Jedi-Ritter!*‹, hämmere ich mir da immer und immer wieder ein, während ich gleichzeitig darüber nachdenke, wie der Bloch wohl ohne Schneidezähne aussieht.

Aber auch da hatte ich mich noch im Griff, behielt meine voll angespannten Fäuste in den Hosentaschen und ließ mir *null* anmerken.

Bloch legte los, kam in Fahrt und war dann auch nicht mehr zu bremsen, als er uns dann zum *x-ten Mal* ***ganz*** *genau* erklärte, wie er das Original-Bild mit seinem ganzen Angeber-Krempel kopiert hat.

»Ich sag euch, Mädels«, meinte Prahl-Bloch doof zu *uns allen*. »Das wird *der* Kracher, wenn ich das Bild auf unserer Ausstellungseröffnung cool an die Pinnwand hefte. ***Der*** Megakracher!«

Nadine und ich rollten *Olympiagoldverdächtig* synchron die Augen.

Und dann schleppte der Bloch uns auch noch quer durch die Villa zu dem Büro von Daddy-Bloch, um uns das Original-Bild zu zeigen.

»Hier, *Mädels*, ist das *Privatreich* von meinem Daddy!«, erklärt Bloch uns superwichtig, als er den Schlüssel ins Türschloss fummelt. »Da darf natürlich nicht *jeder* rein. Eigentlich nur er und ich ... und meine Mum manchmal auch, wenn sie vorher fragt. Für *euch* mache ich da heute mal eine Ausnahme.«

Und während er die schwere Mahagoni-Tür aufschiebt, meint er dann noch mal zu mir: »Aber nichts anfassen, ***Janny***!«

›*Jedi-Ritter* ...‹, denke ich mit faustdicken Hosentaschen und schlurfe dann auch so cool wie möglich den anderen ins Büro hinterher.

Kumpel, ich schätze mal, du wirst jetzt nicht so wahnsinnig überrascht sein, wenn ich dir jetzt sage, dass auch dieser Raum *gediegen* war. *Unfassbar* gediegen sogar. Und überraschenderweise nicht *ganz* so geschmacklos eingerichtet wie der Rest von der Hütte. – In jeder Ecke standen edle Statuen rum und die kompletten Wände waren zugenagelt mit wirklich schönen Bildern.

»Wooow!«, bellt Lena.

»Nicht übel, was?! *Hähä!*«, lacht Bloch doof, während er lässig um den meterlangen Schreibtisch herumstolziert.

»Daddys persönliche Kunstsammlung. Sein Hobby. Kein billiges, sag ich euch, *hähä*! Nur das Feinste vom Feinsten! Ein echter Kunst-Profi eben ... *hähä*!«

Sagt es und lässt sich oberdoof-lässig in den Ledersessel hinter dem Schreibtisch fallen.

Und dort öffnet er betont langsam eine Schublade, zieht eine noble Ledermappe aus ihr heraus und legt sie *extrem betont* langsam vor sich hin und klappt sie auf.

»Voilà! Seht her! Das Original!«, näselt Prahl-Bloch.

»Oooh, wie aufregend!«, schluchzt Lena.

»Ja ... Wahnsinn!«, stöhnt die Müller.

»Sieht doch ganz anders aus!«, meine ich dann gelangweilt.

Was gelogen war! Das Original sah exakt so aus wie die Kopie in Blochs Zimmer.

Deshalb wetzte Bloch dann auch wieder los und kam mit seiner Zeichenmappe zurück.

Er knallte sie offen auf den Schreibtisch, direkt neben die Ledermappe mit Daddy-Blochs Original drin, und blaffte mich an: »Da, Hensen! ***Absolut gleich!***«

»Boooah woooow!«, fing Lena wieder an zu bellen und Nadine bemerkte gelangweilt: »Stimmt, Hensen! Null Unterschied!«

***Null** Unterschied* sah ich da auch blöderweise und fragte mich gleichzeitig, wie meine Mutter auf Anhieb erkennen konnte, dass Blochs Ausdruck eine Kopie war. – Aber da dachte ich dann auch, dass sie ja schließlich in einem Museum arbeitet und solche Sachen einfach draufhaben muss. … dafür wird sie ja schließlich auch bezahlt.

›***Null*** Unterschied sehe ich‹, denke ich also, setze aber ein müdes Lächeln auf und gähne: »Komm, ***Blochi***! Das sehe ich doch! Ich bin schließlich der Sohn einer *Kuratorin*, falls dir das überhaupt was sagt. Einem ***echten*** Kunst-Profi, falls dir das *mehr* sagt.«

Da sagt der Bloch erst mal nichts drauf, kriegt aber vor Wut ordentlich Farbe ins Gesicht. – Das war schön! Ich spürte förmlich, wie der innerlich kochte vor Wut. Wie die Typen in Star Wars, wenn sie eins auf die Nase kriegen. Also die *Bösen* jetzt. Die *Sith* eben. Die mit der dunklen Macht … und Kapuze eben auch.

Und dann hat der Bloch sich aber im nächsten Moment *leiderleiderleider* wieder schnell im Griff und wackelt extra lahmarschig quer durch Daddy-Blochs Hobbyraum bis zur nächsten Wand. Da bleibt er stehen, tut so, als würde er sich eins von den Bildern an der Wand angucken, und sagt so ganz nebenbei und supergelangweilt: »Weißt du, Janny! *Das* ist der Unterschied! Die ***gewöhnlichen*** Menschen arbeiten für die Kunst, die ***besonderen*** besitzen sie ganz einfach!«

Da gucken ihn dann auch Lena und Nadine fassungslos an und Nadine sagt dann auch zu ihm: »Gott, Bloch, geht's noch?!«, und Lena supersüß empört: »Justus, das ist jetzt aber *wirklich gar nicht* nett von dir.«

Ich persönlich sage *nichts*. Ich merke nur, wie mir da oben im Kopf sämtliche Sicherungen aller Art durchbrennen. – *bzzz...bzzz...bzzz ...* ***PANG!***

Aber, mein Freund, jetzt kommt der Punkt, auf den ich eigentlich schon die ganze Zeit hinauswill: Ich bin ***nicht*** ausgerastet. Ich habe mich ***nicht*** auf Bloch gestürzt. Ich habe ihm ***nicht*** die Nase gebrochen. – Nein, Kumpel, ich habe mir ***nichts*** anmerken lassen und blieb *einfach nur cool*! – Und dann kam eben auch noch *smart* obendrauf. Ein genialer Geistesblitz, der ungesichert quer durch meine Birne schoss, und dann ...

... vertauschte ich die Bilder! *Unbemerkt*, versteht sich.

Während Nadine und Lena noch ordentlich empört zu dem Bloch rüberglotzten und er selber immer noch so tat, als würde er sich eins von diesen Pupsbildern an der Wand angucken. – *Da* vertauschte ich sie! Daddy-Blochs wertvolles Original aus der Ledermappe mit der billigen Klein-Arsch-Bloch-Witzkopie.

Schnell, geschickt und unbemerkt! – Ich war *sehr* zufrieden mit mir. Und als der Bloch dann schließlich wieder zum Schreibtisch zurückwackelte, Daddys Ledermappe einfach zuklappte und zurück in die Schublade legte, da war ich nicht nur sehr zufrieden, sondern *unfassbar* glücklich!

So glücklich, dass mir dann später sogar komplett egal war, dass der Bloch nach der elenden PowerPoint-Fummelei für jeden eine Cola aus der Küche hochholte. – Eine für Lena, eine für Nadine, eine für sich selbst und *keine* für mich! – Weil er sich *angeblich* mal wieder verzählt hatte.

Mein Freund, ich sage dir: Bloch *hat* sich verzählt! Aber deutlich! Weil er nicht mit *mir* gerechnet hat und mit meinen genialen Ideen schon gar nicht. – Ich würde sogar sagen: Von all meinen Ideen, die ich in den letzten 13 Jahren hatte, ist diese die *allergenialste*! Der amtliche *Jan-Hensen-Doppelwhopper.* – Also *zwei Schmeißfliegen mit einer Klappe*, wenn du so besser verstehst, was ich meine.

... was ich meine, ist Folgendes: *Schmeißfliege Nummer eins!* Der *feine* Herr Bloch senior ... die doofe Sau! Wenn der spitzkriegt, dass sein extrem wertvolles Original von *ganz* ***gewöhnlichen*** Reißzwecken durchbohrt an unserer Schul-Pinnwand rumhängt, dann wird ihm das Herz bluten. – Und er *wird* es spitzkriegen! Dafür werde ich sorgen! Am Tag der Ausstellungseröffnung unserer *wunderschönen* Projektwoche!

Im richtigen Moment werde ich mich neben ihn stellen. Vor der Pinnwand wird das passieren. Und dann werde ich ihn fragen: »Oh, Herr Bloch, ist das nicht zufällig das Original aus Ihrer beeindruckenden Kunstsammlung, welches Ihr sympathischer Sohn hier an diese Pinnwand hingehängt hat, durchbohrenderweise mittels *gewöhnlicher* Reißzwecken ... *Fragezeichen*«

Dann wird er *vielleicht* noch irgendwas antworten. Wahrscheinlicher wird aber sein, dass der keinen einzigen verständlichen Satz mehr rauskriegt ... vor lauter *Herzbluterei.*

Schmeißfliege Nummer zwei: Bloch junior! Bei dem wird auch was bluten. Seine Nase nämlich. Mittels Schmeißfliege *Numero uno*! – Herrn Bloch eben! Kurz nachdem ich ihm eine Frage gestellt haben werde.

Leben und ***leiden*** *in Hamburg*! Ich *freu* mich so!

Eintrag 13 – Donnerstag, 21:00 Uhr

Klitzekleine Korrektur zu *Eintrag 12*: Von allen Ideen, die ich in den letzten 13 Jahren hatte, war diese die dämlichste, hirnverbrannteste ... ***ungenialste*** überhaupt! – Das weiß ich jetzt! ... fertig! Aber echt! ***Echt fertig*** bin ich!

185

... obwohl ich dir ja wenigstens noch kurz erklären könnte, warum ich jetzt weiß, dass meine Idee mit dem Bildertausch so überraschend *ungenial* war ...

Wissen tue ich das seit dem Abendessen! Seit gerade eben ... eben.

Dabei war zunächst alles bestens. Hochgradig gut gelaunt und hungrig wie ein Wolf fiel ich über meine Pizza *Diavolo* her. Und auch Papa und Hannah hauten ordentlich rein. Nur Mama sägte stumm an ihrer Pizza *Vier-Jahreszeiten* rum, als würde sie auch *vier* ganze Jahreszeiten brauchen, um sie vollständig zu verputzen.

»Du isst ja wieder nichts. Alles in Ordnung, Schatz?«, fragt Papa ein kleines bisschen besorgt bei ihr nach.

»Murmel, murmel ...«, murmelt *Schatz.*

»... ... ... ah, verstehe«, brummelt Papa dann und hakt dann aber auch nicht weiter nach, weil er eh weiß, dass Mama *kunst*-technisch voll gestresst ist und dass es dann einfach auch mal besser ist, das Thema nicht zu vertiefen.

»Mama und ich! – Sklaven der Kunst!«, trompete ich noch mal in Bestform raus.

Da ernte ich aber nur ein allgemeines Stöhnen, was aber auch vielleicht daran liegt, dass ich diesen Hammergag schon mal rausgehauen hatte.

»Innerlich lache ich mich tot«, schmatzt Hannah mich dann auch angeödet von der Seite an.

»Nicht mit vollem Mund!«, predigt Papa und dann fragt er die Schmatz-Kuh, wie denn ihr Tag so war und was sie so gemacht hätte.

Hannah würgt brav das Stück Pizza Hawaii runter und antwortet: »Supi war's. War bei Steffi.«

Worauf ich mir verkneifen muss, laut loszuprusten – mit einer halben Pizza Diavolo im Mund.

Weil ich weiß, dass Hannahs Antwort mal wieder stumpf gelogen war. – Bei Patrick war sie wieder und mit dem läuft es momentan wohl eher nicht ganz so *supi*. Hab ich gestern Abend alles noch mal nachgelesen. Auf ihrer *WhatsApp*. Als sie mal wieder stundenlang das Bad blockiert hat, da hab ich's gelesen. Schließlich will man ja auf dem Laufenden bleiben und außerdem wollte ich wissen, warum die Kuh vorzeitig nach Hause gekommen ist ... und so voll doof in meinen perfekten Plan reingetrampelt ist.

Egal alles – Hannah hat stumpf gelogen und dann hat Papa mich gefragt, wie mein Tag war, und ich sag wahrheitsgetreu und bestgelaunt: »Geil war's! ... war bei Blochs!«

Und da, mein Freund – urplötzlich, unerwartet, mit einem Mal – knallt meine Mutter ihr Besteck auf den Tisch und sagt oberangespannt schrill: **»*Bloch!* Ich kann diesen Namen nicht mehr hören!«**

»Bloch«, wiederholt mein Vater doof. »Der Banker? Wieso denn, Petra? Was ist mit dem?«

»Er ist ein Arschloch!«, antworte ich für *Petra* fröhlich.

»Also *bitte*, Jan! Mäßige dich«, maßregelt mein Vater mich und dann guckt er aber gleich drauf meine Mutter wieder fragend an.

Und die druckst dann eine Weile rum und nuschelt schließlich: »*Bloch* ist der Sponsor! *Er* ist derjenige, der meine Ausstellung finanziert.«

Was mich persönlich dann ein kleines bisschen überrascht, dass ausgerechnet *er* es war. Und dann auch noch *anonym*. Namenlos geheim also. Ausgerechnet dieser Großkotz!

»Aber das ist doch toll, Schatz!«, freut sich Papa. »Wo liegt das Problem?«

»Wo das Problem liegt?«, tickt Mama da komplett aus. **»Bloch ist das Problem! Er *ist* ein Arschloch!«**

»Yesss! Sehr gute Wortwahl, *Schatz*!«, lobe ich meine Mutter höchst begeistert.

»*Sprache*, Petra! *Sprache!*«, erinnert mein Vater sie daran, dass ihre eigenen Kinder mithören.

»Arschloch! Arschloch! Arschloch!«, haut sie da aber noch mal super extra raus. **»Versprochen hat er's mir. Hoch und heilig!«**

Und da, mein Freund, hat nicht nur Papa sie noch mal sehr überrascht angeguckt. Auch ihre Kinder. Also ich und die *Kuh*! – Was sollte Bloch ihr versprochen haben? Und dann auch noch *hoch und heilig*. Das war alles ziemlich seltsam und meine Mutter war es auch. – Wir *alle* also glotzten sie überrascht, fragend und mächtig neugierig an.

Und da druckste sie erst wieder lange rum, und weil sie dann wohl merkte, dass sie aus der Nummer nicht mehr rauskam, sagte sie schließlich: »... meine Ausstellung! Ich habe sie ins Rollen gebracht. Vor *Monaten* schon! Die Verträge für die Leihgaben – für die Bilder aus aller Welt. Unendlich wertvoll – die Versicherungen, die Transporte ... *alles* habe ich organisiert.«

»Das ist dein ***Job***, Mama! Dafür wirst du bezahlt!«, lege ich da noch mal bestgelaunt einen Joke der Extraklasse ein.

»Seeehr witzig, du Spasti!«, mault meine spaßfreie Schwester mich doof an.

»Hannah! Es reicht!«, reicht es meinem Vater, weil er ihr auch bestimmt schon 100.000 Mal gesagt hat, dass sie mich so nicht nennen soll.

Und dann war das aber auch wieder komplett egal, wie Hannah mich seit 13 Jahren nennt, weil Hannah und Papa dann wieder Mama fragend anglotzten. ... und ich dann eben auch.

Und da druckst sie erst wieder elendig lange rum und quetscht dann raus: »... ohne Genehmigung der Museumsleitung!«

»???«, staunen Papa, Hannah und ich die drei Fragezeichen.

»Ich war so naiv. So dumm!«, jammert Mama weiter. »Ich war mir ***so*** sicher, dass ich meinen Chef schon davon überzeugen könnte, dass diese Ausstellung wichtig ist – *einzigartig*! Konnte ich dann aber gar nicht. Erst als ich ihm erzählt habe, dass ich jemanden gefunden hätte, der das alles bezahlt, hat er eingewilligt. Diesen *Jemand* ... diesen *Sponsor*, den gab es aber gar nicht ... den hatte ich einfach erfunden!«

Und da, mein Freund, kamen Papa, Hannah und ganz besonders ich aus dem Staunen gar nicht mehr raus. – Sie hatte *gelogen*! Meine *eigene* Mutter!

... weil sie mächtig unter Druck stand. Weil sie etwas ins Rollen gebracht hatte, was sie gar nicht bezahlen konnte. Ihre Ausstellung eben. Und da ist ihr aber dann der Bloch eingefallen, wie meine Mutter dann noch mal alles erklärte. Den Bloch kannte sie von irgendwelchen Kunst-Auktionen her, weil der da ja auch ständig hinrennt, um sich neue Bilder für seinen Hobbyraum zu kaufen.

Und da hatte Mama sich gedacht, wenn der so ein leidenschaftlicher Kunst-Fan mit reichlich Kohle ist, dann macht der vielleicht auch für ihre Ausstellung was locker, und deshalb ist sie zu ihm in die Bank.

Und weil der Bloch sie da wohl total nett empfangen hat – was weiß ich, mit Kuchen oder mit einer Extraflasche Cola auch –, weil er sich eben voll bei ihr eingeschleimt hat, hat sie ihm alles erzählt. *Alles!* Die ganze Geldnot! Die komplette Lügengeschichte!

Und genau an dem Punkt hat sie dann eben auch gepeilt, was Bloch wirklich ist ...

»... ein **ARSCHLOCH**! Erpresst hat er mich dann! Hat gesagt, dass er mir *selbstverständlich* das nötige Geld geben kann. *Nicht* sein eigenes. *Das* von seiner Bank. Da könnte er schon was drehen, dass es nicht auffällt. *Dafür* aber wollte er ein Bild! Ein *ganz bestimmtes* aus dem Museumsbesitz! Für seine eigene Kunstsammlung. – *Als* ***Dauerleihgabe!*** – *Nur so zur* ***Sicherheit***, meinte er. – **Pah!** ***Zur Sicherheit!*** – ***Erpresst*** hat er mich! Weil wenn ich mich nicht darauf einlassen würde, könnte er nicht dafür garantieren, dass mein Chef ***nicht*** von meiner *kleinen Flunkerei* erfahren würde. Mein Chef wäre schließlich einer seiner besten Bankkunden. Und da wäre *Ehrlichkeit* schließlich das oberste Gebot.«

Und dann holt Mama noch mal ordentlich Luft und äfft tierisch laut und schrill den Bloch nach: ***»ICH VERSPRECHE ES IHNEN, FRAU HENSEN. – HOCH UND HEILIG, FRAU HENSEN. – DAS BILD IST BEI MIR ABSOLUT SAFE, FRAU HENSEN – DAS BLEIBT UNSER KLEINES GEHEIMNIS, FRAU HENSEN.*** **– KOTZEN KÖNNTE ICH!«**

»Petra, bitte.«

»... UND DANN ERFAHRE ICH, DASS ER SEINEM SOHN, DIESER EINGEBILDETEN KLEINEN *RATTE* ...«

»Petra, ***bit-te***!!!«

»... DASS ER SEINEM *JUSTIN* EBEN ...«

»Die Ratte heißt *Justus*!«, korrigiere ich vergnügt.

»UNTERBRICH MICH NICHT DAUERND!«, brüllt Mama *mich* dann voll ungerecht an und dann aber wieder weiter im Text:

»... wie der Bloch seinem *Justus* das Bild in seine Patsch-händchen gedrückt hat, damit dieser Schwachkopf es auf seinen Scanner knallen kann! Das lichtempfind-liche Original! *Unschätzbar wertvoll!* Auf einen *beschissenen* Scanner!!!«

»Petra, ***bit-te!!!***«, ermahnt Papa seine Petra noch mal wegen all der Kraftausdrücke, *die nie ein Kind zuvor gehört hatte,* und sagt dann aber auch noch mal ruhig: »... okay, Petra! Das ist natürlich eine dumme Sache mit dem Bild und dem Justin ...«

»*Justus* heißt die Ratte«, weiß dann sogar Hannah.

»... und dem ***Justus****, der Ratt*... ... ich meine, Petra – mein Gott – sag's der Museumsleitung und dann soll der Bloch das Bild gefälligst wieder zurückgeben, wenn er nicht drauf aufpassen kann.«

Und da, mein Freund, druckst meine Mutter wieder nervig lang rum, um dann aber auch *endlich irgendwann* zu nuscheln: »Das Museum weiß nichts davon! Das hätten sie mir *niemals* erlaubt ... das Bild lag aber im Archiv ... *das* Archiv, das ich persönlich verwalte ... es war so *einfach*! ... und da hab ich's halt ***so*** genommen ... *drucks drucks* ... ***ohne*** zu fragen.«

Und dann war Schweigen! – Die totale Sprachlosigkeit. Papa, Hannah und ich glotzten Mama an. Ganz lange. Ganz sprachlos.

»Mein Gott! Das ist ja *unerträglich*! Warum sagt denn niemand was?«, zickt Mama nach einer Weile des Schweigens rum.

Worauf dann Hannah irgendwann – und echt *ziemlich vorsichtig* auch – antwortet: »Na ja, Mum! Du hast geklaut! Und nicht gerade bei *KiK*! Was soll man darauf sagen?!«

»Das ist doch wohl ... das ... eine Frechheit ist ...«, bringt meine Mutter da total empört ein paar Satzbausteine durcheinander, bis Papa sie dann wirklich *sehr*, ***sehr*** vorsichtig unterbricht: »Petra! Das Kind hat recht. Du hast *geklaut*. Gestohlen! Im eigenen Museum.«

Schweigen! – Die komplette Familie Hensen hatte sich nichts mehr zu sagen. Alle waren mächtig sprachlos und ich dann sowieso. Weil ich selbst nur noch mit zwei Worten beschäftigt war, die meine Mutter vorher irgendwann mal rausgehauen hatte: ***unschätzbar*** und ***wertvoll***.

Meine hochgradig gute Laune begann zu sinken. Wie in einem Fahrstuhl. Weil ich nachdachte. – War es möglich, dass die *allergenialste* Idee, die ich in den letzten 13 Jahren hatte, tendenziell doch wohl eher der *größtmöglichste Haufen Scheiße* war, den ich jemals gebaut hatte?

Da hatte ich so ein *kleines* Gefühl von einer Antwort, aber da wollte ich dann auch noch mal auf *Nummer sicher* gehen und frage meine Mutter: »Wie *unschätzbar wertvoll*?«

»Was?«, fragt sie überrascht zurück.

»Ich meine ... das *Bild*! Wie teuer ist es? – Also angenommen, ich hätte – sagen wir mal: 100 Euro! Würde das reichen, um mir davon so ein Bild kaufen zu könn...«

»HA!«, lacht sie da komplett irre auf. »Das Kunstwerk *Selbstbildnis mit aufgestütztem Arm* von Caspar David Friedrich hat einen aktuellen Marktwert von **200.000 Euro** und ...«

... dann machte es plötzlich **KLONK**. – Deshalb, weil ich nämlich plötzlich samt Stuhl hintenrüberkippte und mit meiner Birne voll gegen die Heizung gedonnert bin.

Ich *hatte* die amtliche Klarheit ... und eine *amtliche* Beule auch noch obendrauf. Am Kopf nämlich. Birne gegen Heizung. – Was ganz gut daran war, weil alle dann dachten, dass ich deshalb auch keinen Ton mehr rauskriegte, was vom Prinzip her auch nicht *ganz* falsch war ... aber eben auch nicht *ganz richtig*! – Mein Fahrstuhl war angekommen! ... meine Laune war komplett im Keller. – Ganz unten!

Ich wurde dann wieder ordentlich auf den Stuhl gesetzt und meine Mutter sagte dann noch mal sehr ernst zu Hannah und mir: »Kinder! Diese Geschichte darf diesen Raum ***niemals*** verlassen! Versprecht mir das bitte!«

»*...gnn...ng...*«, verspreche ich irgendwas.

»Kein Thema, Mum«, verspricht Hannah fröhlich. »Lügen haben eh kurze Beine. Die kommen nicht weit!«

»*Unheimlich* witzig, Hannah!«, stöhnen Papa und Mama fast gleichzeitig und Papa höre ich noch sagen: »Wenn das rauskommt, hat eure Mutter *ganz*, ***ganz*** große Probleme. Sie wird ihren Job verlieren. Ihren guten Ruf! Ihre ganze Karriere steht auf dem Spiel! Ganz zu schweigen von der Anzeige und der Poliz...«

»Thomas, jetzt übertreib mal nicht!«, unterbricht Petra ihren Thomas, worauf Thomas seine Petra wieder ganz lange und diesmal *verdammt ernst* anschweigt.

Petra – also *Mama* – schluckt hörbar und sagt dann zu Hannah und mir *verdammt ernst*: »***Top secret!*** Kein Wort! Zu *nichts* und *niemandem*!!! Das ist ein **Befehl**!!!«

... und das war's, mein Freund! Ende der Geschichte! Fertig! *Echt fertig* bin ich!

... und *echt sauer* bin ich auch! Auf meine Mutter! Wenn ich doch nur geahnt hätte, was sie da für einen Haufen Scheiße gebaut hat. Wenn sie uns nur *einen verdammten Tag* vorher erzählt hätte, was Sache ist – ***niemals*** hätte ich dann selbst diesen *extremen* Haufen noch obendrauf gebaut.

... aber nun ist es zu spät. Am Montag wird das Bild in unserer Schule hängen. – *Selbstbildnis im Abhängmodus* von Caspar *Dings* Friedrich. Das Original-Kunstwerk für unfassbare 200.000 Euro! Durchbohrt von Reißnägeln! – Sichtbar für die komplette Weltöffentlichkeit.

Alles wird auffliegen! Die *ganze* Geschichte! Der komplette *Jan-Petra-Hensen-Doppel-Whopper-Haufen Scheiße* wird uns um die Ohren fliegen. Und dann sind wir dran. Mama wird gefeuert und wird *nie wieder* einen Job kriegen. *Höchstenfalls* noch bei *KiK* ... als Putzfrau. ***Wenn*** überhaupt! Wenn sie nicht direkt verknackt wird ...

… und ich dann sehr wahrscheinlich auch! Weil das kennt man ja aus dem Fernsehen. Die Polizei hat ganz miese Verhörmethoden, mit denen sie einen knacken kann. *Mit der Schreibtischlampe blenden* oder *den Kopf minutenlang unter Wasser halten* oder *stundenlang ein Lied von Justin Bieber laufen lassen* – da wird doch jeder weich am …

… ***Ende*** vom Lied!

Eintrag 14 – Freitag, 5:45 Uhr

... ich habe nachgedacht! Schon wieder! Die ganze Nacht lang diesmal!

Und – mein Freund – das Ergebnis von allem ist: Ich bin weniger fertig, als ich dachte! *Genial* bin ich! Alles wird gut!

Gut wird alles deshalb, weil ich einen Plan habe. Der ist so simpel, wie er genial ist: Ich werde Justus Bloch sagen, dass das Bild in seiner Zeichenmappe das Original ist. In exakt drei Stunden und zwölf Minuten werde ich dieses tun. Um 8:45 Uhr. *Nach* der letzten Teambesprechung also. – *Auf* dieser letzten Teambesprechung sollen die Teams Teile ihrer Projekt-Arbeit präsentieren. Darum hatte Günther gebeten.

Und Fakt ist daher: Justus Bloch wird das Original-Bild mitbringen. Hundertprozentig! Damit er damit angeben kann. Vor Günther und allen anderen Teams.

... Fakt ist übrigens auch, dass ich persönlich *nichts* mitbringen werde. Weil ich nichts habe, was ich da mal hochhalten könnte. ... was ein bisschen doof ist, weil bis Sonntagabend muss ich das Protokoll allerspätestens abliefern. Damit es eben noch in die PowerPoint-Präsentation reingetippt werden kann.

AKTUELLER PROTOKOLLÜBERSCHLAG:
WAS HABE ICH ZU BIETEN?
↑ALSO THEMATISCH JETZT!
WIR RECHNEN HOCH: 203 VOLLE SEITEN MIT DURCHSCHNITTLICHEN 19 SÄTZEN PRO SEITE UND ...
... JE SATZ MACHT DAS ~~8~~ 7 WÖRTER IN ETWA.
DAS WÄREN GANZ GENAU (7 × 19 =) 133 WÖRTER PRO SEITE, UND ...
... 133 × 201 = 26733 WÖRTER INSGESAMT!
↳ HIERVON ZUM THEMA: HOCHGESCHÄTZTE 0 (NULL)
0 (NULL) IST GLEICH: NICHTS
ERGEBNIS:
ICH HABE NICHTS ZU BIETEN!
EXTREM NULL! (0)

... aber egal erst mal! Fakt *eins* zählt jetzt: Bloch und das Bild!

Und dann, um Punkt 8:45 Uhr, tritt Plan G – *G* wie ***Genial*** – in Kraft. Ich werde mir den Bloch krallen und ihn ganz freundlich fragen: »Sag mal, Justus, war das Absicht oder ein Versehen, dass du die Kopie mit dem Original vertauscht hast?«

Da wird er erst mal irgendwas total Bescheuertes drauf sagen. Vielleicht was in Richtung: »Netter Versuch, *Janny*!« oder »Was für ein dämlicher Trick ist das, *Janny*?!«, und »Troll dich, *Janny*, und spiel mit deinen Matchboxautos, *Janny*!« wird er möglicherweise auch noch hinterherschieben.

Worauf ich mich erst mal wieder jedirittermäßig voll zusammenreiße, um dem Arschloch ***nicht*** gleich ein paar aufs Maul zu hauen und ihn sowieso einfach nur angrinsen werde. Cool, überlegen, abfällig ... von ganz oben auf die *Bloch-Wurst* herab.

Das wird ihn stark verunsichern, und auch wenn er mir keinen Mikrometer über den Weg traut: Er wird im nächsten Moment *garantiert* das Original aus seiner Zeichenmappe ziehen, um es sich noch mal genauer anzusehen. Denkbar, dass er Kopie und Original genauso wenig auseinanderhalten kann wie ich, aber sagen werde ich: »Ist mir eben in der Teambesprechung sofort aufgefallen, dass es das Original ist«, und »Bin ja schließlich der Sohn eines ***echten*** Kunstprofis« werde ich ihm auch noch mal deutlich sagen.

Was ich ihm *nicht* sagen werde, ist, dass *ich* es war, der die Bilder vertauscht hat. Das muss der Bloch gar nicht wissen.

Was der Bloch aber auf jeden Fall wissen muss, ist, dass das Bild von diesem Kunst-Kasperle ganze 200.000 Eier wert ist ***und*** aber ganz sicher **nicht** seinem bescheuerten Daddy gehört. Dass er es sich *irgendwie* nur geliehen hat! Von meiner Mutter! … also vom *Museum* eben!

… diesen krummen Deal, der da zwischen Daddy-Bloch und meiner Mutter gelaufen ist, *den* werde ich dabei natürlich *nicht* erwähnen. Das bringt den Bloch dann ja auch nur ganz durcheinander.

Und *dann* werde ich ihn fragen: »Was glaubst du, wie meine Mutter wohl reagiert, wenn ich ihr mitteile, was ***du*** da für einen Haufen Scheiße gebaut hast?«, und »Wie dein *Daddy* reagiert, wenn er erfährt, dass sein eigener Sohn ihn bestohlen und betrogen hat, möchte ich mir ja erst gar nicht vorstellen« werde ich ihm auch noch *supermitfühlend* reindrücken.

Darauf wird er vielleicht anfangen loszuwimmern. Irgendwas in der Art von: **»Bitte, bitte, lieber Jan! Verrat mich nicht! …** ***wimmer wimmer!***«

Worauf ich dann aber erst mal unerträglich lange schweige und gar nichts sage. Und dann aber doch irgendwann und supergroßzügig: »Okay ... ***Blochi***! Bring das Bild einfach dahin, wo du's herhast. Und gut is! Hat ja auch keiner was von, wenn du und dein Daddy ins Gefängnis wandern.«

Dann wird er mir sehr wahrscheinlich vor Dankbarkeit um den Hals fallen wollen und wird das Bild aber gleich drauf zurückbringen. In den Hobbyraum von seinem Daddy. Zurück in die Angeber-Ledermappe aus seinem Schreibtisch wird er es legen.

Kumpel, ich weiß! Das ist nicht die *ganz* feine englische Art. Eher sogar das komplette Gegenteil – verschlagen und böse ... wie ein *Sith*!

... wie der *Bloch* aber eben selbst auch ist – *verschlagen und böse*!

Da wird einfach nur *Gleiches mit Gleichem vergolten*! ***So*** musst du das sehen!

Leben und ***sterben*** in Hamburg! ... einfach nur genial!

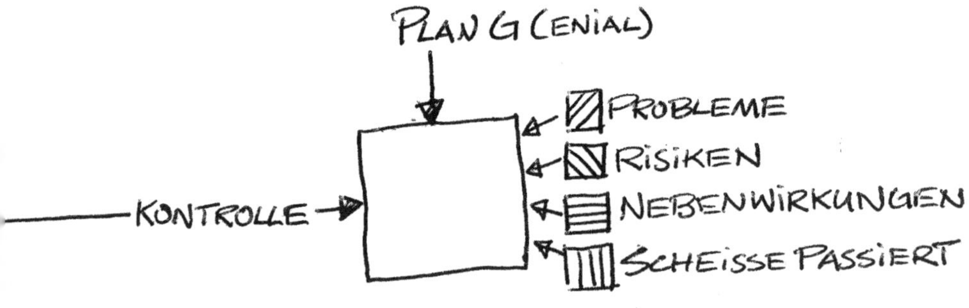

Eintrag 15 – Freitag, 11:01 Uhr

Plan G schlug fehl! Aber voll!

... dabei lief alles so wie berechnet: Die Teams brachten Teile ihrer Arbeiten zum Vorzeigen mit. Günther hampelte von Tisch zu Tisch und kriegte jedes Mal einen Anfall vor lauter Begeisterung: **»Aaaaah, wie originell!«**, brüllte er ein gigantisches Collageposter an. Zugekleistert mit Hamburg und Herzchen. ... und **»TOLL! Einfach nur TOLL!«**, rief Günther, als man ihm ein monströses Drahtgestell präsentierte. ... und **»JAAA! Jetzt kann ich's auch lesen! TOLL!«** noch hinterher, als das Drahtwurschtel-Team ihm erklärte, dass es ein Spruch sein soll! – ***Leben und leben in Hamb*** – für das ***urg*** reichte das Material nicht mehr.

Nur bei dem Hamburger-Pappmaché-Team, da machte er ein ganz betroffenes **»Ooooh, wie jammerjammerschade!«**, als man ihm erklärte, dass ein Großteil der Hamburger Innenstadt zerstört worden sei.

»... weil Jonas, dieser **Trottel**, sich draufgesetzt hat!«, knurrte Marie da auch noch mal direkt den Jonas an.

»Und was habt ihr denn TOLLES mitgebracht?!«, hampelte er brüllend dann auch noch mal zu dem Team von Gerrit, Sebastian, Hendrik und Cemal rüber. Und *der* dönerte auch gleich wieder los: »Äy sorry, Günther, äy. Aber passt nisch durch Tür, unser voll krass fett tollgeile Arbeit!«

Und Hendrik Lehmann darauf noch: »Außerdem stehen wir mit unserem Projekt W.Z.A.***K.***H.V.C. sehr unter Zeitdruck.«

»*W.Z.* ... was?«, fragt Günther nach.

»...*A.H.V.C.*«, ergänzt Gerrit ohne ***Komma.*** »Es ist ein Kürzel!«

»Ach!«, staunt Günther.

»Ein *Arbeitstitel* für unser Projekt!«, erklärt Sebastian dann auch noch mal und dann stehen alle vier einfach auf und gehen zur Tür raus.

»Wo wollt ihr…«, fragt Günther.

»Äy, Günther, äy! Sorry, Mann! Kein Zeit für Laberstunde!«

Sagt Cemal, knallt die Tür von außen zu und lässt den Günther doof im Klassenraum stehen.

Und da, Kumpel, war so ein Moment, wo ich es doch schon sehr bereut habe, dass ich mich nicht von Anfang an für das Team meiner Kumpels entschieden hatte. Eine Menge Ärger hätte ich mir erspart und jede Menge Spaß dafür gehabt. Im Stadtpark. Abhängen mit meinen Kumpels. … *Ex*-Kumpels vielleicht. Da muss ich mich halt noch mal drum kümmern.

Wie auch immer: Günther stand doof im Klassenraum rum und war vielleicht auch ein kleines bisschen beleidigt, dass die einfach *so* abgehauen sind.

Da kriegt er sich aber schnell wieder ein und hampelt dann auch endlich zu dem Tisch von unserem Team rüber.

Und wie vorausgesagt, kramt Angeber Bloch sofort seine Mappe aus seinem Rucksack und hält dem Günther gleich drauf das Bild vom *Abhänge-Kasperle* unter die Nase.

»TOLL!«, brüllt Günther es begeistert an.

»Ich weiß!«, antwortet Bloch.

Und dann hatte ich mich schon innerlich darauf eingestellt, dass der Bloch jetzt wieder einen gnadenlos langen und öden Angeber-Vortrag hält.

... und die Nadine Müller anscheinend auch innerlich, weil sich da nämlich kurz unsere rollenden Blicke begegneten, als Bloch dann tatsächlich loslegte.

Er posaunte raus, wie viel Arbeit in diesem Bild steckt und *wie* wertvoll es von daher sei.

›Du *Spacko*! Du hast ja keine Ahnung, ***wie*** wertvoll!‹, grinse ich da noch innerlich.

Und dann aber, ganz plötzlich und mega-unerwartet, schiebt Spacko-Bloch das 200.000-Eier-Bild plötzlich zu Lena rüber und sagt ganz stolz: **»Hier, *Lenchen*! Das schenk ich dir!«**

Von jetzt auf gleich brach mein innerliches Grinsen in sich zusammen.

»Wooow! Wie supi ist das däääнn?! DANKE, Justus! DANKE! Wow! Wow! Wow!«, bellt das *Lenchen* ... aber mal so **richtig** *supi-doof*. – Aber welcher Mensch ist schon perfekt. *Jeder* hat so seine Macken. Lena bellt halt gern. Und da können wir bestimmt auch noch mal drüber reden, wenn wir erst zusammen sind. ... also über Dinge, die einem echt auf den Sack gehen bei dem anderen! ... aber das hat ja auch alles noch Zeit und gedanklich war ich eh ganz woanders, als Lena *supi-doof* bellte.

Entsetzt starre ich den Bloch an und Bloch grinst zurück. Triumphierend!

»Toll! Einfach nur Toll!«, wiederholt Günther sich vor lauter Begeisterung, während Nadine Müller im Endlosmodus die Augen rollt.

»Dreh das Bild doch bitte einmal herum, Lena«, bittet der Bloch dann die Lena.

Und Lena dreht das Bild brav um und bellt wieder los. ... ***»Wow!«***

Das tat sie deshalb, weil auf der Rückseite etwas geschrieben stand. – *Für Lena!* stand da. In dieser eckigen Fingerkrampf-Klaue von dem Bloch. Mit Bleistift nur. Aber auf der Rückseite von einem 200.000 Euro teuren Originalbild, das meiner Mutter gehört ... also dem Museum meiner Mutter ... also dem Museum, in dem sie arbeitet ... *noch* arbeitet!

Ich starre auf die Widmung ... *unfassbar* entsetzt!

Und im nächsten Moment starre ich *unfassbar-**supi-doof**-entsetzt* Lena an.

Weil die sagt dann nämlich im nächsten Moment zu dem Bloch, dass er ihr das Bild doch bitte signieren möchte. Seinen Namen soll er draufschreiben. Auf die Vorderseite!

»Sehr gern, liebe Lena!«, sagt Bloch da prompt und zückt gleichzeitig einen Stift aus seiner Jackentasche ...

... einen ***dicken – schwarzen – Edding*!**

Un...beschreiblich-unfassbar entsetzt starre ich *ihn* nun wieder an. Bloch war kurz davor, ein Bild – das mütterlicherseits dem Museum gehört – mit einem aktuellen Marktwert von 200.000 ganzen Euros zu zerstören. Mit seiner Unterschrift – mittels Edding. Wie betäubt sehe ich zu, wie Bloch die Kappe von seinem dicken, schwarzen Edding abzieht ...

... Plopp!

Verzweifelt suche ich nach einer Möglichkeit, die Katastrophe zu verhindern …

… Bloch bewegt den entschärften Edding in Richtung 200.000-Euro-Bild.

Schweißperlen auf meiner Stirn. Null Ahnung, was ich tun soll …

… Blochs Edding nähert sich dem Bild. – Noch 30 Zentimeter bis zur endgültigen Vernichtung von 200.000 Euro.

Noch mehr Schweißperlen auf meiner Stirn …

… noch 20 Zentimeter!

Schweißperlenüberströmt denke ich nach: ›*200.000 Euro!* So viel, wie ein ganzes Haus kostet! …‹

… noch 15 Zentimeter!

›... oder drei *Porsche-Cayennes*. Die könnte man sich davon auch locker kaufen. *Mit* Klimaanlage ...‹

... noch 10!

›... oder schätzungsweise 133 amtliche Mountainbikes. Da blieben dann sogar noch ein paar Euro für einen vernünftigen Fahrradhelm über ...‹

... noch 5 Zentimeter!

›... aber was, zum Henker, soll man mit 133 Mountainbikes anfangen? Das bringt doch nichts!‹

... 4 – 3 – 2 – 1 Zentimeter!

Mir fällt auf, dass ich in die komplett bescheuert falsche Richtung denke und dass ich dafür aber immer noch *null* Idee habe, wie ich die Katastrophe verhindern könnte und ...

... 0,5 Zentimeter!

... und dann haue ich dem Bloch den Edding aus der Hand! Einfach so! Ohne großartig nachzudenken. Cool wie ein Jedi-Ritter! Wie einer, der seinem Erzfeind das Lichtschwert aus der Hand schlägt! ... also in meinem Fall war's ja nur ein Edding. Aber egal: Ich hatte das Bild gerettet, die Katastrophe verhindert.

... was ich dann allerdings nicht mehr verhindern konnte, war die Flugbahn des Eddings. *Der* landete nämlich einen Sekundenbruchteil später voll auf Lenas Stirn. Mit der fetten Spitze voran. Praktisch gesehen mit einer *echten Punktlandung* mittendrauf.

Dann war Stille! – Sämtliche Augen waren auf einen Punkt gerichtet ... auf den von Lenas Stirn.

Und in diese extreme Stille rein knarzte dann jemand ein unterdrücktes Lachen. – Nadine!

Und da war's dann ganz aus. Der komplette Klassenraum explodierte vor lauter Lachen. Alle brüllten, kreischten, geierten. – Bis auf Günther, Bloch, mich ... und Lena natürlich. *Die* glotzte nur noch stumm ihren verschmierten Zeigefinger an, mit dem sie vorher noch auf ihrer Stirn rumgerieben hatte.

Günther versuchte dann, die Kontrolle wieder zurückzugewinnen, indem er nach vorn hampelte und dabei total bescheuert mit den Händen rumflatterte. Wobei er nur für *noch mehr* Lacher sorgte.

Chaos! Schlecht für Günther, gut für mich! – *Plan G* war eindeutig aus dem Ruder gelaufen. Jetzt war *Improvisieren* angesagt. – Ich überlegte nicht lang und packte mir im allgemeinen Chaos den Bloch. Mit einem amtlichen Klammergriff in seinen Nacken.

»Wa…uaar…rrrgh…gnng…«

Bloch war sprach- und wehrlos. Ich zog ihn zu mir rüber. Unauffällig!

»Hör zu, Bloch!«, zische ich ihm voll ins Ohr. »Das Bild ist echt! Das sehe ich! Du hast es verwechselt! Du darfst es nicht Lena schenken! Es ist scheißenteuer und gehört dem Museum meiner Mutter! ***Nicht*** deinem Vater! Er hat's nur geliehen!!!«

Das war die absolute Kurzversion, aber Bloch begriff. Das sah ich. Ich löste meinen Klammergriff und er wippte fassungslos in seine Grundstellung zurück.

Keine Sekunde zu früh. Weil im nächsten Moment hatte Günther die Situation wieder im Griff. Es wurde noch ein bisschen rumgeprustet, aber das war's dann auch.

Ich hab mich dann bei Lena ordentlich entschuldigt und sie hätte die Entschuldigung auch ganz bestimmt angenommen, wenn ihr Bloch nicht ins Wort gestammelt wäre.

»Ähm... L.... Lena?«, stammelte er. »... ich hab mir überlegt, dass ich das besser **nicht** signiere, das Original ... äh ... ich meine: die *Kopie*, die wie das *Original* aussieht, ümm. ... weil – keine Ahnung – aber das wär doch echt schade, wenn da was draufsteht dann, oder?!? ... **UND** äh ... außerdem hab ich mir *graaad* überlegt, dass ich das Bild noch mal mitnehme ... öhm ... damit ich's hübsch einrahmen kann. Und dann kriegst du's wieder, Lena! ... äh – *versprochen*!«

Und da muss ich jetzt echt sagen, Kumpel: Das war schlau von dem Bloch! Hätte auch von mir sein können. – Bloch findet eine clevere Ausrede, damit Lena ihm das Original zurückgibt. Damit er es umtauschen kann! Zu Hause! Das Original gegen die Kopie, die er dann Lena *hübsch* eingerahmt zurückgeben kann …

… *hätte können*, weil: Lena will das Bild nicht mehr rausrücken!

»Ach, das ist ***superlieb*** von dir! Aber ich finde, das braucht keinen Rahmen. Ich häng das einfach so auf. Direkt neben *Justin Bieber*. So wie es ist. Ohne deinen *Otto* drunter. *Hihihi*«, kichert Lena.

Und dann müssen Bloch und ich zusehen, wie sie das höchst wertvolle Selbstbildnis von Caspar Chillout Friedrich einfach so in ihre Tasche stopft – das amtlich originale, wahnsinnig empfindliche, unschätzbar wertvolle 200.000-Eier-Bild von Mamas Museum … ihrem höchstwahrscheinlich letzten Arbeitsplatz!

... und dann klingelte es auch schon. Die Besprechung war vorbei und alle stürmten aus dem Klassenraum.

Nur Bloch und ich blieben wie betäubt sitzen.

»Wir müssen reden, Justus!«, sage ich zu dem Bloch irgendwann.

»Ja, Jan, das müssen wir«, sagt der Bloch.

Eintrag 16 – Freitag, 14:08 Uhr

Wir *haben* geredet! Justus Bloch und ich! Und dann waren wir in der Notaufnahme von der Klinik.

... also in *der* Klinik, wo Lenas Mutter als Oberärztin arbeitet. Da war heute die letzte Betriebsbesichtigung und da komme ich auch gerade her.

Nervig war's. Ich persönlich gehe einfach auch nicht gern in Krankenhäuser, weil das auch immer ein paar blöde Erinnerungen bei mir weckt. – An meinen eigenen Krankenhausaufenthalt nämlich ... und an den amtlichen Haufen Scheiße, den ich damals da gebaut habe ... nicht schön, das alles! Aber das ist auch eine komplett andere, *echt kranke* Geschichte.

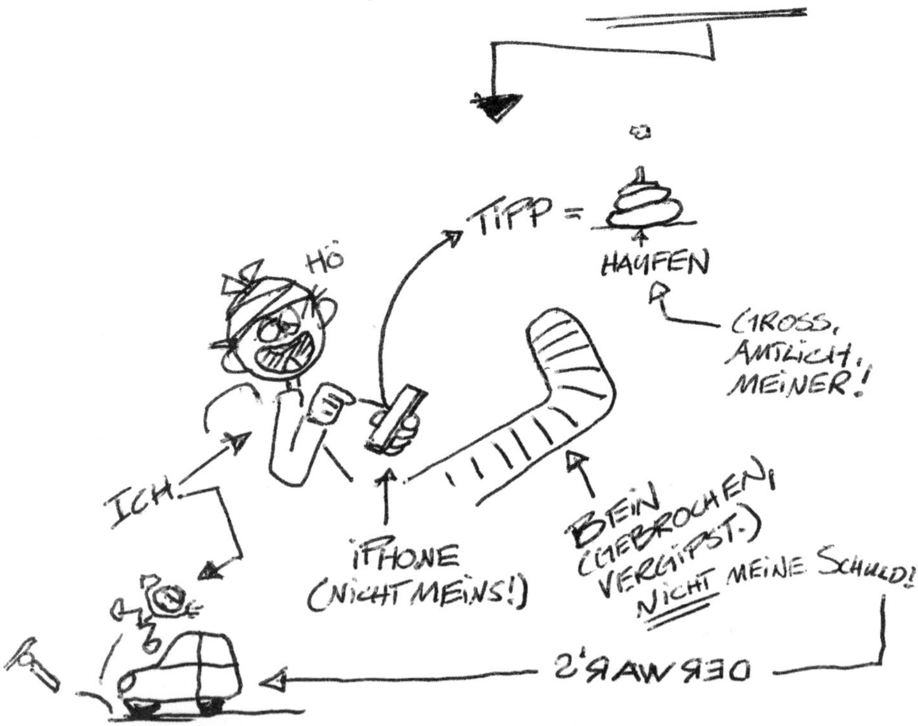

Wie auch immer: Frau Dr. Senger schleppte Tochter Lena, Nadine, Justus und mich durch das komplette Klinik-Labyrinth und erklärte uns *alles*. Lena und Nadine stellten blöde Fragen, ich ganz normal nicht und Justus war gedanklich auch nicht ganz bei der Sache.

»Hast du ihn?«, flüstere ich ihm zu, als wir dann eben in der Notaufnahme hinter den Mädchen rumstehen, die gerade wieder ihre Super-Fragen raushauten.

»Ja, hab ihn! *Plan P* läuft!«, flüstert Justus zurück.

»Sehr gut!«, flüstere ich.

... dass ich Justus Bloch, dem größten Arschloch aller Zeiten, ein *Sehr gut!* zuflüstern kann, ohne dass mir dabei die Pizza Diavolo vom Vorabend wieder hochkommt, liegt schlicht daran, dass wir eben geredet haben. – *Vorher* also! Also direkt *nach* der Teamgruppenbesprechung.

Günther ging als Letzter aus dem Klassenraum und schloss die Tür hinter uns.

Wir saßen wie betäubt da, und dass wir reden mussten, war dann auch klar.

»Bloch, das Bild muss zurück, *irgendwie*. Mach irgendwas, aber mach was«, quatsche ich dann einigermaßen verzweifelt drauflos, da jammert Bloch dann aber *voll* verzweifelt los: **»Ich werde so einen mordsmäßigen Ärger kriegen, Jan! An die Wand wird er mich nageln, wenn er das rauskriegt! Ich hab in seinem Büro *nix* verloren!«**

»?¿?«, mache ich da drei echt bescheuert erstaunte Fragezeichen.

»Rein *gar nichts* habe ich da verloren! Die *absolut verbotene Zone*! *Nur* Daddy darf rein! ... und Mutti manchmal, wenn sie vorher fragt!«

»?¿?«

»... aber ich kann doch auch nichts dafür, wenn er seinen Schlüssel überall rumliegen lässt. ... in der Tasche von seinem Hausmantel!«, jammert Justus weiter. »Es war so ***einfach***! Hab das Bild gefunden, genommen, kopiert und zurückgelegt. ... und dann **so ein schlimmer Fehler**! – Euch in Daddys Büro mitzunehmen. – Euch das Original zu zeigen. – Und es dann auch noch mit der Kopie zu verwechseln. – Wie **dumm** von mir! Und alles nur, weil ich ein bisschen angeben wollte. Vor dir ... *und* Lenchen!«

»Lenaaa!«, korrigiere ich.

»So ein *schlimmer, schlimmer* Fehler! ... *jammer, jammer* ... **die Bilder *vertauscht*! Wie *konnte* mir das nur passieren.«**

Was ich ihm da ganz genau hätte erklären können, wie ihm *so was passieren konnte*. Aber da dachte ich: Wozu? So viel unnötige Details. Das bringt doch nichts.

»Justus! Das Bild muss zurück! Irgendwie!«, komme ich daher noch mal auf den Kern des Gesprächs zurück.

… und *schnell* muss es zurück. Bis morgen! Bis Samstag also! Punkt 10:00 Uhr! Weil da kommt Daddy-Bloch von einer Dienstreise zurück, wie Justus dann noch mal ordentlich verzweifelt jammerte. – Weil wenn Daddy-Bloch von Dienstreisen zurückkommt, dann geht er als Erstes in seinen Hobbyraum. Zur *Entspannung*. Wie andere Leute nach Feierabend Fernsehen glotzen, glotzt er seine Bilder an. Und dann garantiert auch sein neuestes *Beutebild* aus der Schublade! Der Typ ist vielleicht kein *echter* Kunstprofi, aber wenn *der* nicht Original und Kopie auseinanderhalten kann, sollte er sich besser ein neues Hobby zulegen. – *Bierdeckel sammeln*, was weiß ich.

Er wird peilen, dass das Bild vom Chill-Kasperle eine Tintenstrahl-Kopie ist. Und dann wird er zusammenrechnen, wie viele Personen im Haushalt Bloch einen Tintenstrahldrucker haben.

»... **nur *ich*!**«, rechnete Justus mir nämlich dann noch mal jammernd einen vor. **»An die Wand wird er mich nageln! Und vierteilen! *Erst* vierteilen, dann an die Wand nageln. In der Reihenfolge. So einen Ärger werde ich kriegen ... *bu-hu-hu-hu*! ... und dann wird er deine Mutter anrufen!«**

Da will ich den armen Justus erst ein bisschen trösten wegen der unschönen Vierteilung und allem, aber dann peile ich vollständig, was er zum Schluss gesagt hat.

»Er wird *WAS?*«, frage ich daher mächtig überrascht nach.

»*Deine Mutter anrufen!* – Ich kenn den doch. *Harte Schale, weicher Kern!* ... wenn es um seine dämliche Kunst geht. Er wird sie anrufen und ihr beichten, dass das Bild futsch ist.«

Und da wird mir zum ersten Mal klar, *wie* schnell das Bild wirklich zurückmuss, weil: Keine Ahnung, wie weich Bloch senior von innen ist, aber ich wiederum kenne meine Mutter gut und kann dir sagen, wie *eisenhart* die sein kann, wenn nichts anderes mehr geht.

Da könnte ich dir aus persönlicher Erfahrung jetzt ein ganzes Lied von singen, was aber jetzt echt nicht Thema ist.

Thema ist: Eisenhart wird meine Mutter reagieren, wenn sie von dem Bloch erfährt, was passiert ist. Die wird den Hörer in die Gabel knallen und gleich drauf ihren Chef anrufen. Ihm ebenfalls beichten, was passiert ist. Das komplette Geständnis wird sie ablegen. Ohne Rücksicht auf Verluste. Da ist sie eisenhart ... wenn nichts anderes mehr geht! Keine Frage!

Bescheuerterweise dachte ich erst darüber nach, was meiner Mutter wohl besser steht: ein *KiK-Putzfrau-Outfit* oder doch eher der *Gefängnishof-Ausgehdress*. – Ich dache also erst nur Scheiße und dann komme ich aber doch auf den extremen Kern von allem zurück und sage zu Flenntüte Bloch bestimmt, ernst, eindringlich: »**Justus!** Das Bild! Es muss zurück! Irgendw...«

»Ich werde mit Lenchen reden!«, haut er da aber auf einmal raus. »Ich werde ihr *alles* erzählen! Das wird sie sicher verstehen. Und dann gibt sie mir das Bild ganz sicher auch zurück!«

»Gnnng ...«, kann ich da erst mal nur drauf antworten ... ***leicht*** panisch auch! Weil mir gleichzeitig ein paar Bilder

durch den Kopf schießen. – Von Justus nämlich, wie er grad mit Lena plaudert. Über **alles**! – Und dann noch ein Bild von Lena, wie sie darauf doof mit ihren Eltern plaudert. Herrn und Frau Senger. Vor allem aber *Herr* Senger macht mir da starke Sorgen. Der *Polizeihauptkommissar*! Ein beinharter Cop, der zum Lachen in den Keller geht, wenn er nicht gerade Terroristen über den Haufen ballert. – *Der* schießt mir dann auch durch den Kopf ... also als weiterer Gedanke jetzt. Als ein weiteres Bild eben, das mir durch den Kopf schießt. Und auf *dem* plaudert er noch mal mit meiner Mutter und kocht sie dann so *richtig* weich ...

... bevor er sie in eine Zelle wirft. – *Eine **Zelle** für die kriminellen **Fälle** ... Hö! Hö!*

»Tu's nicht! Auf keinen Fall, Bloch … äh … ***Justus!***«, antworte ich ihm dann noch einmal … und ***echt*** panisch auch!

Aber, Kumpel! Da war nichts mehr zu machen. Auf Teufel komm raus wollte er mit *Lenchen* reden. Über *alles*!

Und da musste ich meine Karten dann eben auch offen hinlegen. Da blieb mir gar nichts anderes übrig. – *Alles* hab ich ihm erzählt! Von dem Deal zwischen seinem Daddy und meiner Mutter. Von dem *Haufen Ärger*, den sie ***beide*** kriegen, wenn die Sache auffliegt. Weil es ja schließlich auch nicht *seine* Kohle war, die Daddy-Bloch da für sein *Hobby* rausgehauen hat. Es war das Geld der Bank. – ***Alles*** habe ich dem Justus erzählt!

… *nur* dass ***ich*** es war, der die Bilder vertauscht hat, hab ich auch da mal besser für mich behalten … das passte jetzt irgendwie auch gar nicht mehr ins Gespräch.

Wie auch immer: Ich konnte Justus absolut davon überzeugen, dass jetzt nur noch eine Sache angesagt war: *Schweigen!*

Und dann haben wir nachgedacht! Über *irgendeine* brauchbare Lösung unseres Problems.

Und dabei ist dann *Plan P* rausgekommen ... ***P*** wie ***Per**fekt*! Das war meine Idee mit dem Namen. Und Justus fand das dann auch ganz gut, wenn man perfekten Plänen einen ordentlichen Namen gibt.

Und ich sage dir, mein Freund: Plan P *ist* perfekt ...

... Justus und ich werden die Bilder austauschen. Diesmal *gemeinsam* also. Kopie gegen Original. In Lenas Zimmer wird dieses passieren. Dort wird nämlich das letzte Teamtreffen stattfinden. Heute. *Gleich* also. Punkt 17:00 Uhr. – Durch ein geschicktes Ablenkungsmanöver werden wir Lena und Nadine aus dem Zimmer locken.

Teil 1 des Manövers wird sein, dass ich fünf Minuten zu spät kommen werde. *Geplant* zu spät diesmal! Dieses ist wichtig, weil dann nämlich nicht nur Lenas Fahrrad vor der Haustür steht, sondern auch das von Nadine. Aus *beiden* Fahrrädern werde ich die Luft herauslassen. Aus allen vier Reifen also. Die Ventile werde ich gleich drauf wegwerfen. Diese extreme Maßnahme ist notwendig für Ablenkungsmanöver Teil 2: Weil gleich drauf werde ich *dramatisch* in Lenas Zimmer stürmen und beiden Mädchen *sehr dramatisch* mitteilen, dass *irgendjemand* ihnen die Fahrräder platt gemacht hat. Worauf die Mädchen dann fassungslos aus dem Zimmer stürzen werden, um sich den Schaden anzusehen.

Justus und ich werden zurückbleiben. Allein in Lenas Zimmer. Mit Justin Bieber. ... also einem Poster von ihm an der Wand. Laut Lenas Idee sollte gleich daneben ja das Original hängen. Welches wir dann mit der Kopie aus Daddy-Blochs Schublade austauschen werden. Dieses muss schnell und reibungslos passieren. Das von uns berechnete Zeitfenster hierfür ist klein. Und ein anderes wird es nicht geben. ... also eine weitere Gelegenheit für den Bilderaustausch wird es nicht geben. Die vollzählige Familie Senger wird noch heute Abend verreisen. Übers Wochenende. ... von Travemünde war die Rede.

Das, mein Freund, ist Plan P! *Perfekt!*

... einziger Schwachpunkt unseres Plans war dann eigentlich nur noch, dass total offen war, ob Justus überhaupt noch mal in das Büro seines Daddys reinkäme, um das Original unbemerkt zurücklegen zu können.

Wird er können! Der Schwachpunkt war gewesen! Der Schlüssel war noch in dem Hausmantel von seinem Daddy ... und *nicht* mit auf Daddys Dienstreise! Das weiß ich eben seit dem Besuch in der Notaufnahme. Justus hat ihn! Den Schlüssel also ...

... und das ist *sehr gut*!

Eintrag 17 – Freitag, 19:20 Uhr

Plan P verlief reibungslos! *Pünktlich* um 17:05 Uhr traf ich vor dem Haus der Sengers ein. Und dann ...

... war aber nur *ein* Fahrrad da. Nur das von Lena. Nadines Fahrrad fehlte. Was ich dann aber nicht als *ganz* großes Problem ansah, weil die Müller nimmt ja auch öfters mal die U-Bahn, wenn sie zu ihrer Bestfreundin Lena will. Daher behielt ich den Kurs von *Plan P* voll bei und machte nur Lenas Fahrrad platt und warf sogleich die beiden Ventile ins Gebüsch.

Sehr zufrieden mit dem bisherigen Verlauf von Plan P drückte ich den *Senger'schen* Klingelknopf. Mit sauberen Fingern. Exakt eine Sekunde lang! ... *wenn* schon perfekt, *dann* aber auch richtig! – Frau Senger öffnete mir die Tür. Nur die Hand wollte sie mir da nicht mehr geben, aber das spielte für Plan P ja auch keine Rolle.

Ich betrat das Haus der Sengers und ging die 16 Stufen der Treppe hoch und den fünf Meter langen Flur bis zu Lenas Zimmer entlang. Dort blieb ich vor der Tür stehen, konzentrierte mich voll auf meinen *dramatischen* Auftritt und stürmte Lenas Zimmer. Die Tür, die bei diesem Vorgang geplant dramatisch aufflog ...

… knallte unplanmäßig voll dramatisch gegen Lenas Birne. Die stand nämlich in dem Moment voll unplanmäßig genau hinter der Tür.

»Au! Au! Au! Au!«, bellt Lena vor Schmerzen und hält sich die Stirn. … *schon* wieder!

»Tut …«, weiche ich voll von meinem Dramatext ab, weil ich ihr erst noch sagen möchte, wie leid mir das tut, und dann erschrecke ich mich aber voll, weil Nadine plötzlich hinter mir steht. – *Hinter* mir! Im Flur! *Nicht* in Lenas Zimmer! In Lenas Zimmer sehe ich nur Lena selbst und Justus dahinter auf dem Bett sitzen, der mich fragend anguckt.

»Ach Janny, du **bist** aber auch manchmal ein Trottel!«, schimpft die arme Lena mit mir – zu Recht.

»Tut …«, sage ich da noch mal und dann denke ich aber, dass eine weitere Abweichung von *Plan P* nicht gut ist, und lege dramatisch los: **»Oh! Lena! Irgendein gemeiner Schuft hat die Luft aus euren Rädern gelassen! … äh … also aus *deinem* jetzt! Das *müsst* ihr euch ansehen, Lena! … *und* Nadine!«**

»Ich muss *gor nix*!«, widerspricht Nadine kurz und bündig.

»Och Mööönsch! Wie doof ist *das* dääänn?!«, jammert Lena aber prima los und geht ab.

… also aus dem Zimmer raus.

Nur die Müller blieb! Und das war ein Problem. Sie folgte mir ins Zimmer und setzte sich auf den Schreibtisch und ich mich direkt neben Justus aufs Bett. Dabei checkte ich nervös die Wände ab. Auf der Suche nach Justin Bieber. Also nach dem 5-Euro-Poster von ihm und dem 200.000-Euro-Kunstwerk daneben.

Justin Bieber fand ich auf Anhieb. Direkt über dem Bett. Mit anderer Frisur als auf meinem Poster, aber das war jetzt nicht *wirklich* wichtig.

Wichtig war, dass auch tatsächlich das Original-Kasperle-Bild da hing. Nicht *neben* Spacko-Bieber. Sondern *über* ihm. Hoch oben knapp unter Zimmerdecke. Da hatte Lena es hingepappt. Mit Tesafilm. Regelrecht eingerahmt hat sie's damit. Bestimmt drei – vier Mal ums ganze Bild rum. ... gruselig!

›... aber immerhin keine Reißnägel!‹, dachte ich dann und überlegte aber auch noch kurz, dass Lena ein echtes Geschmacksproblem hat, was aber auch jetzt wirklich nicht *mein* Problem war. – *Mein* Problem saß auf einem Schreibtisch und hieß Nadine Müller.

Hochnervös guckten Justus und ich uns an. – *Plan P* durfte nicht scheitern! Die Bilder *mussten* ausgetauscht werden. *Jetzt* war die Gelegenheit. Eine weitere würde es nicht geben.

Improvisieren war wieder angesagt. Mir musste schnell was Neues einfallen. Die Müller musste *raus* aus dem Zimmer. *Jetzt. Sofort.*

»Öhm ... Nadine!«, improvisierte dann aber der Justus für mich clever los. »Willst du denn nicht mal nachsehen, wo Lena bleibt? Ich meine, ihr Fahrrad ist platt und da ist sie bestimmt echt fertig deswegen und ...«

»Dann soll mal gefälligst der Hensen runtergehen! Der hat's ja schließlich auch platt gemacht«, antwortet Nadine schnörkellos.

... und da gucken Justus und ganz besonders ich *echt schnörkellos* doof aus der Wäsche.

»Hab ich genau gesehen, Jan!«, grinst sie dann. »*Keine* Ahnung, warum du's getan hast, und das geht mich ja auch echt nichts an, warum ...«

»***Darum***, weil wir genau ***das Bild*** da oben brauchen!«, improvisiere ich dann voll drauflos, zeige voll auf das Original über Justin Bieber und rattere runter: »Es ist verdammt echt, teuer wie ein Haus, gehört dem Museum meiner Mutter, ***nicht*** Herrn Bloch. Meine Mutter hat es ihm nur geliehen. Was aber keiner wissen darf. Was jetzt aber auch komplett egal ist. Fakt ist: Wenn das Bild nicht bis morgen früh Punkt zehn wieder in der Schublade vom Bloch liegt, werden alle weich und alle miteinander werden mächtig großen Ärger kriegen! ... ***DARUM!***«

Justus Bloch glotzt mich entsetzt an. Mit mangamäßig großen Augen wie die von einem sehr überraschten Alien. – Ausgerechnet die Bestfreundin von Polizeihauptkommissartochter Lena Senger aufzuklären, war jetzt wirklich nicht die allerbeste Idee des Tages! Aber es war die einzige, die mir auf die Schnelle einfiel. Entweder würde Nadine Müller nun quiekend aus dem Zimmer rennen, ihrer Cheffreundin alles eins zu eins petzen oder …

… es würde etwas anderes passieren. Was genau das sein könnte, davon hatte ich keine konkrete Vorstellung. Ich sag ja: Die Idee war nun echt nicht der Brüller.

Ich blickte Nadine direkt und ernst in die Augen. Und sie verdammt überrascht zurück.

Von unten her hörten wir, wie jemand die Haustür ins Schloss warf. – Lena! Und damit war auch unser Zeitfenster geschlossen. – *16 Stufen bis nach oben und fünf Meter bis zum Zimmer.* Justus und ich hatten dafür exakt 19,1 Sekunden berechnet. Lena müsste sich schon zwischendurch ein Bein gebrochen haben, wenn sie das nicht in der Zeit schaffen würde.

Sie hatte sich aber leider kein Bein gebrochen. Wir hörten, wie Lena die ersten Stufen gesund und munter hochstiefelte.

»Haut rein, Jungs! Ich lenk sie ab!«, sagte Nadine da plötzlich, rannte aus dem Zimmer und schlug die Tür hinter sich zu.

Justus und ich guckten uns ordentlich verblüfft an und hauten dann aber sofort rein. Er kramte Daddy-Blochs Ledermappe mit der Kopie aus seinem Rucksack, während ich mir den Tesa-Abroller von Lenas Schreibtisch schnappte, mit dem wir die Kopie im exakten *Lena-Grusel-Stil* wieder dahin hängen konnten.

Vom Flur her hörten wir Nadines gedämpfte Stimme. Sie fragte Lena, ob sie Fritz noch mal sehen könnte. Er wäre ja *sooo super-niedlich* und sie würde ihn einfach zu gern noch mal durchkraulen wollen, bevor Lena übers Wochenende mit ihm wegfährt.

Da guckte ich leicht verpeilt Justus an und der klärte mich dann auch auf: »*Nicht* Lenas Bruder. – Keine Ahnung. *Katze* vielleicht!«

»Ah!«, sage ich darauf und wir beide lauschen dann, ob Nadines *cleveres* Ablenkungsmanöver funktionierte.

Unklar!

»Häääääääää? Du willst was?«, hörten wir Lena dann so dermaßen dämlich nachfragen, als ob Nadine sie etwas auf Chinesisch gefragt hätte.

Entsprechend deutlich und leicht ungeduldig wiederholte Nadine, was sie wollte: »Fritz durchkraulen? Den *knuffigen, drolligen* Fritz?!« – Eine sehr simple Frage!

Elendig lange Sekunden herrschte Stille auf dem Flur, bis Lena schließlich »Na gut!« sagte, und »Da muss ich aber erst Mami fragen« sagte sie auch noch und »Fritz ist ja so schrecklich sensibel« hörte ich Lena auch noch sagen, und was sie noch alles sagte, kann ich dir nicht sagen, weil sich Mädchenstimmen und Schritte dann entfernten. – Nadines Ablenkungsmanöver hatte funktioniert!

Justus und ich sprangen wie auf Kommando auf Lenas Bett. Mit Schuhen! Keine Zeit für Anstand!

Und dann hatten wir ein echtes Wachstumsproblem! ... also was ich damit sagen will: Wir kamen mit unseren Fingern einfach nicht ans Bild ran. Wer auch immer es über Justin Bieber hingehängt hat, *Lena* war es nicht. Möglich, dass ihr ausgewachsener Vater es getan hatte. Oder die Mutter.

Die war auch nicht gerade klein. – *Wir* waren zu klein. Und weil wir unmöglich zwei bis drei Jahre in Lenas Zimmer darauf warten konnten, bis wir die notwendige Größe erreichten, um an das Bild heranzukommen, kam Justus auf die Idee mit der Räuberleiter.

Er stemmte sich gegen die Wand, verkeilte die Hände und ich sollte draufsteigen.

Und da war ich mir für einen Augenblick verdammt unsicher, ob ich das wirklich machen sollte. – Justus Bloch vertrauen! *Dem* Typen, der mich innerhalb einer Woche auf die allerlinkste Tour voll verarscht hatte ... na ja, und ich ihn ja auch ein *kleines* bisschen.

Aber andererseits war das hier nun mal der absolute Ausnahmezustand. Ich brauchte den Bloch, und dass der Bloch mich brauchte, musste dem Bloch selbst auch extrem klar sein.

»Hopp! Mach schon!«, drängelte er dann auch extrem klar und ich stieg auf seine verkeilten Hände, die …

… er dann auch ***nicht*** wegzog!

Locker kam ich nun an das Bild ran. Schwierig war jetzt auch nur noch, den Tesafilm vorsichtig von Wand und Bild abzuknibbeln. Justus bekam auf Lenas weicher Matratze einfach auch keinen ordentlich Stand.

… aber *richtig* schwierig wurde es erst, als ich deshalb dann auch noch das Gleichgewicht verlor und abstürzte! Von hoch oben bis nach ganz unten. Und da half es auch nichts, dass ich mich an Justin Bieber klammerte … also an das Poster von ihm. Ich stürzte ab und riss den halben Bieber mit in die Tiefe.

»Oh Gott, Jan! Bist du okay?«, rief mein Kletterpartner Justus ehrlich besorgt und da will ich ihm dann auch antworten, dass es nur den Justin schwer getroffen hat, da …

… fliegt plötzlich die Tür auf und im Türrahmen stehen: Lena und Nadine.

»… ich … ich kann das erklären!«, sage ich da noch …

… und dann aber gar nichts mehr und Justus fällt auch nichts mehr ein, wie *er* erklären könnte, warum er auf Lenas Bett rumsteht … mit Straßenschuhen.

Lena schmiss uns raus! Justus und mich …

… und die Müller dann anscheinend auch, weil die kam nämlich auch gerade zur Haustür raus, als Justus und ich niedergeschlagen und fertig unsere Fahrräder aufsperrten.

… *warum* Lena ausgerechnet ihre *allerbeste* Bestfreundin Nadine Müller auch rausgeschmissen hat, kann ich dir nun wirklich nicht sagen.

… vielleicht hat Lena ja irgendwie gepeilt, dass Nadine sie mit der Kraule-Nummer und dem drolligen Fritz voll verarscht hat. Eher unwahrscheinlich …

… aber *warum* Nadine die Lena tatsächlich mit dem Kuschel-Fritz voll verarscht hat, um ausgerechnet Justus und mir zu helfen, darauf habe ich auch keine vernünftige Antwort. Vielleicht haben die beiden Girlies ja auch irgendein Konkurrenz-Ding am Laufen. Man weiß das alles nicht, wie Mädchen wirklich ticken.

… was hier aber eigentlich absolut nicht Thema ist, wie Mädchen wirklich ticken. – Thema ist, dass Lena – aus mir unbekannten Gründen – Nadine eben auch rausgeschmissen hat, weil *die* kam – wie gesagt – dann eben auch gerade zur Haustür raus, als Justus und ich *ordentlich* niedergeschlagen und *echt* fertig unsere Fahrräder aufsperrten.

Wir guckten zu der Müller hoch und sie zu uns runter und sie sagt dann: »Was wir brauchen, ist ein Plan B!«

Eintrag 18 – Samstag, 10:00 Uhr!

Fürs Protokoll: Gestern Abend, am Freitag, dem 13. Juni, um 17:35 Uhr trafen Justus Bloch und der Protokollführer Jan Hensen (ich) bei Nadine Müller ein, um die verschiedenen Punkte von *Plan B* zu besprechen. Nur in *einem* Punkt war sich das *B*-Team uneins, weshalb hierüber angeregt diskutiert wurde, da es der *einzige* Punkt von *Plan B* war! – *Einbruch bei den Sengers.* – Und …

… wenn du, mein Freund, jetzt darüber nachgrübelst, ob der *Protokollführer Jan Hensen* (ich) nicht mehr alle Tassen im Schrank hat, dann müsste ich da jetzt selber noch mal nachzählen, ob bei mir noch alles vollständig ist. – Unsicher!

… was ich *sicher* weiß, dass mir ein Schuh fehlt!

… 10:01 Uhr!

… ich bin müde! *Nuuur* müde! – Was irgendwie auch logisch ist, weil ich letzte Nacht auch verdammt wenig geschlafen habe … praktisch gesehen habe ich *gar nicht* geschlafen … ganz normal *deshalb*, weil ich ja logischerweise letzte Nacht in einem Haus einbrechen musste. In dem von Sengers eben … was eben der einzige Punkt von *Plan B* war! Und da gingen die Meinungen gestern Abend eben doch *sehr stark* auseinander, was das angeht …

»Es ist kriminell! *Strafbar!* Ohne mich! Da mach ich nicht mit!«, war Justus der Meinung.

»Es ist unsere *einzige* Chance!«, war meine Meinung.

»Dann war's das! Entweder alle oder keiner!«, meinte Nadine.

»Wie – *alle oder keiner*?! Was sind das denn für bescheuerte Regeln?!«, regte sich Justus noch mal ordentlich auf.

»Es sind *meine* Regeln! – *Meine* Idee, *meine* Regeln! Und überhaupt *euer* Problem, nicht *meins*! So einfach ist das!«

... und wo sie recht hatte, hatte sie wieder mal recht, die Müller. – Nach wie vor kann ich dir echt nicht genau sagen, warum Nadine Müller so tickt, wie sie tickt, also warum sie uns freiwillig hilft, aber Fakt ist nun mal: Es war tatsächlich ganz klar ihre Idee, in das Haus der Sengers einzusteigen. Die Sengers waren weg, die Hütte also leer, und Nadine wusste, wo die Sengers ihren Ersatzschlüssel versteckten. – *Reingehen, Bilder umtauschen, wieder rausgehen.* – Ein Spaziergang war das!

Und jetzt hatte ausgerechnet Justus aber keine Lust auf *Spaziergang* und …

… und jetzt nur mal so angenommen: Wenn **du** – mein Freund – mir am Montag über den Weg gelatscht wärst und mir gesagt hättest, dass ich nur vier Tage später mit dem Bloch und der Müller abends in ihrem Zimmer sitze und wir alle zusammen ernsthaft darüber nachdenken, noch in derselben Nacht in das Haus von Lena Senger einzubrechen – wenn du mir *das* alles gesagt hättest, hätte *ich* zu dir gesagt: »Du hast echt ein Rad ab!« … und »Geh weg!« hätte ich sehr wahrscheinlich auch noch hinterhergeschoben, weil ich dich ja auch gar nicht kenne.

FÜR DEN FALL, DASS DU MIR TATSÄCHLICH MAL ÜBER

WARNUNG: DIE FOLGENDEN SEITEN KÖNNTEN HERZTECHNISCH EIN ECHTES PROBLEM FÜR ~~DICH~~ SIE SEIN!!! ALLES SEHR AUFREGEND!

④ TYPFRAGE: ICH BIN
☐ LUSTIG ☐ COOL ☐ SMART ☐ BELIEBT
☐ LANGWEILIG ☐ SCHRÄG ☐ UNHEIMLICH

⑤ FREUNDE? ☐ JA KLAR!
☐ ICH KOMM ALLEINE KLAR!

⑥ HOBBYS? ☐ YEP ☐ OCH NÖ!
UND SWAG
☐ SPORT ☐ LESEN ☐ LERNEN
☐ ZEICHNEN ☐ ZOCKEN ☐ TV
☐ FALLSCHIRMSPRINGEN

⑦ ICH HABE EIN ☐ IPHONE
☐ IPAD
☐ IMAC
☐ MACBOOK (PRO)
☐ MACPRO (KARTON)
☐ NOTIZBUCH
☐ GAR NICHTS ZU BIETEN

⑧ HIER BITTE EIN ORDENTLICHES FOTO VON DIR SELBST EINKLEBEN. …ODER SELBST ZEICHNEN

Wie auch immer: Vier Tage später saß ich tatsächlich mit dem Bloch und der Müller in ihrem Zimmer, dachte mit ihnen gemeinsam darüber nach, in das Haus der Sengers einzusteigen, und da hatte der Bloch aber auf einmal keine Lust mehr, in das Haus der Sengers einzusteigen, und …

… dann aber auf einmal doch, weil ihm da wohl selber klar wurde, dass er eben ein fettes Problem hat und dass es auch nicht von alleine weggeht, wenn er sich weigerte mitzumachen. Praktisch gesehen war Nadine seine letzte Rettung! … und *meine* auch!

»Also gut, ich mach mit!«, presste Justus daher nach einer kleinen trotzigen Weile heraus.

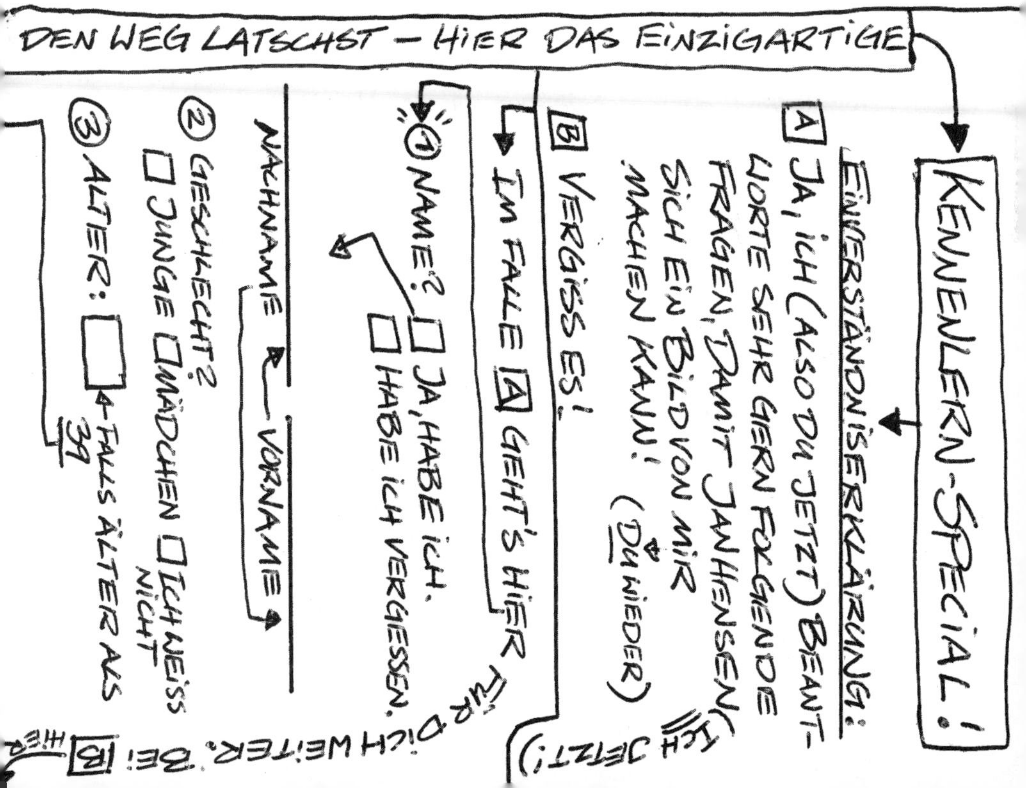

Und weil ich da echt erleichtert war, witzle ich noch mal rum: »Fürs Protokoll: *Plan B* wurde vom Projektteam einstimmig angenommen.«

Worauf Nadine dann blöd nachhakt: »Apropos *Protokoll*, Hensen! Wie weit bist du damit?«

»Öhmm ... *weit*! Fast fertig! Sonntag!«, lüge ich wie blöde.

Und da checkt sie mich erst so komisch von der Seite ab und meint dann aber: »Na dann ist ja alles klar. Dann bauen wir das Sonntagabend bei Lena in die PowerPoint ein und fertig!«

»Hm ... bei *Lena*?!«, sagt Justus darauf etwas nachdenklich und ich dann nachdenklich hinterher: »... könnte schwierig werden, weil die momentan wohl ein kleines bisschen sauer auf uns ist.«

»***Supi***-sauer!«, grinst Nadine. »... aber keine Sorge, ihr *Prinzen*! Die kriegt sich schon wieder ein.«

Worauf wir *Prinzen* rosa Bäckchen kriegen, weil Nadine ganz offensichtlich längst geschnallt hatte, was da für ein kleines Drama läuft zwischen Lena, *Prinz 1* und *Prinz 2* ... also *Justus*! ... *Prinz 1* bin selbstverständlich ***ich***!

... 10:06 Uhr!

... müde! Sooo müde ... aber an Schlaf ist jetzt wirklich nicht zu denken! Dafür bin ich viel zu aufgekratzt. – Was vielleicht ***auch*** damit zu tun hat, dass ich mir gestern Nacht um eins mindestens drei Liter Kaffee reingekippt habe ... was ich mir, glaube ich, auch echt hätte schenken können. Weil ich bin da nachts um zwei nicht grad in eine öde Mathe-Stunde reingeschlurft, sondern hatte ganz klar vor, in ein Haus einzubrechen. Da *ist* man wach!

... mit drei Litern Kaffee intus ging ich also noch mal *höchst* konzentriert meine Checkliste durch: *Taschenlampe? – Da! Handschuhe? – Da!* ... und das war's eigentlich!

Dann schlich ich mich aus der Wohnung. Lautlos wie der Typ aus *Mission Impossible*. Ebenso lautlos zog ich die Tür hinter mir zu. Worauf mir dann aber auch *sofort* einfiel, dass meine Checkliste unvollständig war. ... ich Penner hatte vergessen, meinen Hausschlüssel einzustecken. – Das war ein Problem. Aber da musste ich mich dann halt später irgendwann drum kümmern. *Nach* dem Einbruch!

Punkt zwei kam ich am Haus der Sengers an. Zu Fuß! Das pannenanfällige Fahrrad hatte ich bewusst zu Hause stehen lassen. *Nichts* durfte mehr danebengehen. *Alles* musste perfekt laufen!

Im *perfekten* Mission-Impossible-Ausgehdress wartete Nadine schon am Eingang und gleich drauf kam auch Justus um die Ecke gekurvt. – Schwer bepackt mit einem Rucksack. »Was hast du denn vor? Willst du hier einziehen oder was?«, fragte Nadine ihn.

»Quatsch! Das ist meine *Tarnung*!«, antwortete Justus ihr stolz. »Ich hab Mutti erzählt, dass ich mit Sören zelten gehe.«

»Wer ist *Sören*?«, will Nadine wissen, aber dann hab *ich* höchst konzentriert gesagt, dass ich jetzt *echt gern* einbrechen möchte und dass man sich ja auch vielleicht später noch über Sören unterhalten kann.

Da waren die beiden dann auch mit einverstanden und Nadine hebt den Blumentopf neben der Haustür an, wo die Sengers ihren Ersatzschlüssel verstecken.

»*Unterm Blumentopf*??? Wie bescheuert ist das denn?!«, frag ich da noch und dann sind wir aber auch alle ohne ein weiteres Wort zu verlieren in das verlassene Haus von *Oberschlau*-Hauptkommissar Senger eingedrungen ... und exakt 19,1 Sekunden später in Lenas Zimmer!

Und auch alles Weitere lief präzise wie ein Schweizer Uhrwerk: Nadine schnappte sich den Tesa-Abroller vom Schreibtisch – Justus hüpfte aufs Bett und brachte sich in stabile Räuberleiter-Position – In einer 1-a-Turnübung schwang Nadine sich auf seine Schultern hinauf, während ich jeden dieser exakt geplanten Schritte mit meiner Taschenlampe ausleuchtete.

Dann strahlte ich für Nadine das Zielobjekt an: *Selbstbildnis mit Armen von Caspar-Relax Soundso im Wert von 200.000 Euro.*

Sorgfältig wie ein Hirnchirurg fing Nadine an, die erste Tesafilmschicht abzuziehen, da ...

... hörte ich plötzlich ein leises, hektisches Hecheln. Direkt hinter mir. – Ich hörte auf, Nadines Operation anzustrahlen, und bewegte die Taschenlampe in Richtung Geräusch.

»Hensen! ***Mehr Licht!***«, höre ich Nadine aus ihrer finsteren Ecke losmeckern, während ich ***höchst*** *konzentriert* in die funkelnden Augen eines Rottweilers blicke. Angestrahlt von meiner Taschenlampe stand er da. Breit und bullig im Türrahmen!

... 10:11 Uhr!

... müde bin ich, Kumpel, müde! Erschöpft, leer und verbraucht! Das bin ich! Und jetzt ist es elf Minuten *nach* zehn! Was nicht gut ist! *Gar nicht gut* ist das! Elf Minuten drüber! Es muss was passiert sein! *Noch* mehr passiert sein! Sonst hätte ich doch schon längst eine Nachricht erhalten. Einen Anruf! Eine SMS! *Irgendwas! ... hundemüde* bin ich!

... und wenn jetzt mal ein bescheuertes Wortspiel passt, wie die Faust aufs Auge, dann ja wohl das: ***Hunde****müde!*

Ich sag dir, Kumpel: Wenn du dir jemals einen Köter anschaffen willst – oder was weiß ich: Wenn deine Eltern auf die niedliche Idee kommen, dir einen süßen, kleinen Hund unter den Weihnachtsbaum zu legen, dann achte drauf, dass es ***kein Rottweiler*** ist! Und *wenn* es einer ist, dann lass dir was einfallen! Fang an zu niesen! Sag deinen Eltern, dass du eine schwere Rottweiler-Allergie hast! Lass ihn umtauschen gegen einen Dackel! ... oder einen Hamster! ***Hamster*** sind gut!

Hamster stehen jedenfalls meines Wissens nicht breit und bullig in Türrahmen rum und hecheln einen hektisch an! Und überhaupt fangen sie dann auch nicht an rumzuknurren ...

... wie der Rottweiler, der gestern Nacht plötzlich aufgetaucht war. Im Türrahmen von Lenas Zimmer – breit, bullig, hektisch hechelnd und dann eben auch knurrend.

»Ach du Scheiße! Fritz!«, sagt Nadine dann auch echt sehr überrascht ... unsicher ... ängstlich irgendwie auch.

»Es ist *keine* Katze!«, sagt Justus.

»Es soll weggehen!«, sage ich.

»Spiel mit ihm!«, sagt Nadine.

»Ich will nicht!«, sage ich.

»Du **musst**!«, sagt Nadine und wirft gleichzeitig ein Knäuel abgezogenes Tesafilm zur Tür raus ...

... worauf Fritz, der Rottweiler, plötzlich hochspringt und nach dem Knäuel schnappt. Mit der Reaktion eines Profi-Torwarts ... mit dem Unterschied vielleicht, dass ein Profi-Torwart dann nicht anfängt, auf dem Ball herumzukauen. – Rottweiler Fritz kaute auf dem Tesafilm rum, spuckte ihn aus und stand dann wieder breit und bullig im Türrahmen ... und fing wieder an rumzuknurren.

Ich begriff! Fritz spielte gern! *Torwart!* Das war sein Ding! Das machte ihn glücklich! Und von jetzt auf gleich *gefährlich traurig*, wenn das Spiel vorbei war.

Was ich nicht begriff, warum dieser wahnsinnige Köter überhaupt hier war. Alleine! ... und wie man Fritz kraulen konnte, ohne dabei seine Hand zu verlieren, war mir auch ein echtes Rätsel.

... aber da hatte ich nun wirklich keine Zeit mehr, darüber vernünftig nachzudenken! Fritz wurde ungeduldig! Breit, bullig, knurrend und jetzt auch ordentlich sabbernd stand er da im Scheinwerferlicht meiner Taschenlampe. – Blind griff ich nach dem erstbesten Gegenstand auf der Kommode neben mir und schleuderte ihn in die linke obere Ecke vom Türrahmen. – Und tatsächlich: Aus dem Stand schoss Fritz hoch, schnappte danach, fiel auf die Grundlinie zurück und zerfetzte den Gegenstand ... *Ken!* Den Partner von Barbie!

»Jan, ich brauche ***Licht***!«, drängelte Nadine aus der Tiefe des Raums, aber da schaltete Justus schnell, fummelte seine *Lenser*-Taschenlampe aus der Hosentasche und leuchtete Nadines Ecke aus.

Fritz war fertig mit Ken! Und Ken war es auch! Zerkaut und kopflos lag er da. Vor Profi-Keeper Fritz, der wieder in Grundstellung gegangen war ... ungeduldig, sabbernd, knurrend und dann auch noch *bellend*. Einmal nur – kurz, tief, laut, fordernd!

Panisch schnappte ich einen weiteren Gegenstand von Lenas Kommode und hämmerte ihn diesmal ins rechte untere Eck. Fritz parierte ... und zerpflückte ihn! – Gegenstand für Gegenstand – Teddys, Schmuckkästchen, ein Lebkuchenherz mit Spruch drauf. – *Forever in* ... irgendwas. – Bis die Kommode leer geräumt war. Es wurde eng. Auch wenn mir das Lebkuchenherz ein wenig Zeit verschaffte, weil Fritz es als willkommenen Pausensnack dann auch verputzte ... samt Plastikhülle.

»Naaadi-hiiiiiin! Wie sieht's a-haaaus?!?«, drängelte ich in der Halbzeit.

»Zwei Lagen noch! Mach weiter!«, war die Antwort.

Fritz war fertig mit *Pausensnack* und stand wieder bereit. Sabbernd, knurrend, ... angespannt!

Und ich gab alles! – Filzstifte, Stempelkissen, Federmäppchen vom Schreibtisch. – Bücher, Hörspiele, Poesiealben aus dem Regal ...

... bis zum letzten Gegenstand: *Barbie!* Die Witwe von Ken! Und da überlegte ich kurz, ob ich ***das*** Lena auch noch antun konnte, und ...

... warf die Barbie in den Rachen des Rottweilers.

»Nadii-hiiiiiiiiiiiiin! Bit-tääää!!!«

»Hab's gleich! Mach weiter!«

»Womit?!?«

Aber da kriegte ich natürlich keine Antwort drauf. – Und Barbie war am Ende! Ziemlich angefressen lag sie da neben ihrem kopflosen Partner. – und Fritz wartete ... *höchst* angespannt!

Ich musste improvisieren! *Schon wieder!* – Langsam ging ich in die Knie, löste die Schleife von meinem rechten Schuh und ging wieder in meine Ausgangsstellung zurück. Höchst konzentriert wie ein Profi-Kicker vorm Elfmeterschuss. Ich pustete noch mal sportlich durch. Dann – aus dem Stand – holte ich mit dem rechten Bein aus, ließ es granatenmäßig nach vorne schnellen und schleuderte so den Turnschuh von meinem Fuß herunter – direkt ins rechte obere Eck und ...

»... *TOOOR!!!*«, triumphierte ich, als der Schuh in einer pfeilgraden Linie vorbei an Keeper Fritz in den Flur flog.

Reichlich verdutzt glotzte der Rottweiler mich mit schiefem Kopf an und rannte dann aber auch gleich blöde kläffend zum Flur raus, stürzte sich auf den Schuh, brachte ihn zurück und fing an, *extra*wild drauf rumzubeißen.

»Ready!«, rief Nadine, als sie mit dem letzten Streifen Tesafilm die Kopie im *Lena-Grusel-Stil* an die Wand gepappt hatte, während Justus das Original in seiner Zeichenmappe verstaute.

Keine Sekunde zu früh! – Noch war Fritz mit meinem Schuh beschäftigt. Wir sprangen über ihn raus auf den Flur, rasten die Treppe runter und waren draußen ... in deutlich weniger als 19,1 Sekunden!

... 10:18 Uhr!

... warum ruft der Spaten nicht an?! Das war abgemacht! Justus Bloch sollte mich anrufen! Sofort nachdem er das Bild zurückgelegt haben würde. In Daddy-Blochs Schublade. Das war ein ganz entscheidender Punkt unserer Mission! Es *war* die Mission!

18 Minuten drüber! Ich mache mir Sorgen. *Starke* Sorgen! – Was, wenn die Polizei ihn erwischt hat? Und ihn fragt, was er nachts um drei auf der Straße verloren hat? Der knickt doch sofort ein, der Bloch! Ich kenn den doch! – Und dann wird er auspacken! Die ganze Geschichte! Inklusive Einbruch bei den Sengers! Und dann sind wir dran! Nadine, meine Mutter, ich ... ***alle***!

... 10:21 Uhr!

... ich bin sooo müde und kalt ist mir jetzt auch noch!

... und ich sag noch zu ihm: »Justus!«, sag ich, »ruf mich an! Sobald du's getan hast! **Bitte!**«

»Jo-jooo«, trällert er da aber nur doof, radelt los und verschwindet in der Dunkelheit. Dreizehnjährig. Nachts in einer Großstadt. *Ohne* Rücklicht!

»Ciao Hensen! Wir sehen uns!«, hat Nadine dann noch gesagt und fährt auch los.

»Tschüss Nadine! ... **und Danke noch** ... mal«, ruf ich ihr noch hinterher, aber da war sie schon weg.

Und dann stand ich da. – Allein! Nachts um drei! Dreizehnjährig! *Ohne* Schlüssel!

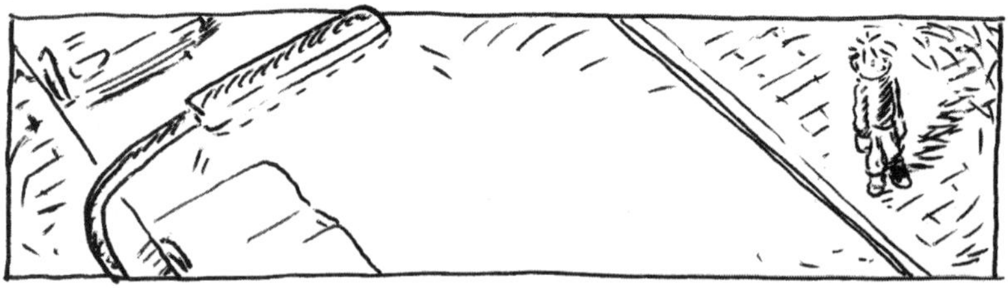

Leicht niedergeschlagen betrachtete ich die Socke von meinem rechten Fuß und dachte dann aber auch noch: ›Ach, was soll's. Es könnte schlimmer kommen ...‹

... und dann fing es an zu regnen. Wie aus Eimern goss es! *Voll* niedergeschlagen hab ich mich dann auf den Heimweg gemacht.

Und weil das meinen Eltern doch schon *irgendwie* verdächtig vorgekommen wäre, wenn ich sie aus dem Bett klingle – mitten in der Nacht, klatschnass mit nur einem Schuh –, habe ich gewartet. *Stundenlang*. Im Hauseingang.

Und gegen Morgen habe ich meine letzten Cents aus der Hosentasche gekramt, beim Bäcker nebenan Brötchen gekauft und ***dann*** habe ich meine Eltern aus dem Bett geklingelt.

... also meinen *Vater. Der* hat mir aufgemacht. Und der guckte zwar etwas blöd aus der Nachtwäsche, als ich ihm erzählte, dass ich nicht mehr schlafen konnte und deshalb schon mal Brötchen geholt habe, aber dann ist er auch wieder zurück ins Schlafzimmer geschlur...

... 10:22 Uhr!

Endlich! Nachricht von Bloch! Per SMS! – *Mission erfüllt!*

... gute Nacht!

Eintrag 19 – Sonntag, 23:55 Uhr

Plan B war **nicht** perfekt! Es gab da einen Schwachpunkt und ...

... ich bin müde! *Nuuur* müde!

Eintrag 20 – Montag, 12:00 Uhr

Protokollnachtrag zur Schulprojektwoche *Leben und leben in Hamburg*: Heute Morgen um 10:00 Uhr war die Ausstellungseröffnung und das Team gewann mit seiner aufwendigen PowerPoint-Präsentation …

… ***null*** Aufmerksamkeit! – ***Null!*** – *Gelost* haben wir! … *Geee-luuust* wie *ver-lo-ren*! ***Das*** haben wir! Aber voll! … **Yes!**

Und bevor du, Freundchen, jetzt auf dumme Gedanken kommst: Es hatte ***NICHTS*** mit dem Protokoll zu tun. – ***Nothing! Niente!*** – Das war nämlich top!

Gewonnen hat ein Projekt mit dem Titel ***L.U.L.I.H.U.C.K.W.G.*** … was ein Kürzel ist. Es steht für *__L__eben __u__nd __l__eben __i__n __H__amburg __u__nd __c__hecken __K__omma __w__as __g__eht* – das hatten meine Kumpels* noch drangehängt, weil's irgendwie cooler klang. (**Ex?!?* … drum kümmern!!!)

Der Witz ist ja, dass die wirklich eine Woche lang voll durchgechillt haben. Im Stadtpark. Mit ihrem bescheuerten Handy-Clip-Wettbewerb. Und dann wurde es ihnen doch wohl irgendwann langweilig und da kamen sie auf die Idee mit der Video-Installation. Sie haben die Clips zusammenkopiert und dann mit Beamern auf den Wänden in der Aula laufen lassen.

Da sah man dann junge Mütter, die lachend vorübergingen – alte Damen, die sich angeregt mit Sebastian unterhielten – alte Herren, die mit dem Spazierstock auf Cemals Handy losgingen – Kinder, Penner, Polizisten ... und das Ganze dann auch noch mit eingespielten Hip-Hop-Spaßeinlagen zwischendrin. – **Hammer!** Muss ich sagen! ... was allerdings echt nicht witzig war, dass sie *mich* für die Hip-Hop-Nummern voll missbraucht haben. Die 20,1 Sekunden mit mir drauf haben sie nämlich *rap*mäßig voll ausgeschlachtet ...

Wa-Wa-Wa – Wa-Wa-Wa – Was-soll-ich-damit?
La-La-La – La-La-La – La-Lass-den-Scheiß ...

... nicht witzig eigentlich!

Wie auch immer: Die ***P.P.P.*** – wie: ***PowerPups-Präsentation*** – war alles andere als perfekt!

... genauso wie *Plan B*! Richtig *unperfekt* war der! Weil es einen Schwachpunkt gab! ... aber das hab ich dir ja gestern Abend schon alles erzählt. In der Kurzversion! Für die Langversion hat's einfach nicht mehr gereicht. Da war ich einfach zu erschöpft von allem!

... die *Langversion* ist die, dass Nadine, Justus und ich gestern Nachmittag **noch mal** im Haus der Familie Senger waren. *Ohne* Fritz! Dafür aber mit Lena. Und Frau Senger. Und Herr Senger war auch da!

Und *der* hatte mich auch gestern Nachmittag angerufen! ***Polizeihauptkommissar*** Senger!

Da war ich – wie soll ich dir das sagen – doch schon *ein klein wenig* überrascht!

Vorbeikommen sollte ich. Punkt 16:00 Uhr! Eine *Einladung* sollte das sein, die aber ganz klar wie eine *Vorladung* klang.

Ich verabschiedete mich von meinem Vater, von meiner Mutter – ja, selbst meine Schwester habe ich noch ein letztes Mal herzlich gedrückt.

Punkt 16:00 Uhr traf ich wie befohlen bei den Sengers ein. Und was mich wenig überraschte, war, dass Nadine und der Bloch da auch grad um die Ecke kamen.

Wir sahen uns stumm an. Achselzuckend, nervös. – *Echt* nervös klingelten wir dann auch und da riss Herr Senger gleich drauf auch schon die Tür auf.

»Da seid ihr ja! Pünktlich! Sehr gut!«

›Pfff – *sehr gut*!‹, dachte ich nur. – Weil das kennt man ja auch alles aus dem Fernsehen. Erst loben die Cops einen und dann – zack – nehmen sie dich auseinander.

Herr Senger führte uns die 16 Stufen zu Lenas Zimmer hoch. – 16 Stufen bis zum Tatort.

Nadine, Justus und ich fanden das Zimmer vor, wie wir es gestern Nacht verlassen hatten. – Komplett verwüstet! – Und mittendrin hockte untröstlich das *arme Lenchen*. Zwischen zerpflückten Teddybären, zerrissenen Poesiealben, Opfer-Barbie, Opfer-Ken und ...

... einem durchgekauten rechten Schuh! ***Meinem!***

»Seht euch nur an, was er getan hat!«, flennte Lena untröstlich los, als sie zu uns hochsah. – Zu Nadine, zu Justus ... und zu *mir*!

Automatisch und extrem untröstlich schiebe ich meine Handgelenke zusammen. Für Herrn Polizeihauptkommissar Senger, der hinter mir im Türrahmen steht. Damit er nicht so viel Mühe hat, wenn er mir gleich die Handschellen anlegen muss. Auch das kenne ich aus den Fernsehkrimis … da freuen sich die Polizisten immer wie blöde, wenn man ihnen bei der Verhaftung entgegenkommt.

Ich streckte also gerade meine zusammengeführten Hände Polizeihauptkommissar Senger komfortvoll entgegen, da …

… taucht plötzlich Frau Senger wie aus dem Nichts auf und drückt mir einen blauen Müllsack in meine ausgestreckten Hände.

»Hallo Kinder!«, flötet sie vergnügt. »Lieb von euch, dass ihr gekommen seid! – *Echte Freunde* in der Not. *Hahaha.*«

Und da bin ich dann nicht der Einzige, dem die Kinnlade vor lauter Staunen nach unten klappt. – Nadine und Justus gucken genauso blöd.

»*Fritz!* – Seht euch nur an, was er getan hat!«, flennt Lena da wieder bescheuert untröstlich los, mit Kens Kopf in den Fingern, und versenkt ihren eigenen zwischen den Knien.

»Jetzt reiß dich mal zusammen, Engelchen!«, befiehlt Polizeihauptkommissar Senger seiner Tochter liebevoll. »Es sind doch *nur* Gegenstände!«

Nadine, Justus und ich verstehen die Welt nicht mehr und glotzen entsprechend verpeilt Herrn Senger an und gleich drauf dann seine Frau.

»Jetzt reicht's aber, Ulrich!«, faltet *die* nämlich ihren Ulrich gleich drauf ordentlich zusammen. »Dein Köter hat Lenis Zimmer vollkommen verwüstet!«

Worauf unsere Köpfe wieder zu Herrn Senger rüberschwenken. – Wie Zuschauer in einem Tennismatch. – »Sag nicht immer *Köter* zu Fritz! Das mag ich nicht! – Außerdem wäre das nie passiert, wenn Fritz mit nach Travemünde gedurft hätte.«

Smash! Das saß!

»Ach, so ist das?! Jetzt bin **ich** an allem schuld!«, *returned* Frau Senger aber giftig. »Du weißt ganz genau, dass meine Schwester eine Hundeallergie hat.«

Worauf ich kurz denke, dass Frau Sengers Schwester da oben in Travemünde vielleicht aber auch einfach nur ziemlich clever ist, und da folgt auch schon prompt ein geschickter *Slice* von Herrn Senger: »Ach komm, Martina! Deine Schwester kann Fritz einfach nicht leiden, das ist alles!«

»Meine Schwester kann ***dich*** nicht leiden! ***Das*** ist alles!«

Spiel, Satz und Sieg: Martina Senger!

Herr Senger schweigt.

»Schön, dass ihr da seid, Kinder!«, flötet Frau Senger wieder zu uns rüber. Supervergnügt, als wäre nichts gewesen.

»Warum seid ihr überhaupt schon da?«, will die supertraurige Lena darauf wissen, als sie ihr total verheultes Gesicht aus der Versenkung hebt. »Ihr solltet erst heute Abend kommen!«

»Tja…« und »Öhmm …« und noch mal »Öhmm…«, antworten Nadine, Justus und ich ihr darauf, weil wir nicht den blassesten Schimmer haben, warum Herr Senger uns eigentlich hierher beordert hat. Zum *Verhaften* jedenfalls ganz klar nein! Die Sengers gaben ganz allein ihrem durchgeknallten Rottweiler die Schuld, nicht *uns*.

Noch nicht uns! Nach wie vor lag der klare Beweis unserer Tat direkt vor Lenas verrotzter Nase rum: mein rechter Schuh! Die glasklare Schwachstelle von Plan B.

Unauffällig stupste ich Nadine neben mir an und nickte ebenso unauffällig panisch wie nur irgend möglich in die Richtung der glasklaren Schwachstelle.

Nadine begriff.

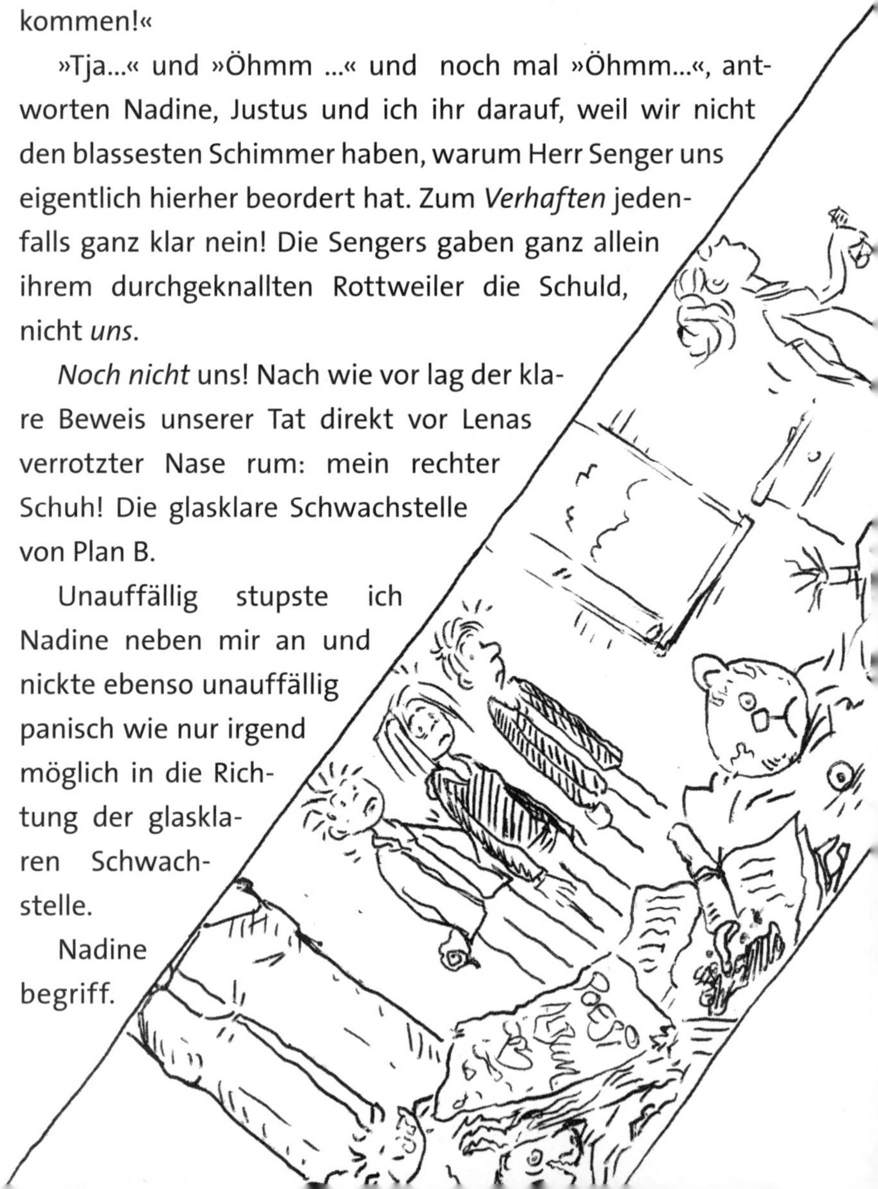

Und der Justus anscheinend auch. Weil beide glotzten nun auch so unauffällig panisch wie nur irgend möglich auf das mächtig fette Problem, das eindeutig direkt vor Lena Senger rumlag. – Mein Schuh!

»Ja aber – Ulrich!«, hörte ich dann Frau Senger sagen. »Hast du den Kindern denn nicht gesagt, warum sie herkommen sollten?«

Nein, hatte er ***nicht***, der feine Herr Polizeihauptkommissar. Vergessen hatte er es, der Hegel. Einfach verpeilt, uns mitzuteilen, dass wir früher kommen sollten, um Lena einfach nur zu überraschen. Um sie wegen des *tragischen Vorfalls* zu trösten. Das war Frau Sengers Idee gewesen, wie sie dann noch mal betonte. – *Echte Freunde in der Not, hahaha!*

Warum sie *mir* ausgerechnet gleich einen Müllsack in die Hand gedrückt hatte, kann ich jetzt nur raten. Könnte mit den ersten Eindrücken zu tun haben, die ich bei Frau Senger hinterlassen habe. Möglich, dass die mich einfach nicht ausstehen kann. *Könnte* sein, *muss* nicht!

Wie auch immer: Frau Senger strafte ihren verpeilten Ulrich dann noch mal ordentlich mit bösen Blicken und schlug dann ihren eigenen Müllsack auf. Und während ich noch verzweifelt damit beschäftigt war, die Öffnung von *meinem* Müllsack irgendwie aufzurubbeln, um den *Problem-Schuh* schnell und unauffällig einzusacken, wirbelte Frau Senger aber auch schon durch Lenas Zimmer und fing an, die vollgesabberten Fetzen in ihren Müllsack zu hauen. – Teddys, Bücher, den kopflosen Ken, die angefressene Barbie und dann ...

... meinen Schuh! Einfach so! *Mega*-achtlos und *extrem* nichtsahnend haute Frau Senger *Beweisstück Nummer 1* voll in den Sack.

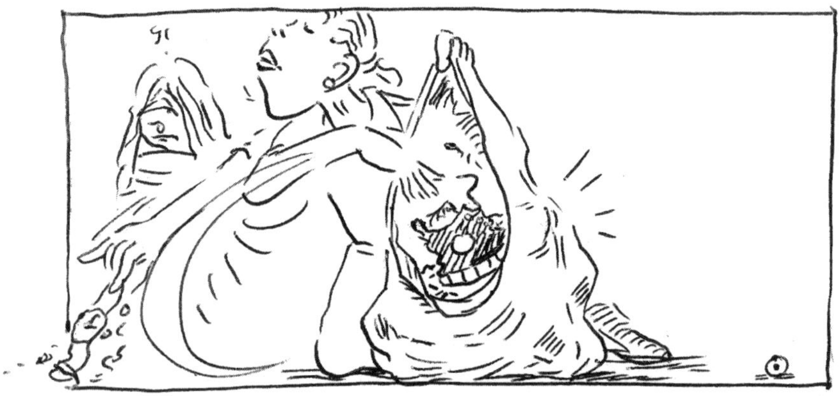

Verstohlen und wahnsinnig erleichtert guckte ich zu Nadine und Justus rüber, die ebenso erleichtert zurückguckten. – Die Schwachstelle von Plan B war gewesen. *Restmüll* quasi! Wenn du so willst: Allein dem Fritz wurde der komplette Haufen Scheiße in die *Schuhe* geschoben. Und das war schön!

Und wie auf ein Zeichen hörte man von draußen her ein ganz erbärmliches Jaulen.

So ganz nebenbei lehnte ich mich gegen das Fensterbrett und schielte durchs offene Fenster runter in den Garten.

Und da saß er! Fritz! Der weltbeste Torwart aller Zeiten! An der Kette! Angepflockt auf dem Rasen! Erbärmlich jaulend! – Ich sah zu ihm runter und Fritz dann zu mir hoch und ...

... augenblicklich verstummte er. Er glotzte mich an und verdrehte dabei seinen Kopf. Was Fritz anscheinend immer tat, wenn er etwas nicht verstand!

Und dann rannte er los. Auf das Haus zu. Bestimmt drei Meter weit. So weit halt, wie die Kette kurz war. Wild und wütend kläffte er dabei das Fenster an. ... und den Jungen, der darin stand. *Mich!*

Und nach einem unschönen Stopp mittels angespannter Kette hörte er aber einfach auch nicht auf damit. Er kläffte und jaulte – wild, wütend, klagend, verständnislos und ...

... jetzt sag ich dir mal, Kumpel, was ich richtig gut finde! – Ich finde es *richtig* ***richtig*** gut, wie das mit der Evolution gelaufen ist. – Also ich meine, als irgendein Pantoffeltierchen vor ein paar Milliarden Jahren vor versammelter Pantoffeltier-Mannschaft verkündet hat: »Leute, mir ist langweilig! Ich geh jetzt an Land und entwickle mich weiter! Ich werde Mensch oder so was ... mal gucken! Wer Bock hat, kann mitkommen!« – Da hatten natürlich ganz klar einige von denen sehr großen Bock drauf, weil denen natürlich auch tierisch langweilig war. Und dann – ***zack*** – haben genau *die* sich ja auch ordentlich weiterentwickelt und können heute – mir nichts, dir nichts – die allergeilsten *Macs* erfinden, Atomkraftwerke bauen, Marsraketen zusammenbasteln ... oder problemlos bei McDonald's einen Extrabeutel Mayo ordern ... mittels *Sprache*!

Und *ganz genau* das ist der Punkt, den ich so *richtig richtig* gut finde. Weil die Pantoffeltierchen, die eben *keinen* Bock hatten, an Land zu schwimmen, sind dann irgendwie Qualle oder Pottwal oder so was geworden. ... oder eben *Rottweiler*! Der hat zwar irgendwie auch irgendwann gepeilt, dass er im Wasser nix verloren hat, und ist dann eben auch mal kurz an Land geschwommen, aber Fakt ist: *Sprechen* hat er nie gelernt!

Richtig richtig ... ***richtig*** gut finde ich das, Kumpel. – Der einzige Zeuge, der Nadine, Justus und ganz besonders mir gefährlich werden konnte, war ein sprachloser Rottweiler!

Echt erleichtert schnalzte ich zu Fritz runter. … also in etwa so, wie du bei deinem Hamster schnalzt, der dich dann doof und niedlich durch die Gitterstäbe seines Käfigs anglotzt. … vernünftige Buchstaben gibt es auch für dieses Geräusch nicht.

Ich schnalzte also hamstermäßig niedlich zu Fritz runter, worauf der nur noch wilder und wütender hochkläffte, was man dann aber nicht mehr ganz so doll hören konnte, weil ich das Fenster dann einfach zugemacht habe.

Die supi-supi-traurige Lena wurde aufs Bett gesetzt und Nadine, Justus und ich haben dann *alle drei* der Frau Senger geholfen, Lenas Zimmer wieder einigermaßen auf Vordermann zu bringen, und ich hab dann sogar freiwillig den Müll runtergebracht.

... und als ich danach pfeifend wieder rauf in Lenas Zimmer geschlendert bin, wäre ich am liebsten auch wieder pfeifend rausgeschlendert.

»Das Protokoll, Janny. Gib mir das doch bitte mal«, bat Lena mich dann nämlich.

Zusammen mit Justus und Nadine saß sie gut erholt und voll getröstet auf dem Bett und startete ihr Laptop.

Und da dachte ich im ersten Moment bescheuerterweise daran, dass sich das Laptop prima in dem gnadenlosen Elfmeterkrimi gemacht hätte. – *Null* Chance für Fritz, wenn ich das mit Extradrall durch den Türrahmen gezimmert hätte.

»Äh ... vergessen!«, lüge ich dann aber nur hemmungslos und dann war's das aber auch.

»Bullshit, Hensen!«, sagt die Müller da nämlich auf einmal.

»W...«, sage ich noch irgendwas.

Und sie dann aber klar: »Jetzt mal ganz ehrlich, Jan! Du hast es gar nicht geschrieben, oder?! Keine Ahnung, aber – ohne Notizen und so. Wie soll das geh...«

»Ich hab gelogen!«

Und da sagt dann erst mal keiner mehr was drauf.

»Supi-supi-doof, Janny! Aber ehrlich!«, schimpft Lena dann aber doch tüchtig los. **»Die ganze Arbeit, die wir in die *P.P.P.* gesteckt haben. Und du hast *nichts* notiert?! Ich bin ja *soooooooooooooo* enttäuscht von dir!«**

»Ich ... ich habe nicht *nichts* notiert!«, verteidige ich mich doof, aber wahrheitsgetreu.

»Na dann?!«, grinst Justus da. »Bis morgen früh hast du ja noch Zeit! Beweis uns mal, dass man sich auf dich verlassen kann! ***Hopp hopp, JANNY!***«

Worauf ich nur noch den Kopf verdrehen kann, sprachlos wie ein Rottweiler. – Bloch war wieder ganz der Alte. – So viel also zum Thema ***Freunde*** *in der Not ... ha, ha*!

Ganz logisch also, dass in mir wieder der alte, vertraute Wunsch hochkam, dem Bloch voll eine zu zimmern, aber da meckerte auch schon die Lena wieder supi-bitter-enttäuscht los: **»Ja! Genau! Geh los und schreibe das Protokoll! JETZT! Oder hast du ein Problem damit?!«**

»Äh ... nein, natürlich nicht. Ich krieg das hin!«, antworte ich ihr darauf, weil ich sie auch nicht noch bitterer enttäuschen will, als gut wäre.

»Na hoffentlich!«, sagt Lena da aber nur, kühl wie ein Gefrierschrank und spitz wie eine Giftspritze. – Wie ihre eigene Mutter, wenn die mit ihrem Ulrich schimpft.

Dann drückt sie mir noch den USB-Stick mit der aktuellsten *P.P.P.*-Datei in die Hand, die ich mit den Kommentar-Texten ergänzen soll.

Ohne irgendeine Ahnung, wie ich das hinkriegen soll bis zum nächsten Morgen – ohne brauchbare Notizen und so ganz ohne Rechner –, schlurfe ich damit stumm aus dem Zimmer.

Ich schloss die Tür hinter mir und dachte aber auch noch mal kurz darüber nach, dass Lena sich wenigstens hätte bedanken können, dass ich für sie den Müll runtergebracht habe.

Durch die Tür hörte ich Blochs gedämpftes Murmeln und ein *supi-doofes* Lachen von Lena drauf. – Wahrscheinlich wieder eins von seinen unlustigen Witzchen, über die kein Mensch lachen kann, außer er selbst ... und Lena eben.

Dann schlurfte ich endgültig die fünf Meter über den Flur entlang, die 16 Treppenstufen runter und stand nach geschätzten 191 Sekunden draußen vor der Tür.

Vom Garten her hörte ich das Bellen und Jaulen eines Rottweilers. Und da hatte ich Mitleid. Weil ich fühlen konnte, was Sportsfreund Fritz fühlte.

So glücklich und verständnisvoll wie ein angepflockter Rottweiler schlurfte ich zu meinem Fahrrad. Ich fummelte den Schlüssel ins Schloss und …

… dann fummelte ich ihn *noch mal* in Schloss … und *noch mal* und *noch mal* und *noch mal*. Voller Mitleid mit Fritz und am allermeisten mit mir selbst, traf ich das Schloss nicht einmal mehr.

Bis mir der Fahrradschlüssel schließlich auch aus den Händen glitt.

Bewegungsfreudig wie der kopflose Ken glotzte ich ihn einfach nur noch an und dann ...

... quatschte mich plötzlich jemand von der Seite an! – Nadine Müller!

»Weißt du was, Hensen?! Ich helf dir!«

Sprachlos glotze ich sie an und sehe ihr dabei zu, wie sie den Fahrradschlüssel aufhebt und mein Fahrrad aufschließt.

»Und jetzt fahren wir zu mir und machen die Präsentation fertig.«

»...?¿?«, sage ich wortgewandt wie ein Rottweiler.

»Ich hab da oben eh nix mehr verloren!«, sagt Nadine. »Bloch schleimt sich wieder wie bescheuert bei Lena ein. Gerade hat er noch nach dem Staubsauger gebettelt.«

Und dann schiebt sie total übertrieben ihre Nase in die Luft und äfft super den hochnäsigen Bloch nach: *»Ach* ***Lenilein****! Ich kann es einfach nicht zulassen, dass du die traurigen Überreste deiner hübschen Einrichtung selber wegsaugen musst. Da bin ich halt doch etwas anders als dieser* ***Hensen****!«*

Da gucke ich sie unfassbar fassungslos an, suche und finde dann aber meine ersten intelligenten Worte wieder und sage: »Dieses miese, linke, blöde, alte ...«

»... *Arsch*-Bloch!«, vervollständigt Nadine meinen Sprachschatz und grinst mich an ...

... und ich – total verdutzt erst – dann voll zurück.

Und dann sind wir zusammen losgeradelt. Zu den Müllers. Um die überflüssige Präsentation mit überflüssigen Kommentaren komplett zu machen. Textlich haben wir da aber noch ordentlich was rausgerissen. *Ohne* Protokoll. Stundenlang. Nadine und ich. – Mordsmäßig viel Arbeit war das. ... aber auch ***echt perfekt***!

... fertig!

Eintrag 21 – Dienstag, 11:05 Uhr

... also noch nicht *ganz* jetzt ... also *fertig* eben. Eine Sache muss ich dir, mein Freund, unbedingt noch erzählen.

Weil gestern Abend war ja auch noch die Ausstellungseröffnung von meiner Mutter. Und die war auch perfekt! *Extrem* perfekt! Die Bude war gerammelt voll. Also das Museum jetzt. – Bürgermeister, lebende Künstler, untote Künstler, Kunstlehrerinnen und tausend andere Leute, die eben auch ein bisschen was für Kunst übrig haben. So wie der Herr Bankdirektor Bloch. Der war auch da!

... was ich dir deshalb so *ganz genau* erzählen kann, weil ich nämlich auch da war und neben ihm stand. Vor einem Original-Bild von Mamas perfekter Ausstellung – *Selbstbildnis mit Stütze von Tri-Tra-Trullala Friedrich*! – Original und hübsch eingerahmt.

»Unbezahlbar wertvoll, das Teil! – Nicht wahr, Herr Bloch?!«, frag ich ihn gut gelaunt.

»Grmpf!«, antwortet mir der feine Herr Bloch nicht *ganz* so gut gelaunt und geht dann auch ein paar Meter weiter.

… dass meine Mutter das Bild überhaupt noch spontan zwischen die anderen Selbstporträts nageln konnte, liegt daran, dass es wieder zu hundert Prozent dem Museum gehört. – Dank Herrn Bloch!

Der kam nämlich gestern Nachmittag persönlich bei uns zu Hause vorbeigedackelt. Mit Bild! – Ganz aufgelöst war der, als er das Original aus seiner Angeber-Mappe herausgefischt hat. Um meiner Mutter nämlich höchstpersönlich zu zeigen, dass es da *ein Problemchen* mit gäbe. Auf der Rückseite vom Original-200.000-Euro-Kunstwerk nämlich. – *Für Lena!* stand da nämlich. In dieser eckigen Krakelklaue.

Das *Problemchen* hatte Herr Bloch entdeckt, als er sich das Bild in seinem Hobbyraum irgendwann noch mal etwas genauer angeguckt hat. Und da brauchte der nun wirklich kein Profi für zu sein, um auf Anhieb zu peilen, wer's eckig draufgekrakelt hatte. – In ganz Hamburg und allen angrenzenden Bundesländern, Staaten und Sternensystemen gibt es original nur eine Person mit einer derart kranken Handschrift: seinen Sohn Justus. *Bloch junior!* ... der ganz sicher die allergeilste *Apple-Landschaft* hat, die man sich überhaupt vorstellen kann, aber für einen vernünftigen Radiergummi reicht's anscheinend selbst bei den Blochs nicht mehr. – So ein Penner!

Wobei ich zugeben muss, dass der Schwachkopf in einem Punkt doch voll den Durchblick hat. Bei Punkt *Daddy* nämlich. – *Harte Schale, weicher Kern* – weißt du noch? So hat der kleine *Blochi-Boy* mir seinen Daddy vor ein paar Tagen ja noch jammernd beschrieben. Und exakt genauso ist er auch, der feine Herr Bloch. – Nach außen hin hart wie Stahlbeton und innen drin weich wie ein Hundehaufen.

Und deswegen hat er meiner Mutter dann auch das *Problemchen* prompt gebeichtet. Also *fast* exakt so wie von seinem Sohnemann vorausgesagt, dass der so etwas tun würde, wenn es ein Problem mit dem Bild gäbe.

Nur dass der Herr Bloch sich den Anruf gespart hat und dann eben gleich höchstpersönlich mit dem *Problemchen* bei uns vorbeigedackelt kam. – Wobei ich dir echt nicht sagen kann, was der sich dabei gedacht hat. Vielleicht, dass meine Mutter einfach mal aufs Bild pustet und alles wird wieder gut? – Schwer zu sagen. Unklar!

Klarer Fakt ist: Meine höchstpersönliche Mutter ist vor dem Bloch voll ausgerastet.

Und dann – wie von *mir* einst exakt vorausberechnet – wollte sie auch gleich ihren Chef höchstpersönlich anrufen, um ihm *alles* zu beichten. Weil es ***jetzt reichte!*** und weil ***das Fass voll war!*** ... und Mutters Nase auch. – Die ganze Geschichte wollte sie ihrem Chef erzählen. Von der Lüge – über Blochs Erpressung – bis zu dem Kasperle-Selbstbildnis, das sie deswegen gemopst hatte. Im eigenen Museum. – ***Einfach alles*** wollte sie ihrem Chef erzählen. ***Reinen Tisch*** wollte sie machen! Knallhart! Egal mit welchen Folgen. – Also das mit *Rausschmiss – Putzjob bei KiK – nach 20 Jahren Gefängnis* ... und Kram.

Und da hatte der Herr Bloch sich wahrscheinlich auch schon mit einem Putzeimer bei *KiK* gesehen, weil der bekniete meine Mutter dann, dass sie ihren Chef *bittebittebitte* nicht anrufen soll. Und da legte meine verständnisvolle Mutter auch *sofort* den Hörer wieder zurück in die Gabel.

… also *nachdem* der Herr Bloch versprach, höchstpersönlich für den Schaden aufzukommen. Mit seinem *höchstpersönlichen* Geld. Für die Ausstellung! Für Mamas Museum! Und den Kasperle wollte er auch natürlich unbedingt zurückgeben. Mit einem *Extrabild* aus seinem persönlichen Hobby-Raum noch obendrauf! – Und dass er seinen Sohn für diese *große Dummheit* angemessen bestrafen werde, machte er dann auch noch mal ganz klar.

Keine Ahnung, was bei den Blochs *angemessen* bedeutet. Fakt ist, dass der Herr Bloch es ebenfalls für eine brauchbare Idee hielt, seinem Sohnemann die komplette *Apple-Landschaft* **für immer** wegzunehmen. … das hatte ich in die Runde geworfen!

… und was ich persönlich jetzt auch irgendwie echt witzig finde: Den *anonymen Sponsor* – der geheimnisvolle Typ mit den Spendierhosen – den hatte sich ja meine Mutter voll aus den Fingern gesogen. Und nun gab es ihn wirklich. – In Form des Herrn Bloch höchstpersönlich! Voll spendabel und voll superbescheiden anonym!

… echt fertig!

Eintrag 22 – Samstag, 14:01 Uhr

... also *fast*! *Hier* jetzt! Und dann aber amtlich original *echt fertig* dann! Ehrlich!

Aber ***eine*** Sache noch ***muss*** ich dir unbedingt erzählen! – Ein paar Wochen später eben. *Jetzt* eben. Ging vorher nicht anders, weil ich's auch erst seit heute Morgen weiß. Aus der Zeitung nämlich. Aus der *Hamburger Morgenpost* also.

Da stand nämlich heute Morgen fett drin:

Voll krass geile Sensation aus dem Museum

... also so *ungefähr* stand's drin. *Nicht* Wort für Wort, aber so ungefähr dann weiter: *Nach Ausstellungsende der supererfolgreichen Ausstellung ›Faces – Selbstbildnisse im Wandel ... von irgendwas‹ mussten die Museumsleute ja sämtliche Bilder wieder aus den Bilderrahmen fummeln. Dabei wurde voll sensationell was entdeckt. Auf der Rückseite einer Originalzeichnung von dem supi-weltberühmten Künstler Caspar-Dingsbums-Friedrich nämlich. Eine Widmung nämlich, die der Künstler vor mindestens 2000 Jahren höchstpersönlich draufgekritzelt hatte. –* ***Für Lena!*** *hatte er da rumgewidmet und gleich drauf aber auch wieder wegradiert. – Die Fachwelt ist total begeistert und auch ein bisschen durcheinander ...*

... weil was bis heute anscheinend niemand wusste: Das Kasperle hatte eine heimliche Geliebte. Namens Lena! ... so ein Schlingel!

Schon klar, Kumpel! Das war natürlich nicht der Male-Kasper, sondern meine Mutter, die versucht hat, Lena vollständig zu *erasen*. ... wegzuradieren. Aber eben nur versucht. Die tiefen Krakel-Rillen sind geblieben. Irgendwas bleibt immer!

... außer ich! Ich muss jetzt gleich los. Zum *Gokartfahren*! Dazu haben mich meine Kumpels eingeladen. – *Kumpels!* Eindeutig ohne *Ex* davor! Und deshalb *Gokartfahren*, weil das nämlich der Preis war, den sie für den ersten Platz bei der Projektwoche abgesahnt hatten. Ganz erstaunlicherweise!

Da hatte die Schule sehr wahrscheinlich noch ein paar Euro mehr über als sonst und hatte beschlossen, dass das Gewinnerteam über ein komplettes Wochenende nach Lübeck fahren darf. Für lau! Mit Hotel, lecker Essen und einem spannenden Besuch im *Buddenbrookhaus*. Da hatte irgendein weltberühmter Autor wohl seine Kindheit verbracht, weswegen heute alle Bücherfans da auch gern hintigern, um zu gucken, wo dieser Heinz früher mit seinen Matchboxautos gespielt hat oder so was.

Was aber auch alles komplett egal ist, weil bis auf Hendrik Lehmann hatte da keiner meiner Kumpels sehr großen Bock drauf. Und da haben sie sich eben was anderes aussuchen dürfen, was in etwa genauso teuer ist. *Gokartfahren* nämlich! – Und dazu haben sie mich eben eingeladen, meine original Kumpels. Und weil ich wegen der unwitzigen Hip-Hop-Nummer echt noch was gut hatte bei ihnen, haben sie mir gesagt, dass ich sogar *doppelt so lang* fahren darf wie sie selbst.

Aber das wollte ich dann nicht. Lieber wollte ich noch jemanden mitbringen, der auch gern *Gokart* fährt.

Und deswegen, Kumpel, war's das jetzt auch endgültig hier. Ende Gelände! Schicht im Schacht! Echt fertig jetzt! Weil ich nämlich *jetzt* echt losmuss! Zum *Gokart-fahren*. Mit Gerrit, Sebastian, Cemal, Hendrik ... und Nadine!

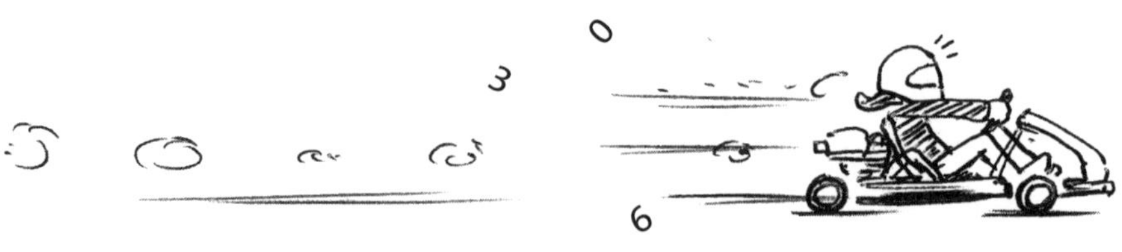

OUCH!
COMIC ROMAN
WHO THE FRUCK IS THIS?
YOU... ...TOO?
REALLY CRAZY
ECHT DURCHGEKNALLT!
BEST BUDDIES*
*BESTE KUMPELS
JACKY PORTLAND
EARL OF
ICH (I)
OUT OF!
THIS IS FATHER (MY)
HE IS ON THE WRONG COURSE!
HAR HAR HAR
ASSHOLES!
3
2
1
MEINS!
ZEUG NIS MEINES
FLOP!
TOP!
DO NOT PUSH THE BUTTON!
DO NOT WHAT?
PUSH!

*Für **M.** ... echt dankbar!*

LO~~CK~~GBUCHEINTRÄGE
ABOUT THE SCHÜLERAUSTAUSCHW
FOR MY ENGLISCHTEACHERIN
MSR DAGMAR HAMANN
B~~A~~Y JAN HENSEN

OVER~~SEE~~VIEW MAP

OCHE

No. 1 – Friday, 17:03 Uhr

Today the english Austausch-Pupils came at the Hamburger Haupttrainstation pünktlich at one o'clock mittags an and we, the german Gastgeber-Pupils, picked them up and all together say *Hello* to each other and ...

... aber ehrlich, Mann! Das ganze Leben ist ungerecht! Und schuld daran ist Frau Hamann, meine Englischlehrerin ... und ein Neandertaler!

... also konkret *der* Neandertaler, der vor schätzungsweise 300 000 Jahren mit dem Quatsch angefangen hat. Ich meine, mit dem *Sprechen*. Wobei – klar –, irgendwie auch verständlich, dass er's getan hat. Und das kannst du mal *wörtlich* nehmen. Weil dieser eine Neandertaler gepeilt hat, dass es auf die Dauer keinen Sinn macht, immer nur einen einzigen Buchstaben zu benutzen, wenn man sich vernünftig unterhalten will. – ***U!-U!-U!*** – Das führt doch zu nichts!

Und dann saß dieser Neandertaler – den ich jetzt einfach mal *Uwe* nenne – wahrscheinlich doof vor seiner Höhle rum. Und neben ihm doof seine Freundin, die vielleicht *Ulrike* hieß, und weil dann auch noch die Sonne schien und überhaupt *alles* in bester Ordnung war, hat Uwe sich überlegt, wie er seiner Ulrike klarmacht, was ihm gerade so durch die Neandertalerbirne geht, und weil ***U!-U!-U!*** die Sache irgendwie nicht so richtig auf den Punkt bringt, hat er zu Ulrike gesagt: »Cool!«

Worauf Ulrike lange Zeit erst mal gar nix gesagt hat, weil, was soll man darauf auch sagen, wenn man eigentlich nur ein Wort kennt, das exakt aus einem einzigen Buchstaben besteht – ***U!***

»Uuu?«, hat dann Ulrike vielleicht noch mal nachgefragt, bevor sie ihrem Uwe sicherheitshalber einen Knüppel über die Rübe gezogen hat, weil hätte ja auch sein können, dass *cool* ein Schimpfwort ist. Worauf Uwe dann sein zweites Wort gefunden hat, was dann ›***uncool***‹ hieß, und dann gab ein Wort das andere und beide haben sich getrennt.

Nicht, dass du mich missverstehst: Ich finde wirklich, dass Uwes Idee echt pfiffig war. *Sprache!* Weil, wie geil ist das, wenn man sich vernünftig unterhalten kann. Mittels einer Sprache. Was Uwe aber so gar nicht im Blick hatte, dass aus *einer* Sprache *mehrere* wurden. Ein paar Monate später vielleicht. … oder Jahrtausende. Was weiß ich, wann.

Fakt ist, dass es 300 000 Jahre später – also *heute* – einen Haufen Sprachen gibt, die kein Mensch braucht. *Englisch* zum Beispiel. Was soll ich damit? Jahrelang bin ich echt super klargekommen, ohne ein einziges Wort Englisch zu sprechen. – Ich hab nichts gegen Englisch, damit das auch mal klar ist. Ich bin da einfach nur nicht gut drin. Alles andere als gut. Richtig *ungut* sogar. Praktisch gesehen echt *mangelhaft*! Was Frau Hamann exakt genauso sieht. Was nicht gut ist, dass sie es so sieht, weil Frau Hamann ist, wie gesagt, meine Englischlehrerin. – Und das, *my friend*, ist genau der Punkt, worauf ich eigentlich schon die ganze Zeit hinauswill: ***Life is unfair!*** Weil die Hamann mir eine Fünf verpassen will und ich dann die *Siebte* wiederholen darf. Nur wegen dem bisschen Englisch, was ich nicht verstehe.

... na ja, und wegen Mathe dann eben auch noch. Weil da sagen mir die meisten Zahlen irgendwie auch nichts. ... bis auf die *Fünf*, die ich eben auch in Mathe kriege.

But: Now I have exactly **ONE** Chance, dass ich den Sprung in die Achte doch noch schaffen kann. Was ganz stark mit diesem *Logbuch* zu tun hat. Wenn du so willst, ist das hier so eine Art Rettungsring oder ein Rettungsanker. ... was aber auch wieder Quatsch wäre, wenn man einem Ertrinkenden einen Anker hinterherwerfen würde.

Wie auch immer: Die hinterhergeworfene Rettung erfolgte gestern Morgen. Nach Englisch in der Pause. *Vor* der Pause besprachen wir mit Frau Hamann noch das Begrüßungsprogramm für die englischen Gäste. Das heißt: Frau Hamann besprach es und wir hörten zu …

»… sobald die englischen Gäste morgen um Punkt 13 Uhr aus dem Zug steigen, werden wir mit diesen Fähnchen winken und ein britisches Lied anstimmen. Was haltet ihr davon, wenn wir etwas von den *Beatles* singen?«, fragte sie, und bevor da auch nur einer mit dem Kopf schütteln konnte, tackerte sie hinterher: »Wir singen ein Lied von den Beatles. Das ist fröhlich«, und verteilte die Textkopien von einem fröhlichen Beatles-Lied und die britischen Nationalfähnchen dann auch gleich mit.

Worauf mein Kumpel Cemal Yildirim sie superverzweifelt anflehte: **»Äy, Miss Blamann! Pliiiiieeees, äy! Ei wontt nott todu siss. Itt iss wärry peinlich … *embärressing!*«**

Womit Cemal mit seiner grottenschlechten Aussprache der Hamann mal wieder *ganz leicht* auf die Nerven ging, weil die Hamann ganz klar weiß, dass Cemal neben Deutsch und Türkisch eben auch top Englisch spricht und dass er sie mit dieser klotzdoofen Aussprache eigentlich nur voll verarschen will.

Aber da sagte sie diesmal nichts zu und zu dem, *was* er gesagt hatte, erst recht nicht. Obwohl Cemal damit auf den Punkt brachte, was *alle* dachten: *Niemand* wollte auf einem voll belebten Bahnsteig mit Plastikfähnchen herumwinken. Und gleichzeitig dazu was Fröhliches singen ganz sicher auch nicht. Und dann auch noch was von den *Beatles*, falls dir das überhaupt was sagt. Einer Band jedenfalls, die es seit schätzungsweise 2000 Jahren gar nicht mehr gibt. – Das Ganze *ist embarrassing* – echt *peinlich* eben.

Die Hamann schwieg und verteilte weiter ihre Kopien und Fähnchen.

»Sie ist böse!«, nuschle ich zu meinen Kumpels rüber.

»Yep! ... und verbittert!«, nuschelt Sebastian Hempel von rechts zurück.

»... und gnadenlos!«, ergänzt Gerrit Koopmann von links.

»Böse, verbittert, gn...«, will ich unsere Unterhaltung noch mal ordentlich zusammenfassen, da peitscht mir die Hamann echt unentspannt ins Wort: **»Mr Hensen! Möchtest du vielleicht etwas *Sinnvolles* zum Thema beitragen?«**

Und da geht dem *Mr Hensen* – also mir jetzt – durch den Kopf, dass es *thematisch sinnvoll* wäre, wenn wir uns zum Fähnchenschwenken und Rumträllern auch noch Pappnasen aufsetzen würden und Hütchen aus Zeitungspapier vielleicht auch noch. *Dann* wäre es perfekt!

Was ich dann aber natürlich nicht gesagt habe, weil ich die Hamann nicht verärgern wollte. Weil schließlich wollte ich nach der Stunde ja auch noch mal ganz entspannt mit ihr über meine Zeugnisnote in Englisch sprechen. Also über eine Möglichkeit, mein Versetzungsproblem *vernünftig* zu lösen. Mit einer vernünftigen Vier eben, statt einer Fünf.

Ich trug also clever nichts zum Thema bei, sparte mir sogar jeden Kommentar, als die Hamann einen *Kassettenrekorder* auf den Tisch knallte, der vorher vielleicht mal dem Uwe gehört hat, und ich ertrug alles mit Schweigen, als die Hamann in eine der Tasten reinhackte und im nächsten Moment das *fröhliche* Lied von den *Beatles* aus dem Rekorder eierte, mit dem wir morgen allen Ernstes die Engländer begrüßen sollten.

Bis dann irgendwann gnadenvoll die Schulglocke ertönte und alle aus dem Klassenraum flohen. Außer mir dann eben. Weil ich ja noch mal mit der Hamann sprechen wollte. Ganz entspannt.

Ich also entspannt nach vorn – schaue tiefenentspannt zu, wie die Hamann Uwes Kassettenrekorder wegpackt – und dann fragt sie mich, was ich will, und ich ...

... brülle los: **»Bitte, Frau Hamann, tun Sie mir das nicht an. Bitte, bitte, bitte – Pliiiiiiiiiiiiiiiiiies! Ich brauche die vier in Englisch. Mathe ist gestorben! Amtlich! Aber englisch? Pliiiiiiiiieeessssss....sssss...s! Give me a chance, Mrs Hamann! What can i do?«**

Da guckt die Hamann mich mit ihren kalten Haifischaugen an, sagt lange nichts ...

... und dann doch irgendwann: »Nun gut, Jan. Ich gebe dir genau eine Chance.«

»Angenommen!«, antworte ich pfeilschnell dankbar. ***»Eine Chance!*** **That's fair! – Was kann ich tun? Ich mach alles, was Sie wollen! ALLES! – Einkäufe erledigen, Ihre Tasche tragen, Ihren VW-Polo waschen! Haben Sie einen Hund? Ich gehe mit Ihrem Hund spazieren. Ich kenn mich aus mit Hunden und ...«**

... das wollte die Frau Hamann aber alles gar nicht. Was sie wollte, war dann eben dieses *Logbuch*. Über die Austauschwoche soll ich schreiben. Berichte über die gemeinsamen Begegnungen, Ausflüge, Gespräche ... und den ganzen Scheiß. Und den ganzen Scheiß auf *Englisch*. – *Das* ist mein Rettungsring.

... und immerhin: Einen Anfang habe ich ja auch schon. Also ganz vorne im Buch, der erste Satz. Der ist auf Englisch. Den werde ich dann bei Gelegenheit noch mal ordentlich abschreiben und ein paar andere Sätze im Laufe der Woche noch dazu, und dann war's das aber auch. Das schaffe ich!

Weißt du, man muss die Dinge immer positiv sehen. Das ist wichtig. Wie zum Beispiel heute Mittag. Als die komplette Klasse da auf Bahnsteig 9 auf den Zug mit den Engländern gewartet hat. Zusammen mit der Hamann, und ein paar Eltern waren auch dabei.

Mit Fähnchen und einem fröhlichen Lied von den Beatles auf den zusammengekniffenen Lippen standen wir da und ich dachte: ›Was für ein Scheiß! Das bringt doch alles nichts!‹

... was jetzt ein schlechtes Beispiel für *positives Denken* ist, aber da komm ich dann später noch mal drauf zurück ... also auf das Beispiel ... *wenn* mir noch eins einfällt.

›Was für ein Scheiß. Das bringt doch alles nichts‹, dachte ich also da mit meinem Fähnchen in der Hand. – Weil: Ein englischer Schüler soll mich eine Woche lang zuquatschen. Auf Englisch eben. Weil meine Eltern es so wollen. Weil sie denken, dass ich es dann wenigstens noch mündlich in Englisch rausreißen könnte. Und dann soll dieser englische Schüler, der mir persönlich komplett unbekannt ist, auch noch in *meinem* Zimmer schlafen! Der *Fremde* und ich – in einem Zimmer. Weil unser Gästezimmer ist ja gerade mal belegt. Von meiner Patentante Astrid aus Münster nämlich. Ganz spontan. Weil ihr Freund sich von Patentante Astrid spontan

getrennt hat und weil er damit Patentante Astrid voll spontan das Herz gebrochen hat und weil Patentante Astrid deswegen jetzt nicht alleine sein kann, weswegen ihr Bruder – mein *Vater* also – seine Schwester – meine *Patentante Astrid* eben – spontan eingeladen hat, damit wir – die komplette *Familie Hensen* – sie wieder aufpäppeln.

... wie das gehen soll, keine Ahnung. Gebrochenes Herz ist gebrochenes Herz. Da hilft ja nichts.

... Astrids Freund hätte sich genauso gut eine Woche später von ihr trennen können. Das wäre besser gewesen. *Viel* besser. Gästezimmertechnisch jedenfalls. ... so ein Arschloch!

Das dachte ich alles, als ich da doof mit meinem Plastikfähnchen auf dem Bahnsteig mit meiner Klasse, der Hamann und ein paar Eltern rumstand. Und was ich dann aber wieder ganz gut fand, dass meine *eigenen* Eltern da *nicht* rumstanden. Das hätte die Sache ja nur noch schlimmer gemacht. Noch peinlicher irgendwie. – Wenn du so willst, ist das jetzt mal ein gutes Beispiel für *positives Denken*. Wobei ich aber auch ganz klar denke, dass das ein echter Witz ist, dass ausgerechnet meine Eltern *nicht* mitgekommen sind. Es war *ihre* Idee, nicht meine. Aber da hatten sie beide kurzfristig keine Zeit für so was. Wegen Arbeit, wegen Astrid ... und Kram.

Wie auch immer: Punkt 13 Uhr kam der Zug mit den Engländern reingerollt, die Türen gingen auf, und als die ersten Engländer mit ihren Schuluniformen rausgedackelt kamen, fuchtelte Frau Hamann wild mit ihren Armen rum, zischte: »*One – two – three – four*«, worauf wir anfingen, wie zugedröhnte Teletubbies mit den Fähnchen rumzuwinken, und unser fröhliches Lied sangen.

We all live in a yellow submarine – yellow submarine – yellow sub…

… das dritte *submarine* – also das letzte *U-Boot* – soff praktisch gesehen voll ab, weil da nämlich eine Frau voll gegen den Takt applaudierte und superfreundlich loskreischte: **»THANK YOU, THANK YOU, THANK YOU! Herzlichen Dank für diese außergewöhnlich … ähm …** ***originelle*** **Begrüßung! Aber ich würde denken, dass es nun reicht, doesn't it.«**

Alle guckten dankbar zu dieser Frau rüber – inklusive der meisten Eltern. Bis auf Frau Hamann. Die guckte eher überrascht … und angegiftet irgendwie auch.

Aber da riss sie sich im nächsten Moment auch schon wieder stark zusammen und flötete die Frau spitz an: »Sie sind Mrs Preston, nicht wahr?! Für Sie und Ihre Schüler: **Welcome to Germany, dear english pupils. We are gl...**«

»**Thank you**, Mrs ... *Hamann*, right?!«, brettert ihr die Frau, die *Mrs Preston* heißt, da voll über den Mund. »Aber ich würde vorschlagen, dass wir dieses Gespräch bitte auf *Deutsch* fortsetzen. Das ist doch für ***alle*** weniger beschwerlich. Meine Schüler verstehen und sprechen Ihre Sprache recht gu...«

»**Wie** Sie wünschen, ***Frau*** Preston«, hackt Frau Hamann, freundlich wie ein Scharfrichter, ihr das Wort ab. »Es war ja auch lediglich eine Geste der ***Höflichkeit***. Wie dumm von m...«

»Guten Tag, liebe Eltern und Kinder«, würgt Mrs Preston die Hamann wieder ab und dreht sich gleichzeitig zu den mitgebrachten Eltern rum, und während *die* dann doch noch versuchen, sich durch ihr weggerostetes Schulenglisch zu wurschteln, sehe ich, wie die Hamann komische Flecken am Hals kriegt.

»Dies ist der Beginn einer wunderbaren Freundschaft!«, nuschelt Gerrit zu mir und meinen anderen Kumpels rüber.

»Geil! *Games of Thrones* in echt!«, grinst Sebastian und »So entstehen Weltkriege!«, quäkt es von unten in die Runde. – Der kleine Hendrik, auch ein Kumpel von mir.

Ich persönlich hatte keinen Kommentar im Angebot. Da war ich einfach zu nervös, weil ich zu dem Zeitpunkt ja auch noch gar nicht wusste, welcher von diesen Austauschschülern mir eine ganze Woche lange aufs Auge gedrückt wird.

Der stumme Cemal anscheinend auch. Weil der sollte von meinen Kumpels der Einzige sein, der auch einen abkriegen sollte.

»Bei Allah – Lass es bitte nicht die Kampfmaschine sein«, betet er leise zu mir rüber, und da weiß ich gleich, dass er das große Mädchen mit den breiten Schultern meint.

»Die Weiber fallen flach!«, beruhige ich ihn. »Weiber für sich, die Jungs auch.«

Und dann glotzen Cemal und ich im nächsten Moment gespannt auf die schmalen Lippen von Frau Hamann, die von einem Zettel abliest, wer zu wem gehört.

Ein englischer Gast nach dem anderen tippelte darauf zu seinen Gastgebern rüber.

Bis nur noch zwei übrig blieben. Zwei Jungs. Einer für Cemal, der andere für mich.

»Ich will den mit den Sommersprossen. Du kannst den anderen haben.«

»Vergiss es, Yildirim. Da könnte ich ja gleich die komplette Addams Family einladen.«

Sage es und schiele zu dem blassen Freak rüber, der dooferweise im selben Moment zu mir rüberguckt. – Kalt, starrend, unheimlich irgendwie.

Und *der* macht dann auch einen Schritt nach vorn und Cemal und ich automatisch einen Schritt zurück, als Frau Hamann seinen Namen aufruft: »*Norman Bates* geht bitte zu ...« – Cemal murmelt irgendwas aus dem Koran, ich schweige – »... *Cemal Yildirim* rüber.«

»Yess!«, stoße ich raus und spanne unauffällig meine Faust in Siegerpose.

»Fuck!«, murmelt Cemal, was jetzt aber garantiert nicht aus dem Koran war.

»Und *last but not least* ...«, verkündet Frau Hamann, »... geht *Jacky Portland* bitte zu *Jan Hensen* rüber.«

Wobei ich ganz genau gesehen habe, dass Frau Hamann den Typen mit den Sommersprossen, diesen *Jacky Portland* eben, für einen kurzen Augenblick so mitleidig angesehen hat.

Und was dann echt seltsam war: Mrs Preston guckte auch mitleidig. Aber ihr Dackelblick traf mich, nicht *ihren* Schüler.

»Hello Jan. I am Jacky. Ik bin gluckliek, dein Gast sein zu durfen«, stellte sich mein glücklicher Gast ordentlich vor und schüttelte höflich meine Hand durch.

›Ein bisschen steif, der Typ. Aber er spricht *Deutsch*. – Der geht in Ordnung‹, dachte ich erleichtert ...

... *noch* erleichtert! Weil kurz darauf war die Veranstaltung vorbei. Frau Hamann bot Mrs Preston kühl an, sie ins Hotel zu bringen, *die* wollte dann aber lieber ein Taxi nehmen. Und alle anderen machten sich mit ihren Gästen auf den Heimweg, und ich dann eben auch mit meinem Jacky – und als wir beide dann Richtung Ausgang Nord stiefelten, sollte ich so eine Ahnung davon kriegen, warum Mrs Preston *mich* so mitleidig angeguckt hatte.

No. 2 – Friday, 21:46 Uhr

The name of my personal guest is Jacky Portland. He is one of the pupils from this Eliteinternat in London. On the weekends he lives on the Land. That because, weil his parants have their a big fat castle. And the reason why of this is all: The Portlands are very rich and adelig auch noch. My guest is also a really Graf. ... ein *Earl* eben. *Earl of Portland*. And ...

... er hat wirklich nicht mehr alle Teetassen im Schrank, der *Earl*. Aber ehrlich, my friend: Der Typ ist ein Psycho. Und angenommen, ich könnte die Zeit zurückdrehen, dann hätte ich heute Mittag da am Bahnhof Cemal gefragt, ob wir nicht tauschen könnten. Seinen Psycho gegen meinen.

Aber wie hätte ich da auch ahnen können, dass der Typ nicht ganz dicht in der Birne ist?! Ich meine, da heute Mittag am Bahnhof machte er auf mich einen wirklich vernünftigen Eindruck. Vielleicht ein bisschen *zu* vernünftig, weil er der Hamann dann auch noch mal die Hand gab und ihr sogar Komplimente wegen der Begrüßungsnummer machte – »It was ***classic***, wasn't it.«

Und dann, wie gesagt, stiefelten wir beide Richtung Ausgang Nord. Schweigend. Weil mir da auch echt nichts einfiel, worüber ich mit ihm hätte sprechen können. Was ich immer etwas krampfig finde, wenn man mit jemandem zwangsläufig irgendwie zusammen sein muss und einem so gar nichts einfällt, worüber man plaudern könnte.

Bis eine Horde von Fußballfans unseren Weg voll kreuzte. Die kamen gerade von Bahnsteig 3 hochgestampft. Mit Plastikfähnchen für ihre Mannschaft und einem fröhlichen Lied auf den Lippen.

Da sage ich, um wenigstens irgendwas zu sagen, zu dem Portland doof: »Das sind Fußballfans«, und er höflich zurück: »O, really?!«

Und dann müssen wir uns irgendwie an diesen *Fußball-fans* vorbeidrücken, weshalb ich dann noch sage: »Keine Panik, Jacky. Die wollen die HSV-Fans vermöbeln, *nicht* uns. Einfach ruhig bleiben und weitergeh...«

Und da war der Portland aber schon längst stehen geblieben und brüllt im nächsten Moment, ein paar Meter weiter hinter mir, die Cottbus-Fans an: ***»CHELSEA! CHELSEA! – NO ONE CAN STOP US NOW!«***

Für den Fall, dass du dich so gar nicht für Fußball interessierst: *Chelsea* ist eine Fußballmannschaft aus London. Ziemlich stark auch. Im direkten Vergleich wäre beispielsweise ein Spiel *FC Chelsea* gegen *Energie Cottbus* wie ein Boxkampf zwischen King Kong und einem Schlumpf.

Und jetzt stand Jacky da, grölte sein *Chelsea*-Lied und die Schlümpfe-Fans hörten zu. Was die Sache jetzt nicht wirklich trifft. – Stumm wie Betonklötze standen sie vor dem englischen Knaben rum und glotzten ihn an.

Und dass die *mich* dann auch angeglotzt haben, konnte ich mir erst nicht erklären, dann aber doch, als ich fragend an mir runtersehe und mir klar wird, dass ich noch mein Fähnchen in der Hand halte ... mit der britischen Flagge drauf.

Und dann ging alles auch echt schnell: Am Ende vom Lied sagte Jacky Portland: »Bye-bye ... ihr Cott***pussys***!«, wetzte los und grinsend an mir vorbei und ich ihm hinterher ... mit einer extrem wütenden Horde grölender *Energie-Cottbus-Fans* im Nacken.

Gut war: Bis Ausgang Nord haben wir's geschafft.
Schlecht war: Ausgang Nord war wegen Bauarbeiten geschlossen.

»DA LANG!«, brülle ich zu Jacky rüber und renne die Rolltreppe zur oberen Einkaufspassage hoch. Und Jacky mir nach. Und die Cottbusser uns dicht auf den Fersen.

»HIER REIN!«, brülle ich wieder und Jacky hechtet mir wieder hinterher. In den erstbesten Laden. Einem Drogeriemarkt.

Wir da rein, quer durch und am Ende vom Laden wieder raus. Hinter uns Geschepper von umfallenden Regalen mit Zahnbürsten, Windeln und Kram drin. Die Sportsfreunde blieben sozusagen am Ball und hatten dann aber nicht gepeilt, dass es einen zweiten Ausgang gibt, und haben den Laden auf den Kopf gestellt. Auf der Suche nach uns.

Wir hatten sie abgehängt. Auf der Rolltreppe nach unten kam uns auf der Rolltreppe daneben noch ein Haufen Polizisten entgegen. Behelmt und bis an die Zähne schwer bewaffnet. Aber die beachteten uns natürlich gar nicht. Die hatten nur Interesse an einem Besuch im Drogeriemarkt ... mit Cottbusser Fußballfans drin.

»Tu – das – nie – wieder! Hörst du, Jacky?! *Never ever!!!*«, keuche ich Jacky Portland echt sauer an, als wir endlich aus dem Bahnhof raus sind.

»Keep smiling, old boy! Wir hatten doch unseren Spaß. Hatten wir nicht?!«, grinst der Portland mich aber einfach nur irre an, zückt ein fettes Smartphone der Marke Samsung aus seiner Jackentasche, stellt sich neben mich und macht noch breiter grinsend ein *Selfie*.

Also einen Schnappschuss von sich selbst eben mit mir daneben drauf. Auf dem ich selber aber sehr wahrscheinlich nicht besonders gut getroffen bin, weil ich den Portland da einfach nur fassungslos angucken kann und kurz darauf auch nur noch sage: »Da lang geht's«, und mit dem Spinner den Heimweg antrete.

Und dann, *Buddy*, zu Hause angekommen, ist der Typ wieder wie ausgewechselt. Meine Mutter, Patentante Astrid – ja, selbst meine große, hohle Schwester Hannah sind hin und weg von dem charmanten Knaben. Er schleimt sich so dermaßen bei den drei Damen ein, dass man sich allein vom Zuhören schon übergeben möchte. – Er lobt meine Mutter für die *tasteful* Wohnungseinrichtung – findet Hannahs Treter *totally cool* – und Astrid, die vor lauter Liebeskummer ständig rot verheulte Augen hat, fragt er superaufmerksam, ob sie eine Allergie hätte. Da schüttelt die gerührte Astrid aber nur traurig den Kopf und sagt erst mal nicht, dass alles nur an ihrem Exfreund liegt, der sich kurzfristig von ihr getrennt hat, wegen einer *Neuen*.

Und nachdem Portland die *Girlies* lang genug zugeschleimt hatte, sollte ich ihm zeigen, wo er schlafen wird. In *meinem* Zimmer eben.

Und bevor ich ihm *da* auch nur erklären konnte, dass die Gästematratze in der Ecke für ihn ist, hat er seine Reisetasche auf *mein* Bett geknallt, sich selbst danebengepflanzt, testhalber drauf rumgewippt und gesagt: »Sehr friendly von dich, dass ich haben kann dein Bed.«

Und da hätte ich ihm ja schlecht sagen können: »Irrtum, Freundchen. Beweg deinen Hintern in die Ecke auf die Matratze. Das Bett gehört *mir.*« – Das wäre einfach kein guter Start gewesen. Schließlich muss ich eine volle Woche mit dieser Knalltüte in einem Zimmer schlafen. Und da macht man doch kein Auge zu, wenn die Stimmung gleich von Anfang an im Keller ist.

»Kein Thema, Jacky«, sag ich also knirschend, und im nächsten Moment: »**Finger weg!** … *bitte!*«, als Jacky Portland im nächsten Moment seinen Hintern auf meinen Drehstuhl wirft und ungefragt das Laptop auf dem Schreibtisch einfach aufklappt. Blöderweise hatte ich vergessen, es auszumachen.

»Oh, excuse me«, entschuldigt sich Portland höflich und klappt das Laptop dann aber gar nicht zu und glotzt neugierig auf den Bildschirm mit dem eBay-Fenster darauf. – Mit einer laufenden Auktion, bei der ich mitmache. Wegen der *Bart-Simpson*-Figur, die ich haben will. – *Bart Simpson mit Skateboard*, 7,8 Zentimeter groß und aus Plastik. Genau *die*, die mir noch fehlt in meiner Sammlung. Ich steh halt drauf.

»Interesting. Seit wann deine Name ist *Astrid*?«, fragt Portland mich doof grinsend und zeigt auf die eBay-Begrüßung links oben in der Ecke – *Hallo, Astrid Hensen.*

»Das geht ...« ›*... dich einen echten Scheiß an*‹, denke ich und sage aber zu Ende: »... in Ordnung. Meine Tante hat mir ihr Laptop geliehen und mir erlaubt, ihr eBay-Konto zu benutzen. Bin ja noch nicht volljährig, daher.«

Was im Großen und Ganzen auch nicht *ganz* unrichtig ist. – Patentante Astrid hat mir ihr Laptop tatsächlich geliehen.

Kann sie im Moment eh nix mit anfangen, weil sie ja auch dauernd flennt, und mit verheulten Augen kann man ja sowieso schlecht lesen … E-Mails von ihrem Ex beispielsweise, der ihr aber sowieso nicht schreibt … wenn ich das richtig sehe auf ihrem persönlichen E-Mail-Konto.

Wie auch immer: Astrid hat mir ihr Laptop geliehen und …

… dass ich mir überhaupt ein Laptop leihen muss, liegt daran, dass sich mein eigenes Laptop vor Kurzem sehr endgültig aufgehängt hat. Es war das modernste und schnellste Laptop seiner Zeit. … also zu der Zeit, als meine Mutter es sich selber neu gekauft hatte … kurz nach der Erfindung der Glühlampe oder so. Und weil sogar meine Mutter Jahre später gepeilt hat, dass selbst ein Kuchenblech mehr Rechenleistung hat als ihr Laptop, hat sie es mir geschenkt und sich selbst ein neues gekauft. Was echt clever von ihr war, weil wenig später hat sich das alte Schrottteil, wie gesagt, verabschiedet … ohne Vorwarnung, einfach so. Und seitdem lebe ich in der absoluten Steinzeit. Wie Uwe. *Exakt* wie Uwe eigentlich, weil seit Neuestem habe ich ja auch nicht einmal mehr ein Bett und muss auf dem Boden schlafen.

Fakt ist: Ich habe *nichts*, was mich irgendwie daran erinnern könnte, dass auch *ich* im 21. Jahrhundert lebe.

Es ist jetzt wirklich nicht so, dass ich meinen Eltern irgendwie egal wäre und dass die mich nicht ordentlich mit Essen und Kram versorgen, kann ich eigentlich auch nicht sagen. Das läuft alles. Aber was eben *nicht* läuft, ist ein neuer Computer. Da machen sie den Geldhahn dicht. Weil sie gesehen haben, dass ich ja auch schon vor dem alten Laptop ständig abhing, um zu zocken. Was aber ***so*** überhaupt mal gar nicht stimmt, weil das alte Laptop gar nicht mit mir zocken wollte. ... mangels Leistung. ... außer *Tetris*, das lief irgendwie ... relativ oft auch.

Jedenfalls weigern sich meine Eltern, mir ein neues Laptop zu kaufen, weil sie denken, dass ich dann überhaupt nicht mehr zum Lernen käme.

Was alles nicht besonders logisch ist, weil auf der anderen Seite geben sie eine Menge Geld für meine Nachhilfestunden in Englisch und Mathe aus. Und da komme ich irgendwie erst recht nicht zum Lernen, weil, der Typ, bei dem ich die Nachhilfestunden habe, heißt Winfried und der ist eine echte Schlaftablette, weswegen ich immer höllisch aufpassen muss, dass meine Birne nicht vor lauter Erschöpfung auf die Tischplatte knallt, sobald Winfried den Mund aufmacht.

… meine Eltern könnten die ganze Kohle genauso gut direkt zum Fenster raushauen. Das würde allen viel Zeit ersparen.

Was ich aber *eigentlich* sagen wollte, war, dass ich Jacky Portland eben erklärt habe, dass ich das Laptop meiner Patentante benutzen darf …

… *nur*, dass ich auch ihren ganz persönlichen eBay-Zugang benutze, war *so* noch nicht mit ihr abgesprochen. Die hat ja im Moment auch genug um die Ohren und da will ich ihr auch nicht mit jeder Kleinigkeit auf die Nerven gehen. Also dass ich ihre Passwörter für eBay, Amazon und so was rein zufällig in dem Ordner, wo *Privat* draufsteht, gleich gefunden und dann eben auch benutzt habe. Das werde ich Astrid dann aber bei passender Gelegenheit ganz bestimmt noch mal erzählen. Das wird sie sicher verstehen. Und überhaupt geht's bei dieser eBay-Auktion ja auch nur um ein paar Euro … wenn's doof läuft, maximal 24,95 Euro. Eben so viel, wie der *Bart mit Skateboard* normalerweise auch in irgendeinem Comicladen kosten würde. Aber da ich ein echter Fuchs bin, ersteigere ich den eben über eBay sehr wahrscheinlich zum Schnäppchenpreis. Das habe ich dann schon im Blick, wie viel ich dafür hinblättern muss …

... also *Astrid* erst mal hinterblättern wird, weil – wie gesagt – es ist ihr eBay-Konto ... und das Onlinekonto von der Sparkasse auch ganz klar. Aber praktisch gesehen legt sie die paar Kröten ja nur für mich aus. Die kriegt sie ja wieder. Ich muss es ihr eben nur noch mal erzählen, wenn's passt. Und im Moment passt es eben einfach nicht. – So sieht's aus.

»You're outbid, buddy. Wie sagt man auf Deutsch: Du bist uberboten worden?! – Da: *12 Euro*«, bemerkt Jacky Portland nervig, als ich Astrids Laptop dann selber zuklappen will und ...

... dann aber selber noch mal nachgucke, bevor ich's tue. – *aktuelles Gebot: 12 Euro.* – Zu doof.

»Das muss so!«, sage ich, um dem englischen Knaben ganz klar zu machen, wer hier der Checker im Haus ist. – *Ich* nämlich!

»Enter the *maximum amount*. It's easier«, sagt der Knabe was auf Englisch.

»Enter what?«, frage ich checkfrei.

»Your best offer. Wie sagt man – Mache eine *Maximalgebot*?!«

»***Ein** Maximalgebot*, nicht ***eine***«, verbessere ich ihn schlau und versuche gleichzeitig, so wenig doof wie möglich aus der Wäsche zu gucken, weil ich keine Ahnung habe, was er mit *Maximalgebot* meint. Ist schließlich das erste Mal, dass ich mir über eBay was kaufen will.

»***Ein*** Maximalgebot! – Right! Thank you. – Gib zwanzig Euro an«, spricht Jacky weiterhin in Rätseln.

»Pfff ... zwanzig Euro. Lächerlich«, antworte ich mit *Checker-Miene* ... ohne Durchblick.

» ... yes, zwanzig Euro sind als Maximalgebot für den *Bart Simpson* enough, I think«, redet Jacky dann aber einfach weiter, als hätte ich gerade gar nichts gesagt.

»Pfff ... zwanzig Euro. Lächerlich«, wiederhole ich mich komplett checkfrei und fummle mich gleichzeitig durch die eBay-Infoseiten. Auf der Suche nach *Maximalgebot*.

Bis ich's dann auch endlich finde und einigermaßen peile, was damit gemeint ist.

... und nur mal so für den Fall, dass du *noch* weniger Ahnung von eBay als ich hast: Das ist ein Brett!

... also eins jetzt, das irgendjemand zum Verkauf bei eBay reingestellt hat. Die Auktion läuft und ...

… das aktuelle Gebot für dieses Brett beträgt jetzt beispielsweise mal **10 Euro**.

Und das ist Herbert.

Herbert will das Brett. Herbert freut sich. Er ist Höchstbietender. Und weil Herbert wirklich scharf auf das Brett ist, hat er ein ***Maximalgebot*** angegeben: **1000 Euro**. Was aber ***nur*** Herbert sehen kann, ***nicht*** die Mitbieter. … So!

Und das ist jetzt mal die Gabi.

Gabi will auch das Brett. Sie bietet mit und gibt **20 Euro** ein.

Aber *Hoppla*. Was ist das? Gabi wurde automatisch überboten. Von Herbert. Mit **20,50 Euro**. Also nur **50 Cent** mehr, als Gabi selbst geboten hatte.

Nichts ist gut. Soeben wurde Herbert überboten. Mit **1000,50 Euro**. Von Gabi.

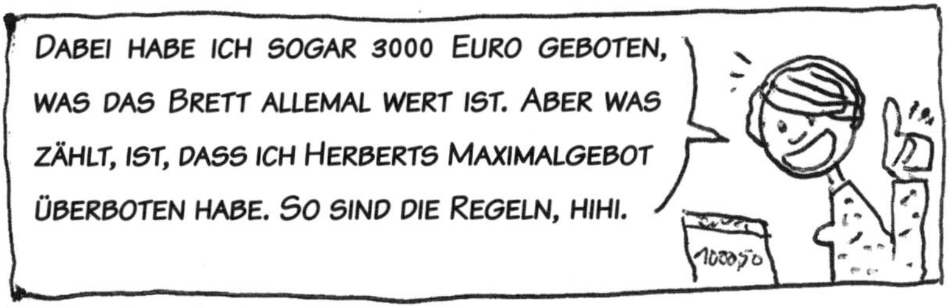

Das ist eine Uhr.

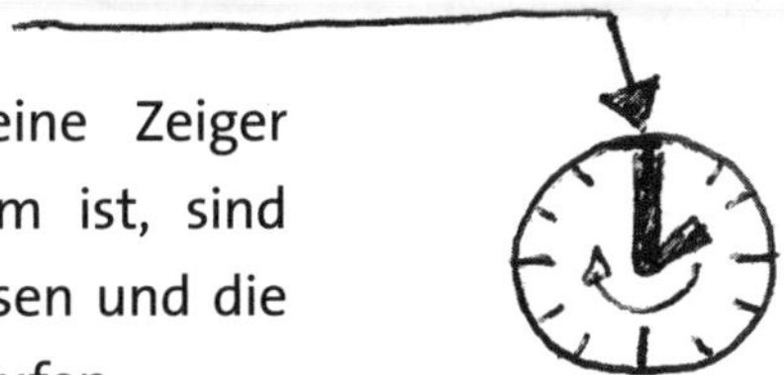

Wenn der kleine Zeiger zweimal ganz rum ist, sind 24 Stunden gewesen und die eBay-Auktion gelaufen.

Die eBay-Auktion war gewesen. Gabi freut sich. Niemand wollte weiter auf das Brett bieten. Selbst Herbert nicht. Das Brett gehört nun ihr. ... für ***1000 Euro und 50 Cent***.

»Gib zwanzig Euro ein. It's perfect«, klugscheißert Jacky Portland dann *noch mal* rum, als er sieht, dass ich gerade dabei bin, pfiffigerweise ein Maximalgebot reinzutippen.

Was mich total nervt, weil ich eh gerade vorhatte, zwanzig Euro reinzutippen, und dann tippe ich ***fünfzig Euro*** rein. Extra! Nur um dem Arsch zu zeigen, dass *ich* hier die Entscheidungen treffe, nicht *er*.

Und während ich noch die Null von der *Fünfzig* betont lässig in Astrids Laptop reintippe und auf *Enter* drücke, gucke ich superbetont lässig zu dem Klugscheißer rüber und sehe förmlich das riesengroße britische Fragezeichen über seiner Birne.

»*So* machen das die Profis«, erkläre ich sehr cool und sehr cool weiter: »Der *Bart Simpson mit Skateboard* kostet im Laden 24,95 Euro. Was natürlich *alle* Leute wissen, die sich ein ***bisschen*** in der Materie auskennen. Weswegen der *Bart* am Ende der Auktion ganz klar mir gehört, weil keiner so dämlich sein wird, mehr Kohle dafür hinzublättern, als er im Laden normalerweise kostet. Verstehst du?«

Und während ich noch mal kurz darüber nachdenke, ob ich selber verstanden habe, was ich mir da gerade höchst brillant aus den Fingern gesogen habe, antwortet Portland einigermaßen verpeilt: »Not really!«, und guckt dann auch noch mal wunderschön verpeilt auf den Bildschirm, den ich dann aber endgültig einfach zuklappe.

»Macht nichts, Jacky. Morgen früh, wenn die Auktion gelaufen ist, erkläre ich's dir noch mal *ganz deutlich*.«

Strike! Jacky Portland sagte dann nichts mehr zum Thema und fing dann einfach an, seinen Koffer auszupacken und seinen ganzen Krempel im kompletten Zimmer zu verteilen. ... *meinem* Zimmer!

Was mich ja *schon* wundert, dass Typen wie Jacky Portland überhaupt so viel Ahnung von *eBay* haben. Mehr als ich jedenfalls. Ich meine, der könnte sich doch beispielsweise alle Bretter dieser Welt locker im erstbesten Laden kaufen, wenn er denn unbedingt eins haben wollte. Ohne drauf zu gucken, ob das Ding jetzt 10 oder 1000,50 Euro kostet. Der Typ hat doch Kohle ohne Ende. Mittels seines *Daddys* – dem unermesslich reichen *Earl of Portland senior.*

Das hat er *so* zwar nicht gesagt, aber gemeint hat er's ja doch, als Papa ihn beim Abendessen gefragt hat, was *sein* Vater denn so arbeitet ...

»Well, Mr Hensen. Wo soll ich beginnen da?«, hat Jacky da ekelhaft eingebildet geantwortet und textete nahtlos hinterher: »My Dad – *The Earl of Portland* – ist mit die Verwaltung von unsere Ländereien sehr beschäftigt. *Around the clock* ... wie sagt man auf Deutsch?«

»Jan?«, wollte meine Mutter da was von mir.

»Was?!«, wollte ich da wissen, was sie von mir will.

»Übersetzen!«

»Äh ... *die Uhr ist rund*«, hab ich geantwortet und drücke mir gleich drauf ein extragroßes Stück Fertiglasagne in den Mund, um zu vermeiden, dass ich noch weitere Fragen beantworten muss. Mit vollem Mund zu sprechen ist bei uns nicht angesagt.

Mama rollt die Augen und Astrid verbessert: »*Rund um die Uhr*«, und stochert wieder traurig mit der Gabel in ihrer Lasagne rum und Hannah fragt dann bescheuert beeindruckt bei Portland nach: »Echt? Du bist adelig? Und reich auch?«

»Yes, indeed. – *In der Tat.* I am an *Earl*. The *Earl of Portland*. Und nun ja: Financial problems habe ich wohl keine. *Hö-hö*. Aber ich sprache davon nicht gern. Zu angeberlich es wäre.«

›Dann halt doch einfach mal deine dämliche Fresse‹, denke ich, während ich zu dem *Earl of Angeberhausen* höflich rüberlächle.

»Und *Sie*, Mr Hensen? What's your job?«, wechselt der Portland dann aber selber das Thema und da murmelt Hannah neben mir: »Falsche Frage!«

Womit das Huhn den Nagel auf den Kopf getroffen hatte. – Mein Vater ist Arbeitsvermittler im Jobcenter. Was jetzt echt nichts Schlechtes ist. Ganz im Gegenteil: Die Leute freuen sich immer wie bescheuert, wenn Papa ihnen einen neuen Job besorgt.

Schlecht ist, dass mein Vater für seinen eigenen Job einen *Fortbildungskurs* besucht. Von heute an – eine Woche lang – jeden Tag – *around the clock* quasi.

Wobei daran im Grunde genommen auch nichts Schlechtes ist. *Fortbildung* – ist doch super. Mach ich auch. Mit Winfried, meinem Nachhilfelehrer.

Der große Unterschied ist, dass *ich* der Familie mit *meiner* Veranstaltung nicht ständig auf die Nerven gehe und sie damit auch nicht unnötig volltexte. – Wie auch, wenn ich bei *Power-Winne* ständig ins Wachkoma falle und gar nicht mitkriege, was da Sache ist?!

Mein Vater geht uns aber voll auf die Nerven. Seit Wochen schon. Besonders meiner Mutter.

Weil die Fortbildung kostet jetzt mal so *richtig* viel Kohle. *2000*, in Worten: ***zweitausend* ganze Euros** nämlich. Für eine Laberwoche. Kein Scherz.

Und da kann Papa sich einen Wolf reden, dass die Fortbildung gut für seine Arbeit ist, verstehen tut Mama das natürlich nicht. Und dass so eine Fortbildung gut für die Karriere ist, nimmt ihm sowieso keiner von uns so richtig ab. – Mein Vater ist von Natur aus in etwa so ehrgeizig wie *Donald Duck* ... oder *Homer Simpson*. Such dir einen aus.

»Oh!«, macht mein Vater dann jedenfalls hocherfreut, als Portland hochbescheuert nachgefragt hatte, und zickt für die Allgemeinheit hinterher: »Wenigstens ***einer*** hier, der sich für meine Arbeit interessiert. *Hahaha!*«

Hannah und ich verdrehen die Augen, und Mama greift finster zu ihrem Weinglas. Nur Astrid stochert weiterhin traurig in ihrer Lasagne rum.

»Ich bin Jobcoach – *Arbeitsvermittler*«, erklärt Papa dem Jacky stolz. »Aber zurzeit bin ich von meiner Arbeit freigestellt ... für einen Fortbildungskurs. *Hilfe zur Selbsthilfe.* So lautet das Thema des Kurses und ...«

»Hilf dir selbst, dann hilft dir Gott. Das ist billiger!«, knurrt Mama in ihr Weinglas.

»Grmpf«, macht Papa beleidigt, Hannah und ich grinsen und ... Astrid? *Die* lässt plötzlich die Gabel fallen und heult still ihre Lasagne voll.

Ich schätze mal wegen Mamas Spruch. Warum Astrid deswegen wieder eingeknickt ist, kann ich dir nicht genau sagen. Sagen kann ich dir, dass man zur Zeit verdammt aufpassen muss, was man in Astrids wackeliger Gegenwart vom Stapel lässt. – Da findet die Arme halt immer irgendwas, was sie daran erinnert, dass ihr Freund, ihr *Ex* eben, sie vor Kurzem voll abgesägt hat. – Traurig für sie. ... und voll anstrengend für *uns*.

»Ist es wegen Liebe?«, fragt Jacky Portland oberstumpf nach.

»Buuuhuuuhuuuhuuuhuuu ...«, bricht Astrid vollständig über ihrer Lasagne zusammen.

»Es *ist* wegen Liebe!«, gibt Portland sich selbst die Antwort.

»Buuuuuuuuuuuuuuuu... ... hu ... h ... h ... h *... hhh ... h ...* ***«***, geht Astrid die Luft aus.

Und während ich noch darüber nachdenke, ob es meiner Patentante vielleicht hilft, wenn ich ihr mal kräftig auf den Rücken haue, damit sie wieder Luft kriegt, muss ich mitansehen, wie der Portland ***meiner*** Patentante den Arm sanft um die Schulter legt und leise zu ihr sagt: »Everything will be fine again. ... wie sagt man auf Deutsch?«

»Jan?«, fragt Mama.

»Was?!«, frag ich.

»Übersetzen!«

… was ich dann auch noch brav gemacht habe, wobei ich gleichzeitig stark damit zu kämpfen hatte, dass mir die Fertiglasagne nicht wieder voll hochkam. Weil – *Alles wird wieder gut* – was für ein bescheuerter Spruch ist das, Kumpel?! Und überhaupt: Woher will diese Knalltüte wissen, dass bei Astrid wieder alles ins Lot kommt? Der kennt die doch überhaupt gar nicht. – Den Arm um die Patentante werfen und hohle Sprüche klopfen. Hätte ich auch gekonnt. Wenn ich gewollt hätte. Wollte ich aber gar nicht. Weil es peinlich ist!

… blöd war, dass Astrid sich dann tatsächlich wieder einigermaßen im Griff hatte und dann auch wieder ordentlich Luft gekriegt hat.

… mein persönlicher guest? Jacky Portland? Er geht mir voll auf den Sack!

… aber, Kumpel, ich wiederhole dies: Man muss die Dinge immer positiv sehen. In einer Woche ist die Pfeife wieder weg und alles ist gut. *Wieder!*

… so gesehen passt der Spruch von diesem *Earl of Knalltütenhausen* jetzt mal wie die Faust aufs Auge: *Everything will be fine again!*

No. 3 – Saturday, 13:02 Uhr

The first night with my english guest Jacky Portland was not so pretty. He schnarcht like a Holzhäcker, weshalb I myself doesn't sleep so much and …

… überhaupt: *Nothing will be fine again!* Und daran ist nur der Portland schuld!

… na ja, und ich auch ein bisschen. Weil ich dämlich bin … und extrem checkfrei! … und uncool sowieso. … aber vom Prinzip her ist Portland an allem schuld! Ehrlich! Er hatte mich erst auf die bescheuerte Idee gebracht. Und dann hätte er ja einfach auch mal einen Ton sagen können, als er meinen Fehler bemerkt hat. Hat er aber nicht. Nicht ***einen*** Ton hat er gesagt!

»Du hättest wenigstens einen Ton sagen können, du Arsch!«, habe ich ihm dann auch noch mal klar und deutlich gesagt. Und komplett sauer auch, heute Morgen gegen neun.

»*Language*, old boy. – *Sprache!*«, hat er dann aber einfach nur zurückgegrinst.

Und ich dann wieder: »**Arsch!** – Du hast mich voll gegen die Wand laufen lassen. Einfach so.«

»Gegen welches Wand?«, fragt er doof nach.

»... ist egal! Sagt man so«, antworte ich und dann noch mal deutlich: »**Arsch!** Du hast gesehen, dass ich mich vertippt habe, und hast *nichts* gesagt! *Rein gar nichts!*«

»Hey! Jan! My friend! ***You*** told me, wie es auf eBay läuft. ... wie ***die Profis*** *das maken*. ***Du*** hast ***500 Euro*** eingegeben, nicht ***ich***! Es war deine Maximalgebot, nicht ...«

»Es heißt immer noch ***dein*** *Maximalgebot* und ich hab mich vertippt!«

»... was ich konnte nicht wissen.«

»... ... ... Arsch!«, gehen mir da ein bisschen die Argumente aus. Weil, wo er recht hat, hat er eigentlich recht. Woher hätte er auch wissen sollen, dass ich mich vertippt hatte. Um eine bescheuerte *Null*. Eine *Null* zu viel. Statt 50 Euro 50***0*** eben. ***Fünfhundert*** – in Worten. Was mir im Nachhinein erst aufgefallen ist. Heute Morgen um neun eben. Als es zu spät war. Als ich auf eBay einfach nur noch mal checken wollte, dass der *Bart Simpson mit Skateboard* nach Auktionsende auch ganz sicher mir gehört.

... gehört er! Ganz sicher auch! Für ***495,50 Euro***! Nicht für ***24,95 Euro***! Weil irgendein bescheuerter ... *Herbert* oder irgendeine maximal bescheuerte *Gabi* mitgeboten hatte. Komplett hirnfrei bis 495,00 Euro nämlich. Und dann aber nicht weiter. Weshalb ich dann bis zum bitteren Ende *Höchstbietender* geblieben bin. ***– Drei – zwei – eins – Meins!*** *– Bart Simpson mit Skateboard* für **495,50 Euro**! Weil ich mich vertippt hatte.

»Ich habe mich vertippt«, wiederhole ich mich.

»Du wiederholst dich«, sagt Portland. »And truely? – Ganz *ehrlich*, my friend? – Die 50 Euro, die du ***Profi*** *eigentlich* eingeben wolltest, wären schon gewesen *extremly stupid* – dämlich!«

»Pfff!«, halte ich knallhart dagegen.

... Portland hatte dooferweise schon wieder recht. Weil selbst, wenn ich mich *nicht* vertippt hätte, verrechnet hätte ich mich allemal. Nie und nimmer hätte ich damit gerechnet, dass es Idioten gibt, die bereit sind, für eine Sache mehr Geld auszugeben, als sie *in Wirklichkeit* kostet.

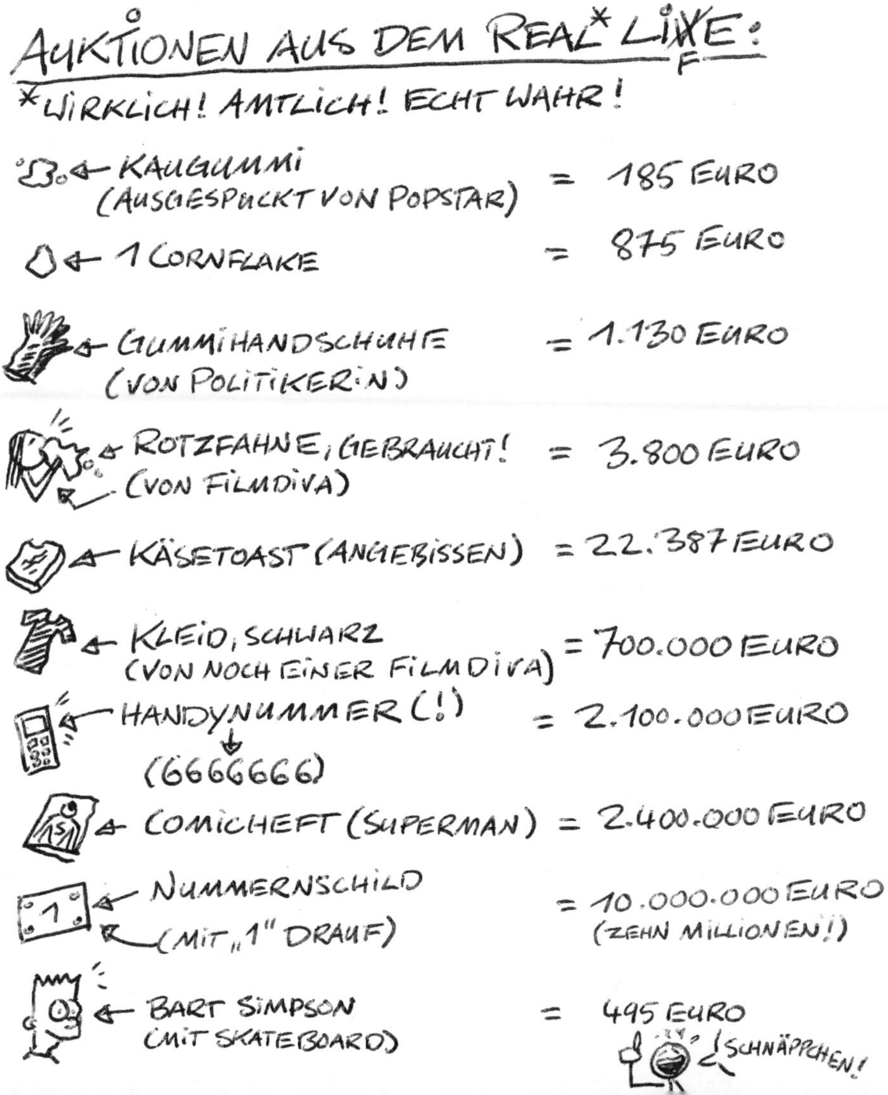

»However, you financial Genius«, sagt Portland dann noch mal. »Eigentlich ist es ja auch nicht ***dein*** Problem, sondern das von dein Patentante Astrid. ***Sie*** hat dich erlaubt, auf eBay zu gehen. ***Sie*** ist erwachsen, nicht ***du***. Ihr Fehler also. *Fault – Astrid!*«

Und weil ich dazu praktisch gesehen voll schweige, guckt Portland mich nachdenklich an und sagt irgendwann: »Sie hat es dich *gar nicht* erlaubt, right?«

»... ... ... right!«, quetsche ich raus und glotze unentspannt dämlich auf Astrids Laptop, das im selben Moment ***Ping*** macht, was es immer macht, wenn neue E-Mails reinkommen.

Und da hätte ich Astrid ja das Laptop gleich rüberbringen müssen, weil sie mich gebeten hatte, das zu tun, sobald es ***Ping*** machen würde, weil sie denkt, dass jedes ***Ping*** auch eine Nachricht von ihrem *Ex* sein könnte, die sie dann natürlich sofort lesen will.

Hab's dann aber nicht rübergebracht, weil ich *so eine Ahnung hatte* und erst mal selber geguckt habe, wer da geschrieben hat.

Und klar: Die zwei neuen E-Mails waren natürlich nicht von Astrids Ex. – Die eine war von eBay, die meiner Tante ganz herzlich dazu gratuliert, dass sie den Artikel *Bart Simpson mit Skateboard* für ***495,50 Euro*** ersteigert hat. Und die andere E-Mail war von dem Verkäufer. Also von dem, der den *Bart Simpson mit Skateboard* bei eBay reingesetzt hatte. Ein Online-Comicshop namens ***Peng!***, der Astrid bittet, die 495,50 Euro auf das angegebene Konto zu überweisen.

»***Peng!*** Funny name, isn't it?«, grinst Portland, der die E-Mails über meine Schulter weg volldreist mitgelesen hatte.

»Yes, it is. *Wahnsinnig* funny«, antworte ich müde, und als ich die Adresse von dem Online-Comicshop mit dem wahnsinnig lustigen Namen ***Peng!*** sehe, hätte ich mich ja vor lauter Vergnügen in die Ecke schmeißen können. – Der Laden ist hier in Hamburg. Nicht nur *online* sondern auch *in echt*. Direkt um die Ecke. Zwei, drei Straßen weiter. – Ich hätte eBay gar nicht gebraucht. Ich hätte einfach nur da vorbeilatschen müssen und den *Bart mit Skateboard* dort einfach kaufen können. Nicht zum Schnäppchenpreis. Aber immerhin dann *nur* für 24,95 Euro. Einfach so.

Und dann tue ich, was getan werden musste: Ich lösche die E-Mails.

»What are you doing?«, fragt Jacky nervig.

»Ich lösche die E-Mails«, antworte ich genervt.

»Löst du *so* deine problems?«, fragt Jacky obernervig.

»Ich ***löse*** keine Probleme. Ich ***lösche*** sie einfach«, antworte ich obergenervt und ...

... jetzt weiß ich nicht, Kumpel, wie das bei dir *patentantentechnisch* aussieht. *Ich* weiß, dass meine Eltern kurz nach meiner Geburt einen echten Glückstreffer für mich gelandet haben: Astrid, die Schwester meines Vaters, war die perfekte Patentantenwahl. Sie ist nett, klug, sieht nicht doof aus, *kann* witzig sein und sie würde sich für ihr Patenkind, für *mich* eben, ein Bein ausreißen.

Aber, Kumpel, um die Sache auch mal realistisch zu sehen: Wenn meine Patentante Astrid spitzkriegen würde, was ich da in *ihrem Namen* für einen Bock auf eBay geschossen habe, wäre *ich* derjenige, dem *sie* ein Bein ausreißen würde. Also jetzt mal bildlich gesprochen. Anders gesagt: Auch *Patentantenliebe* kennt ihre Grenzen. Ich würde ja ***so*** einen Ärger kriegen. Erst mit ihr und dann mit ihrem Bruder ... meinem Vater also. Weil den würde sie natürlich auch gleich über alles informieren, wenn sie's spitzkriegen würde. Kriegt sie aber nicht. Weil ich die E-Mails – die *Probleme* eben – gelöscht habe.

Wobei mir natürlich auch ganz klar ist, dass das *eigentliche* Problem damit nicht aus der Welt ist. – Ich weiß wirklich nicht, wie das bei eBay läuft, aber ich würde denken, dass da nach ein, zwei Tagen oder so bestimmt noch mal eine Nachricht reingerauscht kommt. – Mit einer freundlichen Erinnerung vielleicht. Vielleicht so was in der Art von: *Bitte zahlen Sie die 495,50 Euro* ***sofort****, sonst schicken wir einen freundlichen Teamkollegen vorbei, der Ihnen freundlich ein Bein ausreißt.* – Ich weiß das alles nicht, wie das bei eBay läuft, aber ich schätze mal: Ein bis zwei Tage werde ich wohl haben, bis so was in der Art reingerauscht kommt. Aber bis dahin habe ich eben noch ein bisschen Zeit, um eine vernünftige Lösung für das Problem zu finden.

... aber da kümmere ich mich später drum. *Jetzt* muss ich los. Zusammen mit meinem englischen Gast, dem *feinen* Earl. – Stadtbesichtigung ist angesagt. Für die komplette Klasse mit den Engländern. Worauf garantiert niemand sehr großen Bock hat an einem schulfreien Samstag. Aber die Hamann hat Bock drauf. Und am Ende zählt immer nur das. – Wenn die Hamann Bock drauf hat, haben gefälligst alle Bock drauf.

No. 4 – Saturday, 18:43 Uhr

Today at two o´clock heute Nachmittag was my Guest Jacky Portland and me at the Elb~~bitch~~ … Elb*beach* in Hamburg. That was why, because we had their a Verabredung with my wool (w~~e~~(h)ole?) Class together with the englisch Pupils. My Englischteacherin Mrs Hamann was their, too. And Mrs Preston were there, auch too. The day was very interesting …

… wobei *interesting* es nicht *wirklich gut* trifft. Aber da sind mir jetzt gerade mal ein paar englische Vokabeln abhandengekommen, die beschreiben könnten, wie *überraschend, erstaunlich, unglaublich … unvorhersehbarermaßen wendungsreich* dieser Tag war.

HOW WONDERFUL~~L~~ IS THAT?!

JAN HENSENS GREAT ÜBERSETZUNGSFUN FOR EVERYONE!

DEUTSCH		ENGLISCH
ÜBERRASCHEND	–	________
ERSTAUNLICH	–	________
UNGLAUBLICH	–	________
UNVORHERSEHBARERMAßEN WENDUNGSREICH	–	________

DIE LÖSUNGEN FINDEST DU AUF SEITE 339.

Dass dieser Tag so *überraschend-erstaunlich-unglaublich-unvorhersehbarermaßen wendungsreich* verlief, lag ganz sicher nicht an der Hamann. Die war, wie sie immer ist: unentspannt und leicht aus der Fassung zu bringen. – Nichts also, was einen da irgendwie überraschungstechnisch aus der Bahn werfen könnte …

»… und dies, meine lieben englischen Gäste, ist Hamburgs wunderschöner Elbstrand«, quietschte sie uns alle an.

Die englischen Gäste kramten ihre Handys raus und knipsten wie bescheuert den *wunderschönen Elbstrand* ab. Und der Portland dann natürlich sowieso. Weil er sowieso bei jeder Gelegenheit mit seinem Angeber-Endgerät der Marke Samsung vollbescheuerte Schnappschüsse machen muss. Meistens vollbescheuert von sich selbst mit der Welt im Hintergrund. – *The Earl of Selfieland*.

»Wie wunderschön. Ich mach mir gleich in die Hose vor lauter Freude«, kommentiert Sebastian Hamanns Vortrag endbegeistert.

»Mach in Elbe, äy. Ist praktischer«, schlägt Cemal vor.

»Das wäre Umweltverschmutzung«, meint Hendrik.

»Genau! Der Hempel soll in die Hose pinkeln«, will Gerrit.

»Pinkle in die Hose, Hempel. Machst du doch sonst auch immer«, setze ich noch einen drauf und …

»Mr Hensen!«, quietscht Frau Hamann voll in meine Richtung, die unverständlicherweise ausgerechnet *mich* immer dabei erwischt, wenn wir *alle* nicht ganz bei der Sache sind. »Möchtest du uns vielleicht *allen* etwas zum Thema mitteilen?«

Mochte ich nicht. Und schon gar nicht zum Thema *Hempels Harndrang*.

Ich sage also nichts, quäle mir ein höfliches Grinsen ins Gesicht und gucke die Hamann mit glasigen Augen an, weil der Hempel gleichzeitig mit *seinem* Fuß *meinen* Fuß volles Pfund in den wunderschönen Elbstrand drückt.

»Aber: Was man nie vergessen darf: …«, spult die Hamann da aber auch schon wieder ihr Programm weiter ab, **»… auch die Elbe ist ein mächtiger Strom, der für den Menschen sehr, sehr gefährlich werden kann. – Eine der tragischsten Sturmflutkatastrophen dieser Stadt ereignete sich im Jahre 1961, bei der …«**

»196**2**!«, unterbricht Mrs Preston plötzlich Hamanns Endzeitprogramm.

»Wie bitte?«, fragt Frau Hamann *leicht* gereizt nach.

»196**2**! Das Sturmflut, von der Sie reden, es ereignete sich im Jahre 196**2**, nicht 196**1**. Das ist *Allgemeinwissen*, ist es nicht?!«

Da hört man es förmlich in dem Hamann'schen Kopf knirschen und knistern. Wie Elbstrandsand im Kugellager von einem Dreirad.

»… 196**2**! Selbstverständlich!«, zickt sie schließlich zurück. »Ein *Versprecher*. So etwas kommt vor. Aber es freut mich für

Sie, ***Frau*** Preston, dass Sie an dieser Stelle auch mal ein wenig glänzen können ... mit Ihrem **fulminanten** Allgemeinwissen ... sofern Sie überhaupt wissen, was ***fulminant*** bedeutet. – *Hahaha.*«

»Die Bedeutung ist *brillant, großartig, ausgezeichnet*! – Was ich leider nicht behaupten kann von Ihren Vortrag«, giftet Mrs Preston *fulminant* zurück.

Und da glotzen dann alle sehr gespannt zu der Hamann rüber, die wieder komische rote Flecken am Hals kriegt und erst mal gar nichts sagt und dann aber doch: »***Wem*** oder ***was***? *Ihre**mmm*** Vortrag, nicht *Ihre**nnn***. – Dativ Singular! Und was Sie von meinem Vortrag behaupten können oder nicht, liegt möglicherweise auch nur daran, dass Sie mir nicht folgen können ... bei *Ihre**nnn*** lausigen Deutschkenntnisse***nnn***. – Dativ Plural!«

Mrs Preston denkt nach. Mit hochroter Birne und geballten Fäusten.

»Das war höchst *flumminant*«, murmelt Sebastian.

»***Fulmi*****nant«, korrigiert Hendrik ihn.

»Voll der ***Flummi***«, pfeift Gerrit grinsend auf Hendriks Korrekturen.

»Es war der amtliche Vollstreckerflumm...***umpf***«, pfeife ich aus dem letzten Loch, weil mir in dem Moment Cemal seinen Ellenbogen voll in die Seite rammt.

Und genau *da*, mein Freund, kommt jetzt auch die Stelle, die diesen Tag für mich sehr *überraschend, erstaunlich* und *unglaublich* werden ließ. ... *unvorhersehbarermaßen wendungsreich* kam dann später noch obendrauf. Aber dazu komme ich dann noch ... *später* dann eben!

Erst mal rammt Cemal mir seinen Ellenbogen voll in die Seite, worauf ich ihm erst mal ganz normal voll auf den Oberarm boxe. Und weil Cemal dann aber gar nicht zurückboxt und nur doof auf die Elbe glotzt, frage ich: **»Was?!«**

»Das!«, antwortet er und nickt auf einen bestimmten Punkt, der auf der Elbe an uns vorüberzieht: eine gewaltige Motorjacht. Bestimmt 15 Meter lang. Strahlend weiß, sehr edel, sehr teuer. Mit einer blonden Frau drauf, die sich in der Sonne räkelt, und einem Typen, der das Teil steuert. … also die *Motorjacht*! – Mit offenem Hemd und einem Grinsen von einem Ohr bis zum anderen. *Mein* Vater!

»W…?«, fragt Cemal mich echt irritiert irgendwas, worauf ich ihm so präzise wie möglich antworte: »***Null*** Ahnung!«

Mein Vater hat keine Jacht! Mein Vater hat einen Skoda. Und mein Vater kennt eigentlich auch keine blonden Frauen, die sich auf Jachten hübsch in der Sonne räkeln. Und überhaupt: Mein Vater sollte auf einer Fortbildung sein. Nicht auf einer Mordsjacht mit mordsblonder Frau drauf.

Ich gucke mich leicht nervös um, ob außer Cemal und mir noch jemand mitbekommen hat, was da gerade an uns vorüberschippert.

... ja, hat! Jacky Portland hat es mitbekommen. Sonst keiner. Alle anderen konzentrierten sich voll auf den Zickenfight der beiden Lehrkörper Hamann und Preston.

»Unbelievable!«, staunt er grinsend und macht mit seinem *Fat-Phone* der Marke Samsung dann auch gleich ein Foto von der Jacht mit Vater und Frau drauf, bevor alles zusammen endgültig außer Sichtweite verschwindet.

»Lösch das! Sofort!«, haue ich ihn an. »... äh ... *bitte!*«

»Why?«, fragt Portland. »Deine Eltern werden sicher sehr amüsiert sein, wenn ich heute Abend ihnen zeige diese gelungene Schnappschuss.«

»Diese***nnn*** gelungene***nnn*** Schnappschuss! ***Wen*** oder ***was***! – Is scheißvierte Fall, äy!«, korrigiert Cemal ihn grinsend.

»Flumminant!«, grinst Portland zurück und klatscht Cemal die hingehaltene Hand ab.

Ich grinse nicht, klatsche nicht, denke aber verschärft darüber nach, wie *sehr* sich vor allem meine Mutter amüsieren wird, wenn sie den Schnappschuss von der Jacht sieht. Mit meinem Vater drauf ... und einer blonden, komplett unbekannten, nicht unattraktiven Dame auch noch. Totlachen wird die sich ..., bevor sie meinem Vater eine Rotweinflasche über die Rübe zimmert.

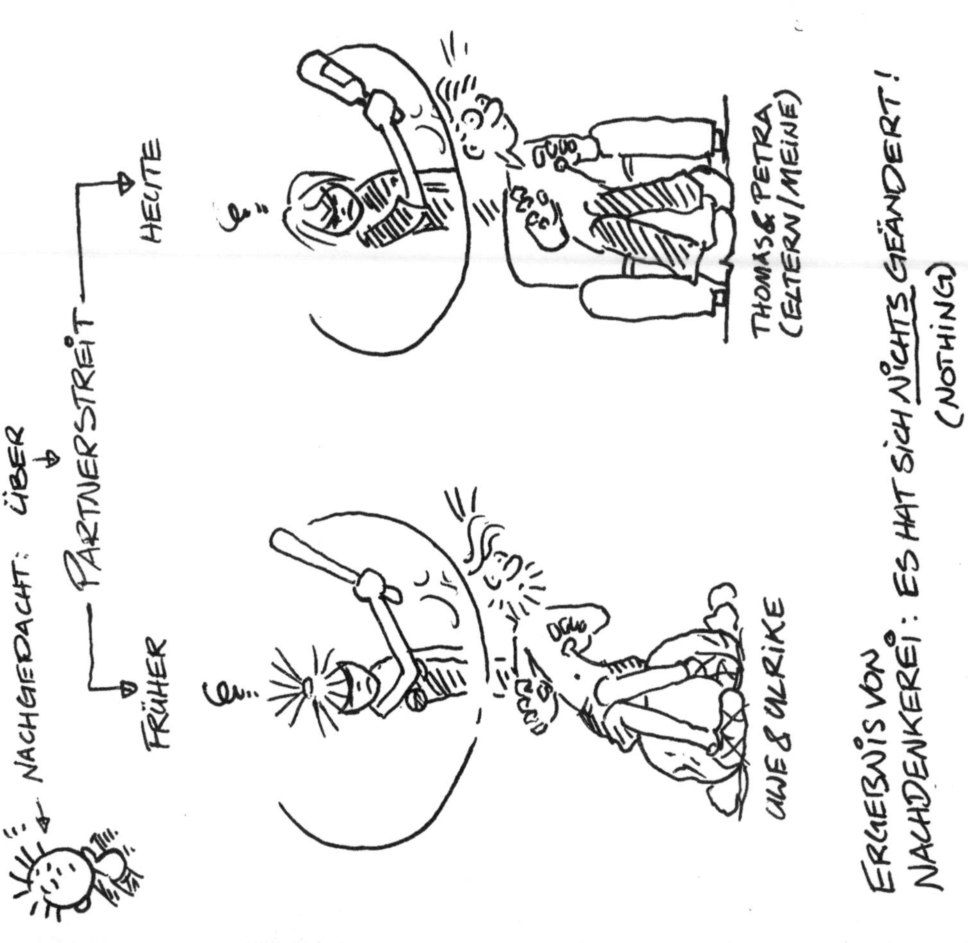

»Das wirst du fein bleiben lassen, Portland!«, ballere ich wieder *leicht* panisch los, und so freundlich wie möglich hinterher: »Ömmm... ... ... *Jacky,* mein Freund! ***Bitte*** nicht! Das ist ... mpf ... eine *Überraschung* für meine Mutter! Also ein ***Geschenk*** jetzt! Ääähmmm ... mein Vater will meiner Mutter die Jacht schenken. ... ömm ... zummmömm ... ***Hochzeitstag***. Das weiß aber nur *ich* ... und *du* jetzt. ... und ***Cemal*** natürlich.«

Dass das jetzt nicht unbedingt die allergenialste Geschichte war, die ich dem Portland da auftischte, war mir auch klar. Eine Mörderjacht! Als *Hochzeitsgeschenk* dann auch noch! ... nach *Jahren* der Ehe!

»Eine *Jacht*. Als *Geschenk*«, wiederholt Portland dann auch leicht skeptisch.

»Ja, warum denn nicht, Mann?!«, frage ich voll im Scheiße-Erzähl-Modus fast ein bisschen eingeschnappt zurück.

Und während ich dann meine Geschichte noch vernünftig ausbaue und dem Portland erkläre, dass mein Vater ein *sehr, sehr* reicher Mann ist, weil er ja im Jobcenter auch eine *Mörderkohle* verdient ... und überhaupt bald ein *Sparvertrag* fällig wird ... und sowieso *Großonkel Uwe* auch noch was zur Jacht beisteuert – während ich also so weit bin, dass ich mir den ganzen Mist fast selber glaube, guckt Cemal mich schief und schiefer von der Seite an, weil der natürlich ganz klar weiß, was ich da für einen Mist erzähle.

Da sagt er aber nichts zu und der Portland dann aber: »Ein Überraschung! *How romantic!* Ich verrate nichts, Jan. Verlass dich auf mich. Ich verspreche es dich."

»Jetzt ***dirrr***, äy! Is dem Dativ, verstehstu?!«, grinst Cemal.

»Unfuckingbelievable!«, grinst Portland, klatscht Cemal wieder in die Hand und löscht dann aber endlich auch den Schnappschuss.

Dann dreht er sich wieder um, um dann gleich einen neuen Schnappschuss zu machen. Von der Hamann diesmal.

Die machte gerade den Eindruck, als würde sie Mrs Preston gern ihren Falk-Stadtplan von 1962 um die Ohren hauen. Was wohl stark damit zu tun hatte, dass die Preston die Hamann vorher gefragt hatte, ob sie ihr *niedliches* Englisch aus der *Sesamstraße* gelernt hätte.

»Mörderflumminator!«, grinste Sebastian.

Frau Hamann haute ihrer englischen Kollegin den Stadtplan dann aber leider nicht mehr um die Ohren. Irgendwann hatte sie sich wieder im Griff und machte das, was sie am besten kann: *einfach weiter im Programm.* – Bis die ganze superspannende Veranstaltung nach gefühlten 500 Kilometern Fußmarsch durch Hamburg endgültig vorbei war.

Und bevor alle endgültig auseinanderliefen, habe ich mir aber noch mal Cemal unauffällig gekrallt und sicherheitshalber nachgehakt: »Das bleibt unter uns, ja?!«

»Was genau?«, will Cemal wissen.

»Die Sache mit der Jacht. Mein Vater! Die blonde Kuh! Alles! – Bitte!«

»Äy, Brrruder. Eyvallah – isch schwörr auf Koran, äy: Isch schweige wie ein Graf!«, schwört Cemal.

»Grab!«, korrigiere ich.

»Auch okay!«, grinste er darauf, pfiff im nächsten Moment volles Rohr auf zwei Fingern, worauf sofort Norman Bates angedackelt kam. – Cemals blasser Austauschfreak.

›*So* muss das laufen‹, dachte ich und guckte Cemal leicht neidisch hinterher, wie der supergemütlich mit dem Fahrrad die Straße langeierte ... gefolgt von Norman Bates, der ihm zu Fuß hinterherhechelte.

Wie auch immer: Die Veranstaltung war am Ende, ich war es auch und Portland und ich machten uns dann auch auf den Weg nach Hause.

… bis wir an der Kreuzung von der *Eppendorfer Landstraße* ankamen und vor der roten Ampel warteten. Da fiel mir logischerweise wieder meine *sehr geniale* eBay-Aktion ein. *Logischerweise* deshalb, weil der Comicladen, bei dem ich den *Bart Simpson mit Skateboard* für schlappe 495,50 Euroletten erstanden hatte, hinter der nächsten Straßenecke war.

»Dahinten ist übrigens der Comicladen, du *Earl of eBay*«, witzle ich dann auch zu Jacky Portland rüber … *komplett spaßfrei* eigentlich.

Dann springt die Ampel aber auch schon auf Grün um und ich will dann rübergehen, und dann gehe ich aber gar nicht rüber, weil der Portland selbst nämlich plötzlich in eine komplett andere Richtung geht – nämlich Richtung Comicladen, was …

… den Tag dann eben auch *unvorhersehbarermaßen wendungsreich* werden ließ.

Ich pfiff meinen persönlichen Austauschschüler *cemaltechnisch* auf zwei Fingern volles Rohr zurück und …

… dackelte ihm hinterher.

»Come on, buddy. Wir gehen da rein und klären together dein Problem«, sagt Portland, als wir wenig später vor dem Comicladen mit dem irre lustigen Namen ***Peng!*** stehen.

Da gucke ich ihn lange an, denke, dass *mein* Problem direkt vor mir steht, was ich dann aber selber leicht unfair finde, weil schließlich wollte Portland mir nur helfen, die Sache irgendwie wieder geradezubiegen.

»Also gut!«, sage ich daher, puste noch mal ordentlich durch, kicke die Tür entschlossen auf und betrete den Comicladen. Ohne Plan! ... aber *mit* Portland. Weil der hatte ja anscheinend einen Plan, sonst hätte er mich ja nicht überredet, mit ihm da reinzugehen.

Eng war's da drinnen. Und muffig irgendwie. Der komplette Laden war vollgestopft mit Comicständern und Regalen. Wir arbeiteten uns bis zur Theke vor. Hinter der Theke war niemand. Aber *auf* der Theke. – *Bart Simpson mit Skateboard*, 7,8 cm groß und aus Plastik – an die fünfzigmal stand er da rum … zum *Aktionspreis* für **19,90 Euro!** Zum Schreien komisch!

»Funny, isn't it?!«, grinst Portland.

»Ja, echt zum Totlachen«, antworte ich müde und gucke dabei zu, wie Portland wieder sein Smartphone aus der Jackentasche zückt und wieder eins seiner Selfies macht. – Er mit fünfzig Bart Simpsons. … wie funny.

»Moin, Moin, Jungs. Was kann ich Gutes für euch tun?«, quatscht uns da plötzlich jemand von vorne an. Komplett gelangweilt auch. Ein Typ mit Pferdeschwanz und knallpinkem T-Shirt an, auf dem in knallgelben Buchstaben ***Peng!*** draufsteht.

Ich sage nichts, weil ich denke, dass Portland ja schon irgendwas was sagen wird, und weil der dann aber ganz überraschenderweise auch nichts sagt und einfach nur doof seine Selfies auf seinem Smartphone bewundert, gucke ich wieder zu dem Typen mit Pferdeschwanz rüber und sage: »... ... ... gnmpf!«

»Verstehe!«, versteht der Typ natürlich nichts, grinst dabei aber irgendwie ganz nett, weshalb ich dann auch ein kleines bisschen lockerer werde und sage: » ... äääh ... ich wollte mit Ihnen über was reden, wegen ...«

»Hey, Sportsfreund! So alt bin ich auch wieder nicht. Hier wird nur *geduzt*! Nenn mich *Pinky*!«, lacht der Typ, der weit über dreißig ist, ein echtes Geschmacksproblem hat und sich *Pinky* nennt.

Aber egal alles. Der Typ machte glasklar den Eindruck, dass man mit ihm reden konnte, weshalb ich ihm dann auch voll locker die komplette Geschichte gebeichtet habe. – Von Tante Astrids geliehenem Laptop – von ihrem eBay-Konto, das ich benutzt hatte, ohne sie zu fragen – bis zu dem kleinen doofen Fehler mit der einen Null zu viel ...

»... weshalb ich jetzt dieses kleine doofe Problem mit den rund fünfhundert Euro habe. Und da wollte ich Sie... ***dich*** eben fragen, ob das vielleicht okay für dich wäre, wenn wir das eBay-Geschäft denn nicht einfach rückgängig machen könnten«, ende ich mit allem und gucke Pinky mit dem niedlichsten Bettelblick an, den ein 13-jähriger Junge überhaupt noch im Programm hat.

Und Pinky lächelt dann auch supermitleidig zurück und ...

... sagt dann: **»Nein!«** – Knallhart. Einfach so.

»W... wie?«, frage ich baff.

»Hast du's mit den Ohren, Mann?! Ich habe ***NEIN*** gesagt. Geschäft ist Geschäft!«

Echt baff war ich und guckte dann auch wieder Hilfe suchend zu Portland rüber, aber der blätterte mittlerweile einfach nur gelangweilt in einem Mickey-Maus-Heft rum, das er sich aus dem Stapel vor ihm gefischt hatte.

»Aber …«, sage ich dann noch zu Pinky und da poltert aber im selben Moment irgendjemand zur Ladentür rein und den hört man hinter den ganzen Regalen und Ständern supergut gelaunt losplappern: »**Heeeeeey, Pinky!** Hast du's schon gecheckt, Alter? *eBay*? Es ist ***sooo geil***. Irgendein Idiot hat für 495,50 Euro den Bart Simpson geschossen. Für ***Vier-hundert-fünf-und-neunzig-fünfzig*!!!** Ist das geil? Es ***ist*** geil! Und weißt du, warum alles so ***geil*** ist? Weil du den guten alten Jojo hast. ***Mich!*** Deinen persönlichen ***Superman***, der für dich den Superscheiß auf eBay regelt. ***Tataaa!***«

… ***Rums!*** – macht es und »Oups«, sagt Supermann Jojo, weil er wohl aus Versehen gegen ein Regal geknallt ist.

Und während er sehr wahrscheinlich die ganzen Hefte wieder ins Regal räumt, die bei dieser Nummer wohl auf den Boden gerauscht sind, hört man ihn fröhlich weiterplappern: »Erst dachte ich, ich seh nicht richtig, als ich bei 25 Euro überboten wurde. – ***Zack*** – 25,***50***! Und dann hab ich mir gesagt: *›Jojo!‹*, hab ich mir gesagt, *›Gib **30** ein!‹*, und ich geb ***30*** ein. Und was passiert, Pinky? – ***Zack und Peng*** – Ich werde *wieder* überboten!!! Und – ***Peng – Peng – Peng*** – so ging das immer weiter! Bis **495,50 Euro**. Ich sag dir, das war knallharter Poker. Wie bei *James Bond – Casino Royal*, verstehst du? Leben oder sterben. Und ich dann so voll James-Bond-mäßig drauf, bin dann natürlich weitergegangen. Blind! Ohne zu wissen, ob der Typ mitgeht oder aussteigt. Ich gebe also knallhart **500 *Dollar* und 50 *Cent*** ein und dann … habe ich aber leider vergessen, auf diesen blöden *Okay-Button* zu drücken. Was ein kleines bisschen ärgerlich war, weil als ich's gesehen hab, war's zu spät und die Auktion gelaufen. … aber scheißegal, äy! ***Vier-hundert-fünf-und-neunzig-fünfzig*!!! Geil! Geil! Geil!** Ich wüsste ja gern, wer so dermaßen bescheuert war, für ein kleines Plastikmännchen so viel Geld zu bez…«

Der Typ, der sich Jojo nennt, kam um die letzte Regalecke gewackelt und peilte dann auch, dass er mit Pinky nicht allein im Laden war.

»… … … ich! *Ich* war so bescheuert!«, informiere ich James Bond mit lustigem T-Shirt an.

»**Echt? Duuu?** Das is ja mal ein Zufall!«, plappert er fröhlich und fröhlich dämlich weiter: »Würd mich ja echt mal interessieren: Hättest du meine 500,50 Euro überboten?

»Nein! Mein Limit lag bei 500 Euro«, antworte ich müde und noch müder hinterher: »Und ich hätt's echt schön gefunden, wenn du *nicht* vergessen hättest, diesen *Okay-Button* zu drücken.«

»**Booooaaaaah**, was für eine Sahne, Alter. Dann wäre ich ja Höchstbietender geworden. Und die ganze Preisetreiberei wäre voll nach hinten losgegangen, weil …«

»OKAY!«, brettert Pinky seinem Kumpel Jojo voll über den Mund und zu mir dann auf einmal so *superkumpelhaft*: »Kumpel. Vergiss die 495,50. Fehler passieren!«

»Danke! Danke! Danke!«, bedanke ich mich auch noch doof und Pinky schiebt dann auch gleich nach: »Gib mir 250 Euro und gut is.«

»W… was?«, frage ich.

»Wie *was*?!«, antwortet Pinky. »250 sind mehr als fair. Wenn du mit den Großen spielen willst, lern die Regeln, Mann.«

»Welche Regeln? Ihr habt mich gelinkt. Der Typ da hat mich gelinkt«, sage ich und zeige auf Jojo.

»Da hat er irgendwie recht«, sagt Jojo echt bescheuert, worauf Pinky ihn jetzt auch so *richtig* sauer anknurrt, dass er jetzt einfach mal die Klappe halten soll, und zu mir dann wieder so oberdoof kumpelhaft: »Kumpel! *200 Euro!* Mein letztes Wort!«

»Ihr habt mich gelinkt!«, wiederhole ich, weil mir auch nichts Besseres einfällt, was ich sonst noch sagen könnte, weil ich praktisch gesehen ja auch komplett alleine dastehe. – Weil der *Earl of Mickey-Mouse* sich ja auch komplett raushält.

»***Wer*** hat dich gelinkt? Beweis es! – Ich kenne den Typen hier nicht mal«, behauptet Pinky kackendreist und zeigt auf seinen Kumpel Jojo.

»Aber ***ich*** bin's doch, Pinky! Dein Kumpel Jo...«, sagt Jojo unfassbar dämlich, bis der Schnellmerker dann auch endlich peilt, worauf sein Kumpel Pinky hinauswill, und dann blökt er schlau wie Samson von der Sesamstraße los: **»Joooooo Mann, höhööö ... ja klar, ich bin hier *NUR KUNDE* ... höhöhö ... hö!«** und dann noch mal extra-samson-schlau hinterher: »Ähmmm ... haben ***Sie*** zufällig das neueste *Spiderman*-Album, **Herr-**ähm ... **Schulz?**«

Pinky Schulz verdreht müde die Augen bei so viel Doofheit auf einem knallbunten Haufen und da sage ich dann plötzlich: ***»Hundert!«*** – ohne großartig nachzudenken. Einfach so!

Pinky guckt mich an – und ich zurück. Keiner von uns beiden verzieht eine Miene.

»Okay! Deal!«, knurrt Pinky überraschenderweise, und dann noch: »Aber bis Montag in einer Woche will ich die Kohle sehen. Cash! Bar auf die Hand!«

Da bedanke ich mich diesmal aber *nicht*, nicke ihm einfach nur so cool wie möglich zu, tippe Portland an, damit der sein Heftchen weglegt und mir nach draußen folgt.

»Echt große Hilfe, Portland! Nä, ehrlich! ***Vielen, vielen Dank!***«, sage ich echt sauer zu Jacky Portland, als wir wieder vor dem Comicladen stehen.

Und was sagt der Portland darauf?

»**Classic!** Es war ***cläääässic***, Buddy!«, sagt er darauf, grinst doof, fummelt sein Samsung-Angeberphone aus dem Jackett und macht wieder eins seiner bescheuerten Selfies. Diesmal wieder mit mir drauf.

Echt ärgerlich, aber irgendwie auch echt egal, weil: *Hilf dir selbst, dann hilft dir Gott!* – So einfach war das. Ich brauchte den Portland gar nicht.

... und die hundert Euro werde ich bis nächsten Montag auch noch irgendwie stemmen können. Fünfundachtzig aus *meinem* Sparschwein ...

... und die restlichen fünfzehn aus dem *Sparschlumpf* von nebenan. ... also aus dem von meiner Schwester Hannah. Das fällt der sowieso nicht auf. Wie auch, wenn man nur bis *drei* zählen kann?! ... und sie kriegt die fünfzehn ja auch wieder. ... irgendwann.

Unterm Strich, Kumpel: Hundert Euro sind *echt* viel Geld für eine 7,8 Zentimeter kleine Plastikfigur und sie tun mir auch richtig weh. – ***Aber:*** Man muss die Dinge *immer* positiv sehen: Hundert Euro tun ***richtig*** weh! – Aber runde ***fünfhun****dert* Euro tun ***richtig, richtig, richtig, richtig, richtig*** weh … also eben *fünfmal* mehr als nur hundert …

… wenn du verstehst, was ich meine.

… 22:34 Uhr … immer noch Saturday – Nachtrag

Mein Vater ist der schlechteste Lügner des kompletten Universums!

… und der Portland bringt mich mit seiner Schnarcherei hier echt an den Rand. Ich sag dir: Ein brutal ausgewachsener Holzfäller mit amtlichen Rachenproblemen ist im Vergleich zu Portland ein niedlich schlummerndes Dornröschen.

Ich kann bei dem Mordskrach hier echt nicht pennen …

… weshalb ich dir eben, mein never-sleeping friend, jetzt auch genauso gut noch berichten kann, warum ich weiß, dass mein Vater ein verdammt schlechter Lügner ist.

Wissen tue ich das seit dem Abendessen. Meine Mutter servierte gerade *Iglo-Fischstäbchen* an *Fertigkartoffelbrei.* Heimlich beobachtete ich meinen Vater, wie er sich ein Bier einschenkte. So wie er es immer tut, wenn er von der Arbeit nach Hause kommt. Nur heute Abend kam er eben nicht von der Arbeit. Und ganz sicher auch nicht von einem Fortbildungskurs. Er kam von einem Jachttörn. Er wusste es. Ich wusste es. Nur wusste *er* nicht, dass *ich* es wusste.

Ich beobachtete ihn also und fragte mich gerade, ob er das Bier denn überhaupt noch vertragen kann, weil er sich ja vielleicht auch schon tagsüber drei bis vier Flaschen Champagner reingehauen hat, zusammen mit dieser blonden, braun gebrannten Kuh auf der Jacht, weil das ja irgendwie auch eins ist: *Jacht fahren und Champagner saufen ... und so* was. – Und da höre ich plötzlich den Portland meinen Vater fragen: »Mr Hensen! Wie lange Sie sind eigentlich schon verheiratet?«

»Falsche Frage!«, nuschelt Hannah zu mir rüber. Wie am Abend davor.

»Yep!«, nuschle ich da auch wieder zurück, wenn auch aus einem komplett anderen Grund als den, den Hannah meinte.

Hannah meinte Grund *Astrid,* die dann auch prompt eins ihrer frisch servierten Fischstäbchen mit einem Tränchen untröstlich nachsalzte. – Astrid und ihr Ex wollten eigentlich nächstes Jahr heiraten.

Diesmal nuschelte ich *Yep,* weil mir ganz, ganz klar war, worauf Portland anspielen wollte: auf den *Hochzeitstag* meiner Eltern. – Dieser Arsch! Versprochen hatte er es mir, dass er wegen der Jacht-*Geschenkegeschichte* dichthalten würde. ... auch wenn ich ihm da nur Müll erzählt habe. Versprochen ist versprochen!

»Oh! Äh ... lass mich nachdenken ...«, denkt Papa über Portlands Frage nach, was er sich sparen kann, weil Mama das für ihn eh immer schneller erledigt und dem Portland wie aus der Pistole geschossen antwortet: »16 Jahre!«

Worauf Portland meinen Vater dann so superdämlich geheimnistuerisch angrinst: »Wissen Sie, Mr Hensen? *Mein* Vater hat *mein* Mutter zu das dreizehnte Hochzeitstag ja *nur* einen *Aston Martin DB9* geschenkt.«

»Einen was?«, fragt Papa nach.

»Ein ***Auto***!«, antworte ich müde für den Earl of ***Protz***land. »Der *Aston Martin DB9* ist ein englisches Auto! Es liefert mittels eines V12-Motors 517 geschmeidige PS, fährt 295 km/h Spitze, sieht sehr, sehr geil aus und ist damit das, was die Bezeichnung *Auto* ...«

»... es ist gut! Ich habe verstanden, **Sohn**!«, unterbricht mein Vater mich leicht genervt, was er in der Regel immer tut, wenn ich anfange, von Autos zu reden, weil ihm klar ist, was in der Regel als Nächstes kommt, wenn er mich nicht unterbrechen würde, und dann lass ich mich aber diesmal extra nicht unterbrechen, weil ich erstens ganz klar von Portlands dämlichen Anspielungen ablenken will, und zweitens will ich meinen Vater wirklich nicht enttäuschen und sage zu Ende: » ... ***und*** damit ist der *Aston Martin DB9* das, was die Bezeichnung *Auto* amtlich verdient. Im Gegensatz zu dem ***Skoda Fabia Combi Elegance***!«

»What's that?«, fragt Portland nach.

»***Kein*** Auto!«, antworte ich.

»**Jan!** Ich habe ***wirklich*** verstanden!«, versteht mein Vater überhaupt *gar* nichts. Und das geht im Grunde genommen schon seit Jahren so.

Hochaktuelles Beispiel ist da nun mal der *Skoda Fabia Combi Elegance*. Nach dem nämlich unsere alte Schrottmühle – der *Renault Kangoo Diesel* – endgültig den Geist aufgab, musste logischerweise ein neuer Wagen her.

»Kauf einen *Land Rover*«, schlage ich ihm da noch vor. »Oder den *BMW X4*. Der taugt auch noch«, erkläre ich ihm. »Aber **bitte, bitte** nicht den *Skoda Fabia Combi Elegance*. Der geht ja **gaaar** nicht«, beknie ich ihn auch noch mal.

Und was sagt mein Vater darauf? Er sagt darauf: »Es hat vier Räder, ein Lenkrad und eine Hupe. Mehr braucht es nicht.«

… und kauft einen *Skoda Fabia Combi Elegance*.

Immerhin aus dem Jahre 2001 *nach* Christus. Was ich als persönlichen Teilerfolg betrachte.

Wie auch immer: Mein Vater hatte auch diesmal rein gar nichts verstanden und dann war das Thema *Elend auf vier Rädern* aber eh abgehakt, weil meine Mutter nämlich plötzlich das Thema voll wechselte. Was ich dir damit erklären kann, weil *die* nämlich auch immer voll genervt ist, wenn ich auf das Thema *Autos und* ***Anti****autos* komme, weil meine Mutter *noch* anspruchsloser als mein Vater ist. Ich glaube, der würde erst dann auffallen, dass ein Auto beispielsweise tatsächlich vier Räder hat, wenn eins von denen mal während der Fahrt abfällt.

»Wie war die Fortbildung, Schatz?«, wechselte meine Mutter also voll das Thema und da, mein Freund, machte Papa auf mich den ganz klaren Eindruck, dass er sich doch viel lieber mit mir über Autos unterhalten hätte als mit Mama über seine schweineteure Fortbildung. Die hatte er nämlich heute ganz klar geschwänzt.

»... ... ... äh ... schnell! Äh – ich meine, *gut* irgendwie, nicht *schnell*«, stammelt er echt doof rum und fängt an, nervös die Fischstäbchen auf seinem Teller herumzuschieben.

Und Tante Astrid, die sich wieder einigermaßen im Liebeskummergriff hat, fragt dann nach: »*Wie* war noch mal das Thema von der Fortbildung?«

»Öh ... *Hilfe zur Seehilfe* ... äh, äh, äh ... ***Selbst****hilfe!*«, korrigiert Papa sich um Kopf und Kragen und reiht mit seiner Gabel obernervös Fischstäbchen an Fischstäbchen.

»***Seh***hilfe! Auch nicht schlecht!«, versteht Hannah Papas Versprecher komplett anders als ich und Mama stichelt gnadenlos hinterher: »***Seh***hilfe! Da ist die Medizin ja heutzutage schon enorm weit. Die könnten dir, Schatz, deine Sehschwäche einfach weglasern. *Laser statt Lesebrille.* ... kostet auch *nur* um die ***2000 Euro***. Habe ich mal in der *Brigitte* gelesen. ... so viel in etwa, wie deine Fortbildung kostet, ***Schatz***.«

Schatz sagt nichts und fängt an, mit der Gabel ein Streifenmuster in seinen Fertigkartoffelbrei zu harken. Was Mama wiederrum echt stutzig macht, dass Papa nicht mal beleidigt rumknurrt, und dann ist das aber alles im nächsten Moment sowieso Nebensache, weil es im nächsten Moment in Papas Hose ***Tingeling*** macht.

... also, das *iPhone* in seiner Hosentasche – *das* macht ***Tingeling***, was es immer macht, wenn eine SMS reinkommt.

Und weil mein Vater dann aber gar nicht in seine Hosentasche greift, um nachzugucken, von wem denn wohl die SMS ist, die da gerade reingekommen ist, fragt Mama nach: »Willst du denn gar nicht nachgucken, wer geschrieben hat?«

Worauf mein Vater oberbescheuert antwortet: »... ... och ... ...«

Worauf meine Mutter meinen Vater noch mal stutzig anguckt und dann aber selber erklärt: »Na ja, ist wahrscheinlich eh nur Werbung. Du musst das Ding mal ordentlich einstellen.«

Was mal wieder der totale Quatsch war, aber eben auch eine Supervorlage für meinen Vater, weil der ganz klar nicht vorhatte, das *Ding* aus der Hosentasche zu fummeln, um vor den Augen meiner Mutter nachzugucken, wer ihm gesimst hatte. Möglich, dass es diese bescheuerte Jachttante war. Sehr wahrscheinlich sogar.

... was ich dir aber mit ***hundertprozentiger*** Sicherheit sagen kann, dass dieses ... *Ding* – das *iPhone* eben – in der Hosentasche meines Vaters ein echter Witz ist. Also nicht das *iPhone* selbst. Das ist natürlich absolut top. Aber dass das intelligenteste Hightech-Instrument, das Apple zur Zeit überhaupt am Start hat, tatsächlich meinem Vater gehört, *das* ist der Witz.

… also einer, den keiner bis heute so richtig verstanden hat. Hannah nicht und ich sowieso nicht. Weshalb wir beide auch echt wenig gelacht haben, als meine Mutter meinem Vater das iPhone zum Geburtstag geschenkt hat. Dass meine Schwester von meinen Eltern kein iPhone kriegt, kann ich ja noch irgendwie nachvollziehen. Allein schon die Art, wie Hannah sich bei denen immer ranschmeißt, wie sie nach einem eigenen iPhone winselt und bettelt – einfach nur ***wi-der-lich***! Da bin ich ja *ganz* anders …

… also ein bisschen jedenfalls.

Gelacht haben wir jedenfalls beide nicht, als mein Vater ein iPhone von seiner Petra geschenkt bekommen hat. *Ausgerechnet* mein Vater. »Oh, ein mobiles Fernsprechgerät! – Danke, Petra!«, hat er sich gefreut und das sagt ja wohl schon alles, wenn einer zu einem iPhone *Mobiles Fernsprechgerät* sagt.

... meine Mutter hätte ihm genauso gut eine Buschtrommel schenken können. Da wäre selbst er dann auch mit der Gebrauchsanweisung klargekommen.

Was wollte ich eigentlich erzählen? ... ach, richtig! Mein Vater ist ein wirklich verdammt schlechter Lügner ...

... was ich eben seit dem Abendessen weiß.

... was ich nicht weiß, wie ich Jacky zum Schweigen bringen kann. Weder am Tag noch in der Nacht!

No. 5 – Sunday, 22:14 Uhr

Today is ...

... ***Sunday*** eben, was ganz klar heißt, dass die Hamann mich mit ihrem dämlichen Logbook heute echt mal kreuzweise kann! Ich hab **frei**, Mann.

Rein austauschschülertechnisch gesehen, ist heute eh nicht viel passiert. Außer, dass mein ganz persönlicher Austauschschüler mir ganz persönlich außerordentlich unfassbar stark auf die Nerven ging ... und immer noch geht! ... am Tage wie in der Nacht! Keine Ahnung, wie ich das bis nächsten Samstag durchstehen soll – so ganz ohne Schlaf!

Und selbst wenn der Blödmann hier *nicht* wie ein *Tyrannosaurus* schnarchen würde und ich hier in *meinem eigenen* Zimmer vernünftig schlafen könnte, müsste ich mir stark überlegen, ob ich meine Ruhephasen nicht doch besser *komplett* auf die Schulzeiten verlegen sollte.

Weil, als ich gestern Nacht dann doch irgendwann vor lauter Erschöpfung wegratzte und heute Morgen ganz normal um elf wach geworden bin, war mein Zimmer nicht mehr so, wie ich es in Erinnerung hatte. – Portland hatte es umgeräumt. Und *nichts* hatte ich davon mitbekommen. – Den Schreibtisch hatte er quer durchs Zimmer an die andere Wand geschoben, mein Bett Richtung Fenster gedreht und das Allerunfassbarste: Die Kommode, die da zu sein hat, wo der Schreibtisch nicht hingehört, stand heute Morgen direkt neben meiner Matratze … auf der eigentlich Gäste zu schlafen haben, *nicht* Gastgeber.

»W… was soll der Scheiß?«, frage ich also als Erstes, als ich um elf wach geworden bin und doof auf die vollgestaubte Rückwand von meiner Kommode glotze.

Und der Portland antwortet superfröhlich: »**Surprise, old boy!** Ein *Überraschung*! – So hast du dein ganz persönliches Ecke und dein Ruhe. ...und nun ja: me, too.«

›Arschloch! Arschloch! Arschloch!‹, denke ich und antworte dann auch ***ganz*** klar und deutlich: »... äh ... okay, Jacky! Aber der Schrank bleibt, wo er ist!«

Ich weiß, Kumpel! ***Ich weiß, ich weiß, ich weiß!*** Da muss man eigentlich sofort draufhauen und ***ganz klar*** machen, wer der Chef im Hause ist. – Aber das bringt ja alles nichts. Außer schlechte Stimmung eben. Und ich sag dir noch mal: Es ist einfach nicht gut, wenn die Stimmung schlecht ist. – Fünf Tage und der Rest von heute. Dann bin ich den Knallkopf los! ... na ja, und außerdem: Das mit der Kommode ist vielleicht wirklich nicht die schlechteste Idee. Ich hab dann vielleicht wirklich ein bisschen mehr Ruhe ... da in dem Eckchen ... in *meinem eigenen* Zimmer.

Ansonsten, wie gesagt, gab es rein *portlandtechnisch* keine weiteren Vorkommnisse. ... außer das Vorkommnis heute Abend vielleicht noch. Das war, wie soll ich sagen, schon echt *ziemlich* ärgerlich. Da ...

... sag ich dir aber gleich vielleicht noch was zu. *Jetzt* habe ich gerade mal keine Zeit. Weil *jetzt* schlafen alle. Bis auf Astrid. Die höre ich im *Original-Gästezimmer* noch ein bisschen vor sich hin flennen. Was aber keine Rolle spielt. Eine Rolle spielt, dass *alle anderen* schlafen, was wichtig ist, dass sie es tun, weil ich mich sonst auch gar nicht unbemerkt in das Schlafzimmer meiner Eltern schleichen könnte, um an das iPhone meines Vaters ranzukommen, welches in seiner rechten Hosentasche von *der* Hose steckt, die meinen Berechnungen nach über der Lehne von seinem persönlichen Ausziehkrempel-Stuhl hängen sollte.

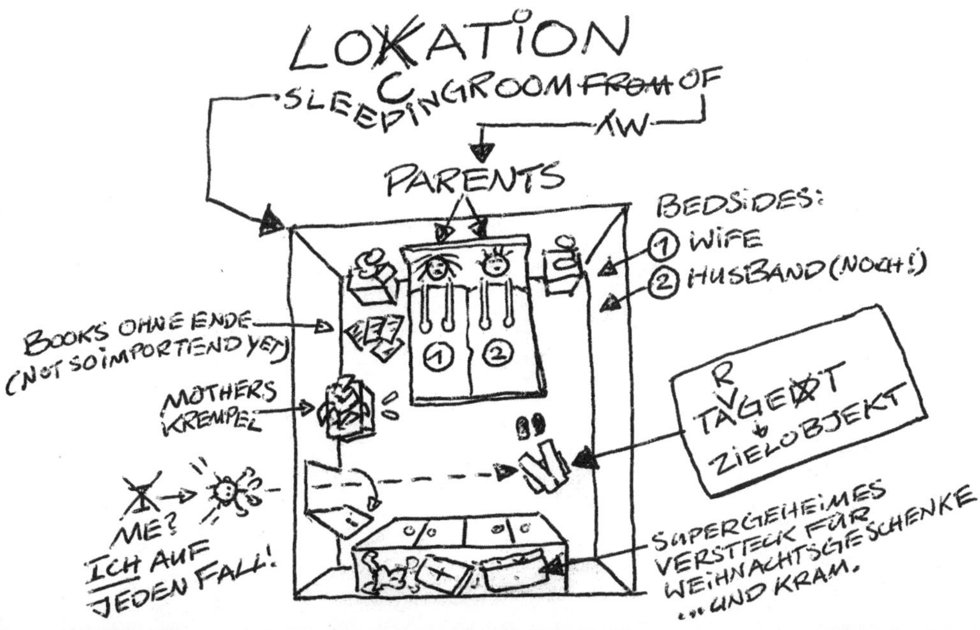

TWENTY MINUTES LATER: AUFTRAG ERLEDIGT!

... okay! Da sollte ich dir, my friend, vielleicht auch noch mal kurz erklären, was Sache ist. Also, was das gerade mit der *iPhone*-Nummer sollte.

Sache ist: Ich habe eine Schwester, die Hannah heißt. Was erst mal null mit so einem intelligenten Smartphone – wie das iPhone eines ist – zu tun hat. Im Grunde genommen hat meine Schwester Hannah *null* mit irgendeiner Intelligenz zu tun. Hannah ist schlau wie ein Toastbrot und nervt mich, seitdem ich denken kann. Also seit zirka 13 Jahren oder so. – Was jetzt nicht ganz so entscheidend ist. Entscheidend ist, dass sie doof wie ein Toastbrot ist und beispielsweise echte Probleme im Fach Englisch hat. ... was jetzt mal ein bisschen *sehr* blöd klingt, weil da haben meine Schwester und ich ordentlich was gemeinsam.

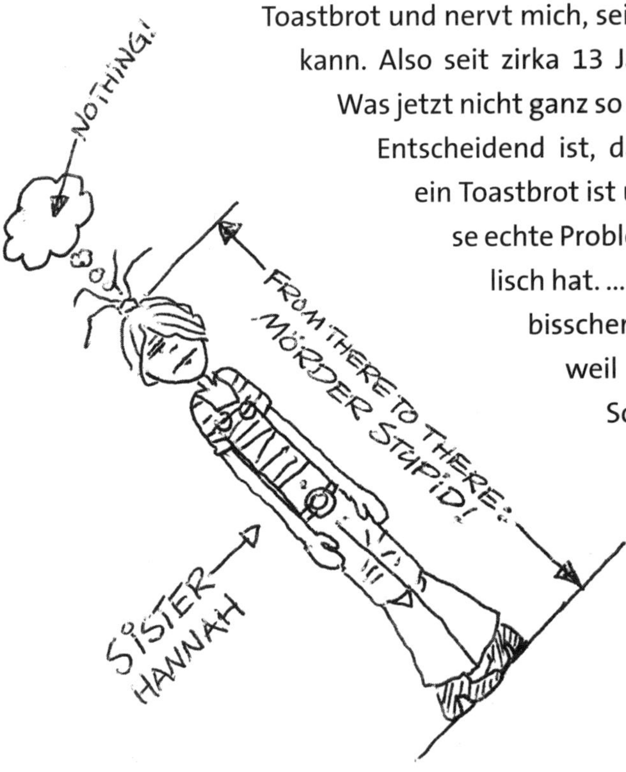

… aber egal: *Hannah* hat ebenfalls fette Probleme in Englisch und da saß sie heute Nachmittag so gegen zwei schlau wie ein verkohltes Toastbrot über ihren Englischhausaufgaben. Was genial war, dass sie es tat, weil der Portland – *The Earl of Ranschmeiß* – ihr dann angeboten hatte, bei den *Homeworks* zu helfen. Weshalb *ich* dann die Chance ergriff und mich vorzeitig abgeseilt habe, um diesen wunderschönen Sonntagnachmittag mit meinen Kumpels zu verbringen, wunderschön allein *ohne* Portland eben.

»Wo willst du hin?«, hatte Mama gefragt, als ich schon so gut wie aus der Wohnung war.

»Treff mich mit den anderen!«, hatte ich da auch nur noch mal kurz drauf geantwortet und so getan, als hätte ich gar nicht mehr mitgekriegt, dass Mama mir dann noch mal hinterhergebrüllt hat: **»Aber um vier bist du wieder hier! Du hast einen *Gast*!«**

Aber da hatte ich die Haustür schon längst von außen zugeballert und spazierte wenig später wunderschön allein Richtung Stadtpark, wo ich mit den *anderen* verabredet war. Also mit Gerrit, Cemal, Sebastian und Hendrik.

»Mann, Hensen. Was ’n das für ne Geschichte?«, begrüßt mich Sebastian total von der Rolle.

»Welche Gesch…«, frage ich und Gerrit klopft auf meiner Schulter rum: »Mann, Mann, Mann, Jan-Boy! *Dein* Vater! Wer hätte *das* gedacht?!«

»Wer hätte *was* ged…«, will ich da auch noch mal nachfragen, aber da quäkt mich Klein Lehmann von ganz unten an: »So ein Hallodri, dein Vater. Wenn ich *das* meinen Eltern erzähle. *Die* werden aber Bauklötze staunen.«

»Was für Baukl….?!«, frage ich da auch noch mal doof nach und dann aber gar nichts mehr, weil mir spätestens *da* auch klar war, worüber meine Kumpels voll im Bilde waren, dank …

»Cemal Yildirim!«

»… öhmmm … anwesend«, antwortet Cemal Yildirim mir.

»Du hast es **geschworen**, Mann! Auf den **Koran** hast du's getan. Es sollte **unter uns** bleiben, du ***Mädchen***!«, pflaume ich ihn voll an.

»Äy, Brrruder, äy! Chill disch, äy!«, macht Cemal erst einen auf türkischen *Gute-Laune-Bär* und erklärt mir dann allen Ernstes: »Das war einfach *zu* wichtig! Das *musste* ich einfach weitererzählen. Wir sind doch deine Freunde, Mann.«

»So ein Hallodri. Wenn ich *das* meinen Eltern erzähle«, quäkt Freundchen Lehmann.

»***Nichts*** wirst du überhaupt irgendjemandem nie nicht erzählen! Kapiert, Lehmann?!«, mach ich ihm da ganz deutlich und mach für alle *ganz, ganz* deutlich weiter: »… weil es ***nichts*** zu erzählen gibt! Mein Vater ist auf einer Fortbildung!«

Gerrit, Cemal, Sebastian und Hendrik gucken mich an und sagen nichts.

»Auf einer Fortbildung ist er!«, wiederhole ich. »Die ist teuer! ***Richtig*** teuer ist die! Und ich schätze mal, dass Ausflüge mit Jachten da einfach zum Programm gehören. Sonst wäre die Fortbildung ja wohl auch nicht so wahnsinnig teuer.«

Meine Kumpels gucken mich an und schweigen.

»… und die blonde Frau da auf der Jacht. Könnte ja auch gut sein, dass das die Kursleiterin ist. – Es gibt für *alles* immer eine vernünftige Erklärung!«

Die Kumpels gucken und schweigen und Cemal sagt dann doch irgendwann: »Nä, schon klar, Hensen. *Hammervernünftig*. Nä, ehrlich.«

Dann wieder: Gucken und Schweigen.

Weshalb ich dann irgendwann sage: »Okay! Es ist Bullshit!«

»Das sehe ich hundertprozentig genauso!«, stimmt Sebastian mir da *sofort* voll zu und Gerrit nickt: »So ist das! Dein Vater geht fremd, Mann!«, und Cemal darauf: »**Und** er führt ein Doppelleben als Drogendealer. Da ist immer eine Menge Reichtum im Spiel«, und Hendrik ganz aufgeregt: »… *Drogen, Jachten, Weiber* – das ganze Programm!«

Und da sage ich dann aber auch: » Mein Vater! Ein *Drogendealer*! – **Lächerlich!** Der raucht ja nicht mal.«

»Was nichts heißen muss!«, meint Gerrit darauf und dann waren auch alle anderen der Meinung, dass es das Beste wäre, wenn man meinen Vater observieren – also *überwachen* würde, um seinem *schlimmen Treiben* auf den Grund zu gehen.

Ich selbst war der Meinung, dass meine Kumpels ganz *schlimm* einen an der Waffel hätten, aber die Idee mit der Observierung fand ich nicht *ganz* so doof. Weshalb ich dann auch gesagt habe, dass ich dabei bin.

Weil, *dass* mein Vater irgendwas heimlich *treibt*, ist ja nun mal ziemlich eindeutig. Auch wenn diese Idee mit den Drogen natürlich der absolute Quatsch ist. Ich kenne meinen Vater. Aber anscheinend auch nicht gut genug. Und was er da auf dieser Mörderjacht mit dieser blonden Tante drauf zu suchen hat – *dieser* echt ziemlich seltsamen Angelegenheit will ich dann schon ganz klar auf den Grund gehen …

»… auch wenn mir die Fakten dann vielleicht nicht gefallen werden. – Ich will's wissen!«, habe ich meinen Kumpels dann auch noch mal ganz ernst erklärt.

Und da guckten mich meine Kumpels auch ganz ernst an und dann …

... waren alle sich einig, dass man erst mal einen vernünftigen Namen für das soeben gegründete Detektivteam braucht. – Und weil es die *Fünf Freunde* ja schon als Buch und so was gibt, hatte Gerrit dann den Vorschlag mit den *fünf Detektiven*, worauf Cemal das Ganze ins Englische übersetzt hatte, weil er meinte, dass *The Five Private Eyes* irgendwie cooler klingt. Wobei Hendrik eingewendet hatte, dass das ziemlich missverständlich wäre, weil wortwörtlich könnte man *The five private eyes* auch mit *Die fünf privaten Augen* zurückübersetzen und da müsste ja jeder von uns dauerhaft ein Auge zudrücken, damit der Name noch stimmt, was dann aber keiner machen wollte, weswegen die Namenssuche auf einen späteren Zeitpunkt verlegt wurde.

Dann machte sich das namenlose Detektivteam tatsächlich auch mal Gedanken darüber, wie man meinen Vater am cleversten überwachen könnte, und Hendrik kam dann auf eine Idee, die alle für sehr genial hielten. – Nämlich auf die Idee mit dem iPhone ... was also exakt *die* Sache ist, die ich dir hier schon die ganze Zeit erklären will.

... *Sache* ist also die: Das *iPhone*! Mein Vater wird mit einem iPhone überwacht. Seinem *eigenen* nämlich. Per *iPhone-Finder.* – Die perfekte Kontrolle.

Und für den Fall, dass du selber jetzt nicht so *ganz* im Thema bist: Der *iPhone-Finder* ist eine *App*. Ein Programm eben. Es funktioniert wie eine Art Sender. Man aktiviert den *Finder* auf dem iPhone und dann kann man von jedem x-beliebigen Computer aus feststellen, wo es sich gerade befindet. Bis auf den Meter genau. Was heißt, dass man auch bis auf den Meter genau sagen kann, wo derjenige ist, dem das iPhone gehört, *wenn* er es denn auch dabeihat. – Logisch! ... und sehr simpel, sehr genial.

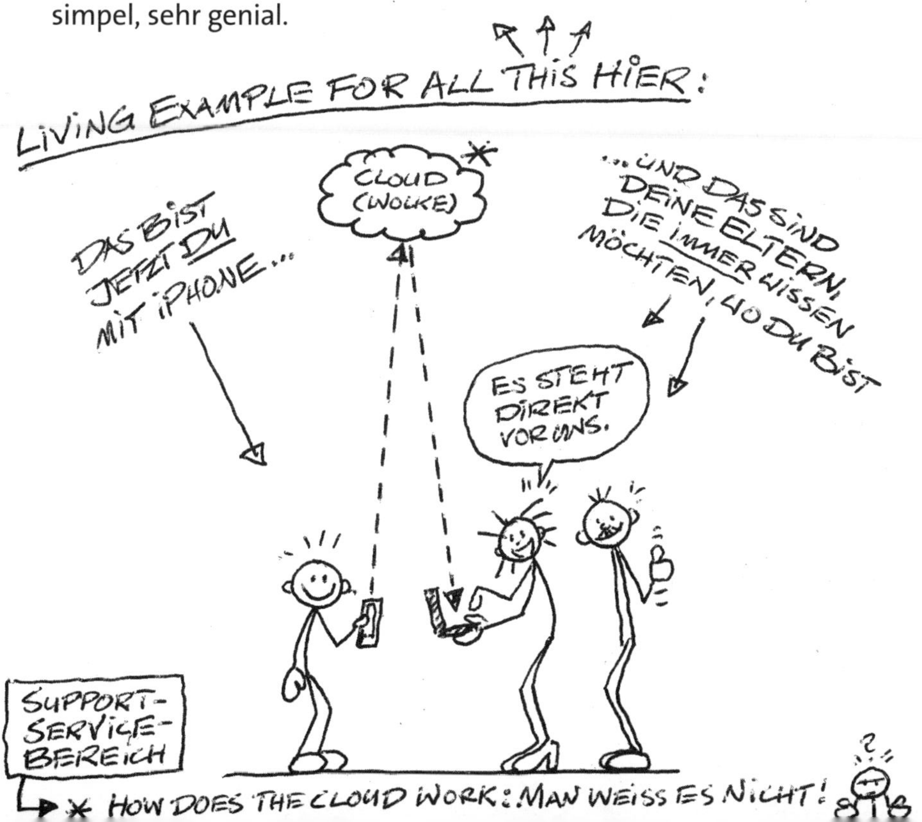

Und deswegen, mein Freund, erteilten meine Kumpels sinnigerweise mir dann eben auch den Auftrag, den Finder von Papas iPhone zu aktivieren. – Auftrag erledigt!

Der Nachmittag selbst war dann auch so gut wie gelaufen und wir sind dann alle nach Hause gegangen.

... also, nachdem wir uns nach dieser mörderischen Detektivarbeit alle noch mit einem kleinen Snack bei MacDonalds belohnt hatten. Wobei mir *da* auch erst auffiel, dass Cemals persönlicher Gast-Klotz, dieser Norman Bates eben, gar nicht an seinem Bein rumhing.

»Wo ist dein Freak, dieser Norman?«, frage ich ihn und er grinst zurück: »Der hat keine Zeit. Der macht meine Mathehausaufgaben!«

›*So* muss das laufen‹, dachte ich da wieder leicht neidisch, weil *mein* Gast hilft auch bei den Hausaufgaben, aber bei denen von meiner *Schwester*. Irgendwas mach ich falsch.

Jedenfalls war nach *McDonalds* der Nachmittag dann auch wirklich gelaufen und ich musste mich dann auch etwas beeilen, damit ich nicht *noch* später nach Hause käme, als gut war. ... weil ***sechs*** Uhr war im Grunde genommen schon echt weit weg von *gut*.

»Wir hatten *vier* gesagt!«, begrüßt Mama mich dann auch echt sauer, als ich *dann* um **halb sieben** in unsere Wohnung reingeschlurft komme.

»'schuldigung! Hab ich nicht gehört«, lüge ich sie an.

»Das ist doch gelogen!«, grinst das Toastbrot böse. ... also *Hannah* eben. Die saß zusammen mit Astrid, Papa und Portland am Esstisch und alle zusammen spielten Karten.

»Kuh!«, sage ich zu Hannah und in die allgemeine Runde echt irritiert: »Was macht ihr da?«

»Wir spielen Karten«, antwortet Astrid total aufgeregt.

»Das sehe ich. Aber warum?«

»Weil es Spaß macht. Es ist *Poker*«, antwortet Papa und guckt mich dabei aber nicht mal an und peilt dafür aber mit zusammengekniffenen Augen Jacky Portland an, der auf *meinem* Platz sitzt, und dann knurrt er oberpeinlich uncool: »Ich renne mit!«

»Ich *gehe* mit, nicht *renne*, Tom«, korrigiert Jacky meinen Vater, den er *Tom* nennt, weshalb ich ihn da klar informiere: »Das heißt *Thomas* und nicht *Tom* und für dich immer noch ***Herr** Hensen*, Portland!«

»Das ist schon in Ordnung, *my son*«, witzelt Papa doof rum. »Wir sind jetzt beim *du*! Weil so alt bin ich ja schließlich auch noch nicht.«

Da musste ich kurz an den Heiopei vom Comicladen *Peng!* denken und daran, *wie* bescheuert Papa erst mit Pferdeschwanz aussehen würde, wenn er denn auf die Idee käme, sich einen wachsen zu lassen, weil er vielleicht denkt, dass ihn das *jünger* und *cooler* macht, und weil er glaubt, dass seine neue blonde, braun gebrannte Jachtfreundin das vielleicht auch total *sexy* findet, und wenn die aber geschmacklich nicht total verbrutzelt ist, dann schmeißt sie Papa bei der nächstbesten Gelegenheit über Bord und einen Rettungsanker noch hinterher und …

… dann sage ich aber nur: »Du kannst überhaupt nicht pokern!«

»Kann ich wohl! Jacky hat's uns beigebracht«, sagt Papa fröhlich.

»Ich setze 100 und ich will gehen!«, haut Mama raus.

»*Sehen*, Petra, nicht *gehen*!«, korrigiert diesmal Patentante Astrid und klatscht im nächsten Moment ihre eigenen Karten auf den Tisch und quietscht ganz aufgeregt: **»Drei Bübchen und zwei Mädchen!«**

»***Classic!*** Aber man nennt es *Fullhouse*, Astrid «, klugscheißert Jacky Portland wieder rum, überprüft noch mal kurz, was Papa, Mama und auch das Toastbrot für Karten auf den Tisch werfen, grinst: »Folks ... Es reicht nicht!«, und legt seine eigenen Karten offen. Elendig langsam auch. Karte für Karte. – Herzzehn, Herzbube, Herzdame, Herzkönig, Herzass.

»***Royal Flasche!*** *Schon* wieder! Das gibt's doch gar nicht!«, lacht Mama.

»*Flush!* Nicht *Flasche*, Petra«, duzt der Portland auch meine Mutter unverschämt und schiebt gleichzeitig den Haufen Eincentmünzen von der Mitte vom Tisch zu sich rüber.

»Ich geh dann mal auf mein Zimmer«, spreche ich in die Runde, als der Portland die Karten neu verteilt.

»Willst du denn gar nicht mitspielen?«, fragt Mama dann wenigstens nach, worauf Hannah sofort sagt: »Kapiert der sowieso nicht, der Spasti!«, worauf Papa *nicht mal* mehr sagt, dass es absolut nicht in Ordnung ist, wenn die Kuh mich *Spasti* nennt, und stattdessen aber obersuperdoof-uncool zum Portland rüberknurrt: »Ich setze fünf Riesen!«, und *fünf einzelne Cents* in die Mitte vom Tisch schiebt.

Da bin ich dann endgültig auf mein Zimmer geschlurft, habe mich auf meine Matratze hinter meiner Kommode geworfen und ein gutes Buch gelesen ...

... oder wenigstens dran gedacht, eins zu lesen. Weil jeder noch so ***unnütze Blödsinn*** in jedem Fall besser gewesen wäre, als mich ausgerechnet vor dem Portland beim Pokern zum Affen machen zu lassen ... weil ich eben auch gar nicht pokern kann! ... ärgerlich! Echt ziemlich ärgerlich alles!

Aber: Fünf Tage und die restlichen 53 Minuten und 21 Sekunden von heute noch! Dann bin ich ihn los, den *Earl of Breitmachland*.

Immer schön positiv denken. Das ist wichtig, mein Freund!

... Nacht!

No. 6 – Monday, 13:03 Uhr

DEAR*

Heute Morning in the Englishunterricht my Englischteacherin Mrs Hamann and her Kollegin Mrs Preston have coming on the idea, that all pupils pretty Filmclips in the Internet posten könnten …

* SCHLEIMFAKTOR! WICHTIG!

… was jetzt mal echt der *joke of the day* ist. *Beide* Damen machten bisher irgendwie echt nicht den Eindruck, als hätten sie überhaupt schon mal was vom Internet gehört. Jedenfalls bis heute Morgen. Im Unterricht eben.

Frau Hamann erklärte uns *deutschen* Schülern gerade, dass eben auch die *englischen* Schüler am Unterricht teilnehmen würden. Was jetzt nicht die *ganz* große Sensation für uns war, weil das von Anfang klar war, dass wir die Austausch-Spacken rund um die Uhr an der Backe haben würden. *24 hours a day – 7 days a week!*

Neu war, dass auch *Mrs Preston* am Englischunterricht teilnehmen würde. … oder wie sie selber der Hamann dann noch mal ins Wort fiel: *den Unterricht* ***mitgestalten*** *wird*! Was der Hamann selbst bis heute Morgen sehr wahrscheinlich genauso unklar war, aber da konnte sie die Preston ja schlecht wieder vor die Tür setzen.

Wie auch immer: Frau Hamann erklärte und erklärte und dann – plötzlich – quietscht sie ultraspitz in den Klassenraum: **»Möchtest du vielleicht auch etwas zum Thema beitragen?«**

Was mich von jetzt auf gleich aus meinen Dämmermodus riss, weil ich ganz natürlich dachte, dass sie *mich* wieder meinte. Meinte sie aber gar nicht. Sie meinte eine der englischen Schülerinnen. Die große kräftige. ... *Helen*, *Helma* oder *Helga* oder so. Jedenfalls: Frau Hamann erwischte *Helga* dabei, wie sie gerade mit ihrer englischen Freundin Naomi getuschelt hatte, während beide auf Helgas Handy glotzten und dabei immer wieder albern losgackern mussten.

»Was ist so funny?«, fragte dann auch *sofort* Mrs Preston die beiden Chicks, und die Hamann sackte direkt Helgas Handy ein und da wussten beide Ladys, was die Chicks so *funny* fanden. – Einen Handyclip nämlich, den Helga praktischerweise auf Facebook gepostet hatte, sodass jeder, der wollte, sich das Filmchen später noch mal in Ruhe auf seinem eigenen Handy angucken konnte. ... in der Pause eben.

Auf dem kleinen Filmchen waren Helgas Gasteltern zu sehen. Die Friedrichs. Also die leiblichen Eltern von Charlotte aus meiner Klasse.

Herr Friedrich hing ratzend auf der Couch vorm Fernseher rum und Frau Friedrich mit Chipstüte ratzend daneben. Und zwischen beiden noch Friedrichs ratzende Katze. Was strategisch gesehen für die Katze verdammt ungünstig war, dass sie da rumlag, weil *Herr* Friedrich vorm Wegratzen vergessen hatte, sein Bierglas abzustellen, welches sich in seiner Hand dann auch immer gefährlicher in Richtung Katze neigte, bis dem Friedrich das Bier komplett entglitt, sich voll über die Katze ergoss, die dann *sofort* wach war, kreischend hochjumpte, sich im Schlabberpulli von Frau Friedrich festkrallte, die – wie ihr Gatte auch – dann ebenfalls *sofort* wach war, die Chipstüte kreischend hochschleuderte und *beide* Friedrichs sich gleichzeitig mit voller Wucht gegen die Couchlehne warfen, weshalb die komplette Couch mit kompletter Besetzung drauf nach hinten rüberkippte. – Ende!

Ein echter Brüller für alle. Außer für die arme Charlotte logischerweise. Und die Hamann hatte in der Englischstunde ebenfalls nicht eine Miene verzogen, als sie sich zusammen mit der Preston den Handyclip bis zum Finale angeguckt hatte.

»That is *not* f... f... funny!«, sagte die Preston dann auch.

Wobei ich dir jetzt echt nicht sagen kann, ob sie's ernst meinte oder nur so gesagt hat, jedenfalls passierte dann ein Wunder: Die Hamann stimmte der Preston zu.

Und weil diese ... *Helen, Helma, Helga* oder wie die heißt, ihren Handyclip ja auf Facebook gepostet hatte und da ja auch immer das Zeichen mit dem hochgestreckten Daumen für *Gefällt mir* drauf ist, fragte die Hamann doof nach, was das mit dem Daumen soll. Und weil da die Preston auch nur fragend mit den Schultern zuckte, ging ein allgemeines, mitleidiges Lächeln durch den Klassenraum. – Die Ladys hatten keine Ahnung.

Helga und ein paar andere Schüler klärten die beiden Fachlehrerinnen dann über *Facebook* auf.

»Ach ja, selbstverständlich – *Facebook!*« und »*Facebook!* – of course«, blufften *beide* Damen und Frau Hamann dann noch mal direkt zu Helga: »Lösch das bitte.«

Und Mrs Preston nahtlos hinterher: »Selbstverständlich verbiete ***ich*** dir nicht, Filme zu posten, meine Liebe. Aber sie sollten sein *nice – nett.*«

»**Positiv!** Und von mir aus auch zum *Schmunzeln*«, setzt die Hamann noch einen drauf und die Preston noch einen darüber: »***Pretty*** *films* über die Austauschwoche! ***Das*** wäre eine schöne Erinnerung for all pup...«

»Wir machen da ein *Schulprojekt* draus! *Freiwillig!*«, grätscht die Hamann der Preston wieder voll ins Wort. »Wir nennen es vielleicht: ... *Meine unvergessliche Schüleraustauschwoche.* – Ja, das ist passend. – Und wer möchte, kann seine Kurzfilme auch auf *Facelook* postern und im Laufe der Woche der gesamten Klasse präsentieren. Ich freu mich drauf.«

»... ähm ... Yes, Frau Kollegin. So machen wir das! ... ich freu mich«, wiederholte darauf die Preston nur noch mal, weil ihr *nichts* mehr einfiel, wie sie *das* noch hätte toppen können.

Und uns – also der kompletten Klasse – fiel dazu auch nichts mehr ein. Der Schwachsinn war nicht zu toppen. Frau Hamann gab Helga das Handy zurück und kurz darauf war die Stunde dann auch rum, die beiden Ladys verließen nacheinander den Klassenraum und eine Millisekunde später zogen *alle* ihre Smartphones aus den Taschen, um sich Helgas Filmclip dann eben noch mal in Ruhe anzusehen. Außer mir logischerweise ...

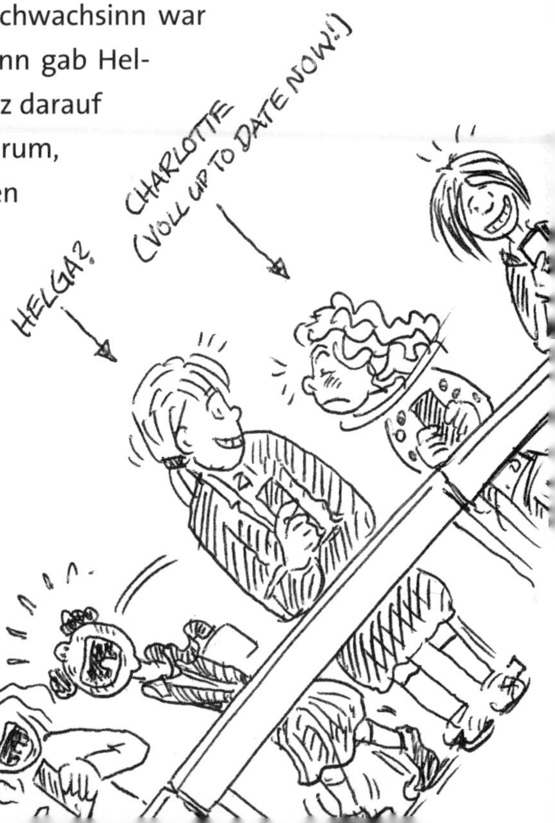

... also logischerweise deshalb, weil ich auch gar kein Smartphone habe.

Was ich habe, ist ein ... ein ... ein *Klotz*, worauf die Bezeichnung *Mobiles Fernsprechgerät* auch echt super passt. Es ist groß und schwer und es ist so alt wie Uwe. Aber immerhin: Man kann damit telefonieren. Und *simsen* geht auch sogar irgendwie. *Wenn* man nicht unbedingt Wörter benutzen muss, in denen ein *W, X, Y* oder *Z* vorkommt. Was damit zu tun hat, weil man für das *W, X, Y* und das *Z* bei meinem Klotz-Phone die Taste mit der *Neun* drauf, ein- bis viermal schnell hintereinander weg drücken muss, und die hakt manchmal. Was ein bisschen blöd ist, weil für den Fall, dass du *Werner* oder *Waltraud* heißt, hätte ich schon mal gar keine Lust, dir eine SMS zu schreiben, weil das tierisch lange dauert, bis ich die *Ws* da ordentlich reingehämmert bekomme, wofür mir aber echt die Nerven fehlen, und dann steht da immer nur *Hallo erner* oder *altraud*, und wenn du dann auch noch eine Handynummer hast, in der *Neunen* vorkommen, hätte ich sowieso schon mal gar keine Lust, dir zu simsen oder dich anzurufen, was ...

… aber auch irgendwie echt alles scheißegal ist. Weil sagen wollte ich hier nur, dass ich *Helens*, *Helmas* oder *Helgas* Filmclip dann auf dem Smartphone von Kumpel Sebastian mitansehen konn…

… entschuldige, my friend. Ich musste da gerade mal ein kleines Päuschen einlegen. Deswegen, weil Astrids Laptop auf meinem Schreibtisch nämlich *Ping* gemacht hatte, was für mich sehr überraschend war, weil ich hatte Astrids Laptop gar nicht angemacht.

… der Portland aber. Was ich aber nicht sehen konnte, dass er es tat, weil ich von meinem *Gastgeber-Eckchen* mit der Kommode davor einfach auch keinen guten Überblick habe, was in meinem *eigenen* Zimmer alles passiert.

»Das ist privat, Mann! Lass die Finger von dem Teil«, habe ich ihm dann auch echt sauer klargemacht, während ich über die Kommode geklettert bin …

… was den Portland aber gar nicht interessierte und die E-Mail einfach weiterlas, die da mit dem *Ping* reingekommen ist, und dann gegrinst hat: »Son of a bitch!«

»Wer? Astrids Ex?«, frage ich da noch echt blöd nach, weil ich das mit dem *Klarmachen* einfach auch noch nicht so richtig raushabe.

»Nope!«, antwortet Jacky und zeigt auf den Absender von der E-Mail: *Pinky Schulz*, der Typ vom Comicladen. *Der* hatte geschrieben.

> ***Hallo Astrid Hensen,***
> *bitte überweise, wie vereinbart, bis zum nächsten Montag* **300 Euro** *auf das unten genannte Konto.*
> ***Schöne Grüße,***
> ***Pinky Schulz***

»... so ... ein ... Arschloch!«, sage ich da, und mächtig irritiert auch.

Dann lösche ich die E-Mail. Sicherheitshalber! Weil hätte ja auch sein können, dass Tante Astrid das *Ping* vom Nebenzimmer aus ebenfalls gehört hat, um dann als Nächstes in mein Zimmer zu stürmen, um persönlich zu checken, ob das *Ping* ein Lebenszeichen ihres *Ex*verlobten war.

War aber nicht. Tante Astrid hatte nichts gehört und die gelöschte E-Mail war im Grunde genommen ja auch nicht mal für *sie* bestimmt, sondern für *mich*.

Pinky Schulz hatte ganz klar *mir* geschrieben. Und aus unerklärlichen Gründen hielt er sich auf einmal nicht mehr an unsere Vereinbarung. *Vereinbart* waren ganz klar hundert Euro, *nicht* dreihundert!

Aber da habe ich jetzt auch *null* Zeit mehr, mich hier darüber aufzuregen. Weil ich verabredet bin. Mit den anderen. Meinen Kumpels eben – den *Vollprofi-Agenten*. Im Stadtpark. Und da muss ich eben hin ...

... mit einem kleinen Umweg über den Comicladen ... ***Peng!***

No. 7 – Monday, 23:55 Uhr

Für den Fall, dass es bei dir vielleicht auch gerade mitten in der Nacht ist und du nicht einpennen kannst, weil direkt vor eurer Haustür vielleicht ein Komet mit dem Durchmesser eines Fußballstadions eingeschlagen ist und deswegen genau jetzt in diesem Moment 124 Feuerwehrautos mit voll aufgedrehten Sirenen bei euch um die Ecke gehupt kommen und die komplette Bundeswehr vielleicht auch noch, weil könnte ja auch sein, dass *in* dem Kometen ein Raumschiff einer fremden, bösartigen Spezies versteckt ist, warum der Chef von der Bundeswehr sicherheitshalber den Kometen erst mal ordentlich mit Maschinengewehren, Raketen und Kram unter Dauerbeschuss nimmt und weshalb eure alte Nachbarin ihr Radio bis zum Anschlag aufdreht, weil da nämlich gerade ihr Lieblingslied von Helene Fischer oder so läuft, was sie auf keinen Fall verpassen will …

... also für den Fall eben, dass du nicht pennen kannst, weil es gerade mal ein bisschen lauter bei euch ist als sonst, muss ich dir jetzt sagen: Reiß dich mal zusammen! – Weil *nichts* kann nervtötender sein als das gigantische Geschnarche meines persönlichen Austauschgastes Jacky Portland.

... außer vielleicht, wenn er wach ist. Da nervt er mich ***noch*** mehr, als wenn er schläft. So gesehen sollte ich eigentlich glücklich sein, dass er schläft und nur ein *bisschen* schnarcht. Da kann er wenigstens keine Scheiße bauen.

Ich bin aber nicht glücklich! Weil Portland *hat* gewaltige Scheiße gebaut. – Im Comicladen! Heute Nachmittag! Da hatte ich ihn mit hingenommen. ... mitnehmen *müssen!* Ging nicht anders, weil meine Mutter wollte, dass ich mich gefälligst um meinen Gast kümmern soll, ganz egal, wohin ich wollte: »Der Jacky kommt mit, basta!«

Und da dachte ich selber aber auch, dass es eigentlich scheißegal ist, wenn der Portland mit in den Comicladen kommt, weil beim letzten Besuch hatte der *Earl of Entenhausen* sich ja auch komplett rausgehalten und gar nichts gesagt.

»Du sagst nichts und lässt mich machen«, sage ich noch mal sicherheitshalber zu ihm, als wir in Pinkys Comicladen *Peng* rein sind.

»Sorry. What?«, fragt Portland aber nur doof nach, weil er da schon nicht mehr ganz bei der Sache ist und wieder extrem gelangweilt mit seinem ekelhaft modernen mobilen Fernsprechgerät der Marke Samsung rumspielt, was er dann aber genauso gelangweilt wieder wegpackt.

»Egal!«, sage ich und dann stehen wir kurz darauf auch schon vor Pinkys Ladentheke und er dahinter, und er begrüßt uns wieder dämlich grinsend: »Was kann ich Gutes für euch tun?«

»Äh … … …«, antworte ich und überlege noch, wie ich das Thema vernünftig und sachlich anspreche, weil hätte ja auch sein können, dass Pinky sich vielleicht einfach nur mit den dreihundert Euro verhauen hat, aber da antwortet der Portland plötzlich für mich: **»Son of a bitch, Pinky! Du hast betrogen my friend! Du kriegst no money! Nothing!«**

Ich selbst schweige, weil ich den Portland da einfach auch nur mit *Bart-Simpson-großen* Augen anglotzen kann. Mein *Geschäftsfreund* Pinky guckt ähnlich und hält dann grinsend dagegen: »Kriege ich *doch*. Der Deal steht! Dreihundert Euro bis nächsten Montag.«

»Wir hatten aber doch *hundert* gesagt, oder?!«, spreche ich dann das Thema noch mal vorsichtig von der *sachlichen* Seite an und Pinky aber voll grinsend unsachlich zurück: »So? Hatten wir? Möglich! Jedenfalls hab ich's mir anders überlegt! Ich will jetzt dreihun...«

»Fuck you, Pinky! Du hast *geschimmelt* auf eBay. Du und deine Partner Jojo!«, brettert Portland dem Pinky voll über seine Grinsefresse.

Pinky grinst dann auch gar nicht mehr, will irgendwas sagen, und da kommt aber Jojo aus dem Kabuff hinter der Theke geschlurft und korrigiert Portland oberdoof: »Wir haben *geschu**m**melt*, nicht *geschi**m**melt*.«

Pinky glotzt seinen *Partner* Jojo echt genervt an und dann dreht er sich wieder zu Portland rum und sagt: »**Ja! Ja! ... und noch mal: Ja!** – Wir haben **geschummelt**! Und? Beweis es, du Hosenscheißer!«

»*Hooosens-cheißer?* What the meaning of this?«, will Portland wissen, was das Wort bedeutet.

Und Jojo erklärt eifrig: »Es ist umgangssprachlich. Ein Schimpfwort. Derb. Also, nicht so derb jetzt, wie zum Beispiel *Motherf...*«

»*Hooosens-cheißer!* Das **Asshole** hat *Hooosens-cheißer* gesagt zu mir. I am very shocked«, sagt Portland zu mir überextremly schockiert.

»Pass auf, was du sagst, Bürschchen!«, sagt Pinky zu Portland.

»Sonst passiert *was* ... **Asshole?!**«, fragt Portland Pinky.

»Sonst ...«, sagt Pinky.

»Asshole!«, sagt Portland.

Und Pinky darauf: **»Raus!«**

»Wie *raus*?«, fragt Portland.

»*Ihr* raus!«, antwortet Pinky.

»Du!«, sagt Portland.

»Was *du*?«, fragt Pinky.

»*Du* **Asshole**!«, antwortet Portland noch mal voll frech grinsend, Pinky läuft knallrot an wie eine Comicfigur und sagt dann zu *mir*: »Vier!«

»Wie *vier?*«, frage ich doof.

»Vierhundertfünfundneunzig fünfzig! Hab's mir gerade noch mal überlegt! Bis nächsten Montag! Und jetzt **raus**! Alle beide!«

»Peeerfekt, Portland!«, ballere ich Portland an, als ich mit ihm wieder draußen vor dem Comicladen stehe – fassungslos und mächtig sauer.

»Classic!«, grinst der aber nur wieder dämlich und tut so, als wüsste er gar nicht, was er da soeben für einen Riesenhaufen Scheiße gebaut hat.

»… … …«, schnappe ich nach Luft wie ein bescheuerter Goldfisch, der irgendwie ganz doof aus seinem Wasserglas gefallen ist.

Und während ich noch nach den passenden Vokabeln suche, die perfekt beschreiben könnten, für *wie* durchgeknallt ich diesen Spinner halte, da kramt der Spinner aber auch schon wieder sein Smartphone aus der Tasche, tippt und wischt drüber, drückt mich ganz fest an sich und macht wieder ein Selfie. Mit mir … *voll daneben*.

Und dann stopft der Earl of *Irrland* sein Smartphone zurück in die Tasche und fragt mich allen Ernstes: »What's next, buddy?«

Und weil mir darauf echt nichts mehr einfällt und ich dann auch wirklich nur noch alleine sein will, antworte ich ihm müde: »Ich muss jetzt zu Winfried. *Allein*. Nachhilfestunde Englisch!«

Was nicht mal gelogen ist, worauf der Portland sich dann auch endlich vom Acker macht. Grundvergnügt, voll irre!

Ich warte ab, bis er endgültig hinter der nächsten Ecke verschwunden ist, krame meinen Handyklotz aus der Tasche, rufe Winfried an, sage ihm, dass ich die Scheißerei hätte und dass ich deswegen unmöglich kommen kann. Da sagt die Schlaftablette wie gewohnt lang und breit erst mal gar nichts und dann aber endlich, dass er mir gute Besserung wünscht und dass ich mich schnell wieder ins Bett legen soll. Was mich echt schon wieder aufregt, weil wie soll sich einer mit Scheißerei ins Bett legen, und dann sage ich dazu aber mal gar nichts, bedanke mich brav für die *gute Besserung* und lege auf.

Dann gucke ich noch mal zur Tür vom Comicladen rüber, überlege, ob ich da noch mal reingehe, um ganz sachlich und vernünftig über alles mit Pinky zu reden, und dann denke ich aber auch, dass die Stimmung da drinnen für ein vernünftiges Gespräch nicht unbedingt ideal ist, dreh mich um und schlurfe los. Richtung Stadtpark. Verabredung mit meinen *FBI-Kumpels*. Keine Zeit für Winfried.

»Lehmann, das geht ja ***gar*** nicht!«, hatte Gerrit gerade zu Hendrik gesagt, als ich ankam.

»Wieso geht das ***gar*** nicht? Der Name ist originell und sehr, sehr cool«, quäkt Hendrik leicht beleidigt.

»*Geheimquintett!* Das klingt in etwa so cool wie *Hanni und Nanni*«, meint Cemal dann auch noch mal zu Hendrik.

»Yep! – Wir nennen uns *Hanni und Nanni*«, brummelt Sebastian endbegeistert.

»Selam Hensen, mein Brrruder«, begrüßt Cemal mich dann wenigstens und dann dreht er sich aber auch schon wieder zu Hendrik und den anderen rum und erklärt wichtig: »Was wir brauchen, ist ein Name, der unter Schwerverbrechern Angst und Schrecken verbreitet. So was in der Art wie: ***Cemals Detektiv Union***.«

»**Ooooh**, das ist natürlich *viiiel* cooler«, quäkt Hendrik. »Das kürzen wir dann ab und dann heißen wir *CDU*. Wie die Partei. Sehr cool. Ehrlich.«

»Und noch mal, Yildirim. Ganz langsam! Nur für dich: ...«, schiebt Gerrit hinterher. »... wir sind ***ein*** Team! Nicht ***dein*** Team! Du versuchst es immer und immer wieder, und es **nervt**.«

»***Cemals glorreiche Vier!*** – *Das* ist mal ein Name«, versucht es Cemal wieder.

Da verdrehen alle aber nur genervt die Augen und ich mache dann den Vorschlag, dass man die Namenssuche ja auch noch mal auf einen späteren Zeitpunkt verlegen könnte und dass es ja vielleicht auch eine gute Idee wäre, *jetzt* erst mal mit der eigentlichen Detektivarbeit zu beginnen.

Das fanden alle dann auch akzeptabel und Gerrit fragte mich auch gleich, ob ich die *Finder-App* auf dem iPhone meines Vaters startklar gemacht hätte, und ich dann ganz cool zurück: »Yep! Gestern Nacht! 22:36 Uhr! iPhone entschärft! Auftrag erledigt!«

Und Cemal klopft anerkennend auf meiner Schulter rum und sagt: »Du bist ein Held. Ein Superagent. Du bist meine persönliche *Lara Croft*! Isch verehre disch und ...«

»Hast du seine Nachrichten gecheckt?«, fragt Sebastian dazwischen.

»Welche Nachrichten?«, frage ich.

»Die WhatsApps? SMSen? Seine Mails? Hallo?«

»Ich ...«, sage ich, und dann noch: »... vergessen!«

Da gucken mich alle an und ich zurück und dann sagt aber keiner was und ich schon mal gar nicht, weil ich mir – von allen insgesamt gesehen – selbst am allerkräftigsten in den Hintern hätte treten können, dass ich verpeilt habe, Papas Nachrichten zu checken, als ich die Gelegenheit dazu hatte. Gestern Nacht eben. Weil, wenn er mit dieser blonden Tante tatsächlich was am Start hat, dann hätte er ihr mit Sicherheit auch mal was geschrieben. Und sie zurück. ... zu dämlich von mir.

Und dann kramt Hendrik aber einfach sein iPad aus seinem Beutel, das er extra für diese Überwachungsoperation mitgebracht hatte, startet das iPhone-Finder-Programm und fragt mich nach dem Benutzernamen und dem Kennwort meines Vaters. Beides war wichtig, um überhaupt sein iPhone orten zu können. Und beides habe ich dann auch tatsächlich im Kopf und diktiere Hendrik die Zugangsdaten.

»*1 – 2 – 3 – 4 – 5 – 6*«, wiederholt Hendrik das Kennwort und fragt erstaunt nach, ob das denn wohl korrekt wäre, weil *1 – 2 – 3 – 4 – 5 – 6* als Kennwort echt leicht zu knacken wäre.

»Alles hundertprozentig richtig, Lehmann«, bestätige ich, dass mein Vater tatsächlich das dämlichste Kennwort aller Zeiten hat. Was ich deshalb so genau weiß, weil er das Kennwort zusammen mit dem Benutzernamen auf ein Zettelchen gekritzelt hat und dieses Zettelchen über den Schreibtisch an die Wand gepinnt hat. Damit er die *komplizierte Zahlenkombination* selber nicht vergisst. – Echt clever!

Hendrik stutzte, sagte aber höflicherweise nichts, tippte alles ein und dann waren alle auch sehr aufgeregt, als dann tatsächlich ein grüner Punkt auf der Geländekarte vom iPad auftauchte. – Das iPhone-Signal meines Vaters. *Sein* Standort!

»Er ist *nicht* auf seiner Fortbildung«, erklärte ich den Jungs, weil ich wusste, dass Papas Laberveranstaltung irgendwo in *Hummelsbüttel* ist, einem Stadtteil im Hamburger Norden.

»Auf seiner Jacht ist er aber auch nicht«, meinte Hendrik, weil der grüne Punkt sich ganz klar auf einer Straße langsam fortbewegte, *nicht* auf der Elbe.

»Es ist nicht ***seine*** Jacht!«, betonte ich noch mal leicht genervt, latschte den Jungs aber hinterher, die jetzt nur noch auf eine Sache voll konzentriert waren: *Verbrecherjagd!*

Eine Dreiviertelstunde später – also nach Fußmarsch, U- und S-Bahn-Fahrten und *noch einem* Fußmarsch quer durch die Stadt – waren wir auch endlich da, wo mein Vater laut Hendriks iPad hätte sein sollen. In der Gerberstraße in Altona, was auch ein Stadtteil von Hamburg ist.

»Was soll das denn?«, frage ich Cemal, als er eine Pudelmütze und eine riesige Spiegelbrille aus der Jacke zieht und beides aufsetzt.

»Äy, Alter. Das ist Agenten-Standardausrüstung«, nuschelt er superwichtig. »*Tarnung!* Praktisch gesehen bin ich jetzt so gut wie unsichtbar.«

Gerrit, Sebastian, Hendrik und ich guckten den unsichtbaren Cemal stumm an. ...und ein paar vorübergehende Passanten auch noch. Für beides war es eben auch nicht das richtige Wetter.

Vom Prinzip her war die Idee aber nicht ganz doof, weshalb ich mir dann auch die Kapuze von meinem Hoodie tief ins Gesicht zog, damit mein Vater mich nicht gleich erkannte, wenn er mich sehen würde ...

… wenn er denn noch da gewesen wäre. Der grüne Punkt auf der iPad-Karte war längst um die nächste Straßenecke gewandert.

»Er will uns hinters Licht führen«, quäkt Hendrik aufgeregt.

»Was für 'n Licht?«, will Sebastian wissen.

»Ist so ein Spruch. Herr Hensen *verarscht* uns«, erklärt Gerrit für Hendrik.

»Lehmann, dann ***sag*** das doch auch so«, regt Sebastian sich auf.

»Habe ich ja. Die Bedeutung ist dieselbe. Die Redewendung stammt aus den Zeiten, als …«

»Er ***verarscht*** uns!«, würgt Gerrit Hendrik ab.

»Das ist nicht gesagt«, sage ich leicht beleidigt. Immerhin war hier die Rede von meinem Vater, der …

… uns aber anscheinend amtlich schwer verarschte, wenn er denn gepeilt hatte, dass wir ihm auf den Fersen waren. – Denn als wir dann auch um die nächste Ecke wetzten, bog Papas grüner Punkt auf die nächste Hauptstraße ab und bewegte sich schneller als sonst Richtung Hamburg Nord. Und noch ein Stückchen weiter.

»Er hat es faustdick hinter den Ohren«, klopft Hendrik noch einen Spruch, als wir rund eine Stunde später – komplett am Ende – da stehen, wo der Punkt auf seinem iPad uns hingeführt hatte und mein Vater aber auch nicht mehr war: auf einer Müllkippe.

Und bevor Sebastian noch mal nachhaken kann, was Hendrik mit *faustdick* meinte, erklärt *Cemal* diesmal schwer atmend unter seiner dampfenden Pudelmütze: »Durchtrieben, gewieft, gerissen, mit allen Wassern gewaschen.«

»... *mit allen Wassern*. Na toll!«, war dann Sebastians einziger Kommentar, als wir alle zusammen und amtlich fertig den stinkenden, schlammigen Müllberg wieder runterschlitterten, um dem grünen Punkt auf Hendriks iPad weiter zu folgen und dann ...

… war der grüne Punkt auf Hendriks iPad plötzlich nicht mehr da.

»Der Punkt ist weg!«, brummelte Sebastian.

»Er hat sein iPhone wahrscheinlich ausgemacht«, war Hendriks Erklärung.

»… oder kein Empfang mehr«, vermutete Gerrit.

Und Cemal ergänzte : »… weil *Don* Hensen mit dem iPhone in einen Turbolift gestiegen ist, der 1001 Meter tief in die Erde geht. Genau dahin, wo er sein obergeheimes Geheimlabor hat und seine Drogen kocht. Zusammen mit seiner blonden Kompli…«

»Der Punkt ist weg!«, brachte ich die Sache noch mal sachlich auf den Punkt.

Und weil wir alle wirklich komplett am Ende waren, waren wir echt nicht unglücklich, dass der Punkt aus *irgendwelchen* Gründen weg war.

Da wurde dann einstimmig beschlossen, dass die Observierung meines Vaters für heute beendet wird. – Morgen sei ja auch noch ein Tag. Da könne man die Sache ja auch noch irgendwie schlauer angehen und vielleicht auch ein paar Sachen mitbringen, die für so eine Observierung nicht ungeil wären. – Fahrräder. Was zu essen. Und zu trinken. Und solche Sachen.

»Wo kommst du her? Wie siehst du denn aus? Gott, wie du stinkst!«, begrüßte meine Mutter mich herzlich, als ich vor der Wohnungstür stand. Wie eine Mülltonne auf zwei Beinen. Um halb acht. Also *abends*. Was weit ... *sehr* weit weg war von *gut*.

»Ich ...«, sage ich und Mama sagt noch mal echt sauer: **»Ich will kein Wort mehr hören! Zieh die Schuhe aus und geh dich waschen. Gott, wie du stinkst!«**

Eigentlich finde ich das immer total bescheuert, wenn meine Mutter mir stinksauer irgendwelche Fragen stellt und dann aber auf einmal *kein Wort mehr hören will.* Das macht keinen Sinn. Aber in dem Moment war mir das alles ganz recht, weil ich für alles einfach auch keine vernünftige Erklärung auf Lager hatte.

Stumm und brav also zog ich meine Schuhe aus, ging mich waschen und dann stand ich rund fünfzehn Minuten später mit frischen Klamotten und Riesenkohldampf im Esszimmer ... vor dem leeren Esszimmertisch. Allein!

»CHELSEA! CHELSEA! – NO ONE CAN STOP US NOW!«, donnerte es von nebenan aus unserem Wohnzimmer rüber. Laut wie die komplette Hooligan-Fankurve aus einer Fußballarena in London.

›Jacky Portland guckt Fußball!‹, denke ich und freue mich insgeheim, weil ich weiß, wie unglaublich genervt meine engsten Verwandten auf Fußballgeräusche im Allgemeinen reagieren, und dann gehe ich auch schnell rüber, damit ich nicht verpasse, wie beispielsweise meine Schwester Hannah dem Portland die Fernbedienung bis zum Anschlag wütend in den Hals reinrammt.

»CHELSEA! CHELSEA! – NO ONE CAN STOP US NOW!«, grölt meine Schwester Hannah, als ich das Wohnzimmer betrete und sprachlos auf die Couch glotze.

Hannah, Mama, mein durchtriebener Herr Vater und selbst meine liebeskranke Patentante Astrid sitzen in einer Reihe da und gucken supergut gelaunt *Fußball*. Und mittendrin der Portland, der die Fernbedienung hat und die Kiste dann *noch* lauter aufdreht.

»GOOOOOOOOOOAAAAAAAAL!!!«, brüllen dann *alle* wie die Irren den Fernseher an, als noch mal in Zeitlupe das Tor gezeigt wird, das wohl gerade eben für die englische Mannschaft gefallen war.

»Da werden sich die Bayern jetzt aber tüchtig anstrengen müssen, wenn sie das noch gewinnen wollen«, kommentiert mein Vater die Szene wichtig. *Ausgerechnet* mein Vater. Der hat überhaupt keine Ahnung von Fußball. Weil er sich eben auch gar nicht für Fußball interessiert. ... was sich anscheinend stark geändert hat, seitdem ein englischer Austauschschüler bei uns zu Gast ist. – Portland!

»Ich hab Hunger!«, mache ich darauf aufmerksam, dass es *mich* auch noch gibt.

»Spatz, da hättest du ***pünktlich*** sein müssen. Wir haben schon gegessen«, meint Mama spitz und sagt dann aber auch noch mal etwas netter: »Mach dir doch bitte selbst ein Käsebrot und komm dann rüber. Ist echt spannend!«

Worauf ich erst sagen will, dass das ja wohl ganz klar *ihr* Job ist, und dann halte ich den Ball aber mal besser *ganz* flach, weil das Thema *Viel-zu-spät-nach-Hause-kommen* auch noch nicht so *ganz* gegessen war.

Ich sage also clever nichts und dreh mich rum und will dann auch zur Küche rüberlatschen, da schnippt der Portland mir hinterher: »And by the way: Bringst du bitte das Chipstüte mit ... ***Spatz?***«

»... und noch ein Bier für mich«, ordert mein Vater dann auch noch mal fröhlich ein Getränk, als wäre ich hier der Kellner.

Kumpel, es ist schwer zu beschreiben, *wie* sauer ich da war. *Unsagbar* sauer war ich. Aber da riss ich mich auch *unsagbar* stark zusammen, nahm die Bestellung auf und ging in die Küche.

›Immer schön den Ball flach halten ...‹, dachte ich, als ich mit Bier, Chips und meinem Käsebrot zurückeierte. ›... die Rechnung kommt noch!‹

... also, was ich damit meine, was ich dachte, ist: Es kommt der Tag, da werde ich sehr wahrscheinlich beweisen können, dass mein *eigener* Vater uns *alle* voll verarscht!

... und die Nacht, in der ich den Chef von der Bundeswehr anrufen werde und ihm mitteile, dass in meinem Bett eine fremde, bösartige Spezies lauert!

No. 8 – Tuesday, 23:59 Uhr

This morning ein paar of the English and German pupils has have presented there first filmclips of this Schoolproject with the very originell name: *Meine unvergessliche Schüleraustauschwoche*. Mrs Preston and *the wonderful* Mrs Hamann were beide not amused ...

... was es jetzt auch nicht wirklich auf den Punkt bringt und ich dir jetzt auch echt nicht sagen kann, ob ich hier überhaupt noch *irgendwie* was auf den Punkt bringe. Ich sag dir, der Tag war echt anstrengend und er ist noch nicht vorbei.

... korrigiere: Er **ist** vorbei! Seit gerade eben! Der Wecker zeigt 00:00 Uhr! Mitternacht! Und jetzt rate, warum ich nicht pennen kann!

Denke nach und kreuze an:

A: Jan Hensen hat Besuch von der Bundeswehr.

B: Jan Hensen hat Besuch von Helene Fischer.

C: Jan Hensen hat Besuch von Jacky Portland.

Korrekt! – ***C!*** – Ich habe Jacky Portland zu Besuch. Oder genauer noch: Ich werde von ihm heimgesucht ... geplagt, geprüft, gepeinigt!

Aber – was ich mir immer und immer wieder sage: *Man muss die Dinge positiv sehen!* Von neun Tagen sind fünf gelaufen. Bleiben also nur noch vier. Und diese vier kommenden Tage können unmöglich anstrengender sein, als der heutige gewesen ist.

Dabei fing der Tag echt ganz witzig an. Mit der Englischstunde nämlich. … was schon an Wahnsinn grenzt, wenn ausgerechnet *ich* so was schreibe.

… Mrs Preston und Mrs Hamann were not amused …

… was es eben nicht genau genug auf den Punkt bringt, weil die beiden Ladys waren nicht nur *nicht* amüsiert, sie waren echt angefressen, als sie die ersten Filmclips gesehen haben, die einige von uns schon fertig ins Netz gestellt hatten. Also auf Facebook, YouTube, Twitter und … tralala.

Wobei man aber eben auch ganz klar sagen muss, dass ein paar von denen echt oscarverdächtig waren. Beispielsweise der von Cemal. – Der durfte seinen *Filmbeitrag* dann auch als Erster zeigen, nachdem er für Frau Hamann die Technik klargemacht hat … also, mit dem Schullaptop ins Internet gegangen ist und das Teil an den Beamer angeschlossen hat, damit wir über Leinwand eben alle sehen konnten, was die Leute auf Facebook und anderen Laberseiten gepostet haben.

Anyway: Cemals Film war *ganz* großes Kino. – Sogar mit Musik und Vorspann.

Gesehen hat man da erst nicht viel. Alles nur schwarz und im Hintergrund sägten Geigen oder Bratschen … oder wie die Dinger heißen – pulsartig düster. Immer nur zwei *fast* gleiche Töne hintereinander. – Dann: Aus der Tiefe der Leinwand flackerte unheimlich der Titel des Films auf …

MEINE
UNVERGESSLICHE
SCHÜLERAUSTAUSCHWOCHE

… heller und heller. Und je heller die Wörter wurden, umso stressiger das ganze Gebratsche im Hintergrund. – Dann wieder Finsternis und Stille. Ein, zwei Atemzüge lang. Bis …

... die Geigen wieder voll aufbratschten. Laut und schrill zu der ersten Szene, die auf der Leinwand grell ins Auge stach:

Norman Bates unter der Dusche! Überrascht, laut quiekend und nackt! ... also wahrscheinlich *nackt*. Weil gesehen hat man da nur den Oberkörper und alles Weitere kann man sich ja wohl denken. Und dann ...

... kam auch schon der Abspann! – Ende!

Tosender Applaus! Erhobene Daumen und begeisterte Rufe wie ***Das wird gelikt! – Finde ich gut! – Ich liebe es!***

Nur drei Personen liebten es nicht *ganz* so sehr. – Frau Hamann, Mrs Preston und der Hauptdarsteller von Cemals Film: Norman Bates!

»Cemal Yildirim! Ich wünsche, dass du diesen Beitrag *sofort* entfernst!«, wünschte sich Frau Hamann ... not amused ... echt angefressen.

»Pliiiss, Miessiss Hakan, äy. Siss iss ä *Wööck off Aaartt – Kunst*, äy!«, flehte Cemal sie voll übertrieben an.

Und da *bratscht* die Preston los: » It's **disgusting** – *widerlich*!«, und zu der Hamann direkt: »Ich wünsche, dass dieser *Boy* für dieses Unverschämtheit angemessen bestraft wird!«

»Ooooooh, Gnade, Miessiss Hardman!«, winselt Cemal echt super. **»Nicht schon wieder den Rohrstock! *Cemal – braver Boy!*** ... *Winsel!***«**

Und da kriegte die Preston den Mund ja erst nicht mehr so richtig zu, weil sie einfach auch nicht gepeilt hat, dass *der Boy* voll auf höchstem Verarsche-Level war.

Die Hamann aber natürlich. Sie peilte! Und was dann eine echte Weltneuheit war: In ihrem rechten Mundwinkel zuckte ein zartes Lächeln auf.

»Keine Angst, Frau Kollegin. Der *Boy* macht nur Spaß«, klärte sie die Preston auf und leicht zickig hinterher: »... und *Spaß*, meine Liebe, ist ***hierzulande*** jedenfalls erlaubt. Selbstverständlich werde ich *meinen* Schüler *nicht* bestrafen.«

Und dann war die Sache auch ganz gegessen, als Cemal hoch und heilig versprach, dass er seinen Filmclip später löschen würde …

… was er aber später gar nicht getan hat, weil immerhin hatte er auf Facebook schon 53 Likes für seinen Film gekriegt, und *beide* Ladys waren technisch gesehen eh zu doof, um nachzuprüfen, ob Cemal den Film da nun gelöscht hatte oder eben nicht.

Jedenfalls: Cemal versprach irgendwas und dann durfte eine englische Schülerin nach vorne kommen, um den nächsten Filmclip zu präsentieren. *Rachel* hieß die.

Rachels Beitrag kam zwar längst nicht an Cemals *Kunstwerk* ran, aber inhaltlich gesehen war der Film auch ***sehr** unterhaltsam*: Hauptdarstellerin war Rachels Gastgeberin: Lena Senger … und *Barbie* und *Ken*. – Rachel hatte Lena heimlich dabei gefilmt, wie die ganz verträumt mitten in ihrem Zimmer saß und mit den beiden Puppen spielte. Liebevoll verstellte sie die Stimme. Für Barbie niedlich hoch und für Ken ganz tief. Also, nur so tief, wie Lena eben brummeln konnte. – Das war schon echt peinlich, weswegen die komplette Klasse auch ganz normal am Boden lag vor Begeisterung. Und als dann die Schlussszene kam, war's ganz vorbei: Da tickte Lena die Köpfe von Barbie und Ken immer wieder gegeneinander und machte dabei Knutschgeräusche nach. – Ganz großes *Happy End* – Zum Brüllen komisch.

… außer für Lena, versteht sich.

»Very funny, Rachel!«, triumphierte Mrs Preston und dann aber auch hastig hinterher: »... ähm ... ich meine: Rachel, *darling!* Das geht natürlich nicht! Bitte sei so lieb und entferne auch du den Film von dein Facebook-Side.«

Rachel nickte brav und hat den Film später aber auch *natürlich* nicht entfernt. – Aktueller Stand: 78 Likes für *Barbie-Queen Lena*.

Und Frau Hamann? Die kochte vor Wut. Und man sah es förmlich in ihren Augen funkeln, dass sie Rachel nur zu gern angemessen bestraft hätte. ... mit einem Rohrstock vielleicht.

Aber gesagt hatte sie nichts. Erstaunlicherweise. Und ganz erstaunlich war dann auch, dass weder die Hamann noch die Preston dieses endbescheuerte Filmprojekt in dem Moment einfach abgebrochen haben.

… was aber vielleicht auch ganz logisch ist, dass sie's nicht getan haben. Da hätten sie beide ja zugeben müssen, dass die Idee voll scheiße ist. Niederlage vor dem Feind.

Und überhaupt: Von der Preston kann ich's jetzt nicht genau sagen, aber von der Hamann weiß ich sicher, dass die so was auch gar nicht kann. Also *Fehler zugeben.*

Meine Theorie dazu ist ja, dass Lehrer wie die Hamann da einfach auch ein bisschen Schiss vor den Schülern haben. Weil sie denken, dass die Schüler sie dann nicht mehr für ganz voll nehmen und die Schüler sie dann ganz normal voll burn-out-technisch fertigmachen, weshalb sie dann ihren Job hinschmeißen müssten oder zwangsversetzt werden nach Cottbus oder nach Schlumpfhausen oder was weiß ich, wo Lehrer auf gar keinen Fall für den Rest ihres Lebens unterrichten möchten.

Das ist jetzt nur so eine Theorie, aber Fakt ist nun mal: *Beide* Lehrkörper-Ladys haben das Projekt *nicht* abgebrochen, weshalb dann eben noch ein paar weitere Schüler ihre Facebook-YouTube-tralala-Filmchen zeigen durften, in denen dann auch jeweils mindestens ein deutscher oder englischer Schüler voll das Opfer war. Echt zum Totlachen … wenn man selbst nicht das Opfer ist.

Dann war Pause! Womit der Tag dann auch aufhörte, witzig zu sein. Für *mich* ganz persönlich jedenfalls. Alle anderen hatten ihren ganz großen Spaß ... mit mir als Opfer! Und schuld daran war ... rate es:

A: Die Bundeswehr

B: Helene Fischer

C: Jacky Portland

Exakt! Jacky Portland! Die linke Sau hat mich reingelegt. Ganz klar hat sie das!

Die Sache war die: Meine Kumpels und ich zogen uns in der Pause in eine Ecke vom Schulhof zurück und besprachen noch mal, wie wir heute Nachmittag meinen Vater vielleicht etwas professioneller beschatten könnten. Wobei meine Kumpels aber eh wieder relativ schnell bei ihrem Lieblingsthema angekommen waren: bei der Namenssuche für die voll geheime Detektiv-Operation.

Und da war ich ja erst noch *fast* ein bisschen dankbar, als plötzlich Jacky Portland auftauchte und das voll geheime Thema abwürgte.

»Lust auf ein Spielchen?«, fragte er in die Runde.

»Nein!«, antwortete ich.

»Was für eins?«, fragten die anderen.

»*Pitching Pennies!*«, antwortete Portland.

»Was meint?«, fragte Cemal.

»It's simple – *sehr einfach*. Jeder wirft eine Münze gegen das Wand da, und wer am nächsten dran ist, gewinnt und darf ...«

»... *alle* Münzen behalten. Das heißt hier *Ditschen* und ist Kinderkram«, unterbreche ich den Portland müde und dann...

... sagt Gerrit aber: »Okay, ich bin dabei!«

Und weil Cemal, Sebastian und Hendrik auch wollten, habe ich dann eben auch mitgespielt.

Und was dann aber auch echt geil war, dass der Portland seine Zehncentmünzen warf wie ein Mädchen. Das hatte er einfach nicht drauf. Und *noch* geiler war, dass nach und nach immer mehr Schüler neugierig angeschlurft kamen, um zuzugucken. – Lena, Nadine, Simon, Rachel, Norman, Charlotte und ihre *Helga* ... oder wie die heißt. Fast die komplette Klasse guckte zu, wie Portland sich zum amtlichen Deppen machte.

Runde für Runde versemmelte er jeden Wurf und verlor an uns Münze für Münze. Bis auf das allerletzte Zehncentstück. Da zog er dann plötzlich einen Zehneuroschein aus der Tasche und meinte: »Guys! Ein Vorschlag: Letztes Spiel! Alles oder nichts!«

Was dann aber keiner mitmachen wollte. Weil zehn Euro sind schon ein Haufen Geld und das wollte man dem Portland jetzt nicht auch noch abknöpfen.

… *ich* aber! – Als Minimalentschädigung für … ***alles***. Rein finanziell trieb ihn der anstehende Verlust eh nicht in den Ruin. Der Typ ist der Sohn reicher Eltern. … was der Earl of *Money*land interessanterweise aber auch immer nur bei uns zu Hause rumposaunt, nicht in der Schule.

»Gebongt! Bin dabei!«, sage ich also und krame siegessicher mein letztes Geld aus Jacken- und Hosentaschen zusammen und komme dann aber nur auf 9,32 Euro.

»Das ist okay«, sagt der Portland dämlich gönnerhaft.

»Nichts ist okay!«, mischt sich *Barbie-Queen* Lena aus dem Publikum ganz entrüstet ein. »Das kannst du doch nicht machen, Jan?!«

Ich *konnte* und *machte*! Und weil Jacky ja schlecht mit seinem Zehneuroschein werfen konnte und ich ja nicht mal einen hatte, wurde vereinbart, dass jeder eine Zehncentmünze wirft. Also ersatzweise für die zehn Euro dann eben.

Jacky ließ mir den Vortritt. Ich stellte mich an die Grundlinie, ging leicht in die Knie, konzentrierte mich auf das Ziel – *die Wand* – und warf das Geldstück mit einem gefühlvollen Drall nach vorn.

Die Münze landete unerreichbar nah an der Wand.

»Yes!«, triumphierte ich, und während ich noch meine Faust zur Siegerpose ballte …

... warf Jacky Portland lässig aus dem Stand *seine* Münze gegen *meine* Münze, kickte sie damit einfach weg und dann blieb *seine* Münze da liegen, wo *meine* vorher war. – *Unerreichbar nah an der Wand!*

Begeisterter Applaus von allen ... auch von meinen Kumpels.

»***Ouuu***, was für ein *lucky Zufall*!«, grinste Portland mich dämlich an und hielt die Hand auf, in die ich dann meine letzten 9,32 Euro reinklimpern lassen musste.

Pfff! *Lucky Zufall.* Von wegen. Reingelegt hat er mich! ... die doofe Sau! Aber da war ich anscheinend der Einzige, der das blickte.

… *müde* bin ich! Es ist jetzt irgendwas um halb eins und ich denke darüber nach, warum Gott das Schnarchen erfunden hat. … also *erschaffen* eben. Hatte er da einen schlechten Tag? Wenn ja, würde ich denken, dass er exakt am selben Tag auch *das Ohr* auf dem Schirm hatte, damit auch ***ein jeder erzittere und wach bleibe, der da höre das Schnarchen des Herrn!***

… also *Portlands* Schnarchen, nicht *das Schnarchen Gottes*.

… es ist sinnlos, an Schlaf zu denken. Da kann ich dir dann auch noch genauso gut und *irre munter* erzählen, wie es dann weiterging an diesem göttlichen Dienstag: *anstrengend!* Und wenn ich mal scharf darüber nachdenke, ist daran nur meine eigene Mutter schuld.

Dabei hatte ich sie nur superhöflich danach gefragt, mir einen kleinen Taschengeldvorschuss von zehn Euro zu geben, bevor ich zu meinen Kumpels in den Stadtpark abdampfen wollte. Und was kriege ich als Antwort? – »Du nimmst Jacky mit oder du kannst die zehn Euro vergessen!«, kriege ich als Antwort. – Knallhart!

»Das ist Erpressung!«, sag ich darauf.

Und sie darauf: »Das ist mir egal!«

Und ich dann wieder: »Wir wollen eine Radtour machen. Da kann der Jacky gar nicht mit. Der hat ja keins. Also, ein Fahrrad eben.«

»Er kann meins haben!«

»Ha!«, triumphiere ich da. »Dein Fahrrad ist platt. Vorderrad. Seit Wochen schon!«

»Dann lauft ihr eben! Das ist gesund!«, sagt sie.

»Ich bin gesund!«, sag ich.

Und sie dann wieder: »Dann mach! Fahr! Ohne Jacky!«

Und ich noch doof: »Jetzt ehrlich?«

Und sie dann natürlich knallhart zurück: »Tu es und du kriegst Ärger, aber immer noch keine zehn Euro. *Ganz* ehrlich!«

»Das ist ...«

»... Erpressung! Ich weiß!«

Das Gespräch drehte sich irgendwie ganz ungut im Kreis, und weil ich seit heute Morgen eben amtlich pleite war und ich die zehn Euro unbedingt brauchte, blieb mir gar nichts anderes übrig, als zu Portlands Zimmer ... also *meinem* Zimmer rüberzulatschen, um Portland zu fragen, ob er denn *unbedingt* mitwollte auf ein total ödes Treffen mit meinen Kumpels.

Portland wollte. Er klappte Astrids Laptop zu und grinste: »Let's have fun!«

Das Fahrrad habe ich dann aber natürlich trotzdem mitgenommen und den Portland hinter der nächsten Straßenecke hintendrauf gesetzt.

Auf dem kompletten Weg zum Stadtpark quatschte mich der Portland fröhlich zu – womit, kann ich dir jetzt nicht mal mehr genau sagen, weil ich nicht zugehört habe und die ganze Zeit einfach nur darüber nachgedacht habe, wie ich ihn wieder loswerden konnte. – Das waren meine *ganz persönlichen* Kumpels, mit denen ich mich heute *höchst privat* treffen wollte ... zur Observierung meines *höchst persönlichen* Vaters. Das ging den Earl of Arschlochhausen einfach nichts an.

... *nichts* fiel mir ein, wie ich den Portland wieder loswerden konnte.

Aber immerhin kam mir dann eine geniale Idee, wie ich unsere höchst geheime Mission vor dem Portland wenigstens vertuschen konnte.

»Geocaching! Wir spielen ***Geeeooocaching!***«, fiel ich Hendrik ins Wort, als der gerade dem Portland antworten wollte, was es denn mit dem iPad auf sich habe.

Geocaching. Was ja irgendwo nicht mal gelogen war. Seit Tagen verfolgten wir wie bescheuert ein iPhone-Signal. So eine Art Hightech-Schnitzeljagd eben, falls dir *Geocaching* bisher nicht so viel sagte.

Und damit meine Kumpels auch hundertprozentig kapierten, dass der Portland auf keinen Fall wissen sollte, dass unser Zielobjekt mein eigener Vater war, kniff ich hinter seinem Rücken für meine Kumpels noch mal ein Auge vielsagend zu.

Gerrit, Cemal, Sebastian und Hendrik guckten dann auch vielsagend zurück und ...

... Gerrit fragte: »Sag mal, Hensen, hast du was im Auge?«

Und Sebastian: »Seit wann ist das hier *Geocaching*? Wir verfolgen deinen Vater, Mann!«

Und Hendrik: »Heute werden wir ihn auf frischer Tat ertappen! *In flagranti!* Mit der Dame seines untreuen Herzens!«

Und Cemal: »Korrrrrrreckt, Lehmännchen! Auf seiner Schmugglerjacht! Zwischen Säcken voller Drogengeld.«

So viel zum Thema *Vollprofi-Topagenten!* Nichts, rein *gar nichts* hatten sie kapiert und der Portland war nun voll im Bilde.

»Unfuckingbelievable!«, haute er dann auch direkt raus. **»How can I help?«**

Und da machte ich ihm eindeutig klar, *wie* er helfen konnte: »Den Mund halten! Es für sich behalten! Nicht quatschen! Das Gegenteil von meinen Kumpels sein!«

Portland schwor bei dem kompletten englischen Königshaus, dass er das gerne tun wolle. Ich glaubte ihm kein Wort, sagte aber nichts.

Und dann machten sich meine Kumpels auch schon voll profimäßig startklar für die Observierung. Mit fetten Sonnenbrillen. Und Käppis auch noch. Bis auf Cemal. Der vertraute weiterhin auf die Tarnqualität seiner Pudelmütze.

Und weil ich echt keinen Bock hatte, den Portland die ganze Zeit durch die Gegend zu kutschieren, habe ich ihm vorgeschlagen, dass wir das per Münzwurf entscheiden sollten, wer strampeln muss. – *Münze werfen. Kopf oder Zahl.* Da bin ich echt unschlagbar gut drin. – Portland hatte nichts dagegen, ich sagte *Kopf*, Portland *Zahl*, ich warf die Münze und …

… ich musste fahren.

Anstrengend war's. Kreuz und quer gurkten wir durch Hamburg. Auf der Jagd nach dem grünen Punkt. Meine Kumpels immer locker vorneweg und ich hinterhergehechelt. Mit dem Portland hintendrauf. Mit nur einem Gang. Dem *fünften*. Weil die anderen kriege ich bei meiner Schrottmühle einfach auch nicht mehr rein. *Echt* anstrengend.

Aber egal! Weil vom Prinzip her lief die Observierung heute richtig rund. Nach gefühlten 1000 Kilometern Gestrampel waren wir meinem Vater verdammt dicht auf den Fersen. Im Schanzenviertel war das. Was auch ein Stadtteil von Hamburg ist. Mittendrin.

»An der nächsten Ecke links und dann haben wir ihn«, informierte Hendrik die Crew und dann brüllte Gerrit auch irgendwas ganz aufgeregt. – ***Ulle-ei*** oder so was.

»Was 's los?«, hechle ich zurück, weil ich's ganz hinten eben auch nicht richtig verstanden hab, was er da vorne brüllte ...

... und alle anderen aber doch, weil alle anderen sofort von den Fahrrädern sprangen und sie neben sich herschoben.

Und dann kapierte ich aber auch von ganz allein, wovor Gerrit uns gewarnt hatte: *Bullerei!* Blöderweise viel zu spät ...

»Fuck!«, murmelte ich zu Portland, als die beiden Cops aus ihrem Wagen geklettert sind und auf uns zueierten.

»Es tut mir *leid, leid, leid!* Ein Versehen! Kommt nie wieder vor, liebe Bull... öh ... *Wachtmeister!!!*«, rufe ich ihnen voll doof entgegen.

Da lacht sich der große Dicke von beiden kaputt und der andere grinst den Dicken an: »Wollen wir *liebe Bullen* sein, Olli?«

»Nein, wollen wir nicht, Wolfgang! *Nicht* in diesem Viertel!«, geiert Olli wie bescheuert und nach einem kurzen prüfenden Blick auf die kleine Macke, die ich dummerweise in die polizeiliche Motorhaube reingezimmert hatte, sagt er aber zu mir: »Die Macke vergessen wir jetzt mal ganz schnell.«

»D... danke, Herr Ober! Äh ... Ober***hauptkommissar***«, bedanke ich mich supidoof, aber glücklich.

Und Kollege Wolfgang schiebt dann aber *nicht* unfreundlich nach: »Aber um das Bußgeld kommst du nicht drum herum, Junge. Einmal Einbahnstraße verkehrt rum und eine mächtig unerlaubte Personenbeförderung auf dem Gepäckträger. Macht zusammen 25 Ocken!«

»D... die hab ich nicht. Ich hab nur zehn dabei. Mein letztes Geld bis zum Monatsende«, sage ich nicht mehr *ganz* so glücklich.

Da gucken Olli und Wolfgang sich an und Olli sagt dann zu mir: »Okay! Weil ich heut Geburtstag habe: Wir machen da *zehn* draus und gut is.«

»Herzlichen Glückwunsch, Olli!«, gratuliere ich dem Cop unfassbar doof, aber dankbar und ziehe dann auch sofort den Zehner aus der Tasche und da ...

... höre ich den Portland hinter mir sagen: **»Assholes!«**

... und da war die ganze schöne Geburtsstimmung voll im Keller! – Das *volle* Bußpaket von 25 Euro musste ich latzen. Meine *zehn* und die restlichen fünfzehn habe ich mir von meinen Kumpels leihen müssen, weil der schwerreiche Earl interessanterweise überhaupt keine Kohle dabeihatte. Und um die Sache noch mal *richtig* rund zu machen: Kollege Wolfgang verlangte dann unsere Festnetznummer und rief dann auch direkt bei uns an und teilte meiner Mutter mit, dass da demnächst eine Rechnung auf sie zukäme. *Sachbeschädigung von Staatseigentum* – Die Macke in dem polizeilichen VW-Passat eben.

»Portland! Warum bist du so? Was stimmt nicht mit dir?!«, brülle ich Portland verzweifelt an, als Olli und Wolli mit ihrem Scheißpassat abgezogen sind.

»Äy, Brrruder, tschill disch, äy!«, dönert Cemal mich *superlustig* an und dem Portland klopft er auf die Schulter und sagt: »Respekt, äy!«

Und Gerrit anerkennend: »Ganz großes Tennis! *Ganz* groß!«

Und Sebastian noch: »Sehr, sehr cool!«

Und Hendrik quäkt: »Der Punkt ist weg!«

... womit die gesamte Operation dann auch gestorben war. Für heute jedenfalls. Wir hatten meinen Vater verloren. ... also, sein grüner Punkt war eben von der iPad-Bildfläche verschwunden und hinter der nächsten Straßenecke war mein Vater natürlich auch schon längst nicht mehr.

»Portland! Du sagst nichts! Kein Wort über meinen Vater! Nicht *einen* Ton! Rein *gar nichts*! Kapiert?«, trichtere ich dem Portland dann noch mal ein, als wir später wieder vor der Wohnungstür stehen. Ich, durchgeschwitzt und endfertig, der Portland erholt und grinsend.

»Sir, yes, Sir!«, salutiert er da total albern und da riss meine Mutter aber auch schon die Tür auf und blies mir ins Gesicht: **»WAS HAST DU DIR DABEI GEDACHT, JAN?! EINEN POLIZEIWAGEN GERAMMT! ICH GLAUB, ICH SPINNE! DU KANNST VON GLÜCK REDEN, DASS WIR VERSICHERT SIND!«**

»Echt? So was gibt es? Man kann sich gegen den Troll versichern?«, fragt Hannah, die hinter Mama doof rumsteht, da wahnsinnig lustig nach.

»Kuh!«, sage ich.

Worauf Hannah ärgerlicherweise überhaupt gar nicht reagiert und den Portland ganz besorgt fragt: »Geht's dir gut, *Sweety*? Bist du verletzt? Hat der ***Troll*** dich verletzt?«

Und bevor der Portland auch nur irgendwas antworten kann, stürze ich mich ganz normal auf sie, um ihr die Nase zu brechen, da steht dann aber plötzlich mein Vater in meiner Laufbahn rum und schimpft: »Es reicht, Jan! Für heute hast du wohl genug Dummheiten angerichtet!«

Kumpel, ich frag dich jetzt nicht wirklich, aber: Was für ein Witz war das?! Ausgerechnet er! *Mein* Vater! Der den lieben langen Tag *irgendeine* Scheiße baut – mit Jacht und Brutzelkuh drauf –, ausgerechnet *dieser* Mann sagt *mir*, dass ich *Dummheiten angerichtet* hätte. *Dummheiten!* Wenn ich das schon höre. Wer sagt das heute noch?

»Kein Ton mehr! Und ab unter die Dusche! *Sofort!*«, befahl meine Mutter und ich gehorchte.

Als ich fertig war mit Duschen, hatten sich die Gemüter wieder etwas beruhigt und alle Gemüter saßen dann auch wieder vor der Glotze. – Mama, mein *Herr Vater* … und Portland, der feist zwischen meiner endbescheuerten Toastbrotschwester und meiner ureigenen Patentante Astrid rumlümmelte.

Was mir dann auch *fast* egal war. Weil immerhin hatte der Portland tatsächlich dichtgehalten und nicht *irgendeine* bescheuerte Anspielung auf das hirnfremde Doppelleben meines Vaters gemacht.

Wie auch immer: Alle saßen gemütlich vor der Glotze rum und ich durfte mich dann auch dazusetzen und mitgucken. – Ein Science-Fiction lief. – *Alien – Das unheimliche Wesen aus einer fremden Welt.*

Was original der zweite Witz des Abends war! Also, nicht der *Film*. Der war nicht witzig und sowieso wirklich unheimlich und überhaupt erst ab 16. ... also echt top!

Der *original zweite Witz* des Abends war: *Meine Eltern* guckten ihn. *Meine Eltern*, die die Glotze eigentlich nur einschalten, wenn die *Tagesschau* läuft oder eine totlangweilige Doku auf *Arte* – *meine persönlichen* Eltern wählten aus der Online-Videothek einen Science-Fiction aus, um ihn freiwillig zu gucken, und erlaubten uns – Hannah und mir – ihren Kindern unter 16 also –, ihn ebenfalls zu gucken.

Und das alles nur, weil ***wer*** ihn unbedingt sehen wollte?

... Jacky Portland! – Das unheimliche Wesen aus einer fremden Welt!

... echt ätzend!

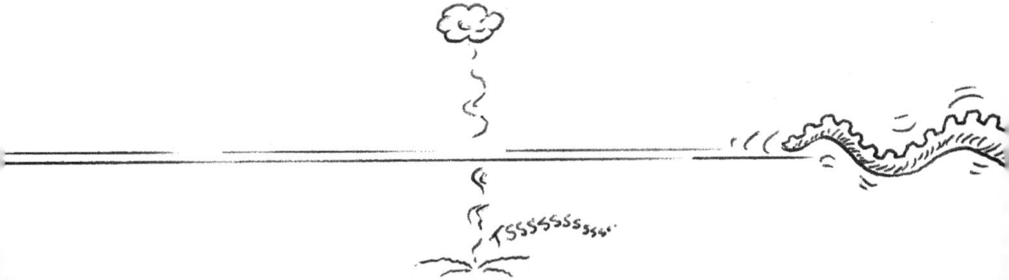

No. 9 – Wednesday, 13:07 Uhr

Today I came much too late to school. Because I have … oversleep … oversleept … oversläpt …

… voll ***verpennt*** – Point! Was aber eben auch daran lag, dass ich einfach verdammt wenig geschlafen habe. Wegen Portlands außerirdisch unheimlichem Geschnarche eben. Und dann bin ich aber doch vor lauter Erschöpfung ins Koma gefallen und …

… irgendwann, inmitten der allertiefsten Nacht wieder aufgewacht. Weil ich auf einmal Riesenkohldampf hatte. Komisch war, dass es da absolut still in meinem Zimmer war. Nicht einmal ein Atemgeräusch habe ich aus Portlands Ecke vernommen. Was mir starke Sorgen machte, und dann wollte ich auch gleich nachsehen, ob mit ihm alles in Ordnung ist und …

… weil ich aber wirklich ziemlich großen Kohldampf hatte, bin ich erst mal rüber in die Küche.

Als ich da reinschlurfte, saß Frau Hamann am Küchentisch und korrigierte meine Logbucheinträge. Seite für Seite schraffierte sie die Ränder mit grellroten Fehlerstrichen voll. – Was echt ärgerlich war und absurd sowieso, weil das komplette Buch noch leer war.

»'n Abend!«, habe ich da aber nur im Vorbeischlurfen zu ihr rübergenuschelt und sie ganz normal »'n Abend!« auch zurück.

Dann hab ich den Kühlschrank aufgemacht, in dem Bart Simpson mit einem Skateboard saß und mich voll frech angrinste.

Spätestens hier, mein verwirrter Freund, hab ich dann auch gepeilt, dass ich das alles nur träume. Und wie das halt so ist in solchen Träumen, wird man dann ja auch nicht immer gleich wach, und ich hab dann nach der Tupperdose neben Bart Simpson gegriffen, weil ich in meinem Traum eben auch wirklich richtig großen Hunger hatte.

»Finger weg, Pussy!«, quäkt Bart Simpson los und haut mir volles Pfund sein Skateboard über die Flossen.

»Autsch!«, brülle ich auf und ganz doof noch: »Das tat weh!«

Worauf Bart antwortet: »Soll es auch, Pussy! Das ist nicht dein Essen!«

»Da ist Fischstäbchenpizza drin. Die hat meine Mama gemacht, nicht *du*!«, jammere ich da voll doof kleinkindmäßig.

»Aber nicht für *dich*, Pussy! Die ist für den *Earl of Alien*«, quäkt Bart Simpson.

»Männooo! Ich hab aber Hunger!«, jammere ich voll doof weiter.

Da reibt Bart Simpson sich nachdenklich die Nase und sagt schließlich: »Okay, Pussy! Weil ich heut Geburtstag habe: Gib mir 495,50 Dollar und gut is!«

»Danke! Danke! Danke!«, bedanke ich mich unendlich doof, krame meine letzten 495 Dollar und 32 Cent irgendwie aus meinem Schlafanzug zusammen.

»Passt schon«, sagt Bart, nimmt das Geld und überlässt mir die Fischstäbchenpizza, die ich gleich darauf gierig in mich hineinstopfe.

Dann ist mir schlecht und ich schlurfe wieder aus der Küche raus. Vorbei an der Hamann.

»Nacht!«, murmele ich und »Nacht!«, murmelt die Hamann ganz normal zurück, während sie weiterhin voll konzentriert grellrote Striche in mein leeres Logbuch kratzt.

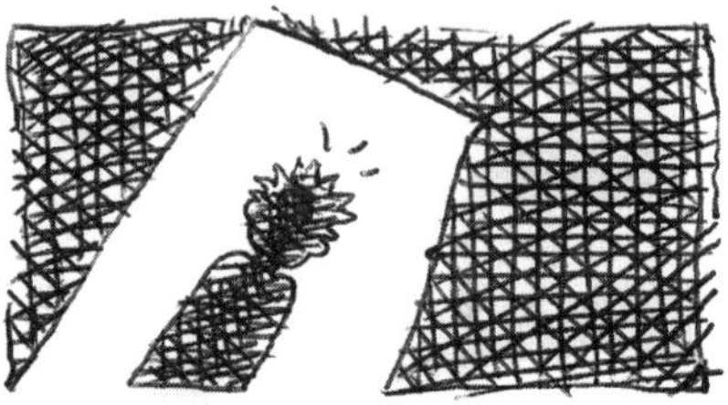

In meinem Zimmer ist es immer noch still ... *atemlos totenstill* irgendwie.

Was mir dann aber auch egal ist, weil mir echt nicht gut ist und ich mich sofort auf meine Matratze haue.

Dann kriege ich Bauchweh. Irrsinnig starkes Bauchweh. Mehr und mehr.

Ich schlage die Bettdecke zur Seite, um zu gucken, was da los ist, und dann sehe ich, wie mein Bauch wummernd anschwillt wie ein Luftballon und ...

... schließlich platzt und aus ihm heraus ein Kopf schießt.

»Classic!«, sagt der Kopf – Jackys!

Voll panisch kreische ich los und dann ...

... bin ich wach, reiße die Augen auf und ...

... kreische voll panisch weiter drauflos, weil Jackys grinsende Birne *immer noch* über meiner eigenen hängt.

Bis ich endlich peile, dass es der echte Jacky ist, der mich da ganz real angrinst. Vollständig. Also, mit Körper dran.

»Bad dream?«, fragt er grinsend.

»Quatsch! Alles okay hier«, brummle ich, dreh mich auf die Seite, und als der Portland sich dann auch endlich wieder in sein Bett verzieht, taste ich aber vorsichtshalber doch noch mal meinen Bauch ab, ob da wirklich alles okay ist. – War dann auch! Natürlich!

… absolut *nicht* okay war, dass ich morgens dann voll verpennt habe, weil der Portland mich nicht geweckt hat. Was ja eigentlich auch nicht sein Job ist, sondern der von Mama. Aber die musste heute früher aus dem Haus als sonst. Wegen Zahn- oder Frauenarzt, was weiß ich. Und Papa sowieso. Wegen seiner Fortbildung … offiziell! *Inoffiziell* turnte er sehr wahrscheinlich wieder mit seinem verbrutzelten Barbiepüppchen auf einer Jacht rum … wenn er nicht gerade wieder auf einer Müllkippe rumspazierte.

Wie auch immer: Ich *oversläppte* voll und kam dann eben viel zu spät zum Englischunterricht. … oder was man so *Englischunterricht* nennt.

Als ich reinkam, wurde *Schach* gespielt! … also, *zwei* Leute spielten Schach. Hendrik Lehmann und ein englischer Schüler. Die anderen guckten zu.

»Was 'n hier los?«, frage ich meine Kumpels leise, die nah am Eingang rumstehen. Zusammen mit dem Portland, den ich extra *voll* ignoriere.

»Es nennt sich Schach!«, erklärt Sebastian mir.

»Ach was?!«, sage ich.

»Es ist ein deutsch-englisches Freundschaftsspiel«, erklärt Gerrit grinsend.

»Das ist kein Spiel. Das ist *Krieg*«, grinst Cemal.

Und der klärte mich noch mal in Kurzform darüber auf, dass die beiden *War-Ladys* einen Gang zugelegt haben. Die Preston hatte nämlich behauptet, dass *ihre* Schule viel besser ist als unsere Schule, worauf die Hamann gesagt hat, dass das Quatsch ist, weil *unsere* Schule natürlich *viel, viel* besser ist als die von der Preston, und da hatte die Preston angefangen, mit ihren Over-Top-Spitzenschülern voll anzugeben und *was* die nicht alles könnten. Da könnten Hamanns Schüler, also *wir*, ja so was von gar nicht gegen anstinken. Und sowieso schon mal gar nicht gegen Prestons Hammer-Wunderkind Nummer eins: *Brian Miller!* Der hätte ja schon im Kindergarten *wenigstens* 23 Fremdsprachen fließend beherrscht und Schach würde der spielen, dagegen könnte Schachlegende *Dostojewski* – oder wie der heißt – voll einpacken.

Und da lag das praktisch auf der Hand, dass die Hamann mit unserem Lehmann zurückgetrumpft hat, der höchstbegabt schon eine Klasse übersprungen hat und hier immerhin der Schach-Schulchampion ist.

Da haben die Ladys ihre beiden Superleuchten eben in den Ring geschickt. Für ein *deutsch-englisches Freundschaftsspiel.* ... was *natürlich* Quatsch war, es so zu nennen. Es war ein reines Kräftemessen. *Kalter Krieg* zwischen zwei extrem ehrgeizigen Lehrkörpern.

»LEHMANN, DU *SCHACH*GOTT! PUTZ DIE SAU VOM BRETT!«, feuerte Cemal dann auch als Nächstes Hendrik an, als der dem Brian Miller beim nächsten Zug einen Bauern wegnehmen konnte.

»Ich darf doch wohl sehr bitten!«, ermahnte Mrs Preston Cemal total empört.

Und Frau Hamann? Die schwieg still und zauberte über *beide* zuckende Mundwinkel ein Lächeln in ihr Gesicht, das ...

... dann aber im nächsten Moment wieder voll erlosch, als dieser Brian Miller seinen Gegenzug machte und zu Hendrik *Schach* sagte, was ein Spieler immer sagen muss, wenn der mit einem seiner Männchen den König vom Gegner bedroht und ihn bei seinem nächsten Zug von der Platte hauen kann. Womit ich dann aber auch schon am Ende meiner gigantischen Schachkenntnisse bin.

Aber wie's aussah, war Schachgott Lehmann ebenfalls am Ende, weil der jetzt einfach nur noch regungslos auf das Schachbrett glotzte.

»Unser Lehmännchen verkackt!«, murmelt Sebastian enttäuscht.

»Jau! Sieht so aus!«, murmelt Gerrit und ich ...

... murmele dann aber nichts, weil ich im selben Moment einen Blick in Hendriks Augen aufblitzen sehe, den ich nur zu gut kenne. – *Überlegenheit* heißt der Blick. Der amtliche *Ich-mach-dich-fertig-und-ich-weiß-ganz-genau-wie-*Blick!

Warum ich diesen ... *Blick* einfach nur zu gut kenne, ist eine verdammt lange, *echt abgefahrene* Geschichte, für die ich mindestens 240 weitere Seiten bräuchte, um dir das alles zu erklären, warum und wieso. – Vielleicht so viel: Wenn Hendrik Lehmann dich *so* anguckt, solltest du wissen, dass du verloren hast.

Brian Miller hatte verloren! Was Brian Miller aber noch nicht wusste, aber Hendrik. Und ich dann eben auch.

»Jede Wette, dass Lehmann gewinnt!«, murmele ich daher zu meinen Kumpels zurück.

»Okay, um was?«, sagen die.

»495,50 Euro!«, antworte ich albern.

»Du hast keine 495,50 Euro!«, weiß Gerrit.

»Dann eben einfach so. Ohne alles«, sage ich.

»Das ist langweilig!«, weiß Sebastian.

»Wer gewinnt, hat eine Wunsch frei!«, mischt sich der Portland neben mir doof ein.

Und da will ich ihm auch erst sagen, dass er sich einfach mal raushalten soll, wenn ich mit meinen Kumpels quatsche, und dann fallen mir aber gleich *495,5* Wünsche ein, die ich bei dem Portland frei hätte, und sage: »Angenommen!«

Hundertprozentig siegessicher verfolge ich darauf wieder den Kampf der Schachgiganten. – Brian Miller gegen Hendrik Lehmann. Und Hendrik Lehmann hat diesen *Blick* und macht seinen nächsten Zug mit irgendeinem *Pömpel* und dann …

… fällt der Kartenständer um. Mit einem Mörderlärm. Weshalb dann auch *alle* in die Ecke glotzen, wo dieses Mordsteil aus Eisen seit 300 Jahren unbenutzt rumgestanden hatte und dann eben einfach umgefallen ist.

»Excuse me! Ich habe mich gelehnt aus Versehen dagegen«, entschuldigt sich Mrs Preston.

Was dann aber auch im nächsten Moment absolute Nebensache ist, weil im nächsten Moment Brian Miller zu Hendrik Lehmann sagt: »Schachmatt!«, und mit einem seiner Männchen Hendriks König einfach so vom Spielfeld kickt. – *Game over!*

Die Engländer johlen vor Begeisterung, wenig begeistert glotzen wir Deutsche. Und unbeschreiblich entgeistert glotzt Hendrik Lehmann auf das Schachbrett.

»Der hat geschummelt!«, brüllt er ganz plötzlich.

»Hendrik, *bitte*! Das ist jetzt peinlich«, sagt die zerknirschte Hamann zu Hendrik, und Hendrik brüllt dann aber einfach weiter: ***»Geschummelt*** **hat der! Ganz klar! Sein Turm stand vorher DA und nicht DA!«**

Da hat dann aber keiner was zu gesagt, weil anscheinend niemand mehr so genau wusste, ob der Turm nun da stand, wo er laut Hendrik absolut nicht hingehörte.

Was *ich* weiß: Hendrik Lehmann wäre *niemals* so dermaßen ausgetickt, wenn er sich nicht hundertprozentig sicher gewesen wäre, dass dieser Miller geschummelt hat. Das ist einfach nicht Lehmanns Art.

»Gib zu, dass du geschummelt hast! *SOFORT!*«, brüllte Hendrik noch mal den Brian an, worauf Brian aber natürlich gar nichts zugab und Hendrik irgendwie nur mitleidig angrinste, was ein Fehler war, dass er's tat, weil Hendrik darauf, außer sich vor extremster Wut, sämtliche Schachmännchen vom Brett fegte, sich das Brett schnappte und es dem Brian voll über die Rübe zog.

Gejohle auf deutscher Seite und gefährlich still wurde die englische Meute.

... außer Mrs Preston. Die kriegte sich gar nicht mehr ein vor lauter Empörung und hörte auch erst dann auf, rumzukreischen wie eine Motorsäge auf Stahlbeton, als Frau Hamann ihr versprach, dass Hendrik Lehmann für diese ungeheuerliche Attacke auf ihr Wunderkind *angemessen* bestraft wird.

»Rohrstock! Rohrstock! Rohrstock!«, wünschten sich die englischen Schüler im düsteren Chor und hauten dazu im Takt mit den Fäusten auf den Tischen rum.

Hendrik Lehmann wurde dann aber natürlich nur vor die Tür gestellt, wo er bis zum Ende der Stunde warten musste, um im Anschluss daran zusammen mit der Hamann zum Schuldirektor raufzugehen.

Und bis zum Ende der Stunde war dann Unterricht.

... was aber immer noch falsch ist, es so zu nennen. Die Preston hackte der Hamann ständig in die Vokabeln, die Hamann spritzte mit giftigen Kommentaren zurück und englische und deutsche Schüler warfen sich bei jeder unbeobachteten Gelegenheit Schachmännchen gegenseitig an die Birne. – Es war Krieg und *dann* war Pause.

Und da gab es auch Opfer. ... auf deutscher Seite. ... mich! ... schon wieder!

Und du ahnst es ja nicht, wem ich das zu verdanken hatte!

A:

B:

C: Jacky Portland!

»Da mach ich nicht mit!«, sage ich noch zu ihm.

»Doch, du machst!«, sagt Portland.

»Das ist peinlich!«, sage ich.

»Das ist egal! Verloren ist verloren!«, sagen ausgerechnet Gerrit, Cemal und Sebastian, die blöde gackernd um mich und den Portland herumstehen.

»Yalla! Yalla! Yalla!«, brüllt Cemal mich an und klatscht mir voll auf den Hintern.

»Grmpf!«, mache ich zu ihm ...

... und bin dann aber losgetrabt ... wie ein Pferd ... mit Portland auf den Schultern ... über den voll belebten Schulhof ... weil er es sich so gewünscht hatte. Weil er eine Wette gewonnen hatte, die ich verlor.

»Portland, das ist krank! Das ist extremster Kindergarten!«, quengle ich ihn von unten an.

»I don't care! ... *scheise-egal*, oder wie sagt man?«, brüllt Portland fröhlich.

»Nicht so laut, Mann! Wir fallen auf«, sage ich...

... was ein Fehler war, dass ich's gesagt habe, weil der Portland dann auch *direkt* anfing zu singen. Voll laut, voll schief!

Ich sag dir: Es war so ... *demütigend*.

... aber da habe ich nun wirklich keine Zeit mehr, mich darüber aufzuregen, weil ich jetzt wirklich losmuss. *Ohne* Portland diesmal! Die Gelegenheit ist gerade günstig. Der Earl ist nicht da. Der ist mit Hannah unterwegs. Hat sie zum Kino eingeladen. ... *meine* Schwester! Keine Ahnung, was da läuft. Kann mir ja eigentlich auch egal sein.

... aber Fakt ist ja wohl, dass man Mädchen im Allgemeinen nicht einfach so zum Kino einlädt. Und das Toastbrot schon gar nicht.

... der Portland mit meiner *leiblichen* Schwester. Ekelhaft! Das will man sich ja alles gar nicht vorstellen. Hätte ich jetzt auch wirklich keine Zeit mehr für, weil ich jetzt auch echt losmuss. Zum Stadtpark. Du weißt schon. Meine Kumpels treffen. ... in geheimer Mission – *In Secret Mission!* ... ***Das*** wär mal ein Name!

No. 10 – Wednesday, 15:29 Uhr

»*In Secret Mission* ... ach, ich weiß nicht«, hatte Cemal natürlich als Erster rumgemäkelt, als ich den Kollegen *auch* mal einen Vorschlag gemacht habe, was mal ein richtig cooler Name wäre.

... wobei ich jetzt, ein paar Stunden später eben, auch denken würde, dass der Name nicht *richtig* gut zu uns passt. Passender wäre: *Schwachmaten-Quintett* oder so was.

Und dann war das Thema aber vorläufig sowieso wieder vom Tisch, weil dann nämlich Hendrik Lehmann mit seinem Fahrrädchen um die Ecke geeiert kam und Gerrit ihn blökend begrüßte: **»Ööööiiiii ... da isser ja! Hendrik Lehmann! Der Schachbrett-Killer!«**

»Lehmann! Lehmann! Lehmann!«, brüllten wir ihm dann alle begeistert volles Rohr entgegen.

»Er hat geschummelt!«, quäkte Lehmann finster zurück.

»Komm, Lehmann, Scheiße passiert!«, fand Sebastian tröstende Worte.

»... als der Kartenständer umfiel. ***Da*** hat er's getan! ***Da*** hat er den Turm von *A8* nach *B7* verschoben. – Und ich sag euch: Diese Mrs Preston war mit von der Partie! Kartenständer fallen nicht einfach ***so*** um!«

Da haben wir alle tüchtig genickt und *Sherlock* Lehmann für seine messerscharfe Kombinationsgabe ordentlich gelobt. Was uns dann aber viel brennender interessierte, war, was aus seiner grandiosen Schachbrett-Attacke geworden ist. – Wie's beim Schuldirektor war, wollten wir wissen. Wie's mit der *angemessenen* Bestrafung aussieht und ob er jetzt ins Heim muss oder in den *Tower von London* bei Wasser und Brot und ...

... da hat Hendrik uns aber alle ausgebremst und erklärt, dass er nur eine Verwarnung vom Chef bekommen hat und vorzeitig nach Hause geschickt wurde. Was hieß, dass für Hendrik die Schach-AG flachfiel, was wohl so eine Art Bestrafung sein sollte ... oder die Angst vom Chef, dass der Lehmann rückfällig werden könnte.

Aber egal alles! Erzählen wollte ich ja auch nur, dass das großartige Detektivteam bei seinen heutigen Ermittlungen den ersten großen Erfolg verzeichnen konnte: Wir haben ermittelt, dass wir dem *falschen* iPhone gefolgt sind. ... die ganze Zeit!

»Das – ist nicht – ***mein*** Vater!«, musste ich Cemal dann auch bestimmt zum 42. Mal erklären, weil der das einfach nicht glauben wollte. »Und – ***Nein***, Cemal! Er hat sich ***nicht*** getarnt! Kapier das endlich!«, bin ich ihm da auch noch mal voll über den Mund gebrettert, weil ich gesehen hab, dass der dann noch mal *irgendwas* dagegenhalten wollte.

Da hielt Cemal auch fürs Erste seine Klappe und wir alle guckten stumm zu, wie der Mann, der ***nicht*** mein Vater war, fröhlich in seinen Mülllaster kletterte und davonfuhr.

»Ich sag dir: Er ***hat*** sich getarnt! Mit Gummimaske und Kissen unterm Bauch!«, behauptete Cemal zum *43.* Mal, als der Mülllaster losfuhr.

Da verdrehte ich aber auch nur noch mal die Augen und Hendrik sagte kopfschüttelnd: »Das kann alles nicht sein. ***Hier*** ist der Punkt. ***Da***, der Müllwagen. Alles korrekt.«

»Zeig mal!«

Hendrik hielt mir sein iPad mit der Geländekarte vors Gesicht und da fiel mir dann auch zum ersten Mal auf, was da in dem Fensterchen über dem grünen Punkt stand ...

»Wer ist *Thorsten*?«, frage ich Hendrik.

»Äh ... dein *Vater*!?«, antwortet Hendrik und ...

... jetzt frag ich *dich* mal was, mein Freund: Angenommen, *du* möchtest dir etwas kaufen, was du dir aber absolut nicht leisten kannst. – Eine *Motorjacht* vielleicht. Oder einen *Aston Martin DB 9* oder vielleicht eine sündhaft teure Barbiepuppe. – Was weiß ich denn, worauf du stehst?!

Jedenfalls kannst du dir das jetzt mal alles nicht leisten, weshalb du dann auf die Idee kommst, Lotto zu spielen. Du latschst also in den erstbesten Lottoladen rein und kreuzt auf dem Lottoschein ein paar Zahlen an, die dir so in den Sinn kommen. Sagen wir mal: *1 – 2 – 3 – 4 – 5 – 6*. Was jetzt echt nicht originell ist, aber egal. Du gibst den Schein ab und dann ist Samstag! Die Lotto-Glückstante im Fernsehen verkündet die amtlichen Lottozahlen der Woche und die lauten: *1 – 2 – 3 – 4 – 5 – 6!* Was heißt, dass du gewonnen hast, ganz normal *Trilliardär* geworden bist, und dann schipperst du einen Tag drauf auch schon mit deiner megafetten Mörderjacht über den indischen Ozean, und während du da so auf dem Deck rumstehst und fröhlich einen ganz schlimmen Fettfleck von der Heckscheibe von deinem nagelneuen Aston Martin DB 9 wegpolierst, der da ebenfalls ganz normal rumsteht, währenddessen also bleibt der Kahn plötzlich stehen, weil unter Deck ist Barbie, die gerade fertig ist mit Haareföhnen, und weil sie zu blöd ist, den Fön auszuschalten, wirft sie ihn in die Badewanne, weshalb es einen amtlichen Kurzschluss gibt und deshalb auch der Motor verreckt und der komplette Kahn eben logischerweise stehen bleibt und dann – wie aus dem Nichts – genau über der Stelle, wo er stehen bleibt, sich eine Gewitterwolke zusammenbraut, aus der dann ein Blitz schießt und dich erschlägt und … *jetzt* kommt auch schon die Frage an dich: ***Wie*** wahrscheinlich ist das alles?

Die ganz normale Antwort muss doch lauten: ***Nicht*** sehr wahrscheinlich! ***Sehr*** unwahrscheinlich sogar, dass dir so etwas passieren könnte, oder?!

Aber ***ich*** weiß seit heute Nachmittag: Die Welt ist *nicht* normal und Scheiße passiert! … also, *Zufälle* eben, die so dermaßen unwahrscheinlich sind, dass ich dir den dringenden Rat geben möchte: Lass die Finger vom Lottospiel!

Weil, wenn es möglich ist, dass es zwei Personen auf diesem Stern gibt, die für ihr iPhone dasselbe grundbescheuerte Kennwort benutzen (1, 2, 3, 4, 5, 6!) und dann auch noch *fast** denselben Benutzernamen haben, dann ist es doch wohl *nicht* unmöglich, dass du im Lotto gewinnst und einen Tag drauf mal kurzzeitig erleuchtet wirst … per Blitz eben.

* JAN HENSENS TOTAL VERRÜCKTER RÄTSELSPAß FÜR ~~ENDBESCHEUERTE~~ COOLE KIDS:

FINDE DEN UNTERSCHIED, KREUZE IHN AN, REISS DIE SEITE RAUS UND WIRF SIE IN DEN MÜLLEIMER. MIT EIN WENIG GLÜCK FINDET JAN HENSEN DIE SEITE AUF SEINER MÜLLKIPPE WIEDER UND SCHICKT SIE DIR ZURÜCK, DAMIT DU SIE WIEDER EINKLEBEN KANNST!

THOMAS HENSEN (MEIN VATER)

BENUTZERNAME: THHENSEN@SOUNDSO.DE

BENUTZERNAME: TH.HENSEN@SOUNDSO.DE

THORSTEN HENSEN (NICHT MEIN VATER!!!)

»Dein Vater heißt nicht *Thorsten*?«, hat Hendrik noch mal ganz überrascht nachgefragt, heute Nachmittag, da, auf unserer Müllkippe.

»Nein, er heißt nicht *Thorsten*!«, antworte ich echt müde. »Er heißt *Thomas* und *sein* Benutzername lautet *T h Hensen at soundso* und nicht *T h* ***Punkt*** *Hensen at soundo*!«

»Nach Abkürzungen muss aber ein *Punkt* stehen. Sonst ist es falsch«, erklärt Hendrik.

»Von einem *Punkt* war aber nie die Rede«, erkläre ich.

»Pfff ... es ist *trotzdem* falsch!«, erklärt Hendrik ein bisschen trotzig und dann korrigiert er aber in dem Finder-Programm widerwillig den Punkt aus dem Benutzernamen raus und siehe da: Ein neues Signal erscheint auf der iPad-Karte. Ein frischer grüner Punkt mit Fensterchen drüber und da drin steht: *Thomas' iPhone*.

»Er ist *nicht* auf seiner Fortbildung!«, kombiniere ich wieder scharfsinnig, als ich sehe, dass der Punkt sich mitten auf der Elbe bewegt. Auf der Höhe von Wedel, was ein Vorort von Hamburg ist.

Und weil Wedel von unserer Lieblingsmüllkippe aus mindestens 30 Kilometer weit weg ist, waren alle der Meinung, dass das keinen Sinn macht, da jetzt noch hinzugurken, weshalb wir dann beschlossen haben, die Sache morgen noch mal in aller Frische anzugehen. Bis dahin hätten dann auch alle Zeit, sich noch mal Gedanken über einen passenden Namen für unsere ... *Gurkentruppe* **(!)** zu machen.

Auf dem Rückweg machte ich mir verstärkt Gedanken über bescheuerte Zufälle. Und ob der *Zufall* im Allgemeinen dasselbe ist wie *Schicksal*. Eine höhere Gewalt, irgendeine Macht, die das komplette Leben vorprogrammiert. Was dann ja hieße, dass man sich ja überhaupt keinen Stress mehr zu machen bräuchte, weil alles, was passiert, passiert eh und dann könnte man sich in der Zeit ja auch einfach mal eine Runde aufs Ohr hauen und warten, bis alles vorbei ist.

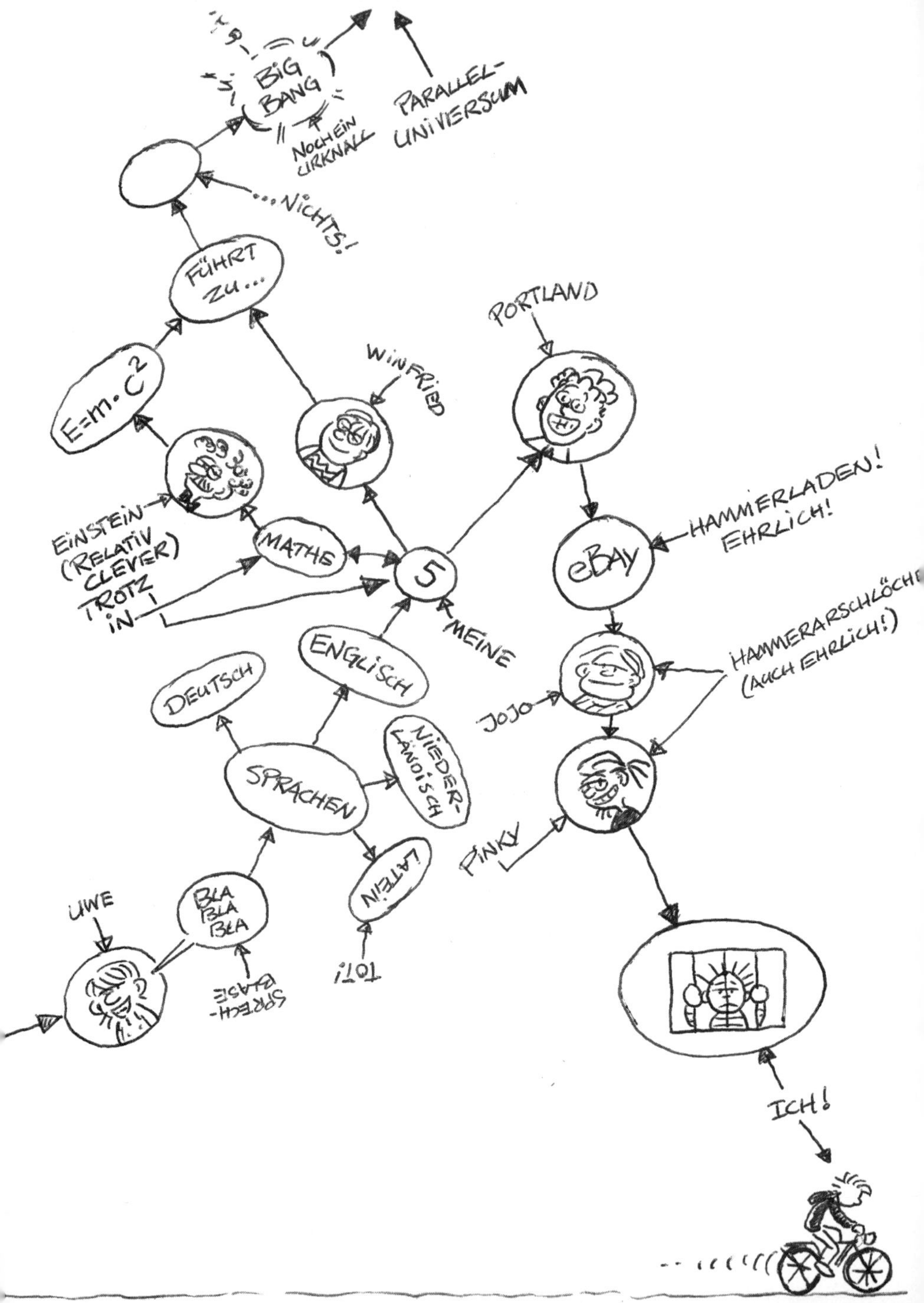

BIG BANG
NOCH EIN URKNALL
PARALLEL-UNIVERSUM
...NICHTS!
FÜHRT ZU...
E=m·c²
PORTLAND
WINFRIED
HAMMERLADEN! EHRLICH!
eBAY
EINSTEIN (RELATIV CLEVER) TROTZ
MATHE
5
IN
MEINE
HAMMERARSCHLÖCHE (AUCH EHRLICH!)
ENGLISCH
DEUTSCH
JOJO
NIEDER-LÄNDISCH
SPRACHEN
PINKY
LATEIN
UWE
BLA BLA BLA
SPRECH-BLASE
TOT!
ICH!

No. 11 – Wednesday, 23:48 Uhr

Ich bin dann heute Nachmittag doch noch mal kurz los, weil ich das, was demnächst alles an Scheiße passiert, wenigstens noch mal persönlich in die Hand nehmen wollte. ... also das *Schicksal* jetzt. Wenigstens in Teilen. Also speziell den Teil, der mit *Bart Simpson mit Skateboard* zu tun hat. – Weil da war ich zu der Erkenntnis gekommen, dass ich dem Schicksal ein Schnippchen schlagen konnte, wenn ich mich selbst vernünftig darum kümmere. – Also, einfach noch mal bei Pinky vorbeischaue und mich noch mal ganz vernünftig mit ihm über alles unterhalte. Ihm entgegenkommen! Etwas bieten! Geld! Nicht viel Geld, aber immerhin 70 Euro aus meinem Sparschwein. ... gezählt nach letzter persönlicher Teilplünderung wegen finanzieller Engpässe durch Glücksspiel und Bußgeldzahlung und so was.

Worauf es aber auch gar nicht so sehr ankam, dass da nur noch 70 Euro drin waren. Worauf es ankam, war, dass ich vor Pinkys Augen mein persönliches Sparschwein zerdeppern wollte, damit er die Fakten sieht. *Geld in echt!* Den guten Willen eines ehrlichen Jungen. – So was macht Eindruck. Und über alles Weitere würde man dann eben bestimmt noch mal vernünftig reden können. Also über die restlichen 425,50 Euro, die ich vielleicht abarbeiten konnte. Mit Minijobs eben, die ich dem Pinky anbieten wollte. Als Aushilfskraft im Comicladen. Regale einräumen ... oder Klo putzen. Was weiß ich.

Voller Tatendrang und mit Schwein unterm Arm bin ich also zur Wohnungstür raus und ...

... da wurde ich aber an ihrer Schwelle unplanmäßig von meiner Mutter ausgebremst, weil sie wissen wollte, wo ich hinwollte, und egal, wo ich hinwollte: Ich sollte Jacky Portland mitnehmen, weil der ja schließlich ***immer noch*** *mein* Gast sei.

»Der kann gar nicht mitkommen! Der macht mit Hannah rum! Im Kino oder so«, informiere ich meine Mutter.

Da guckt sie mich erst ein bisschen irritiert an und sagt dann aber: »Der Film ist gelaufen und beide sind wieder da. Jacky hilft Hannah bei *Englisch*. – Geh hin und frag, ob er mitwill!«

Und nach einer kleinen nachdenklichen Pause schiebt sie noch hinterher: »Klopf vorher an!«

Ich also genervt rüber zu Hannahs Zimmer, hämmere brav gegen die Tür und brülle: **»Portland?«**, und dann antwortet Hannah aber für ihn: **»Verpiss dich!«**, und ich sag: **»Ich kann nicht!«**, und sie fragt: **»Warum nicht?«**, und ich antworte: **»Ich soll den Portland fragen, ob er mitwill.«**

Da höre ich erst mal lange nichts und dann fragt der Portland selbst: **»Wohin?«**, worauf ich antworte, dass ich nur zum Comicladen rüberwill und auch gleich wieder da bin und ...

... da springt die Tür auf, der Portland steht drin, rückt seinen Schlips zurecht und grinst: »Let's go!«

»Du sagst nichts! *Rein gar nichts*, Portland! **Is – that – clear?**«, will ich die absolute Klarheit von ihm, als wir wieder vor Pinkys Comicladen stehen.

»What?«, fragt er doof nach, weil er da auch schon wieder auf seinem arschmodernen Samsungteil rumdaddelt.

Aber dann packt er es schließlich doch weg und sagt: »Silent as a grave! – *Still wie eine Grab!*«, und zieht mit den Fingern wie an einem Reißverschluss seinen Mund zu.

Misstrauisch bohre ich meinen Blick in seinen und betrete dann aber Pinkys Comicladen – und schlurfend der Portland hinterher.

»Raus!«, begrüßte Pinky uns echt unfreundlich.

»Genau! Raus mit euch!«, plapperte Oberleuchte Jojo neben ihm nach.

Was ich aber voll ignorierte, mein Schwein erhob, es voll auf die Theke knallte, wo es effektvoll in tausend Teile zersprang ... also nach dem dritten Anlauf dann.

»Da, Herr Schulz!«, erkläre ich. **»Nimm das!«**, sage ich. **»Das sind sieb**... zig ... Eu... ... ...?¿?¿**?**«, verstumme ich und glotze überrascht auf den Inhalt der vernichteten Sparsau.

Maximal zwei Euro in Münzgeld. Und weit und breit kein Schein. – Was aber alles nicht sein konnte, weil ich mir mit den 70 Euro absolut sicher war, und wer sollte bei uns zu Hause aus meinem persönlichen Sparschwein Geld geklaut haben?! Es sei denn ...

»Portland!«

Portland sagt nichts. Stumm steht er neben mir und zeigt albern auf seinen zusammengepressten Mund mit unsichtbarem *Reißverschluss* dran.

»Was soll der Scheiß?«, will Pinky wissen und da blocke ich ihn aber mit erhobener Hand ab und noch mal direkt zu Portland: »Portland, das ist ***nicht*** witzig! Du hast geklaut! Wo ist die Kohle? Los, sag was!«

Extrem albern und überdeutlich macht Portland an seinem Mund wieder eine Reißverschlussbewegung, in die andere Richtung diesmal, und sagt: »Ich habe ...«

»Ich will wissen, was die Scheiße soll?«

»Jetzt nicht!«, mache ich Pinky klar und Portland sagt zu Ende: »... mir das Money nur geliehen. Du kriegst wieder alles.«

»Du hättest mich wenigstens fragen können!«

»Sorry, I forgot this!«

»*Vergessen?!* Was 'n das für ne Ausrede?! So was vergisst man nicht! Und überhaupt mal: Warum musst du dir überhaupt Geld pumpen, wenn deinem Daddy halb England gehört?«

»Echt? Halb England?«, fragt Jojo doof nach und Pinky quengelt wieder rum: **»Also, jetzt reicht's mir a...«**

»Jetzt halt doch einfach mal die KLAPPE, Herr Schulz!«, fahre ich ihn da voll genervt an, weil ich hören will, wie Portland mir die Sauerei erklären will, und dann erklärt der mir auch, dass seine *Golden-Master-Tralala-Sparkassen-Karte* irgendwie defekt sei.

»Du kriegst zuruck dein Money on Monday. I promise that!«, verspricht Portland mir, worauf ich dann sage, dass das ja jetzt wohl mal der ***absolute*** Quatsch wäre, weil er da ja auch schon längst wieder auf seinem *Castle* in England rumhängt, und da geht er aber natürlich gar nicht drauf ein und sagt: »Anyway: Es wäre ein really big mistake, den beiden *Douchebags* hier zu geben Geld.«

»*Douche*... was?«, fragt Jojo ganz neugierig nach und Portland erklärt ihm höflich: »Oh, es ist uuum-gangs-s-prachlich. Es bedeutet *Assholes, Idiots, Wank*...«

»RAUS!!!«, platzt Pinky endgültig der Kragen und haut mit flacher Hand volles Pfund auf seine Theke, was ...

... einfach auch nicht schlau von ihm war, dass er's tat, weil auf der Theke ja auch noch mein Sparschwein in feinen Scherben lag, woran der arme Pinky wohl kurzzeitig nicht gedacht hatte.

»Ouch!«, grinst Portland und Pinky brüllt vollsauer: **»RAUS, IHR KLEINEN ARSCHLÖCHER! – UND DU, HENSEN: BIS MONTAG WILL ICH DIE VOLLE SUMME SEHEN! 495,50 EURO! SONST KNALLT'S!«**

»Genau! Sonst knallt's«, sagt Jojo.

»Ihr ...«, sage ich.

»Ihr *was*?!«, fragt Pinky.

»... *Douchebags!*«, antworte ich.

»RAUUUS!!!!«, brüllt Pinky wie bescheuert, aber ...

... da hatte ich mich eh schon umgedreht und bin müde, leer... schicksalsergeben aus dem Laden rausgeschlurft ... und der Portland fröhlich hinterher.

… drei Tage noch und der Rest von heute! … korrigiere: ***zwei*** Tage und der Rest von heute. Weil Wednesday war gewesen. Seit exakt 18 Minuten, das.

Immer hübsch positiv denken, mein Freund! Positiv, positiv, positiv! In Zeiten wie diesen – wichtiger denn je!

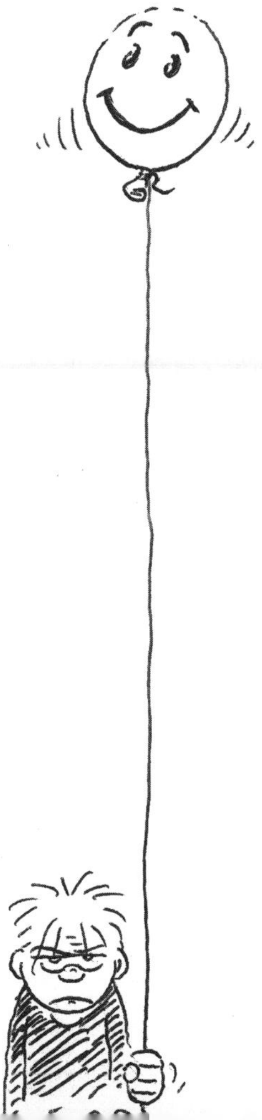

No. 12 – Thursday, 13:30 Uhr

Today Morning it was going on with the Schoolprojekt *Meine unvergessliche Schüleraustauschwoche*. Some pupils has had shown again their filmclips from their Facebookseiten and tralala, whereauf a Discussion entburnte. The clearly end of this all was a fight between my aw(e)~~ful~~some Englischteacherin Mrs Hamann and Mrs Preston …

… wobei *fight* jetzt auch echt ein bisschen übertrieben ist. Und die Hamann hat der Preston ja auch nur aus Versehen voll eins auf die Nase gegeben.

Da hätte sie einfach auch nur mal jemanden fragen müssen, wie man so ein Laptop ausschaltet, dann wäre das gar nicht erst passiert. – Hat sie aber nicht.

Dass das Laptop überhaupt wieder an war, hat eben damit zu tun, dass heute wieder *Schulprojekt* statt *Unterricht* auf dem Programm stand.

Ich vermute, deshalb, weil beide Damen wohl keinen großen Bock mehr auf *gemeinsamen* Unterricht haben.

Aber das ist nur eine Vermutung. Fakt ist: Den Schuss haben die Ladys *beide* nicht gehört. Und wenn du so willst, ging der Schuss auch heute *natürlich* wieder voll nach hinten los. Filmcliptechnisch gesehen.

Mir persönlich hat der Beitrag von der kleinen Charlotte am besten gefallen. Auch wenn klar war, dass das ja nur Ketchup oder so was war, was sie sich da selbst über den Kopf gekippt hatte, um ihrer sehr wahrscheinlichen *Helga*, einen Mordsschrecken einzujagen. ... mitten in der Nacht ... vor ihrem Bett rumwackelnd wie ein Zombie.

Genialer Höhepunkt! – und aber auch ganz klar: Von der Stimmung her war das der amtliche Tiefpunkt zwischen den Nationen: Helga weinte, Charlotte lachte, weshalb Helgas Freundin Naomi der niedlichen Rucksackanhängermaus von Charlotte den Kopf abriss, weswegen Charlotte dann auch weinte und daher ihre aktuell beste Freundin Lena der Naomi voll sauer ein Langenscheidt-Dictionary an die Birne warf, worauf Lenas persönlicher Gast Rachel Lena ein Tetrapack Kakao an die Birne werfen wollte, Lenas Birne aber knapp verfehlte und die volle Ladung dann Cemal traf, der wiederum seinem direkten Nachbarn Norman Bates voll eine schallerte, worauf Norman Bates ihn verständnislos anglotzte, weshalb Cemal ihm erklärte, dass er grundsätzlich keine Mädchen schlägt, und dann war Cemal auch ganz plötzlich fertig mit Erklärung, weil Helga ihm wegen Norman dann nämlich voll eine zimmerte und …

… jedenfalls war da der amtliche Tiefpunkt erreicht.

Da waren beide Ladys, wenn du so willst, einfach auch nicht mehr *Herr* der Lage, weshalb sie dann kurzerhand beschlossen, das Laptop erst mal wieder auszuschalten, und weil beide Ladys aber – doof wie Barbie – nicht wussten, wie man es ausschaltet, ruckelte die Hamann mit aller Gewalt am verschraubten Verbindungsstecker vom Laptop zum Beamer rum, der dann auch tatsächlich irgendwann nachgab, abflog und direkt auf Mrs Prestons Nase donnerte … mit Frau Hamanns Faust drum herum.

Dann war Stille. Alle glotzten auf die stark getroffene Preston, die sich ihren angeschwollenen Zinken hielt, Frau Hamann geschockt anstarrte, und Frau Hamann starrte geschockt zurück und … that was the end of all.

… also weil es dann eben in dem Moment klingelte und die heutigen *English Lessons* damit *over* waren.

Danach stand noch Mathe auf dem Programm. Und weil da aber der Portland direkt am Anfang der Stunde zu Mathelehrerin Pietsch gesagt hat, dass er auf einmal fürchterliches Bauchweh habe, hat sie ihn nach Hause geschickt, und weil er aber nicht alleine gehen sollte, habe ich mich freiwillig als Begleiter gemeldet, weswegen die superspannende Welt der Zahlen eben auch für mich heute flachfiel. … *leiderleiderleider.*

Im Schneckentempo krochen wir die Schulstraße entlang. Ich sah dem Portland dabei zu, wie er sich krumm und bauchhaltend neben mir herschleppte. Da tat er mir leid.

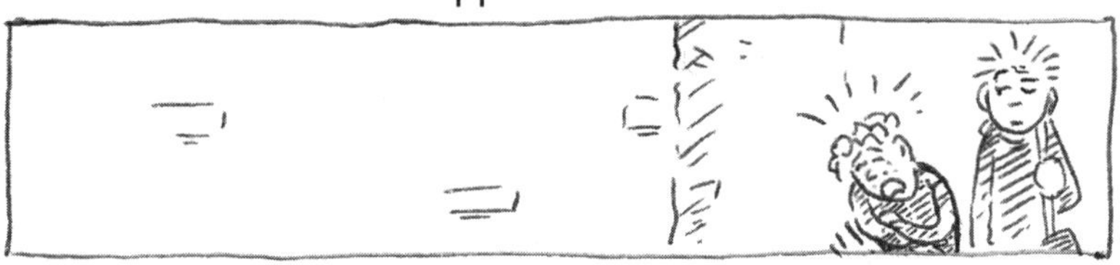

… also *fast* leid, weshalb ich dann auch zu ihm sage: »Ich mach das hier nur wegen Mathe! Klar, Portland?!«

Da guckt er mich mit einer ganz erbärmlich leidenden Miene von unten an, schleicht mit mir stumm um die nächste Straßenecke und …

… federt in seine 1a-kerzengerade Grundstellung zurück und grinst mich an: »So do I!«

Grundfröhlich ging er dann einfach weiter und ließ mich doof und sprachlos stehen. Da war mein erster Gedanke, dass ich jetzt einfach zurückgehe und der Pietsch mitteile, dass der Portland nur so getan hat als ob. Und mein zweiter Gedanke galt den ganzen und *unganzen* Zahlen, die die Pietsch mittlerweile an die Tafel gekratzt haben dürfte – mit all den abgefahrenen Wurzeln und Klammern und Mal- und Plus- und Minuszeichen drum herum, und dem Ist-Zeichen noch hinterher, hinter dem immer ein tafelgrünes Loch steht, was es zu stopfen gilt, und ...

... bin dem Portland hinterhergeschlurft.

»*Nur* wegen Mathe! Dass das mal klar ist!«, habe ich ihm noch mal ganz klar gemacht, als wir wenig später wieder vor der roten Ampel an der Eppendorfer Landstraße rumstanden. Also exakt da, wo eine Ecke weiter der Comicladen von *Douchebag Pinky* ist.

»I got it. Verstan...«, hat der Portland geantwortet und dann nichts mehr, weil im selben Moment ein Straßenköter angedackelt kam, sich direkt vor unserer Nase in Position brachte und sein Geschäft machte. Bescheuerterweise auf einer Bildzeitung, die da zufällig rumlag, und ...

... jetzt mal kurz dazwischen gefragt: Weißt du, was eine Vision ist? Eine Vision ist so was Ähnliches wie eine Idee. Also eine sehr große Idee. Politiker beispielsweise reden ganz gern mal davon, dass sie echt geile Visionen haben. Also irgendwas, was die komplette Menschheit ordentlich nach vorne bringt. Frieden, Freiheit, Jobs für alle, die einen wollen. ... was dann hieße, dass mein großartiger Herr Vater seinen eigenen Job als Arbeitsvermittler endgültig voll an den Nagel hängen könnte und er mit Edeljacht und Edelbrutzelbarbie drauf die komplette Elbe solange rauf- und runterschippern kann, bis ihm schlecht wird und er deshalb alles vollkotzt, weshalb er ordentlich Stress mit Barbie kriegt, weil die das alles supiekelig findet und sowie schon mal überhaupt gar keinen Bock hat, die ganze Sauerei wieder wegzuwischen, und dann auch supisauer einfach über Bord springt, was ein bisschen sehr doof ist, weil Barbie gar nicht schwimmen kann, und dann kommt aber zufälligerweise im selben Moment ein Typ mit selbst gebasteltem Floß vorbeigepaddelt, der Barbie rettet, und Barbie sagt dann: »Cool«, und er sagt: »Wollte ich auch grad sagen. Übrigens, ich bin der Uwe«, und dann heiraten die beiden und kriegen Kinder ohne Ende, während mein Vater ganz allein die Elbe rauf- und runterschippert und alles vollkotzen muss bis zum Ende seiner Tage und ...

... was ich dir aber *eigentlich* nur erklären wollte, ist, was eine Vision ist, und zwar deshalb, weil Jacky und ich eine hatten. – Der Köter war fertig mit Geschäftemachen, dackelte gelangweilt weiter, die Ampel sprang auf Grün um und dann sind wir aber gar nicht über die Straße, weil wir beide den frischen, dampfenden, mächtig großen Haufen auf der Zeitung anglotzten. Wir glotzten ihn an und dann guckten wir uns beide an – grinsend von einem Ohr bis zum anderen, weil wir exakt gleichzeitig ein und dieselbe großartige Idee hatten. – Eine *Vision* eben.

Weshalb dieser frische, dampfende, mächtig große Hundehaufen ein paar Augenblicke später dann auch vor Pinkys Comicladen lag! – Liebevoll eingewickelt in dem Zeitungspapier, welches herrlich brannte. Mittels Streichhölzer, die wir auf dem Weg zu Pinkys Comicladen noch an einem Kiosk gekauft hatten.

Kumpel! Ganz ernst! Zwei Sachen! – Sache eins: ***Nie nicht, never ever nachmachen.*** So was kann ganz fürchterlich nach hinten losgehen, und ehe du dich versiehst, brennt die ganze Hütte. Und ich weiß, wovon ich rede ... was jetzt aber auch eine komplett andere, *echt abgefahrene* Geschichte ist, bei der ich und meine Kumpels – wie soll ich sagen – die Kacke ordentlich am Dampfen hatten.

Sache zwei: Lass dich einfach nicht erwischen!

Ich sag dir, es war zu schön: Portland und ich hockten auf der gegenüberliegenden Straßenseite hinter einem Auto und beobachteten die ***kontrolliert*** abbrennende Bildzeitung vor Pinkys Comicladen und dann kamen auch schon im nächsten Moment Pinky und Denkmaschine Jojo voll panisch aus dem Laden gestürmt, um das brennende Zeitungspapier mit Hundehaufen drin auszutreten.

»Das war ein Lausbubenstreich«, hörten wir Hirnakrobat Jojo schlussfolgern, nachdem er und Pinky peilten, was nach erfolgreicher Brandbekämpfung an ihren Schuhen und Klamotten klebte.

Pinky glotzte auf seine vollgesprenkelten Klamotten, danach die Straße rauf und die Straße runter und dann brüllte er mächtig wütend los: **»HENSEN! PORTLAND! ICH MACH EUCH FERTIG, IHR MISSGEBURTEN! ICH ... ICH ... ICH ...«**

»... versohl euch den Hintern? ... brech euch die Beine? ... schneide euch den Kopf ab?«, schlug Jojo vor.

»... ich ... ach, was weiß ich denn«, murmelte Pinky einigermaßen unentschlossen und brüllte dann aber noch mal ganz wütend die Straße rauf und runter: **»*FERTIG* MACH ICH EUCH! ALLE BEIDE!«**

Dann sahen Portland und ich dabei zu, wie die beiden Comichelden wieder in den Laden zurückstapften … ohne sich die Schuhe vorher ordentlich abzutreten. Das hatten die beiden wohl vergessen. – Zu schön!

Weißt du, mein Freund? Wenn ich dem Schicksal schon kein Schnippchen schlagen kann, dann wenigstens noch mal ordentlich nachtreten. Wenn schon, denn schon.

No. 13 – Thursday, 23:32 Uhr

Das wird dich jetzt vielleicht nicht unbedingt vom Hocker reißen, aber ich sag's trotzdem einfach mal: Ich kann nicht schlafen.

... *womit* ich dich aber vielleicht ein kleines bisschen überraschen kann: An Portlands Geschnarche liegt's nicht! Das klingt irre, aber: Ich gäb was drum, wenn ich mir jetzt ein Heavy-Metal-Schnarchkonzert der Extraklasse vom Portland reinziehen könnte.

Kann ich aber gar nicht. Da könnte ich geben, was ich wollte. Maximal sowieso nur vier Euro und neununddreißig Cent. Mehr ist zur Zeit eh nicht drin. Den Rest hat Portland. Und der ist nun gerade mal nicht da. Der pennt nämlich heute bei Cemal. ... *offiziell* tut er das.... *inoffiziell* sieht es so aus, dass Portland und ich heute Nachmittag noch einen kleinen Fahrradausflug nach Wedel gemacht haben, und der Portland ist – wie soll ich sagen – dann einfach dageblieben und ...

... Ende der Geschichte!

No. 14 – Thursday, 23:55 Uhr

... und weil ich *echt* nicht pennen kann und ich gleich wahnsinnig werde, wenn ich *gar nichts* tue außer *nicht* pennen, kann ich dir genauso gut noch mal kurz erzählen, was Sache ist ... ***war!***

Sache war, dass ich heute Nachmittag mit meinen Kumpels verabredet war. Zwecks Vater-Observierung. Und da musste ich den Jacky wieder mit hinschleppen. Auch wenn ich das absolut nicht wollte. – Klar, da war die Hundehaufennummer. Das war eine Wellenlänge. Das war Völkerverständigung auf höchstem Niveau. Aber deswegen wird man ja wohl nicht gleich zu den allerdicksten Freunden, nur weil da jetzt mal an einer ganz bestimmten Stelle die Chemie stimmt. Das ist das wahre Leben hier und nicht *Tim und Struppi* oder *Ernie und Bert* oder was weiß ich denn, was das hier eben alles nicht ist, Mann.

Ich wollte Jacky Portland einfach nicht dabeihaben und basta.

»Jacky kommt mit und basta!«, war dann aber eben die knallharte Ansage meiner Mutter, weshalb ich Jacky mitnehmen musste.

Das einzig Positive war, dass ich ihn diesmal nicht auf dem Gepäckträger mitschleppen brauchte, weil er ein eigenes Fahrrad hatte. Also das von meiner Mutter, das er zwischendurch repariert hatte. Einfach so. *Freiwillig*.

Was für sich genommen schon wieder eine echte Frechheit war. Weil: *Ich* wollte das erledigen. Also, ich *sollte* es erledigen. Weil meine Mutter mich darum gebeten hatte ... vor Wochen schon.

... is ja auch egal! Jacky kam mit und Punkt jetzt.

Bei der Observierung selbst hatten wir heute Nachmittag dann auch einen *echten* Durchbruch! Die *True Detectives*, wie wir uns auf Gerrits Vorschlag hin aktuell nannten, hatten das Ziel ihrer Mission erreicht.

... also nach rund 20 Kilometern strammer Radtour mit Gegenwind und ich im fünften Gang waren wir da angekommen, wo der iPhone-Finder uns hingeführt hatte: Am Jachthafen in Wedel. Die Jagd nach dem grünen Punkt hatte ein Ende. – Endlich!

Leise wie Panther schlichen wir uns durch das halb offene Tor vom Hafengelände. ... wobei wir da auch wie eine Horde Cottbusser Schlümpfe-Fans hätten durchtrampeln können, weil weit und breit eh kein Hafenheinz oder sonst wer in Sicht war, der uns hätte zurückpfeifen können. ... wahrscheinlich wegen *Fußball* oder so. ... oder *Durchfall* oder was weiß ich denn.

Jedenfalls schlichen wir nach ordentlicher Pantherart aufs Gelände und fanden dann auch die Luxusjacht.

Alle guckten zum kleinen Hendrik runter, der voll profimäßig ein Fernglas dabeihatte. Ich selbst guckte mich noch mal um, um mich zu vergewissern, dass der Portland uns auch wirklich nicht hinterherdackelte. Den hatte ich nämlich clevererweise gebeten, solang auf die Fahrräder aufzupassen. Da konnte er wenigstens keine Scheiße bei bauen.

... alle gucken also zu Hendrik runter und Gerrit fragt ihn dann ganz aufgeregt: »Und? Wie sieht's aus, Lehmann?«

»Negativ irgendwie! Da ist keiner!«, antwortet Hendrik.

»Wie – *negativ* und *da ist keiner*!?«, fragt Cemal nach, und ich antworte für Hendrik: »Weil da *keiner* ist! Das sieht man auch ohne Fernglas ganz gut.«

Sage es und zeige auf die fette Jacht, die genau vor unserer Nase vor sich hin dümpelt. Alle gucken zur Jacht hoch, auf der niemand zu sehen ist. Und dann ...

… hören wir plötzlich das scheppernde Gebimmel eines uralten Flipperautomaten.

Rabimmeldibimm Rabimmeldibimm Rabimmeldibimm …

Der Klingelton von Papas iPhone. Ganz dumpf nur, aber es kommt eindeutig aus dem Bauch dieser Mörderjacht.

»Das ist das iPhone von meinem Vater«, informiere ich die *True Detectives*.

»Er ist *unter* Deck, nicht *über*!«, kombiniert Sebastian gnadenlos scharfsinnig.

»Es heißt *auf* Deck, nicht *über*«, korrigiert Hendrik Sebastian.

»*Über* oder *auf* … ***Unter*** Deck geht jedenfalls keiner ran«, antwortet Sebastian leicht genervt.

… *Rabimmeldibimm Rabimmeldibimm …*

»Warum geht er nicht ans Telefon? Das ist nicht seine Art«, frage ich leicht besorgt.

»Vielleicht ist der einfach nur auf der Toilette und kann nicht«, will Hendrik mich irgendwie beruhigen.

»Oder er macht ein *Schläfchen*«, schlägt Sebastian vor.

»… zusammen mit seiner neuen Freundin«, ergänzt Gerrit und Cemal legt nach: »Er hat keine Zeit, dranzugehen, weil er und seine Komplizin den Präsidenten der Vereinigten Staaten an einen Stuhl gefesselt haben und ihm gerade Haschisch in die Arme spritzen und …«

»Er geht nicht ran!«, stelle ich noch mal extra klar für Cemal fest.

Rabimmeldi…

Stille!

»Ja, und was jetzt?«, fragt Sebastian.

»Wir warten, bis Don Hensen mit dem zugedröhnten Chef der westlichen Welt von Bord geht und …«

»Ich geh an Bord!«, schneide ich Cemal das Wort ab und klettere wild entschlossen und echt besorgt an Bord der Motorjacht.

Meine Kumpels gucken sich kurz an und klettern dann aber hinterher.

Ich sag dir, my friend, so was *hast* du noch nicht gesehen. Das Oberdeck von dem Kahn: Zugebrettert mit dem edelsten Tropenholz. Die Sitzbänke aus feinstem Leder. Das Cockpit mit den polierten Schaltern aus Edelstahl und den ganzen Messuhren für was auch immer – Hammer!

»Hammer!«, haucht dann auch Sebastian stark beeindruckt.

Und Cemal ganz verträumt: »Wenn ich groß bin, mach ich auch was mit Drogen.«

»Drogen sind nicht gut. Sie machen schnell abhängig und ...«

»Lehmann, das war ein Scherz!«, klärt Gerrit Hendrik auf und ich zische Cemal noch mal an, dass mein Vater ***Jobcoach*** beim Arbeitsamt ist und ***kein*** Drogendealer, und ...

»Hey Jan-Boy!«, platzt da plötzlich Jacky Portland ins Gespräch. Grinsend steht er da. Auf dem Steg vor der Motorjacht.

»Was machst du hier? Du solltest doch auf die Räder aufpassen!«, pflaume ich ihn so leise wie möglich an, aber da hechtet der Portland auch schon über die Reling an Bord und sagt total beeindruckt: »Great! Was für ein starkes Boot!«

Dann kramt er natürlich wieder sein Smartphone aus der Tasche, macht ein Gruppenfoto von uns und da will ich ihm sagen, dass er das wieder wegmachen soll, da scheppert es wieder aus dem Unterdeck.

Rabimmeldibimm Rabimmeldibimm Rabimmeldibimm...

... Papas iPhone. Und er geht nicht ran. Nicht seine Art. *Sehr* besorgniserregend.

... Rabimmeldibimm ...

Alle glotzen auf die Luke zum Unterdeck und mir schießen extremst besorgt schreckliche Bilder durch den Kopf. – Mein Vater, bewusstlos unter Deck liegend. Vielleicht, weil er sich die Birne irgendwo eingehauen hat. – Oder die Brutzelbarbie! Vielleicht eine schwer verstrahlte Psychotante, die meinen Vater exakt in diesem Moment an einen Stuhl fesselt, um ihm dann ...

... Rabimmeldibimm ...

»Wir gehen da jetzt rein!«, sage ich höchstbesorgt, und zu Jacky dann noch mal extra, dass er oben bleiben und aufpassen soll.

»... und nichts anfassen, klar?!«, schiebe ich dann auch noch mal hinter und Jacky salutiert albern: »Aye, aye, Captain!«

... Rabimmeldibimm ...

Mit schweißnassen Händen mache ich vorsichtig die Luke auf, starre in das finstere Loch der mörderischen Jacht und bin dann auf einmal nicht mehr *ganz so wild* entschlossen, da runterzuklettern, und dann aber irgendwie doch, weil Cemal mir einen kräftigen Schubs von hinten gibt.

Ich stolpere die drei Stufen zum Unterdeck herunter und Cemal und Kumpels kommen hinterher.

… Rabimmeldibimm Rabimmeldibimm …

Papas iPhone liegt scheppernd und leuchtend auf dem Tisch herum. Ansonsten: Fehlanzeige! Niemand da. Weder auf dem Klo noch in der Schlafkajüte. Und während Cemal leicht enttäuscht feststellen muss, dass auch der Kühlschrank weder mit Drogen noch mit US-Präsidenten vollgestopft ist, schnappt sich Sebastian das scheppernde iPhone.

»Da steht *›Petra‹* drauf. Soll ich drangehen?«

»Sonst noch was, Hempel?!«, sage ich zu ihm, nehme ihm das iPhone weg und stopfe es einfach in die Tasche von meinem Schlumpf.

... Rabimmeldibi...

... macht es noch ein halbes Mal und dann ist wieder Stille. Petra – meine *Mutter* also – hatte am anderen Ende aufgelegt.

»Okay, Männer! Alles *Roger* hier«, stelle ich einigermaßen erleichtert fest und ...

... dann halte ich die Luft an, weil plötzlich ein basstiefes Geräusch durch die komplette Jacht grummelt und wir einen Moment drauf alle miteinander quer durch die Kajüte nach hinten fliegen.

»Da hat jemand den Motor gestartet«, weiß der schlaue Hendrik.

Wir rappeln uns hoch, stolpern hektisch zum Oberdeck rauf und da sehe ich dann auch Jacky Portland am Cockpit stehen. Einigermaßen ratlos auch.

»Portland!«, brülle ich ihn an.

»Sorry. Ich habe *aus Versehen* auf dieses Button gedrückt.«

Ungeduldig knurrt der mächtige Benzinmotor und die Jacht zieht und ruckelt an den festgemachten Leinen vom Steg. Mit einem ganz unguten Quietschgeräusch schrappt der edle Rumpf daran entlang.

»Aus Versehen! Bullshit, Portland!«, brülle ich und hechte panisch aufs Cockpit zu und suche nach dem Zündschlüssel, den mein genialer Vater oder seine Fönbarbie wohl vergessen hatte abzuziehen.

Kein Zündschlüssel zu sehen. Hektisch durchforste ich Kippschalter und Knöpfe vom Armaturenbrett. Nichts davon sagt mir etwas. Bis auf den Stahlhebel rechts vom Lenkrad. Da weiß ich, dass der fürs *Gasgeben* da ist, und drücke ihn voll nach vorn, um den Motor runterzufahren.

... falsche Richtung! Die Jacht brüllt auf, fliegt nach vorn und wir nach hinten.

Wie ein wild gewordener Köter zerrt und reißt die Jacht an den Leinen vom Steg. Die Leinen straffen sich bedenklich und hätten vielleicht auch gehalten...

... *wenn* man sie denn auch mit einem ordentlichen Knoten am Steg festgemacht hätte.

Hat man aber nicht! Leine für Leine fliegt uns um die Ohren. Panisch springen alle Mann von Bord auf die Planken vom Steg.

Keine Sekunde zu früh. Ich sehe noch aus den Augenwinkeln, wie sich das letzte alberne *Schleifchen* von der allerletzten Leine löst und die Mörderjacht brüllend und mit Vollspeed aus dem Jachthafen auf die Elbe rausschießt.

Wir selber wetzen panisch den Steg runter. Und am Ende *instinktiv* über den nächsten Geländezaun in die Uferböschung. Weil hätte ja auch gut sein können, dass uns da am Ausgang vom Jachthafen vielleicht doch irgendein Hafenheinz mit offenen Armen empfangen würde.

Wir schlittern und stolpern also am Ufer entlang und finden Deckung im hohen Schilf. – Komplett ausgepowert.

»Portland, du bist so ein **Arschloch**!«, keuche ich, gucke mich um und kann Jacky dann aber gar nicht sehen.

Auch Gerrit, Cemal, Sebastian und Hendrik glotzen überrascht um sich. Kein Portland da.

»Er war hinter mir! Ziemlich sicher sogar! Hundertprozentig!«, ist sich Cemal sicher.

»***Ziemlich*** sicher sind keine hundert Prozent«, bemerkt Hendrik.

»Bei Allah, dann eben nur zu *99,9*! Aber *da* bin ich mir dann ***hundertprozentig*** sicher!«

»Was überhaupt keinen Sinn macht. Du kannst dir nicht *hundertprozentig* sicher sein, wenn dir am Ende 0,1 Prozent fehlen«, rechnet Sebastian sich einen zusammen und dann ...

... fängt Gerrit plötzlich an zu singen: ***»Aaach – duuu – Scheißeee!«*** ... ganz wackelig und panisch irgendwie auch, und dabei zeigt er auf die gegenüberliegende Uferseite von der Elbe, wo ein riesiger Pott vor Anker liegt. Ein Luxusliner mit britischer Flagge oben dran. Und davor *unsere* Luxusjacht, die mit Vollspeed darauf zuballert. Geistreich wie Playmobilmännchen stehen wir alle da und müssen mitansehen, wie die Jacht wenige Augenblicke später dann auch voll in den mächtigen Schiffsrumpf donnert und explodiert.

Mit einem riesigen Feuerball und einem derartig bombastischen Sound, weshalb ich bescheuerterweise an den letzten James-Bond-Film denken muss und dass die Filmfritzen, die den Film gedreht haben, jetzt bestimmt mächtig neidisch wären, wenn sie das sehen und hören könnten, weil da können sie lange rumbasteln, bevor sie so einen geilen Effekt hinkriegen.

Und dann holt mich Hendrik Lehmann aus meinem Film zurück, als ich ihn fragen höre: »... und wenn Jacky noch auf der Jacht war?«

»... dann ist er *hundert**zwanzig**prozentig* tot!«, ist sich Cemal diesmal mehr als sicher.

Stumm glotzten wir durchs Schilf auf die andere Uferseite. Ein paar Wrackteile platschten noch brennend aufs Wasser und soffen mit kleinen schwarzen Rauchwölkchen im Elbstrom ab. Der Passagierdampfer schien okay zu sein. Vielleicht hatte er eine Delle abgekriegt. Schwer zu sagen aus der Entfernung.

... und *echt* schwer zu sagen, ob Jacky Portland noch lebte. Wenn er auf der Jacht geblieben war, dann sprach einiges dagegen. Weshalb meine Kumpels und ich dann auch sofort beschlossen, zur Polizei zu gehen und uns zu stellen.

... *erst mal* beschlossen wir das. Dann aber waren wir alle der Meinung, dass das ja eigentlich überhaupt gar nichts bringt. Außer Mehrarbeit für die Polizei, Staatsanwälte, Richter ... Gefängniswärter. Das kostet ja auch alles! Und es war ja auch wirklich nur ein Versehen. Wir ... *ich* hab die Jacht ja auch nicht extra versenkt. Und überhaupt war ja auch gar nicht gesagt, ob der Jacky wirklich tot ist. Der ist vielleicht einfach nur etwas später von Bord gesprungen als wir. *Rein* in die Elbe, *raus* aus der Elbe. – Klar, die ist arschkalt, die Elbe. Aber Jacky Portland ist Engländer. Die stehen auf so was. Das weiß man doch, dass die alle gerne schwimmen. Und je kälter das Wasser, umso geiler finden die das. Das weiß man doch alles. Und wenn dann der Jacky quicklebendig irgendwann wieder auftaucht, dann machte das mit der Selbstanzeige sowieso ja auch schon mal überhaupt *gar keinen* Sinn.

Erst mal abwarten! – beschlossen wir also einstimmig, als wir mit unseren Rädern wieder in Hamburg ankamen und dann getrennte Wege fuhren.

Zu Hause angekommen, schiebe ich mein Fahrrad in den Keller und gucke als Erstes nach, ob das Gazelle-Rad von meiner Mutter da auch irgendwo rumsteht. Weil am Jachthafen war es nicht mehr, als wir losfuhren. – Was ich da noch als positives Zeichen sah, weil hätte ja gut sein können, dass Jacky nach seinem erfrischenden Bad in der Elbe schon mal munter vorgeradelt war.

War aber alles nicht. Das Gazelle-Rad meiner Mutter stand nicht im Fahrradkeller und wurde sehr wahrscheinlich am Jachthafen von irgendwelchen Arschlöchern ganz normal geklaut.

»Wo ist Jacky?«, begrüßt meine Mutter mich herzlich, als sie mich allein in der Wohnungstür stehen sieht.

»Der ... äh ... ist bei Cemal!«, spule ich das ab, was meine Kumpels und ich uns vorher ausgedacht hatten.

»Wieso ist der bei den Yildirims?«, will meine Mutter erwartungsgemäß wissen und ich texte geplant fort, dass Jacky Portland da über Nacht bleibt, weil da ja auch sein bester Kumpel Norman Bates ist, mit dem er Fußball gucken will – *Arsenal London gegen Dortmund.*

Da guckt mich Mama skeptisch an, ruft dann bei den Yildirims an und legt kurze Zeit später wieder auf.

»Und? Was sagen die Yildirims?«, frage ich höchst nervös nach.

»Cemal war dran«, lacht Mama. »So ein lustiger Junge. Er meinte, dass er den Jacky jetzt ***unmöglich*** ans Telefon holen könnte. *Guckt mit englische Brruder scheiß Arsenal gegen geilste Topmannschaft von Universum nach HSV: Borrrussia Dottmund.*«

»Ha hahahhhh... ...haaaa, wie lustig«, lache ich heiter bis dämlich und denke erleichtert, dass Cemal einen guten Job gemacht hat. Also, dass er den Anruf meiner Mutter abgepasst und exakt abgespult hat, was wir vorher alles besprochen hatten. Wobei das mit der *geilsten Topmannschaft des Universums* eine klare Abweichung vom Sprechtext war.

Was dann aber auch egal war, weil meine Mutter hatte eh alles geschluckt, und dann war Abendessen.

Und das, mein Action-Fan, war *grässlich*.

Ungewohnt still war's. – Jacky fehlte! Der *Earl of Entertainment.*

Ich hockte da und kaute unglücklich auf dem Zeug herum, das meine Mutter eigentlich extra für unseren englischen Gast zusammengemanscht hatte. – Irgendwas mit Fisch, eingepappt in Blätterteig. Was stark an meine *Fischstäbchenpizza* aus meinem Albtraum erinnerte.

Ich hockte also da und mir gegenüber mein Vater. Er schenkte sich ein Bier ein. Bestgelaunt! Nicht eine Spur von Unsicherheit, Nervosität. Als wäre es das Normalste der Welt, dass die Jacht, mit der er höchstwahrscheinlich heute noch über die Elbe geschippert ist, er und seine Blödelbarbie – dass ebendiese Jacht kurz darauf einfach mal explodiert ist.

Mama salzte versonnen und selbstkritisch ihren toten Fisch nach, das Toastbrot hatte eh nix zu sagen und Patentante Astrid war ein einziges Wrack. In Sachen Liebeskummer hatte sie einen schweren Rückschlag erlitten. Ihr bescheuerter Ex hatte sich dann doch noch mal gemeldet. Per SMS. Vielleicht einfach nur, um noch mal ordentlich nachzutreten. Was weiß ich?! Jedenfalls hatte die Nachricht Astrid wieder voll runtergezogen und kein Jacky war da, der sie tröstete … oder ablenkte mit Poker, Fußball oder *Aliens* ab 16.

Jacky fehlte. Still war's. Weshalb mein grundvergnügter Herr Vater dann auch das Radio anmachte, wo der supergut gelaunte Radiomann gerade das nächste Lied ankündigte.

... und jetzt, Leudäää, spiel ich mal wieder was von ›Element of Crime‹ ...

›Wie witzig!‹, schmiss ich mich innerlich weg vor Lachen. ›*Element of* ***Crime***‹. – *Verbrechen!* Wie passend ist das?!‹

... ›Am Ende denk ich immer nur an dich‹

... haute der Radiomann fröhlich den Titel des Stückes noch raus und spielte es ab.

Worauf Patentante Astrid nach den ersten Takten endgültig zusammenbrach und ihren Teller vollweinte.

»Was ist denn jetzt schon wieder los?«, fragte Hannah.

»Das – *wimmer* – war ***unser*** Lied! – ***Heeeuuul***«, heulte Astrid.

Mama, Papa, Hannah und auch ich verdrehten angenervt die Augen. Weil man konnte es auch echt nicht mehr hören. Aber da ließen wir das Radio *extra* laufen, weil irgendwann ist auch mal gut.

Und irgendwann war der Sänger mit seinem Stück auch durch und es folgten die Nachrichten, die derselbe Radiomann bestgelaunt verlas:

> *Radio Hamburg. – Moin!*
>
> ***Jacht rammt Schiff:*** *Punkt 16:00 Uhr heute Nachmittag kollidierte auf der Elbe bei Wedel eine 500 000 Euro teure Luxusjacht mit einem britischen Luxusliner. Die Polizei vermutet einen Terroranschlag. Von welcher Terrorgruppe, sei aber noch nicht ganz raus. Aber Fakt ist: Trotz heftiger Explosion, die Zeugen als oscarverdächtig bombastisch bezeichneten, ist gor nix weider passiert. Also Personen kamen nich zu Schaden ...*

Vom Prinzip her waren das ja eigentlich ganz gute Nachrichten. Mal abgesehen von der *halben Million Euro*, die ich quasi vor die Wand gefahren hatte. Aber: *Personen kamen* ***nicht*** *zu Schaden*, hieß es. Und die Macke am Dampfer wurde nicht einmal erwähnt. Und was ich auch prima fand, dass irgendwelche amtlichen Terrorgruppen verdächtigt wurden und *keine* dreizehnjährigen Jungs.

Was alles in allem meine Laune aber trotzdem nicht hob, weil ich immerzu nur an *eine* Person denken musste, die sehr wahrscheinlich eben doch zu Schaden kam. *Jacky.* In seine Einzelteile zerlegt. Als Person als solche selbst für die Polizei gar nicht mehr erkennbar. *Jacky.* Verteilt auf dem Grund der Elbe. *The Earl of Fischfutter.* Was nicht wirklich witzig war, und ich hab dann ja auch überhaupt gar nicht gelacht.

Ich versuchte, den Rest der Meldung mitzukriegen, was schwierig war, weil Astrid mir immer wieder von der Seite voll ins Ohr heulte.

»Pscht!«, zischte ich sie streng an und – siehe da – da war Ruhe und ich konnte den Radiomann sagen hören:

> ... *und auch die Eigentümer der Jacht wurden von der Polizei befragt. Der millionenschwere Fabrikant Ferdinand Sommer und seine Gattin* ...

... und was dann aber noch alles nach *Gattin* kam, kann ich dir wiederum nicht sagen, weil in dem Moment, als die *Gattin* fiel, prustete mein Vater eine volle Ladung Bier quer über den Tisch, direkt ins Gesicht seiner Schwester Astrid.

»Oh! Das ... das tut mir leid, Astrid. Ich ... das ... ich ... äh ... *verschluckt*. Sorry!«, stammelte er maximal nervös.

Astrid guckte ihren großen Bruder leicht gereizt an, machte dann aber kein Ding draus und verzog sich kurz ins Bad.

... und in meinem Kopf machte es ***klack***. Wie ein Stahlhebel, der voll nach vorn gedrückt wurde. Im Vollspeedmodus schossen mir die Gedanken durch die Birne: ›Die *Gattin* ist es – *Sommer* – Papas neue Freundin – Die *Sommerkuh* – Es ist ihre Jacht – ***War*** ihre Jacht ***gewesen*** – Jacky Portland *war gewesen* – *The Earl of Fischfutter* – **Nicht** witzig – **Die Jacht!** – Explodiert – Papa weiß gar nix davon – *Wusste* nix davon – Bisher jedenfalls! – Aber ***jetzt*** weiß er's und ...‹

»Jan, ich rede mit dir!«, fällt Mama mir in meinen Gedankenfluss.

»Was?«, frage ich abwesend.

»Den *Mund*, Spatz! Ich sagte, du sollst den *Mund* zumachen. Das ist sehr unappetitlich!«

»Es ist ***ekelhaft***. Ich will, dass ihr den *Spatz* zurückgebt!«, witzelt Hannah doof rum.

»Nicht witzig! Du verstrahlte **Endkuh!**«, antworte ich dann auch ganz normal darauf und da ballert Papa mich echt übertrieben streng an: **»JETZT REISS DICH MAL ZUSAMMEN, JAN.«**

Was jetzt auch mal unheimlich witzig war. – Seit rund sechs Tagen machte ich hier nichts anderes, als mich zusammenzureißen. Und ganz klar wegen ihm. ... also *auch* wegen ihm. Und jetzt kriegte ich ausgerechnet von *ihm* eine drüber. – Auch wenn das ziemlich klar auf der Hand lag, dass er hier nur den Lauten machte, um von seinem extremen Nachrichtenschock abzulenken.

Und da dachte ich nach! Schon wieder! *Darüber* diesmal, dass ich dem ganzen Zirkus hier *sofort* ein Ende bereiten könnte. Alles, was ich dafür tun müsste, wäre, das iPhone aus Jackys ... *meinem* Zimmer zu holen, es auf den Tisch zu knallen und zu sagen, wo ich es gefunden habe. Dann wär's das hier mit *Familie Hensen*. Weil Mama ist nicht Astrid. Mama würde amtliches Kleinholz aus ihrem Gatten machen und ihn *sofort* achtkantig rausschmeißen. *Ex und hopp!* – Kurz und schmerzlos **... Punkt!** – Und da könnte sich mein Herr Vater dann eine neue Wohnung suchen ...

... was ja auch Vorteile *für mich* hätte. Das weiß ich von Sebastian. Weil der ist *auch* amtliches Trennungskind. Und *der* hat mal gesagt, dass er deswegen *zwei* Zimmer hätte. Eins bei seiner Mutter und eins beim Vater.

›*Zwei* Zimmer, *zwei* Fernseher, und wenn ich es nicht ganz dämlich anstelle: vielleicht sogar *zweimal* Taschengeld‹, zählte ich also die Vorteile in Gedanken auf und verglich sie dann aber auch noch mal mit der Nachteilseite. Und die war nicht gerade klein. Weil, wenn ich jetzt alles offenlegen würde, wär's das auch für *mich*. Es ist eine Sache, unerlaubt eine Luxusjacht zu betreten, auf der man *zufällig* das iPhone seines Vaters findet. Eine komplett andere, wenn dieselbe Jacht kurz darauf explodiert. Da muss man doch nur mal eins und eins vernünftig zusammenzählen, um zu peilen, *wer* das Teil versenkt hat – *ich!* Wenn man dafür nicht ins Heim kommt, dann weiß ich's auch nicht mehr.

Clever und weise entschied ich mich also, *gar nichts* offenzulegen, und da ...

... machte es in meiner rechten Schlumpftasche plötzlich ***Rabimmeldibimm***! – Papas iPhone!

Ich *Douchebag* hatte es ausmachen und in meinem Zimmer verstecken wollen. *Wollen!* – Aber nicht *getan*! Im Eifer des Gefechts einfach vergessen!

... Rabimmeldibimm Rabimmeldibimm Rabimmeldibimm ...

Mama, Hannah, Astrid und *ganz* besonders mein Herr Vater gucken mich mächtig irritiert an.

In meiner Birne rotiert es.

»Ich ... äh ... ich ... das ... äh ... hab's gefunden«, erkläre ich.

Rabimmeldibimm, macht das iPhone.

Ich krame es aus der Tasche. Mit einem rotierenden *Nichts* in der Birne. Ich starre aufs Display. *Anita* steht da. – Wer ist *Anita*? Der Name ist neu. So neu wie Papas heimliche Freundin, die *Sommer. Anita Sommer!* Wer sollte es sonst sein?! Ein Anruf von der höchstwahrscheinlichen Brutzelkuh.

... Rabimmeldibimm ...

»Ja, wo denn, Jan?«, will meine Mutter wissen.

»… … …«, antworte ich *nichts* und glotze verzweifelt zu Papa rüber, der höchst verzweifelt zurückglotzt. – *Er* weiß, wo ich es gefunden habe. Wo ich es gefunden haben *muss*. Auf einer Luxusjacht auf dem Esstisch, wo der Döspaddel es hat liegen lassen.

Ordentlich verzweifelt also glotzen wir uns an. – Vater und Sohn. Mit *nichts* in der Birne.

… Rabimmeldibimm …

»Uuu…«, sagt Vater, und weiter: »… ***uuu***nglaublich schusselig von mir. Ich-ähmmm … hab's, glaub ich, im … *mpff* … **Geräteschuppen** liegen lassen. … stimmt's, Jan?«

Papa guckt mich an und ich ihn. Verzweifelt!

… Rabimmeldibimm …

»… … … äh«, sage ich und kapiere dann aber auch, dass mein Vater mir soeben ganz überraschenderweise eine Steilvorlage geliefert hatte. … was eine *superbescheuerte* Steilvorlage war. Weil Papa den Geräteschuppen so gut wie nie betritt. – Gartenarbeit ist einfach auch nicht sein Ding. Was aber nun egal war. Papa hatte mir die Steilvorlage geliefert, weil er ganz klar nicht wollte, dass auch nur *irgendwas* auf den Tisch kam. Weder die *Kuh* noch die *Jacht* … die ich versenkte.

»… … stimmt, Papa. Im **Geräteschuppen** lag's«, sage ich also.

… Rabimmeldibimm …

»Jetzt gib das Scheißding endlich rüber. Das nervt, Mann!«, blafft die Endkuh Hannah mich an und reißt mir das iPhone einfach aus der Hand, gibt es Mama, damit sie es an Papa weiterreichen kann.

»*Anita*. Ja, wer ist denn *das*?«, fragt Mama spitz, als sie noch mal kurz aufs Display guckt, bevor sie das iPhone an Papa weitergibt.

»Äh … *Seminarkollegin*. Klein und grau. Sitzt neben mir. … mehr nicht«, nuschelt Papa und nimmt den Anruf entgegen.

»T-Thomas Hhhh-Hensen. Und wer dort?«, stottert er doof ins iPhone rein, fängt blöde-nervös an zu lächeln und sagt dann kurz ***Ja*** und dann noch mal kurz ***Ja***, gefolgt von einem lang gedehnten ***Neeeiiin*** und dann lange nichts, aber dann noch mal ***Ja*** und noch mal ***Tschüss*** und dann legt er auf.

»Hammergespräch!«, kommentiert Hannah das Telefonat.

Da sagt mein Vater aber gar nichts drauf und meine Mutter auch nicht. Er steckt das iPhone ein, schielt noch mal echt nachdenklich zu mir rüber, und dann wechselt er aber geschickt das Thema und lobt meine Mutter für den *leckeren Fisch*. Was stumpf gelogen ist, aber meine Mutter erklärt ganz stolz, wie viel Arbeit das gewesen sei, und droht allen damit, dass sie den ja jetzt auch mal öfter machen könnte.

Und dann, irgendwann, fällt meinem Vater plötzlich ein, dass er ja noch mit Horst Koopmann verabredet ist, also dem Vater von Gerrit. *Auf ein Bier um die Ecke.*

Was auch stumpf gelogen ist, weil jeder weiß, dass der Koopmann meinem Vater einfach nur tierisch auf die Eier geht. Mit dem verabredet man sich nicht einfach so.

Weshalb meine Mutter da auch erst ein bisschen schräg guckt, und dann fragt sie aber auch nicht weiter nach und wünscht meinem Vater einen schönen Abend ... mit schönen Grüßen an Horst. – Und *ich* weiß, dass er die garantiert nicht ausrichten wird, weil er sich mit Anita Sommer trifft. *Anita*, Papas neuer Brutzelbarbie.

Und als er zur Tür raus ist, hakt sie bei mir dann aber plötzlich noch mal nach, was ich denn im Geräteschuppen verloren hätte, worauf mir absolut nichts einfällt, wie *ich* darauf vernünftig antworten soll ...

… was ich dann auch gar nicht mehr muss, weil Astrid genialerweise wieder anfängt zu heulen, als der Mann im Radio extrem heiter den nächsten Titel raushaut, den er dann auch gleich abspielt: ›*Ohne dich*‹

… von *Element of Crime*!

No. 15 – Friday, 7:14 Uhr

... ich bin müde. Unendlich müde bin ich.

Ich hab eben auch verdammt wenig geschlafen. Ich lag da in meinem Eckchen, knallwach, und die Gedanken rotierten. *Die Jacht – Jacky Portland – mein Vater und seine endbescheuerte Sommerbrutzel-Barbiekuh – meine Mutter – Fisch im Teigmantel – Katastrophe – Jacht – Jacky Portland – tot ...*

... und dann hab ich ihn angerufen. Jacky Portland. Über sein Handy. Immer und immer wieder. Was unheimlich war, weil er nie persönlich dranging und ich ihn immer wieder nur seinen Namen sprechen hörte, bevor seine Mailbox ansprang. Unheimlich. ... und unheimlich teuer auch, weil ich seine *englische* Mailbox dann auch vollgequatscht habe. – Auslandsgespräch!

»Portland! *Jacky*! Mein ***Freund***! Wenn du noch lebst, ruf mich bitte zurück«, habe ich draufgequatscht auf seine *Blackbox* ... ins schweigende Jenseits.

Immer und immer wieder habe ich Jackys Nummer gewählt, habe seiner Mailbox gesagt, dass mir dass alles schrecklich leidtäte und dass ich ihn aber ganz bestimmt nicht extra umgebracht hätte. … also für den Fall, dass ich erfolgreich gewesen wäre.

… was ich so nicht gesagt haben wollte und auf keinen Fall so meinte, aber dann eben doch gesagt habe, und dann quatscht man sich ja auch immer um Kopf und Kragen auf so einer Mailbox, weil man ja auch nie ein Wort zurücknehmen kann, und das steht dann eingemeißelt da bis in alle Ewigkeit auf der Box des amtlich letzten *Earl of Portland*.

»Ach, Jacky«, meißle ich ein letztes Mal seinen Namen in die Box. »Du *old buddy,* du. Tut mir auch echt leid, dass ich die Woche vielleicht ein bisschen unfreundlich zu dir war. Aber du glaubst ja gar nicht, wie *sehr* du mir auf den Sack gegangen bist. … also, jetzt natürlich *nicht* mehr, seitdem du vielleicht tot bist. … … was ich jetzt auch echt anders meine, als ich's grad gesagt hab, weil alles, was ich meine und sagen will, ist …« – ***Piep***

… und dann war plötzlich eine Frau dran, die mir auf Englisch erklärte, dass die Mailbox des Teilnehmers jetzt pickepackevoll ist, und dann …

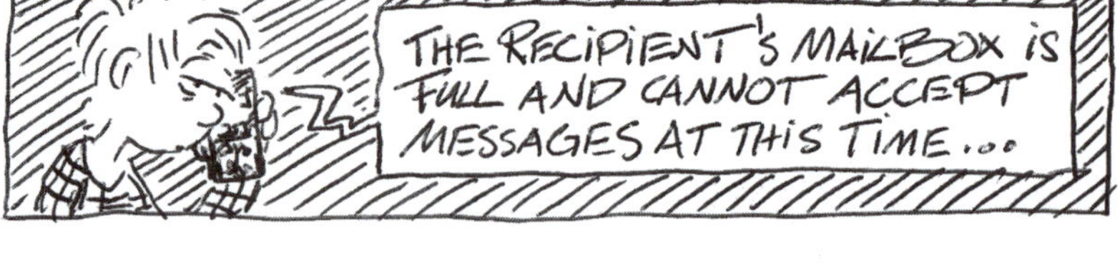

... erklärte sie mir dasselbe noch mal – und noch mal – und noch mal – und noch mal ... bis ich dann auch irgendwann kapiert habe, was die Tante vom Band von mir wollte, und ich endgültig aufgelegt habe.

Friday, 7:19 Uhr: Ich bin ein Wrack! So eins wie Patentante Astrid! Die hat auch nur sehr, sehr wenig geschlafen, was ich deshalb weiß, weil ich gehört habe, wie sie in der Nacht dauernd aufs Klo nebenan gerannt ist und es vollgeweint hat ... und mindestens zweimal vollgekotzt. Was jetzt aber auch echt nichts zur Sache tut, weil beschreiben wollte ich dir eigentlich nur, dass es *mir* persönlich einfach auch echt nicht gut geht. Ich bin ein Wrack. Patentante Astrid hin oder her.

Aber, *my true friend*, das nützt ja nun alles nichts und ich muss da durch. Also, zur Schule hin auf jeden Fall. – Die erste Doppelstunde Englisch und ...

... müde bin ich. Unendlich müde.

No. 16 – Friday, 14:32 Uhr

The Schüleraustauschweek is so gut wie gewesen. Weil today was eben the last Englisch-Hour together with the people from England. And for the Fall, one would me ask, what I think about of all, I should truly say: The w(h)o~~o~~l week was echt catastrophalully! – The poor, poor Mrs Hamann, who's my favorite Englishteacherin for jetzt and forever, had lost pretty matsch nerves, Mrs Preston have has lost her mind and I – how should I say that now – I have lost a complete English Austauschschüler …

… was ich dann wohl besser weglasse. Das muss die Hamann gar nicht wissen. Die regt sich ja auch schon immer so künstlich auf, wenn ich mal mein Englischbuch verlege. Und da wäre das echt nicht schlau, wenn ich ihr mitteilen würde, dass ich jetzt mal gleich einen ganzen Austauschschüler verbummelt habe.

»Sag ihr, dass der Portland vorzeitig abgereist ist. Wegen Heimweh oder so«, hatte Sebastian die Idee, als meine Kumpels und ich vor der Schule noch darüber nachdachten, was ich der Hamann sagen soll, wenn sie bei der Anwesenheitsliste checkt, dass der Portland nicht da ist.

»Das ist unrealistisch!«, meinte dann aber Hendrik zu Sebastian und der schlug dann selber vor: »Sag Frau Hamann, dass der Jacky im Bett liegt. Was weiß ich – mit *Ziegenpeter* vielleicht.«

»Oh, das ist natürlich *viiiiel* realistischer«, zickte Sebastian zurück. »Da liegt einer mit einem Ziegenpeter im Bett rum. Nänä, schon klar, Lehmann.«

»Ich meine *Mumps*, nicht den Ziegenpeter von der Heidi«, klärte Hendrik Sebastian auf und Gerrit darauf: »Das ist alles Mumpitz. – Portland hat sich ein Bein gebrochen. Wenn schon krank, dann richtig. Komplizierte Oberschenkelfraktur. Beim Duschen passiert. Sag der Hamann *das*, Hensen!«

»Ach, ich weiß nicht ...«, weiß ich dann nicht und Cemal aber: »Er hat sich *beide* Beine gebrochen! Das erste beim Duschen und das zweite, als er danach die Kellertreppe runtergefallen ist«, und Gerrit wieder: »... und dabei ist er ganz unglücklich mit seinem rechten Auge in die Spitze von dem Surfbrett von deinem Vater gelandet.«

Und da will ich noch sagen, dass mein Vater gar kein Surfbrett hat, weil er einfach auch nicht der Typ ist, der surfen würde, aber eigentlich ist er auch nicht der Typ, der mit Motorjachten die Elbe rauf- und runterdonnert, weshalb ich dann erst mal gar nichts sage und Sebastian dann aber dafür noch: »... weswegen Jacky Portland ganz schreckliches Heimweh bekam und mit Ziegenpeter, zwei gebrochenen Beinen und einer Surfbrettspitze im Auge vorzeitig abgereist ist.«

»Das ist unrealistisch!«, meint Hendrik wieder zu Sebastian und Sebastian brummelt zurück: »Dann lassen wir den Ziegenpeter weg!«

»Ach, ich weiß nicht!«, meine ich dann noch mal zu allem und dann ...

... hat's eh geklingelt.

Gerrit, Cemal, Sebastian und Hendrik guckten mich stumm an und Gerrit klopfte dann aufmunternd auf meiner Schulter rum und meinte zu mir: »Du machst das schon! Alles wird gut!«

Dann schlurften wir alle rauf zu unserem Klassenraum. Höchst unentspannt, nervös, endfertig – alle miteinander. Weil wir alle miteinander wussten, dass *nichts* jemals wieder gut werden würde. Jacky Portland war weg. Endgültig abwesend.

... und dann war das aber erst mal sowieso komplett egal, wer von uns an- oder abwesend war, weil was ganz anderes erst mal Thema war: *der Terroranschlag auf ein britisches Passagierschiff.*

»... nein, Darling! Du brauchst wirklich keine Angst zu haben. Don't worry!«, versuchte Mrs Preston diese *Helen, Helma* oder *Helga* oder wie die heißt, zu beruhigen. Die hatte nämlich ganz aufgelöst danach gefragt, ob denn jetzt *alle* Engländer in Hamburg in Gefahr wären. Und dann wollte die Preston anscheinend noch irgendwas sagen, aber da hatte sie wohl kurzzeitig den Faden verloren, weil sie heute auch echt nicht auf Zack war und sowieso ein bisschen so aussah wie ein Zombie mit Migräne.

»Keine Sorge, liebe Briten und Britinnen«, nahm Frau Hamann dann auch den Faden auf. »Die Polizei ist alarmiert. Häfen, Flughäfen, Bahnhöfe werden aufs Schärfste kontrolliert. Auch wenn klar sein dürfte, dass die Terroristen eh das Weite gesucht haben. – Die Gefahr ist gebannt!«

Was jetzt mal ein echt guter Witz war. Weil: Die *Terroristen* saßen direkt vor Hamanns Nase rum; Gerrit, Cemal, Sebastian, Hendrik und der Schlimmste von allen: ich!

»Wie witzig!«, nuschelt dann auch Sebastian rechts von mir rüber – absolut spaßfrei.

»Yep, zum Totlachen!«, nuschelt Gerrit von links – todernst.

»Mr Hensen! Möchtest du unseren englischen Gästen vielleicht auch etwas zu diesem sehr ernsten Thema mitteilen?«, bläst mir von vorn die Hamann ins Gesicht.

Da gucke ich sie stumm und ratlos an, weil ich auch echt nicht weiß, was ich darauf noch sagen soll. Außer vielleicht: echte Frechheit allmählich. Jetzt kriege ich sogar dann einen drüber, wenn ich nicht mal *irgendwas* gesagt habe.

»Also, Mr Hensen?«, hakt die Hamann nach.

»Also was?!«, will ich wissen, was es nachzuhaken gibt.

»Ob du uns etwas mitteilen möchtest?!«

»Äh ... nein.«

»Was ich mir hätte denken können!«

›Warum fragst du dann erst, du Huhn?! *Erst* nachdenken, *dann* fragen!‹, denke ich dann nur und dann fragt die Hamann mich aber auch noch mal ganz plötzlich: »Wo ist überhaupt *dein* englischer Gast, dieser ... Jacky Portland?«

»... ... ... ö... ... ...«, antworte ich wortgewandt wie ein Teddybär und fange an zu schwitzen.

»An answer please, Mr Hensen! **Now!**«, lässt die Hamann einfach nicht locker.

»Ööö... ... ...«

»My Goodness, jetzt lassen Sie doch mal den Jungen in Ruhe!«, kriege ich dann ganz unerwartet Unterstützung aus der Zombieecke – Mrs Preston.

»Ich darf doch wohl sehr bitten!«, tackert die Hamann dann auch direkt in ihre Richtung. »Mischen Sie sich nicht in meine Angelegenheiten.«

»Portland ist *mein* Angelegenheit!«, knurrt die Preston.

»Und Mr Hensen hier *meineee* ... ***diiie*** Angelegenheit! *Femininum*!«, stichelt die Hamann zurück und bohrt bei mir extraunbarmherzig nach: »Also, Mr Hensen? Wo steckt Jacky Portland?«

»Ö«, macht Mr Teddybär und dann ...

... macht es in meiner Schlumpftasche ***Beeep Beeep*** und in den Hosen- und Jackentaschen von meinen Kumpels gleichzeitig auch so was in der Art.

»Was soll der Blödsinn?! Macht gefälligst die Handys aus!«, befiehlt Frau Hamann.

»'schuldigung!«, entschuldige ich mich für alle, die gerade eine SMS reingekriegt haben, und dann kramen wir alle auch brav unsere Handys raus, um sie auszuschalten, und dann gucken alle aber auch noch mal kurz nach, wer denn da geschrieben hat, und dann war's ...

... Jacky Portland!

Jacky Portland lebte! ... also *immer noch*, und das war mal eine echt gute Nachricht. Eine so dermaßen gute Nachricht, dass ich dir jetzt nicht mal im Entferntesten beschreiben kann, *wie* gut.

Niemand wurde in die Luft gejagt. Absolut *niemand* wurde getötet. *Nichts* und *niemand* und schon gar nicht von *mir*!

Eine SMS vom guten alten Jacky! Höchst lebendig! Was eben für sich genommen eine unbeschreiblich gute Nachricht war. Für mich *und* für meine Kumpels ganz klar auch.

... die schlechte Nachricht war im Großen und Ganzen der komplette Inhalt der SMS.

> ***Hey Folks!***
> ***Wie gefallt euch das Schnappschuss?***
> ***Soll ich posten es on Facebook? Was denkt ihr?***
> ***... i think, yes, i should!***
> ***Cheerio,***
> ***Jacky (Earl of Portland)***

... ein Gruppenfoto! – Von uns! Klar und deutlich. Um exakt 15.56 Uhr geschossen. Auf einer 500 000 Euro teuren Luxusjacht, die exakt vier Minuten später explodierte.

›Och, warum nicht?! Ganz gut getroffen‹, dachte ich im ersten Moment echt doof und im zweiten dann aber auch sofort: ›Ach du Scheiße! Ein Beweisfoto! Das ist das Ende!‹

»Gnmpf!«, machte es dann auch gleich links und rechts von mir. – Meine gut getroffenen Kumpels, die nach der ersten unbeschreiblichen Freude, die so ein Auferstandener von den Toten überhaupt auslösen kann, wieder komplett in sich zusammensackten.

Jackys Botschaft war angekommen. Er wollte uns fertigmachen!

»Sitzt ihr auf euren Ohren? Handys aus! Sofort!«, quietschte die Hamann uns voll ungeduldig an, weil wir ja auch nichts weiter taten, als die Teile voll fertig anzuglotzen.

Gerrit, Cemal, Sebastian und Hendrik machten dann aber auch der Reihe nach die Handys aus und ich selbst überlegte kurz und verzweifelt, ob ich dem Jacky nicht wenigstens noch eine ganz kurze SMS zurückschreiben sollte. – Irgendwas in Richtung von: *Jacky, mein Freund! Tu das bitte nicht! Nicht posten bitte. Bittebittebitte nein! ... Ganz ganz liebe Grüße und einen Haufen Tschirios ganz klar auch. – Dein Jan* – irgendwie so was in der Art ...

… was ich mir dann aber eh alles sparen kann, weil im nächsten Moment die Klassentür auffliegt und reingerauscht kommt: Jacky Portland! Höchstpersönlich, volllebendig, kerngesund!

»GooooD MORNING, FOLKS!«, begrüßt er die Klasse bestgelaunt wie ein Fernsehfritze sein Publikum, worauf das Publikum dann auch ordentlich applaudiert und sich anschließend wegschmeißt vor Lachen, als der Portland sich mit den Knien voran auf den Boden wirft und mit hochgerissenen Armen ein paar Meter darüberschlittert. *Alle* haben sie gelacht …

... bis auf die letzte Reihe. Da wusste, glaube ich, keiner von uns so richtig, ob er jetzt lachen oder doch eher weinen sollte. Jacky Portland hatte überlebt. Aber sein Scheißhandy auch. Sein Handy mit Gruppenfoto drauf. *Weinen, lachen, kotzen* – stimmungstechnisch gesehen: das totale Chaos.

... und ganz vorne – direkt neben dem *Earl of Showtime* – wurde auch verdammt wenig gelacht.

Die Hamann pfiff voll angespannt eine scharfe Ladung Luft in sich rein und man ahnte es ja schon, was da als Nächstes für eine nervige Standpauke aus ihrem Kopf herausgequietscht kommen würde, wie aus der zusammengequetschten Öffnung von einem Luftballon.

Und da war dann die untote Preston aber erstaunlicherweise einen Tick schneller und kreischte los: **»What the hell ...?! Portland! Du solltest in mein Hotelzimmer bleiben und nicht ...«**

Preston brach ab und biss auf ihren blassen Lippen rum.

»Aha?«, macht die Hamann da. »In *Ihre***mmm** Hotelzimmer? Nicht bei seiner Gastfamilie? Das ist ja mal eine interessante Info, Frau Kollegin. Warum weiß ich davon nichts?«

»... ö ... ö ... ö ...«, macht Mrs Preston wie ein untoter Teddybär.

»Oh, dear Mrs Hamann!«, fällt Jacky ihr dann fröhlich in die Buchstaben. »Es ist alles my fault ... *mein Fehler!* Ich habe begangen eine große Dummheit. Yesterday! Ich traf ...«

»SHUT UP, PORTLAND!«, kreischt die Preston wieder wie eine kaputte Kreissäge los und krächzt dann aber auch noch mal schnell hinterher: »Äh ... ich meine: *Jacky! Please!* – Ich denke, es reicht«, und dann noch mal zu der Hamann: »Es reicht, wenn ich Ihnen sage, dass ich Jacky gestern Nacht habe aufgelesen auf der Straße ...«

»Auf der *Reeperbahn*!«, ergänzt Jacky fröhlich.

»... äh ... ja! Nachts um halb eins!«, krächzt die Preston genervt. »... **and**, werte Kollegin, es ist zwar absolutly *mei-**neee*** Angelegenheit, but: Ich habe noch mal Gnade vor Recht ergehen lassen and Jacky mit in mein Hotel genommen. Dort sollte er bleiben bis zur Abreise und Gelegenheit genug haben, um nachzudenken über sein Dummheiten. **And last but not least:** Jackys Gasteltern habe ich selbstverständlich noch in derselben Nacht angerufen, um sie über das Vorfall zu informieren.«

Da schielen meine Kumpels von links und rechts echt irritiert zu mir rüber und da kann ich aber auch nur echt irritiert zurückschielen und doof mit meinen Schultern rumzucken, weil ich davon nichts mitgekriegt habe.

»Haben Sie nicht!«, sagt dann aber auch Jacky zu der Preston.

»Wie, was soll das heißen, *Haben Sie nicht*?«, fragt die Preston leicht verunsichert.

»Soll heißen: ***nicht*** angerufen! *Haben Sie nicht!*«, antwortet Jacky, und dann noch: »Sie *wollten* die Hensens anrufen, aber – wie soll ich sagen – in your *state* ... Ihrem Zus-tand? ... Sie waren *unable* ... wie sagt man auf Deutsch?«

»Unfähig!«, übersetzt Frau Hamann schnell und gern.

»*Unfähig!* Danke!«, bedankt sich Jacky bei der Hamann und da kreischt die Preston aber auch schon wieder voll kaputt los: **»That's a lie! – Eine unverschämte Lüge ist das! Dieser kleine Bastard lügt! Lügt! Lügt!«**

Da glotzt die komplette Klasse die Preston an. Maximal irritiert auch.

Und die Hamann grinst von oben auf sie runter: »Aber Frau Kollegin! *Language!* So mäßigen Sie sich doch«, und zu Portland dann direkt weiter: »Bitte, mein lieber Jacky. Sprich!«

»With pleasure, dear Mrs Hamann. But the reason ... die Grund, warum ich gekommen bin, ist eine andere! Das *uuun-vör-gääss-lieche Schuläär-aus-tausch-woch*. Auch ich möchte mein Beitrag geben. – Unfortunately kein Filmclip. But very interesting, *really nice* pictures«, spricht Jacky und wirft finster grinsend einen kurzen Blick in die letzte Reihe.

Gerrit, Cemal, Sebastian, Hendrik und ich pressen uns tief in die Sitze.

»DAS PROJEKT IST BEENDET, PORTLAND! SIT DOWN AND BE QUIT!«, kreischt die Preston.

»Das Projekt ist beendet, wenn ***ich*** es sage!«, zickt die Hamann und zu Portland superfreundlich: »*Nice pictures* also. Eine *Diavorführung!* Das gefällt mir. Bitte, lieber Jacky. – Die Bühne gehört dir«, und zeigt auf das Laptop mit Beamer dran.

Worauf der Jacky gut gelaunt aber nur den Beamer hochfährt, sein *scheißrobustes* Smartphone der Marke Samsung aus der einen Jackentasche zückt und aus der anderen irgendein Kabel, mit dem er Beamer und Smartphone zusammenstöpselt, und nebenbei erklärt: »Sorry, leider habe ich gehabt noch keine Zeit, mein pictures auf Facebook zu posten.«

Und dann wirft der Beamer im nächsten Moment auch schon Jackys angestöpselten Samsung-Bildschirm voll fett, gestochen scharf an die Leinwand.

»Zauberei!«, haucht die Hamann niedlich und die Preston knurrt Jacky an: »This has consequences, Mr Portl…«

Der Rest vom Geknurre ging dann unter, als Jacky mit einem lässigen Fingerwisch über sein Handy das erste Foto an die Wand warf und die komplette Klasse vor Gegacker am Boden lag.

»What the mat…«, kläfft die Preston da noch mal, dreht ihren Kopf zur Leinwand und da sieht sie dann auch selber, was hier voll *the matter* ist: Sie selbst nämlich. – Mrs Preston *live and in person!* Auf der Reeperbahn! Nachts um halb eins! Aus einem Spielkasino torkelnd! Hackenbreit!

»Oh my goodness, Mrs Preston! Excuse me! This Snapshot wollte ich nicht zeigen«, entschuldigt sich Jacky bei seiner Lehrerin superbestürzt ... und grinsend.

»This ... That ... The ...«, lispelt Mrs Preston sich einen zusammen.

»Aber wenn es schon mal da ist ... so what?!«, meint Jacky gelassen und erklärt allen: » Hier hat mich die gute Mrs Preston – wie sagten Sie – *gelesen*?!?

»***Auf***gelesen!«, korrigiert Frau Hamann so ernst wie möglich.

»***Auf***gelesen! Thank you«, bedankt sich Jacky und zu der Preston superhöflich weiter: »Aber wenn ich mir das kleine Korrektur erlauben darf: Nicht *Sie* haben aufgelesen mich, sondern *ich* Sie. Lucky you. Denn ohne mich hätten Sie never the way back to the hotel gefunden.«

»Th... Th... Th...«, spuckt Mrs Preston, die Hamann grinst, die Klasse grölt.

Da konnte sie einem schon ein bisschen leidtun, die Mrs Preston. Weil das geht ja auch wohl niemanden was an, was man so in seiner Freizeit treibt. Ist doch absolute Privatangelegenheit. Die Preston säuft und zockt halt gern. – Ihre Entscheidung. Alt genug ist sie ja.

... andererseits: *Ausgerechnet* die Preston! Dieser knallstrenge, humortote Lehrkörper. Ist dann schon verdammt witzig, wenn man sieht, dass ausgerechnet so eine aus einem Spielkasino torkelt – stramm wie zehn Matrosen.

So gesehen kann man sich da auch das ganze Mitgefühl sparen. Und sehr wahrscheinlich wäre ich auch einer der Ersten gewesen, der sich vor lauter Lachen in die Hose gemacht hätte. Aber zu dem Zeitpunkt tat ich mir selbst eben am allermeisten leid. Und ich schätze mal, dass es meinen Kumpels ganz ähnlich schlecht ging wie mir. – Alle hockten wir da in der letzten Reihe, locker wie Crashtestdummys. In Erwartung, dass Jacky Portland jeden Moment mit einem lässigen Fingerwisch ***unsere*** Privatangelegenheiten auf die Leinwand werfen würde. – Per Gruppenfoto ... auf einer schweineteuren Luxusjacht ... *Bumm!*

»Th...«, spuckt Mrs Preston und Frau Hamann fragt bei Jacky halbwegs streng nach, was er denn nachts um halb eins auf der Reeperbahn verloren hatte.

»Well. Ich machte ein Sightseeingtour durch Ihr wunderful town. – Hämmbörg! It's ***bombastic***, isn't it?!«, ist seine Antwort und die Crashtestdummys von der letzten Bank bohren ihre Fingernägel in ihre Schleudersitze.

... und Jacky locker weiter: »However. Time was running away and ich habe nicht gemerkt, wie schnell, und dann war es after midnight. I'm very sorry.«

»Da lassen wir doch gerne noch einmal Gnade vor Recht ergehen – was, Miss Preston?!«, grinst Frau Hamann von ganz oben auf ihre Kollegin herab und tätschelt dabei auf ihrem Rücken rum wie bei einem Baby, das rülpsen soll.

»You are so kind!«, schleimt Jacky die Hamann voll und wischt wieder lässig über den Bildschirm von seinem Handy.

Fünf Crashtestdummys bohren ihre Fingernägel noch tiefer in ihre Schleudersitze und dann ...

... sieht man auf der Leinwand aber erst mal kein Gruppenfoto mit Jacht drauf, sondern wieder die Preston. Sehr nüchtern diesmal. Und die Hamann ist auch drauf. Stinksauer und mit Stadtplan in der Faust. Also exakt die Szene am Elbstrand, die ich dir ziemlich weit vorne irgendwo schon mal beschrieben habe. – Jacky Portland hatte den Moment mit seinem Samsungteil galaktisch gut festgehalten.

Gepruste ging durch die Reihen. ... bis auf die letzte, versteht sich.

»Äh ... ja! Sehr amüsant!«, quetscht die Hamann da voll nicht amüsiert ein Lächeln über ihre schmalen Lippen und bittet Jacky dann auch, mit seiner *Diavorführung* schnell fortzufahren.

Und Jacky fuhr fort und zeigte Foto für Foto. Unter den krächzenden Protesten einer so was von ***null*** amüsierten Mrs Preston. Und von Fingerwisch zu Fingerwisch bohrten fünf Crashtestdummys ihre Fingernägel tiefer und tiefer in ihre Schleudersitze. – Jedes neu auf die Leinwand gewischte Foto konnte unser Ende sein – Gruppenfoto mit Jacht – *bombastisch* gut getroffen.

Es war die Hölle und kein Ende in Sicht. Jacky peitsche gnadenlos lässig all die Schnappschüsse an die Wand, die er während der Schüleraustauschwoche geknipst hatte. – Heimlich. Absolut unbemerkt.

Alle hatte Jacky Portland mit seiner Handykamera erwischt. Und *alle* hatten ihren ganz großen Spaß ... *wenn* sie nicht gerade selbst im Bild waren, versteht sich.

Die reinste Kriegsreportage. Und zwischendrin immer wieder gestochen scharfe Fotos mit knallharten Nahkampfszenen der beiden *Warladys* Hamann und Preston.

... die jetzt einfach nur noch dasaßen und stumm die Leinwand anglotzten, schlau wie zwei Gummibärchen.

Der komplette Schüleraustauschkrieg, der da an Ihnen vorüberwischte , war ganz klar ihr Werk. Sie hätten's in der Hand haben können.

... hatten sie aber nicht. Sie haben's einfach nur vergeigt. Die komplette Woche. So einfach ist das.

Möglich, dass die beiden Ladys das in diesem Moment kapierten und vor lauter Fassungslosigkeit vielleicht auch *extremly unable* waren, Jacky einfach mal zu stoppen.

Der wischte und peitschte nämlich gnadenlos immer weiter, bis er dann doch plötzlich eine kleine Pause einlegte und fernsehfritzefröhlich ankündigte: **»Okay, Folks. JeeeETZT kommt das absolute Höhepunkt. Das Highlight meiner uuun-väär-gööss-liechen Schuuulär-au-staus-chwoch. Bombastically! – Wollt ihr das sehen?«**

... ja, alle wollten es sehen und brüllten Jacky entsprechend geisteskrank an. Bis auf zwei fassungslose Gummibärchen. Die brüllten nicht. ... und fünf endfertige Crashtestdummys auf ihren Schleudersitzen – die wollten auch nicht mehr!

Ich blickte in Jackys Richtung. Verzweifelt ... flehend, bittend, bettelnd, mit dem Kopf langsam schüttelnd. Und Jacky blickte zurück. Erbarmungslos grinsend. Und im nächsten Moment wischte er mit seinem Finger dann auch erbarmungslos lässig über sein Folterphone und dann ...

… war *Emptiness*! … die absolute Leere. … auf der Leinwand eben. Da war *nichts* mehr zu sehen.

»Oups!«, machte Jacky superübertrieben erstaunt. »Sorry Folks! Aber ich furchte, das war's. Da habe ich das absolutly Highlight der Woche wohl unfortunately gelöscht.«

»Ooooooooooooh«, machten die *Folks* ganz enttäuscht und ein voll erleichtertes ***Pffffffff*** die komplette Crashtestdummy-Reihe von der letzten Bank.

Jacky stöpselte seinen Samsungkrempel einfach wieder vom Beamer ab, stopfte ihn zurück in die Jacke und dann grinste er wieder voll fett in die letzte Reihe. Zwinkernd. Mit einem Auge. Ganz kurz nur und unauffällig.

Und die letzte Reihe? – Sie hatte verstanden. Jacky hatte nie vorgehabt, das echt verhängnisvolle Gruppenfoto zu veröffentlichen. Er wollte uns einfach nur einen Riesenschrecken einjagen. Und ich sag mal so: Das ist ihm voll gelungen!

Dann schlenderte der Earl of *Graceland* einfach Richtung Tür.

»W... wo willst du hin, Jacky? Das hier ist Unterricht!«, fragt da die Hamann nach – hart und streng wie ein Gummibärchen.

»Back to the hotel of course! Ich sollte eigentlich gar nicht hier sein! Sorry. I'm really busy – *beschaff-tickt?!* Ich muss meine ganze pictures noch auf mein Facebookside posten.«

Und da, mein Freund, guckte dann aber auch gleich die ganze Klasse wie ein volle Tüte Gummibärchen mit nichts in der Birne. – Jacky meinte es ernst. *Alles* wollte er ins weltweite Netz stellen. Die komplette Palette Doofheit rauf und runter. – Peinlich für *alle* ...

... und mal so richtig blöd für die Hamann und für die Preston sowieso.

»Portland! If you do this: It's over! Finally!«, zischte die dann auch leise, *gefährlich* leise.

»For ***you*** or for ***me***?«, fragte Jacky simpel nach.

Da dachte die gute, alte Zockerlady noch mal ordentlich über Jackys Frage nach und vielleicht auch darüber, was man denn wohl drüben in England über sie denken würde, wenn die Bilder erst mal die Runde machten. – Eltern, Kollegen, ihr Boss von ihrem Supi-Dupi-Eliteinternat. – Garantiert nichts Gutes würden die alle über sie denken.

»Was willst du?«, fragte Mrs Preston dann simpel zurück, als sie mit Denken fertig war.

»O, Mrs Preston! Please!«, machte Jacky da einen auf superbestürzt. »Was ***ich*** will?! – *Nothing*, of course. Das wurde sein *blackmail* – wie sagt man: Ärrr-prääääss-sung, right? – All I want to be ist ein excellent Schuler zu sein of our fantastic Eliteschool ... mit ***guten*** Noten!«

Da ging ein Prusten durch die englischen Reihen. Warum, kann ich dir jetzt nicht genau sagen, aber mal angenommen, *ich* hätte vor *meinen* Leuten so einen Spruch rausgehauen, da hätte ja keiner mehr Luft gekriegt vor lauter Lachen. – Gut möglich also, dass der Portland und ich da ordentlich was gemeinsam haben – jetzt mal nur *notentechnisch* gesehen.

Wie auch immer: Die Preston hat *nicht* geprustet und auch erst mal gar nichts gesagt und dann aber irgendwann doch geknurrt: »I understand. ... *gute* Noten. We will see, Portland, we will see. But: ***No*** pictures! **Don't! Do! This!!!**«

Und da glotzen 32 deutsche und 23 englische Schüler sowie zwei Fachgummibärchen für Englisch und Deutsch auf Jacky Portlands Mund. Extrem gespannt auf die Entscheidung ... seine Antwort, die da gleich rauskommen würde.

»Okay! No problem!«, ist seine Antwort und dann schlendert der Earl of Grinseland einfach aus dem Klassenzimmer.

»D… das ist Unterricht!«, ruft ihm die Hamann noch mal ein bisschen streng hinterher, aber Mrs Preston legt ihr die Hand auf die Schulter, sagt gar nichts und schüttelt einfach nur langsam mit dem Kopf.

Frau Hamann guckt Mrs Preston an und Mrs Preston Frau Hamann und Frau Hamann sagt dann: »Fair enough!«

… was wohl irgendwie so was heißt wie: *in Ordnung*.

… was dann auch alle miteinander dachten. Besonders die fünf Crashtestdummys von der letzten Bank. – *Fair enough!* … mehr als das!

No. 17 – Friday, 23:14 Uhr

Gut möglich, Kumpel, dass ich mich jetzt wiederhole und dass ich dir mit meinen Wiederholungen ganz gewaltig auf die Nerven gehe, aber es ist nun mal, wie es ist: **Ich kann nicht schlafen!**

Was jetzt aber ausnahmsweise mal nix mit dem wiederauferstandenen Earl of *Surpriseland* zu tun hat. Der ist ja auch gar nicht da, der Earl of ... *Jacky* eben. Der pennt ja im Hotel und bringt vielleicht genau in diesem Moment die Preston mit seiner legendären Schnarcherei an den Rand. ... oder sie ihn. Ich meine, die kann sich besaufen wie ein ausgewachsener Seebär, dann vielleicht auch schnarchen wie einer. Und ganz ehrlich? Gönnen würde ich's ihm! Das wäre jetzt einfach nur mal gerecht.

Nur, damit du mich nicht falsch verstehst: Ich will wirklich nicht undankbar sein, weil schließlich hat Jacky mir und meinen Kumpels heute Morgen eindeutig das Leben gerettet.

Aber, mein Freund, ich habe nachgedacht: Wenn Jacky das höchst brisante Gruppenfoto doch an die Leinwand gewischt hätte, hätte er sich ja selbst voll ans Messer geliefert. Weil er hat es schließlich selbst geschossen. Auf *jener* Motorjacht, die er kurz darauf selbst angeworfen hat … na ja, und welche ich dann ein kleines bisschen später eben versehentlich vernichtet habe. Was jetzt aber gerade mal nicht zählt. Was zählt, ist, dass er sich selbst mit dem Foto voll in die Pfanne gehauen hätte. Das hatte ich heute Morgen gedanklich noch nicht ganz so auf dem Schirm.

Aber kann gut sein, dass du jetzt schlau denkst: ›Ich schon! Von Anfang an war mir alles klar!‹ – Falls ja: Behalt's einfach mal für dich, du Superhirn!

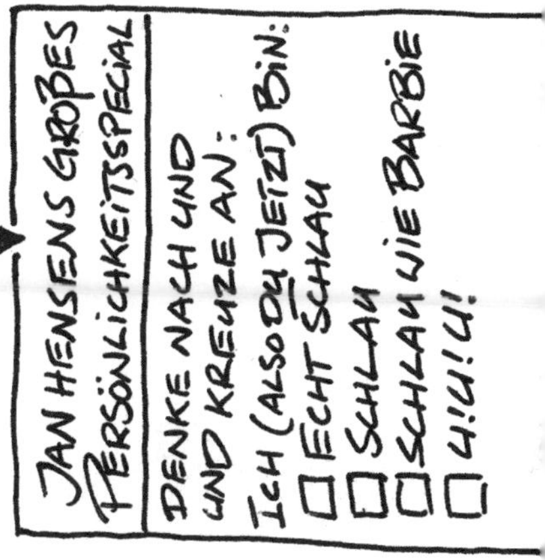

Egal jetzt! Erklären wollte ich dir ja auch nur, warum ich auch heute Nacht nicht einschlafen kann und dass das nix mit Jacky Portland zu tun hat, weil der ja eben auch gar nicht mehr hier ist.

… aber by the way: Er war noch mal hier. Heute Mittag war das. Als er seinen ganzen Krempel abgeholt hat. Und Mamas Fahrrad musste er ja auch noch zurückbringen. Weshalb ich mir auch so sicher war, dass ich ihn hier noch treffen würde, und ich deshalb im Berserkermodus von der Schule nach Hause gesprintet bin, um mich dann wenigstens noch mal persönlich von Jacky zu verabschieden.

Ich also nach Hause gebrettert, rein ins Zimmer ... und was sehe ich? – Keine Spur von Jacky. Nicht *eine*! Seine Klamotten waren nicht mehr da. Und mein Bett, der Schreibtisch, der Schrank ... *alles* stand exakt wieder da, wo es hingehörte. *Null* Spur von Jacky Portland. Als wäre er niemals da gewesen.

»Schöne Grüße sollen wir dir von ihm ausrichten!«, richtete Mama aus, die zusammen mit Patentante Astrid und Endschwester Hannah hinter mir im Türrahmen stand. Und alle drei guckten mich an, als ob jemand gestorben wäre.

Was mich dann aber auch schon wieder echt aufgeregt hat, dass die so guckten, weil was soll der Scheiß?! Jacky Portland ist jetzt einfach mal ***weg*** und sowieso schon mal gar nicht gestorben und ***ich*** aber immer noch ***da***. – Da könnte man, wenn man wollte, doch einfach auch mal sagen: »Hey, Jan! Schön, dass du da bist. Wir freuen uns so!«

Wollte man nicht! Sagte man nicht!

»Komisch, dass der jetzt bei seiner Lehrerin im Hotel wohnen muss«, sagte Mama.

»Ausgerechnet am letzten Abend«, sagte Astrid.

»Echt schade«, sagte das Toastbrot.

›Echt schade!‹, dachte ich irgendwie dann auch und musste rein innerlich kurz und irre auflachen, weil wer hätte das gedacht, dass ich das mal denken würde.

Aber egal. Morgen früh seh ich ihn dann ja sowieso noch mal. Am Bahnhof. Da muss ich eh hin, weil die Hamann will, dass wir alle noch mal die Engländer ordentlich verabschieden. ... vielleicht aber auch nur, weil sie sich persönlich davon überzeugen will, dass die Preston mit ihrer Austauschmeute auch ganz bestimmt in den Zug klettert.

Was aber alles in allem heißt, dass ich jetzt unbedingt schlafen sollte, weil ich ja auch schon so schrecklich früh rausmuss. Um halb zehn nämlich schon, weil um zehn geht der Zug.

... ich kann aber nicht schlafen, und warum ich nicht schlafen kann, hat, wie gesagt, nichts mit Jacky Portland zu tun.

… was aber *so* auch wieder nicht ganz richtig ist, weil wenn der nicht gewesen wäre, hätte ich auch diese Knalltüte von Pinky erst gar nicht kennengelernt. Ich hab diese Knalltüte von Pinky aber kennengelernt, wegen Jacky eben … und mittels eigener Dämlichkeit. Aber das hatten wir ja alles schon und ich will auch echt nicht länger drauf rumreiten. Fakt ist: Ich habe diese Knalltüte von Pinky kennengelernt und jetzt kommt sie mich auch noch besuchen. Am Montagabend. Hat sie … also *er*, Pinky Schulz eben, mir sogar versprochen! Per Mail. Vor drei Stunden oder so. Kurz vor dem Abendessen. Da kam sie rein, die Mail. Auf Astrids Laptop …

> *… am Montagabend, Punkt 19:00 Uhr, komme ich persönlich bei dir vorbei und dann will ich die 495,50 Euro für den Bart Simpson sehen. Und wenn ich sie* **nicht** *sehe, gibt es Ärger.* ***Großen Ärger.*** *Das verspreche ich dir!*

Da habe ich erst mal gedacht, woher der Arsch überhaupt wissen will, wo ich wohne, was ich ihm dann auch direkt *so* zurückgeschrieben habe. Und da kriegte ich dann aber auch direkt die Antwort. Mit meiner kompletten Adresse und Stockwerk und wo da exakt mein Zimmer ist und dass derjenige doch bitte genau dahin mein Sparschwein zurückbringen möchte, für den Fall, dass ich es mal verliere, und dass der ehrliche Finder dann auch als Belohnung ein Eis mit ~~drei~~ ~~zwei~~ *einer* Kugel kriegt, was …

... dann auch exakt alles so auf dem Zettelchen stand, das ich vor vielen, vielen Jahren auf mein Sparschwein gepappt hatte. Sorgfältigst klein zusammengefaltet und mit Tesafilm auf den Schweinebauch drauf. Pinky Schulz hatte es gefunden.

... und für den ›Arsch‹ gibt es noch mal Extraärger!

... versprochen!

Wie gesagt: Pinkys klare Versprechen kamen kurz vor dem Abendessen reingebrettert und seitdem denke ich eben verschärft schlaflos darüber nach, wie ich dieses Problem vernünftig lösen könnte ...

… korrigiere: bis auf eine kleine Unterbrechung *nach* dem Abendessen. Da wurde ich schönerweise von dem Pinkyproblem abgelenkt, weil ich da noch mal sehr konkret über das Jachtproblem nachdenken durfte. Wobei ›schönerweise‹ auch mal wieder das falsche Wort ist. Das einzig Schöne daran war vielleicht, dass Pinky im Vergleich zu einer versenkten Jacht ein echtes Pupsproblem ist.

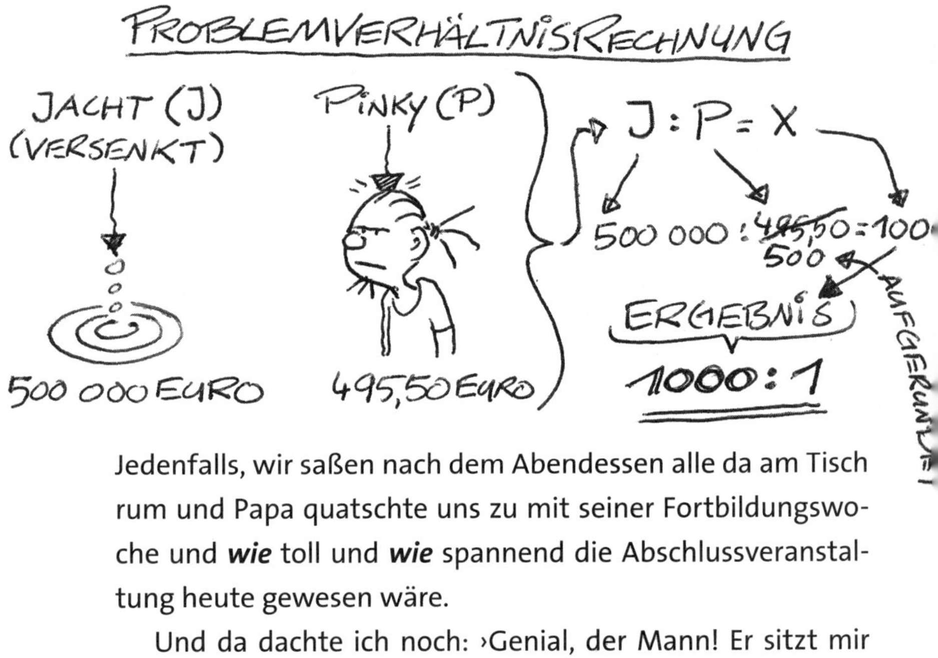

Jedenfalls, wir saßen nach dem Abendessen alle da am Tisch rum und Papa quatschte uns zu mit seiner Fortbildungswoche und ***wie*** toll und ***wie*** spannend die Abschlussveranstaltung heute gewesen wäre.

Und da dachte ich noch: ›Genial, der Mann! Er sitzt mir gegenüber, erzählt einen gequirlten Haufen Scheiße und er weiß, dass ich weiß, dass das so ist.‹

Scheißeerzähltechnisch gesehen: *ganz* hoher Level! *Ganz hoch!*

... vielleicht mit ein paar Abzügen in der B-Note, weil außer mir hatte ihm eh keiner so richtig zugehört. Hannah spielte abwesend an ihrem neuen Kettchen rum, das Jacky ihr zum Abschied geschenkt hatte ... von ***meinem*** Geld! – Astrid surfte traurig auf ihrem Laptop im Internet rum und verglich Preise von Einzelbetten. Und Mama blätterte eh die ganze Zeit im Hamburger Abendblatt rum, bis ...

... sie plötzlich Papas Selbstgespräch einfach unterbrach und gesagt hat: »Schau mal, Schatz. Das Bild hier. Das sind die Leute von der Jacht, die gestern explodiert ist. Die Sommers! *Ferdinand* und ***Anita*** *Sommer.*«

Mama schob ihm die Zeitung rüber und tippte auf der braun gebrannten Nase von Anita rum, die auf dem Bild blendend blond gelaunt neben ihrem Gatten in die Kamera strahlte.

»Uuu... unbekannt! K... kenn keine *Anita*!«, stotterte Schatz.

›Ungenial!‹, dachte ich und im selben Moment hatte er dann auch die volle Aufmerksamkeit.

»Aber Schatz«, fragt Mama leicht stutzig. »Deine Seminarkollegin. Hieß die nicht genauso? *Anita?*«

»Nein-äh-ja-äh-Zufall! Sieht ja auch ganz anders aus. Die ist viel dicker und blasser und mit Brille und Pickel überall.«

»Ich dachte, *klein und grau.*«

»... **und** klein und grau!«

Mama guckt Papa an. Stumm und mit einer Augenbraue gefährlich weit nach oben. Dann zieht sie die Zeitung langsam wieder zu sich rüber, überfliegt den Artikel bis zu einer bestimmten Stelle und liest vor: »... beide Sommers hatten laut Polizeibericht einwandfreie Alibis. Ferdinand Sommer kam erst gestern Abend von einer einwöchigen Geschäftsreise wieder und ... *blablabla* ... ***Anita*** Sommer gab an, dass sie als ehrenamtliche Mitarbeiterin für einen wohltätigen ... *blablabla* ... zur fraglichen Zeit auf einem ***Fortbildungsseminar*** gewesen sei, welches ***Hilfe zur Selbsthilfe*** heißt und ... *blaaa!* ... *blaaa!* ... *blaaa!*«

Mama war fertig mit Lesen und dann war ...

... Stille.

... und nachdem es eine ganze Weile ordentlich still gewesen ist, fängt *Käpt'n Blaubär* an, rumzustottern: »Ich ... ähm ... k... kann das erklären! Es ist nicht so, wie du d...«

»Du Schuft!«, bremst ihn überraschenderweise *Astrid* voll aus, *nicht* Mama.

Die sitzt einfach nur da, guckt ihren Gatten an, gefährlich still.

»Männer sind doch alle gleich!«, ballert Astrid wieder ihren großen Bruder an.

Und der sagt: »Sind sie **nicht**!«

Und sie darauf: **»Sind sie *wohl*!«**

Und er wieder: **»Gar nicht *wahr*!«**

Und da denke ich, dass ich diese Art von Gespräch ziemlich gut kenne, und schiele zu *meiner* Schwester rüber, die sehr wahrscheinlich das Gleiche denkt, weil die genauso zu mir rüberschielt.

»Schatz, wie war der Abend mit Horst?«, unterbricht Mama plötzlich und gefährlich freundlich das bescheuerte Gezanke der beiden.

»W... welcher Horst?«, fragt Papa doof zurück.

»Horst *Koopmann*?!«

»Äh ... Ah! Ja klar! *Der* Horst! ... äh ... nett irgendwie!«

»Männer sind alles Schweine!«, knurrt Astrid noch mal, aber da sagt Papa diesmal gar nichts zu, weil er jetzt nur noch hochnervös seine Ehefrau dabei beobachtet, wie die aufsteht, zur Kommode rüberstöckelt und mit seinem iPhone in der Hand zurückstöckelt und sich wieder hinsetzt.

»W… ?«, fragt Papa und Mama zischt: *»Pscht!«*, fummelt und wischt geschickt wie ein Kleinkind auf dem iPhone rum, tippt ein letztes Mal drauf, und dann fragt sie Hannah, wie man das Ding auf *laut* stellt, und Hannah erklärt es ihr und dann hört man auch schon im nächsten Moment nach ein paar Freizeichen eine quietschige Minnie-Maus-Stimme aus dem iPhone piepsen: *»Hey! Anita hier! Hallo, Tommy! Supi, dass du anrufst. Wollte ich auch noch machen. – Zwei Doofe, ein Gedanke, was?! – KicherkicherkicherPiep – Sag mal, Tommy, bist du denn gestern Abend auch gut nach Hause gekommen?«*

Tommy ... also *Papa,* schweigt. Und Mama guckt ihn an. ... aber das trifft es jetzt auch nicht so richtig. – Sie *durchbohrt ihn mit stahlharten Blicken.* ... das ist besser.

»Hallo? Tommy? Bist du noch dran?«, piepst Anitas Stimme aus dem iPhone.

Papa sagt: »Äh ja, ich b...«, und Mama beendet das Gespräch einfach mit einem Tipp auf das iPhone.

Und dann guckt sie ihn wieder an – durchbohrend, stahlhart –, Papa guckt endnervös zurück, macht den Mund auf und ...

... Mama sagt: »Arschloch!«

»Genau, Petra! Gib’s ihm!«, feuert Astrid ihre Schwägerin an.

»Petra, *bitte*! Nicht vor den Kindern!«, bittet Papa Mama und Mama sagt: »***Riesen***arschloch!«

Die Kinder sitzen still. Hannah glotzt Papa einfach nur an. Absolut sprachlos. Und ich selbst hatte mich eh schon von Anfang an clevererweise dazu entschieden, mal besser *nichts* zu sagen.

»Ich kann das erklären, verdammt!«, wiederholt Papa sich doof, worauf Astrid wieder tüchtig rumschimpft, und dann sagt Mama aber: »Du hast genau ***einen*** Versuch!«

Da war Astrid natürlich komplett dagegen und dann legte Hannah aber ihre Hand einfach auf Astrids Unterarm, und dann war erstaunlicherweise Ruhe, und Papa ergriff die eine Chance und erklärte: »Es hat mit meiner Kindheit zu tun.«

»Na toll. Kann ja ein langer Abend werden«, murmelte Hannah schwer begeistert, während ich selbst noch einmal meine eigene *Kindheit* an mir vorüberziehen ließ … wie eine Jacht, die führerlos über die Elbe donnert.

»Mit meiner Kindheit! Jawohl!«, wiederholte Papa ganz trotzig und erklärte weiter, dass er als Kind immer schon davon geträumt hatte, *einmal* nur mit einer prächtigen Jacht über die Elbe schippern zu können. Aber da hatte Opa – also *sein* Vater eben – irgendwie keinen Bock drauf, oder vielleicht einfach auch nicht die Kohle, dem kleinen Thomas diesen Traum zu erfüllen. *Tretbootfahren* war drin. Mehr nicht.

Und da meckerte Astrid aber auch gleich wieder los, dass das immer ***sehr*** lustig gewesen sei, aber Papa schüttelte einfach nur müde den Kopf, weil sie einfach auch nicht den Unterschied zwischen *Tretboot* und *prächtiger Jacht* kapierte.

Damit war die Kindheit aber abgehakt und dann auch schon der *Fortbildungskurs* Thema. *Da* war Papa nämlich gleich am ersten Tag mit dieser Anita Sommer ins Gespräch gekommen und *die* hatte ihm wohl einen vorgeschwärmt, dass ihr Mann eine amtliche Jacht hätte, und wenn Papa wollte, könne er ja mal auf eine kleine Spritztour über die Elbe mitkommen. – Papa wollte! Und da wurde dann ganz spontan auch gleich der nächste Kurstag am Samstag voll geschwänzt. – Für eine Spritztour über die Elbe. Mit einer prächtigen Jacht. Kindheitstraum erfüllt – Punkt.

»Du hast geschwänzt!«, stellt Mama da noch mal fest.

»Äh ... ja! Aber nur *einmal*. Samstag! ... na ja, und Donnerstag dann eben auch noch mal! Aber das war's! Ehrlich!«, versichert Papa und schielt dabei auch noch mal kurz und nervös zu mir rüber.

Und während ich dann auch noch mal zusammenzähle, ob das denn auch stimmen kann, was er da gerade versichert hat, stellt Mama spitz fest: »*Zweimal!* Du warst bei einem ***achttägigen*** Fortbildungskurs, der ***zweitausend*** Euro kostet, ***zweimal*** nicht anwesend!«

»... ümm ... ja, aber so darf man das echt nicht rechnen«, behauptet Papa stumpf und dreist.

Weil *genau so*, mein Freund, *muss* man das rechnen. – Wenn acht Tage 2000 Euro kosten, kostet ein Tag 250. Und die mal zwei sind ***fünf-hundert ganze Eier!*** Das ist ein *iPhone*, Mann! ... also die schmale Version jetzt. ... oder ein *Bart Simpson mit Skateboard*, wenn ich ihn bei Pinky Schulz kaufe. ... ***aufregen*** könnte ich mich.

Aber wie gesagt: Ich hatte einen Haufen guter Gründe, clever zu schweigen. 500 000, um genau zu sein. So viel, wie eine Motorjacht kostet, die ich gerne mal versenke.

Und dann war man thematisch eh wieder ganz woanders. Nämlich bei dieser Anita Sommer und dem, was mein Vater gestern Abend bei ihr zu suchen hatte – das wollte Mama dann nämlich noch mal echt ziemlich genau wissen.

»Das war harmlos! Ich schwör's dir!«, schwört Papa.

»Das ist doch gelogen! – ***Männer ...!***«, regt Astrid sich wieder auf.

»*Harmlos* war's!«, wiederholt Papa und weiter: »Und Ferdi war ja auch dabei. Also Ferdinand Sommer. Der Mann von Anita.«

»... was ja wohl nichts heißen muss, dass er dabei war!«, bemerkt Astrid.

»Es! War! **Harm-los!**«, spricht Papa jetzt mit seiner kleinen Schwester, als hätte sie nicht mehr alle Tassen im Schrank, und dann druckst er ein bisschen nachdenklich rum und meint zu Mama: »... also, so *ganz* harmlos auch wieder nicht, weil ...«

»Ich wusste es! Ich wusste es!«, schießt Astrid dazwischen.

»... **weil** es ging um Geld! *Viel* Geld! 500 000 Euro, um genau zu sein«, redet Papa aber einfach weiter und ...

... dann guckt er mich an! Ganz kurz nur. Aber lang genug, dass ich peile, um *welche* 500 000 Euro es da gestern Abend ziemlich konkret ging.

›Das war's!‹, denke ich, weil worüber sollten die Sommers und mein Vater sonst gequatscht haben als über mich … und über ganz spezielle Kinderheime sehr wahrscheinlich auch noch, wo man so *ganz spezielle* Jungs wie mich reinsteckt, damit sie nicht dauernd Jachten in die Luft jagen.

Unendlich traurig glotze ich auf meinen Teller mit den Überresten von dem Auflauf, den meine liebe Mutter zubereitet hatte ... und mein einziger Trost ist dann bescheuerterweise, dass das Essen in Kinderheimen unmöglich schlimmer sein kann, und dann höre ich meinen Vater sagen: »Die Sommers bekommen die volle Summe für die Jacht erstattet. Von ihrer Versicherung. Aber auch nur dann, wenn *nicht* herauskommt, dass Anita und ich kurz vor dem ... ähmmm ... *Unglück* damit noch unterwegs waren. ... so ganz *ohne* Führerschein.«

Mächtig überrascht glotzte ich vom Teller zu meinem Vater hoch. Und der guckte zurück. Wieder ganz kurz nur. Aber auch wieder lang genug, dass ich klar kapierte. – Mein Vater hatte mich nicht verraten und hatte anscheinend auch nicht vor, dies noch zu tun.

Kumpel, ich sag dir, da musste ich mich echt stark zusammenreißen, um nicht doof vor Dankbarkeit laut ***»Danke, Vater!«*** rauszubrüllen, aber dann schepperte eh sein iPhone auf dem Tisch und auf dem Display leuchtete *Anita* auf.

Papa fährt seine Pfoten nach dem iPhone aus, worauf Mama auch nur einmal kurz auf diese draufklopft, sich das Teil selbst schnappt, den Anruf annimmt und, wie Hannah es ihr beigebracht hatte, es auf *laut* stellt und wieder zurück auf den Tisch legt.

»Heiiiiiiiiiiii, Tommy, ich bin's noch mal. Die Anita. – Du, da sind wir gerade wohl unterbrochen worden, was?!«

Papa schielt unsicher zu Mama rüber, Mama nickt kurz und streng und Papa beugt sich über das iPhone und sagt: »Äh ja ... weiß auch nicht ... war wohl ein Funkloch oder so.«

»Ah, verstehe!«, versteht Anita und piepst dann auch direkt weiter: *»Hör mal, Tommy. Der Ferdi sitzt grad neben mir und hört mit. Das ist doch okay für dich, oder?!«*

Papa schaut hoch, sämtliche Zuhörer am Tisch nicken stumm und neugierig und Papa antwortet: »Äh... ja klar. – Hallo Ferdi!«

»Hallo, Tommy!«, sagt der Ferdi mit tiefer Brummelstimme.

Und Anita piepst weiter: *»Hör mal, Tommy. Ferdi und ich haben noch mal über alles nachgedacht. Also, was wir gestern alles besprochen hatten, weißt du?! Und da wollten wir dir beide noch mal sagen, dass das schon gut wäre, wenn du das mit unseren kleinen Spritztouren für dich behältst. Ich meine, das nützt ja keinem was, wenn die Versicherung nicht zahlt. Uns sowieso nicht, weißt du?! Auch wir haben da manchmal so unsere finanziellen Engpässe und da kommt uns das mit den 500 000 Euro gerade ganz gelegen. Ich meine, die Jacht war ja auch schon ein bisschen älter, und wenn die Versicherung so blöd ist, alles zu bez...«*

*»**Was** wir dir **eigentlich** sagen wollen, ist ...«*, unterbricht der Brummelferdi seine Quietschemaus ein bisschen streng und brummelt dann aber auch wieder voll im Kumpelmodus weiter: *»Tommy, mein Lieber! Vergiss das einfach mal alles! Sonst stehen wir am Ende alle noch vor Gericht und dann*

erklärt dein Anwalt irgendwas, mein Anwalt auch und dann weiß man ja auch nie, wie so was endet, und dann musst ***du*** *womöglich alles zahlen und …«*

»… und da müssten wir wohl ziemlich lang auf unser Geld warten. – Hihihihihi-Hihihihihi«, piepst Anita und Ferdi brummelt: *»Also, Tommy. Da können wir uns auf dich verlassen, nicht wahr?!«*

»Ja klar!«, antwortet Tommy pfeilschnell und ***»Gut so!«***, brummelt Ferdi zufrieden und Anita piepst: *»Tschauiiiiiiii«*, und dann …

… war *the sound of silence*. Der Klang der extremsten Stille. Die Sommers hatten aufgelegt. Einfach so.

Wir alle guckten stumm das iPhone an. Eine ganze Weile taten wir das. Bis dann nach einer ganzen Weile plötzlich Astrids Handy klingelte.

Sie kramte es aus ihrer Handtasche, die über ihrem Stuhl hing, guckte aufs Display, stutzig irgendwie, nahm den Anruf entgegen und brüllte ins Handy: **»Fick dich, Manfred!«**, ... und legte wieder auf.

Mama, Papa, Hannah, ich ... *alle* also glotzten Astrid echt überrascht an und Astrid sagte dann aber auch nur noch mal rotzig: **»Was?!«**, und stopfte ihr Handy zurück in die Handtasche.

»Na endlich!«, stöhnte Hannah erleichtert und sprach damit aus, was alle dachten.

Und im nächsten Moment glotzte Papa dann aber auch schon wieder zu Mama rüber. Und Hannah, ich und Astrid dann auch, gespannt darauf, ob Mama vielleicht ähnlich klare Worte für ihren Thomas finden würde, und dann guckte sie ihn an, sagte elendig lange nichts und dann aber doch: »Noch ein Bierchen ... *Schatz?*«

... und das war's. So einfach. Problem vom Tisch.

Vielleicht ist *das* ja auch mein Fehler. Ich persönlich nehme meine Probleme nämlich immer mit ins *Bett*!

... Nacht!

No. 18 – Saturday, 18:39 Uhr

Early in the Morning at 10.00 o'clock had standing the complette Class inclusive my absolut final Lieblingsteacherin Mrs Dagmar Hamann at the Hamburger Haupttrainstation. The reason of this was clearly the Abschied from the english Pupils and her own Teacherin Mrs Preston. But this time, they have had only nur with their Hands gewaved. The Plastikflags of England were diesmal missing and a happy Song on the lips was missing, too. And me myself was missing, three …

… was daran lag, weil ich verpennt hab! Und dann hätte ich *beinah* auch noch den kompletten Abschied verpasst, wenn ich nicht wie ein Irrer in die Pedalen getreten wäre.

Jacky Portland. Unbedingt wollte ich ihn noch treffen. Ihn sprechen, mich persönlich irgendwie auch noch mal bei ihm bedanken, dass er dichtgehalten hatte … wenn eben auch sehr clever aus persönlichen Gründen. Aber egal: Einfach einen persönlichen Abschied, den wollte ich. ... na ja, und die 70 Euro, die der Blödmann mir noch schuldete, irgendwie auch bei der Gelegenheit.

Komplett abgehetzt kam ich dann doch noch irgendwie rechtzeitig am Bahnhof an. Und da sah ich dann auch aus der Ferne schon den ganzen Pulk am Bahnsteig stehen. Meine Leute, ein paar Eltern wieder, die Hamann natürlich und ein paar letzte englische Schüler auch noch, die zusammen mit der Preston gerade im Zug verschwanden. Und ich – ich rannte los. Richtung Zug. Den kompletten, elendig langen Bahnsteig runter. Durch die Menge, im Hürdenlauf über Koffer, Karren, Rucksäcke und den ganzen Krempel. Der Zug fuhr an und ich gab Gas. Hamann und die anderen winkten ihm hinterher und ein paar Engländer winkten aus den Fenstern zurück. Ich hechelte an Hamanns Winkiwinki-Komitee vorbei und holte den Zug noch ein.

Alle möglichen Leute winkten aus den Fenstern zurück, nur Jacky Portland nicht.

»Äy Helga!«, brülle ich da das Mädchen an, das groß und kräftig zwischen Naomi und Rachel steht und mit ihrem Tempo wild um sich schlägt.

»Ich heisse *Daisy*, nicht *Helga*!«, korrigiert sie mich.

»Ah …?!«, mache ich, hechte über den nächsten Koffer und brülle noch mal zu allen drei Girlies in den Zug rein: **»Holt mal euren Earl ans Fenster!«**

»Wen?«, überbrüllen alle drei eine plärrende Lautsprecheransage.

»Euern *Earl*, Mann!«, brülle ich zurück und lege hechelnd einen Zahn zu, weil der Zug es auch tut.

»Welcher Earl? We don't have an Earl!«, brüllt Helga, also *Daisy* eben, durch den Fahrtwind.

»Jacky … *hechelhechelhechelhechelhechel* … **Portland?!«**, hechle ich.

Und sie dann wieder: **»Oh, I see! Portland. But he is not an Earl. Zweifellos, nein!«**

Rennend, hechelnd glotze ich sie an. Stark verdutzt auch.

»Attention! Bag!«, brüllt Rachel was.

»Was???«, brülle ich zurück und dann ...

... stolpere ich aber auch schon voll über einen Koffer.

… ich hab den englischen Knaben verpasst. Weil ich, Blödmann, verpennt habe. Echt schade.

Aber jetzt nur mal so für den Fall, wenn ich ihn *nicht* verpasst hätte, hätte ich ihm im Nachhinein vielleicht auch gerne noch mal eine reingehauen, dem *Jacky Portland*. Einfach ***nur** Portland*. ***Ohne** Earl* davor. – Verarscht hat er mich! Uns *alle*. – Mama, Papa, Astrid, das Toastbrot. Voll verarscht!

… na ja … aber irgendwie auch echt brillant. Ich meine, er hat die Nummer voll durchgezogen, der *Earl of Nothing*. Das muss man erst mal bringen. Ich könnte so was ja nicht.

Also irgendwie schon, weil immerhin habe ich es beispielsweise mal geschafft, mich eine Woche lang als vollständig ausgewachsenen Mann auszugeben. Ging nicht anders. … und lief am Ende irgendwie – wie soll ich sagen – auch nicht mehr ganz so glatt, was …

… jetzt aber auch mal eine echt andere, *echt kranke* Geschichte ist, die ich dir hier auf die Schnelle unmöglich erzählen kann. *Erzählen* wollte ich eigentlich auch nur, dass der Portland da einfach einen Tick cooler ist als ich.

Echt schade, dass ich ihn verpasst habe. Rein persönlich jetzt … und finanziell dann eben auch, weil auf den 70 Euro, die der Blödmann mir noch schuldet, bleibe ich ja jetzt auch hängen.

… ach, und *beinahe* hätte ich es ja glatt vergessen: Das Problem namens *Pinky Arschloch Douchebag Schulz* darf ich ja auch ganz alleine ausbaden. – Danke, Jacky! **Vielen, vielen Dank!**

... aber da habe ich jetzt auch gerade mal keine Zeit, mich weiter darüber aufzuregen. Weil jetzt ist *Essen* angesagt. Auswärts sogar. Beim Spanier um die Ecke! Lecker *Toppos*, oder wie die Dinger heißen. Dazu hat Astrid uns eingeladen. Blendend gut gelaunt. Was ganz stark auch mit ihrem Telefonat von gestern zu tun hat. Du weißt schon: Das mit ihrem Ex!

... Hasta la vista, Manfred!

No. 19 – Sunday 23:59 Uhr

Dear Dagmar!

I know for my self, that these here insgesamt gesehen is simply not enough for a perfect Logbook about the Schüleraustauschwoche, that you have had wischt to become from me. So, it's clear than Klosbrühe, that you gives me very wahrscheinlich keine Four in Englisch, because of all nothing here. The reason why for all of this is: I haven't had has not time enough for the whool ~~Shit~~ Things(!) hier. Whats very strong with an other big problem zu tun hat. A big fat mistake nämlich, that I have has had making on eBay zirka one week ago and …

… was ich mir aber auch eigentlich alles sparen kann, der Hamann das zu erklären. Sehr wahrscheinlich kennt die *eBay* auch gar nicht und da müsste ich dann sowie bei *null* anfangen – bei *Uwe und Ulrike* oder so.

Trauriger Fakt ist, Kumpel: *Nichts, absolutly nothing* werde ich hier bis morgen früh der Hamann überhaupt noch irgendwie erklären können. Und *logbooktechnisch* schon mal gar nicht. Der Zug ist abgefahren! It's done, my friend! Ich werde hängen bleiben. Das Schuljahr wiederholen.

Aber – wie ich immer sage: Man muss die Dinge immer schön positiv sehen. – Von zwei fetten Problemen kann ich eins abhaken und mich jetzt voll auf das andere Problem konzentrieren. – *Pinky Schulz!* Da habe ich ja auch noch ein bisschen Zeit. Bis morgen Abend 19:00 Uhr ... korrigiere: *heute Abend* 19:00 Uhr. Weil der Sonntag war soeben gewesen. Mitternacht! Geisterstunde! ... *huibuuuuh* ... wie witzig!

... ich hab mal gehört, dass das gar nicht gesund sein soll, wenn man zu wenig oder gar nicht schläft. Da kriegt man *Hallus* von. Dann hört und sieht man Dinge, die es eigentlich gar nicht gibt. So gesehen könnte ich mich ja jetzt auch einfach mal locker zurücklehnen und denken: Das ist alles pure Einbildung! Die *Fünf* in Englisch. Bart Simpson für 495,50 Euro. Pinky Schulz, der Wic...

... sorry für die Unterbrechung. Aber war wichtig. Geschäftlich. eBay. Auf Astrids Laptop. In ihrem Namen. Aber don't worry, my friend: Ganz *offiziell amtlich* in ihrem Namen diesmal. Sie hatte mich *persönlich* drum gebeten, dass ich da mal ein Auge draufwerfen soll, wenn von eBay eine neue E-Mail reinkommt. Und die kam nämlich gerade rein. Mit der Info, dass die Auktion beendet ist und dass man Astrid herzlich beglückwünscht zu dem Bett, das sie soeben ersteigert hat. – Aber von wegen *Einzelbett*! Eine Riesenkiste hat sie da geschossen. Keine Ahnung, was meine Singletante jetzt *damit* nun wieder will. Aber vielleicht denkt sie da auch nur praktisch. So für die Zukunft. – Weiß man alles nicht.

Tatsache ist: Astrid ist seit gerade eben Besitzerin eines Monsterbettes geworden. Aber das reicht dann auch, wenn ich ihr das morgen früh sage. Läuft ja nicht weg, das Bett.

… mir persönlich läuft die Zeit ein bisschen weg. 00.06 Uhr. Das sind dann eben nur noch 18 Stunden und 54 Minuten, um das Pinky-Problem zu lösen. Und 18 Stunden und 54 Minuten klingt jetzt irgendwie auch nicht mehr *ganz* so positiv. Es klingt nach Countdown. Nach Bombe. *Negativ* irgendwie.

Kumpel, du musst mir glauben, es ist nicht so, dass ich mich gar nicht mehr um das Problem vernünftig gekümmert hätte. Heute Nachmittag zum Beispiel noch. Da habe ich keine Kosten und Mühen gescheut und eine SMS geschrieben. Trotz defekter Taste mit dem *W, X, Y* und dem *Z* drauf. Für teures Geld nach England habe ich sie verschickt. An Jacky ganz klar.

Portland!
Nur, damit du's weißt: Ich bin tot! Ab Montagabend, das! Pinky kommt und bringt mich um.
Und wenn nicht er, dann meine Eltern!
Last Tschierios, Jan
PS: Ich krieg noch 70 Euro von dir!

… okay! Ich gebe zu, dass ich da vielleicht ein klein wenig übertrieben habe, und *Problemlösung* geht irgendwie auch anders. Was mir aber egal war! Ich wollte Jacky Portland einfach nur die Hölle heißmachen.

Ich wollte, dass er mitleidet. Und dass er mir voll verzweifelt zurückschreibt, und wie schuldig er sich fühlt und wie leid ihm das alles tut, wollte ich ganz klar auch, dass er mir das voll verzweifelt schreibt.
Und siehe da: Ich kriegte prompt eine Antwort von ihm. Per E-Mail dann. Auf Astrids Laptop kam sie rein. Ganz überraschenderweise über meine persönliche E-Mail-Adresse auf *web.de*, die der Portland eigentlich gar nicht kennen kann:

Keep smiling! ☺

Mehr nicht! Einfach nur, dass ich lachen soll! Das war's! Wie witzig ist das?!

Nicht witzig, Du Arsch!

... habe ich dann auch deutlich geantwortet.

Und was antwortet er darauf? Er antwortet:

Thank you for all!

Und ich darauf knallhart zurück:

Thank you for what ... du Arsch?

Und er dann wieder:

Fur das fantastic Action! The explosion, the fireball, the sound ... Bombastic! Wie in eine James-Bond-Film. Real life and much better! ☺

Was mich dann auch wieder leicht stutzig machte, als ich das so las. Weil, keine Ahnung, ob *du* das jetzt noch so auf dem Schirm hast – *ich* habe ganz klar auf dem Schirm, dass ich dir diese Explosion mal ganz ähnlich beschrieben habe. ... eins zu eins, quasi. Hier, in diesem Notizbuch ... für das ich ein echt gutes Versteck habe. ... in der Schreibtischschublade. ... exakt in der Lade übrigens, auf deren Unterseite mein Merkzettelchen klebt. Mit meiner ganz persönlichen E-Mail-Adresse ... und Passwörtern und so was.

Egal! Jedenfalls hab ich Jacky dann noch mal absolut erbarmungslos geantwortet:

Hoffe, du hast dir ordentlich was abgefroren, als du von der Jacht in die Elbe springen musstest.

Und er direkt zurück:

Definitly not, my friend. Auch ich habe geschafft die jump from the Jacht auf das ~~Steak~~ Steg! Last second!

Anyway: Thanks for that!

Und ich dann noch mal knallhart ... und ein bisschen neugierig auch:

Thanks for ... ***what???***

Und er dann wieder:

Well: Ihr seit gehauen ap. And then: ich habe mir verırrt mich. Auf das Weg back home zu dein Family. – Auf das Reeperbahn! Was fur ein wunderfoll Cufall: I saw Mrs Preston, wie sie reingeht in die Casino! – But: I was smart! Ich habe gewarted! Hours ... Stunden! Vor das Casino! Because: Wer irgentwo reinget, komt auch wider raus! – Das Warten hat gelohnd sich, wie ich finde! Nice picture! ... and last but not least: ***gute Noten!*** *;-)*
... Thanks for ***that!!!«***

Da habe ich noch mal ordentlich nachgedacht und dann auch kapiert, dass der Portland die Preston sehr wohl erpresst hat. War mir bis dato einfach eben nicht ganz so klar.

... tu mir einen Gefallen: Denke jetzt nichts! Sage jetzt nichts! ... du *Superhirn*!

Anyway: Ich habe dem Portland dann extrem mörderultraknallhart *gar nichts* mehr geantwortet ...

... weil mir dann auch echt nichts mehr einfiel, wie ich den blendend gut gelaunten Portland dazu hätte bringen können, voll verzweifelt zu sein.

Persönliche Notiz: Merken! Unbedingt Passwörter erneuern. ... und besseres Versteck finden. ... auch für meine *echt* persönlichen Notizbücher!!!

...UND EINFACH...
...NICHT GEFUNDEN!

... Montagnacht – 1:00 Uhr

... *tick tack tick tack tick tack tick tack:* **18 Stunden** noch! Und weißt du, was ich daran jetzt echt komisch finde? – Ich kenn da einen Film. Freigegeben ab zwölf schon. Aber ich sag dir: ***Ganz*** *großes Kino*. Echt *bombig!!!* Der Film heißt: *18 Stunden bis zur Ewigkeit.*

... komisch, was?!

No. 20 – Monday 15:00 Uhr

This is the beginning of the end …

… der Anfang vom Ende! So sieht's mal aus, Kumpel. Exakt vier Stunden bis 19:00 Uhr.

Erst eins, dann zwei, dann drei, dann vier
Dann steht der Pinky vor der Tür.

Und im Laufe der letzten 14 Stunden fiel mir ganz überraschenderweise, extrem deutlich rein *gar nichts* ein, wie ich dieses kommende, sehr unschöne Ereignis verhindern könnte. 0 – in Worten: *null* Plan!

Im direkten Vergleich zu dieser müden Nullnummer habe ich heute Morgen geradezu gesprüht vor lauter Schöpferkraft. Auf dem Klo nämlich. Also da habe ich noch mal ordentlich über einer Lösung für das Hamann-Problem gebrütet. Weil ganz so kampflos wollte ich mich dann doch nicht meinem Schicksal ergeben. – *Erpressung* war ein Gedanke. So genial *portlandtechnisch*, weißt du?! Einziger Haken daran war, dass ich persönlich rein gar nichts hatte, womit ich *meine* Lehrerin ordentlich hätte erpressen können. Das hatte der Portland einfach besser drauf. – Hut ab, du *Earl*!

Aber dann kam mir eben doch noch eine Idee. ... was jetzt auch wieder übertrieben ist. – Ein *Standardtrick*, den ich schon ein, zweimal erfolgreich angewendet habe, um Zeit rauszuschlagen: Leeres Heft statt volles Heft abliefern. Weil man es *gaaanz aus Versehen* verwechselt hat. – Zugegeben: Das war jetzt nicht der *ganz* große Wurf, aber besser als nichts.

»Es ist dämlich!«, hat Gerrit aber gemeint, als ich ihm und den anderen den Trick erklärte. Auf dem Schulhof, kurz vor acht.

»Es ist besser als nichts!«, habe ich dagegengehalten.

Und Sebastian dann aber auch: »Du kannst nicht *nichts* abgeben. Das zieht bei der Hamann nicht.«

»Es ist nicht *nichts*. Ich gebe ein Buch ab, wo nur *nichts* drinsteht. Das ist ein Unterschied«, erkläre ich dann wieder.

»Es ***ist*** dämlich!«, meint dann auch Cemal müde zu mir.

Und ich zu ihm: »Es ist ein Versuch! Wenn's klappt, habe ich Zeit bis Mittwoch, dritte Stunde. Weil morgen bin ich krank. Wegen Grippe oder Lepra oder so was.«

»... und bis dahin würdest du ein vollständiges Logbuch geschrieben haben?! Fehlerfrei und lückenlos?! Auf Englisch?!«, quäkt darauf Hendrik so ganz doof voller Zweifel.

»Ja natürlich! Warum denn nicht, Mann?! «, behaupte ich kühn, worauf dann *alle* auch herzlich lachen, und Gerrit sagt dann aber auch noch mal: »Scheißegal, Hensen. Der Trick ist dämlich und zieht bei der Hamann schon mal gar nicht.«

»Kommt drauf an«, sage ich. »Wenn sie gut drauf ist, *könnte* es klappen.«

»Ich wette dagegen! Fünf Euro!!!«, wettet Cemal.

»Bin dabei!«, hauen Gerrit, Sebastian und Hendrik gleichzeitig raus.

»Gebongt!«, schlage ich trotzig ein, doof und mittellos!

... Frau Hamann war *nicht* gut drauf. Was einem vorher schon hätte klar sein können. Die Tage im Jahr, an denen sie gut drauf ist, kann man an einer Hand abzählen. Und *dieser* Tag zählte garantiert nicht zu den guten.

Mrs *Darkness* betrat den Klassenraum, meine Kumpels grinsten mich von den Seiten siegessicher an und auch mir war dann klar, dass mein enddämlicher Standardtrick nur voll in die Hose gehen konnte.

›Portland, du *Genius*. Was würdest du jetzt tun?‹, führte ich in Gedanken ein total bescheuertes Selbstgespräch, was dann auch ziemlich einseitig war, weil ich natürlich keine Antworten kriegte.

Also hielt ich dran fest, an meinen Standardtrick. Es war besser als nichts und es ging schließlich um etwas. Eine Versetzung in die achte … und dann ja auch noch die zwanzig Euro Wetteinsatz, die ich nicht einfach so kampflos an meine Kumpels abdrücken wollte, *wenn* ich sie denn irgendwann mal beisammenhätte.

»Ja bitte, Mr Hensen?«, fragte Frau Hamann mich mit einem gereizten, *ganz* dünnen Stimmchen, als ich tapfer aufzeigte.

»Das Logbuch, Frau Hamann. Ich hab es fertig und auch dabei.«

»Welches Logbuch?«, fragt sie.

Und da hätte ich mir ja selber voll in den Hintern beißen können. Sie hatte es vergessen. Ich hätte gut und gerne noch ***zwei Wochen*** Zeit gehabt. Bis kurz vor den Zeugniskonferenzen. Bis dahin hätte ich es *locker* schreiben und abliefern können. Fehlerfrei, lückenlos, auf Englisch.

Aber das nutzte ja nun alles nichts mehr und ich musste die Hamann gleich heute schon daran erinnern, dass es da so etwas wie einen Deal gab. – Die Chance, das Logbuch, die vier in Englisch.

»Ach ja, richtig. Darüber hatten wir gesprochen«, erinnert sie sich dann auch dunkel.

Ich greife in meinen Rucksack, ziehe das nagelneue, blütenrein leere Buch mit schweißnassen Fingern heraus und drücke es ihr hochnervös in die hingehaltene Hand.

Der Moment der Wahrheit ...

... war dann aber noch lange nicht gekommen, weil die Hamann das Buch erst gar nicht aufklappte, finster zu ihrem Pult zurückstöckelte, es da einfach auf das Klassenbuch packte und dann leicht gereizt gesagt hat: »Das besprechen wir später, Mr Hensen. **Jetzt** ist Unterricht.«

Kumpel, ich sag dir: Es waren die schlimmsten neunzig Englischminuten meines Lebens. – Frau Hamann zog ihren Unterricht durch. *Regelmäßige Verben* da, *unregelmäßige* dort – und nicht *ein* Wort über die Austauschwoche. Als hätte es sie nie gegeben. Dann ...

... klingelt es endlich. Meine Kumpels klopfen mir im Vorbeigehen noch mal tröstend – und mit Dollarzeichen in den Augen – auf die Schultern, stürmen mit den anderen aus dem Klassenzimmer, nur ich bleibe sitzen und die Hamann an ihrem Pult auch, mit der Nase im Klassenbuch.

Ich stehe auf, wackle zu der Hamann rüber, stelle mich neben sie und gucke eine Weile dabei zu, wie sie da einfach weiter ihre Haken voll konzentriert ins Klassenbuch kritzelt.

Und weil mein leeres Buch direkt danebenliegt, muss ich an den Traum denken, den ich vor ein paar Tagen hatte, in dem die Hamann an unserem Küchentisch sitzt und mein leeres Notizbuch korrigiert. Wie eng Traum und Wirklichkeit doch manchmal beieinanderliegen können.

»Ja bitte, Mr Hensen?«, holt sie mich aus meinen Gedanken, ohne hochzugucken.

»Ähm ... wir ... also, *Sie* wollten was mit mir besprechen?«, antworte ich.

Und da guckt sie dann doch mal zu mir hoch und fragt verpeilt nach: »Was besprechen?!?«

Da denke ich, dass die gute alte Dagmar heute wirklich ziemlich durch den Wind ist, und antworte aber: »Mein Logbuch?!? Über die Austauschwoche ... *and things*. Steht alles hier drin. ... fehlerfrei, lückenlos, englisch!«

Sage es und tippe auf das leere, absolut unversehrte Notizbuch auf dem Pult vor ihrer Nase.

Und da, Kumpel, glotzt die Hamann angeekelt das Buch an, als hätte ich vorher draufgepillert.

Und dann nimmt sie es aber trotzdem mit spitzen Fingern in die Hand und ich kann in ihrem angewiderten Blick ablesen, was sich dahinter in ihrer Birne abspielt: die komplett versägte Schüleraustauschwoche. All die hochpeinlichen Szenen, die sie sich mit ihrer englischen Kollegin geliefert hatte. Den Krieg zwischen beiden Schülernationen, den sie *beide* angezettelt haben. Das volle Trashprogramm!

Und dann, absolut plötzlich und verdammt unerwartet ...

... drückt sie mir das geschlossene Buch in die Hand und sagt spitz: »Nun gut!«

Und ich darauf: »Äh ... nun gut, *was*?!«

»Das!«, sagt sie.

Und ich dann wieder: »Ja, *was* denn jetzt?«

Und sie echt gereizt zurück: »Ja, mein Gott, Hensen! Stell dich doch bitte nicht blöder an, als du bist. ***Das Logbuch!*** Du kriegst deine Vier!«

Da gucke ich sie **voll** blöd an und sage: »… … … äh, nun gut! Vielen Dank, Frau Hamann!«, und packe das leere Buch *ganz ganz* schnell in meinen Rucksack, dreh mich um und verlasse den Klassenraum. Grinsend. Von einem Ohr bis zum anderen.

No. 21 – Monday 20:05 Uhr

It’s all over now …

… my friend. Es ist *alles* vorbei. Pinky war da. Und seinen Kampfdenker Jojo hatte er auch gleich mitgebracht.

Punkt sieben bimmelte die Türklingel und ich sprintete in Weltbestzeit von meinem Zimmer bis zur Wohnungstür, um Pinky vielleicht noch im letzten Moment abwimmeln zu können. Geld wollte ich ihm in die Hand drücken. Einen kleinen Vorschuss. Zwanzig Euro, die ich heute Morgen bei einer Wette gewonnen hatte.

Mit ein bisschen Glück würde Pinky sie nehmen und sich wieder verdrücken.

Ich hatte kein Glück. – Ich riss die Tür auf, sah Pinky da neben Einstein Jojo stehen, kramte in meiner Hosentasche hektisch nach dem Geld rum und …

... da höre ich plötzlich Papa hinter mir fragen: »Ja, bitte? Sie wünschen?«

Und Pinky antwortet: »Ähm ... guten Abend. Mein Name ist Heinz-Gerhard Schulz. Mir gehört der kleine Comicladen hier um die Ecke und ...«

»... ich bin sein Assistent. Joachim Schlamann. Aber alle nennen mich *Jojo*. Wegen dem *Jo* am Anfang von ***Jooo**achim*, verstehen Sie?«, erklärt Joachim und dann ...

... antwortet meine Mutter, die plötzlich auch hinter mir steht: »Natürlich, Herr Schlamann. Das verstehen wir. Was können wir für Sie tun?«

Ich senke meinen Kopf. Schicksalsergeben wie zu meiner eigenen Hinrichtung.

»Wir sind wegen Ihrem Sohn Jan hier«, höre ich Heinz-Arschloch Schulz antworten. »Er hat in einem Preisausschreiben gewonnen. Und da … ähm … wollten wir natürlich ***persönlich*** vorbeikommen, um ihm den Hauptgewinn ***höchstpersönlich*** zu überreichen.«

Da hebe ich dann doch noch mal kurz meinen Kopf und glotze extrem *nichts* verstehend zu Pinky hoch, der mir im nächsten Moment eine durchsichtige Plastikschachtel vor die Birne hält. Und aus der guckt mich an: *Bart Simpson mit Skateboard*, 7,8 Zentimeter groß und aus Plastik. – Die *Special Edition*!

»Oh, der ist aber niedlich!«, sagt Patentante Astrid ganz verzückt, die plötzlich auch hinter mir rumsteht.

»Der ist nicht niedlich. Bart Simpson ist ein Arschloch!«, klärt Hannah Astrid auf, die auch plötzlich hinter mir doof rumsteht, und Mama und Papa sagen zu ihr: »Sprache, Hannah! Bitte!«

Pinky drückt mir den *Bart* in die Hand und dann stößt er mit dem Ellbogen seinem Assistenten ***Jooo**achim* voll in die Rippen, der dann auch gleich in seiner Batman-Stofftasche rumwühlt und eine Plastikschachtel nach der anderen herauskramt und sie mir nach und nach in die Hände drückt. – *Homer, Marge, Lisa* und zum Schluss auch noch die kleine *Maggie Simpson.*

»Ach, wie nett! Sag *Danke*, Jan!«, befiehlt Mama mir.

»D... danke, Jan!«, wiederhole ich blöde, maximal nicht verstehend, was hier gerade abgeht.

»Nicht dafür!«, antwortet Pinky noch blöder und dann kramt er selber aus seinem eigenen *Tim-und-Struppi*-Beutel einen Umschlag und legt ihn mir auf die komplette Simpson-Familie obendrauf.

»Ja, was ist denn das noch?«, fragt Papa hocherfreut.

»Äh ... da ist Geld drin. 73,98 Euro, um genau zu sein«, antwortet Pinky ihm. »Gehört zum Hauptgewinn.«

Und während ich da absolut nichts peilend auf den Umschlag glotze, höre ich Astrid hinter mir sagen: »Das ist aber ein komischer Betrag.«

»Äh ... ja! Das ist, weil ...«, erklärt Pinky und Jojo endschlau weiter: »Das ist der Gag. Sollte halt was Besonderes sein. Eine Primzahl eben.«

»73,98 ist eine rationale Zahl und keine Primzahl, du Einstein«, sagt Hannah da zu ihm, für mich auch absolut überraschend. Man darf das Toastbrot einfach auch nie unterschätzen.

Was aber auch jetzt komplette Nebensache ist, weil Hauptsache war: Die Herren Schulz und Schlamann beglückwünschten mich noch mal superherzlich zum Hauptgewinn, verabschiedeten sich von allen und schlurften ab. – Weg waren sie.

Wenig später saß ich allein in meinem Zimmer und glotzte schlau wie Jojo auf die komplette Simpson-Familie und den Geldumschlag, der da ebenfalls auf meinem Schreibtisch rumlag.

Und während ich frei von Peilung und sehr lange auch so dasaß, machte es plötzlich *Ping.* – Astrids Laptop neben den Simpsons. Eine neue Mail war reingekommen. Von Jacky Portland. An mich. Oder besser gesagt: eine *Kopie* von einer Mail, die er Sonntagmorgen schon – also ganz klar *vor* unserem kleinen Mailwechsel vom Sonntagnachmittag (!) – an Pinky Schulz rausgeschickt hatte ...

> *Horrido, Pinky!*
> *Wie geht es dir? Ich hope, fine!*
> *Anyway: Bist du so lieb, meinem Freund Jan den Bart Simpson with Skateboard vorbeizubringen? Als Geschenk of course. ... and by the way: dann bitte auch gleich das Rest der Family. – Sagen wir: Deadline – spatestenz Monday Evening – 8:00 pm , wenn es dir recht ist.*
> *Oh yes: und wenn du schon mal da bist, dann gib Jan doch bitte auch 73,98 Euro. Die schulde ich ihm noch. – Bist du so lieb, Pinky?*
> *Als kleine Dankeschon schicke ich dies little funny audiofile dir. Only for you! ... and well: fur The Police, too ... wenn du nicht lieb bist!*
> *Kind regards,*
> *Jacky*

... schrieb Jacky herzlich grüßend und darunter war dann eben auch das *little funny audiofile* – also eben eine Tondatei mit Stimme drauf.

Ich spielte sie ab und peinlicherweise war da als Erstes meine eigene Stimme drauf zu hören, die Pinky doof-niedlich fragte, ob er den eBay-Handel denn nicht einfach rückgängig machen könne. Und dann aber nahtlos zusammengeschnitten hintereinander, was Pinky alles rausgehauen hatte. Von der ersten knallharten Antwort ***Nein!*** über sein persönliches Schummelgeständnis ***Ja! Ja! Und nochmals: Ja!*** bis zu der klaren Ansage ***Ich mach euch fertig, Ihr Missgeburten!***

... alles, wirklich *alles* hatte Jacky Portland aufgenommen. Ganz offensichtlich mit seinem Samsung Galaxy. Vom ersten bis zum letzten Besuch in Pinkys Comicladen *Peng*. Und *nichts* davon hatte ich mitbekommen.

... und dann saß ich noch ein weiteres Weilchen da. Stark beeindruckt glotzte ich auf Astrids Laptop und dachte an Jacky Portland und dass ich eigentlich so gut wie gar nichts über ihn weiß, außer, dass er garantiert kein *Earl* ist, und selbst wenn er einer wäre, würde es dann immer noch nicht stimmen, weil Jacky der amtliche *King* ist, der *Master*, den ich gefunden hatte, wobei ich mich dann auch gefragt habe, ob *Master* überhaupt ein Adelstitel ist, weil hier in Deutschland beispielsweise ja auch nicht gleich jeder Metzger adlig ist, wenn er sich *Meister* nennen darf, und dann ...

... machte es noch mal *Ping*.

War Pinky lieb? ☺

See you, my friend!

Jacky

... mailte Jacky und ich darauf sofort zurück:

Yes, he was, my friend! ☺

And ...

... was ich Jacky sonst noch so alles zurückgeschrieben habe, kann ich dir nun aus rein zeitlichen Gründen nicht mehr sagen, weil soeben hat Hannah mir damit gedroht, dass sie mir mindestens die rechte Hand brechen würde, wenn ich meinen Arsch nicht sofort ins Wohnzimmer bewege, weil da nämlich gerade das Fußballspiel angepfiffen worden ist, das Mama, Papa, Astrid, Hannah und ich dann eben auch unbedingt alle zusammen gucken wollten. Die Bayern wieder gegen Chelsea. Das Rückspiel live aus London.

... was ja auch mal wieder Quatsch ist, was ich hier alles erzähle, weil: Das Rückspiel kommt ja erst noch. Bald! Wenn ich Jacky Portland wiedersehe! In London! ... maybe!

KIND REGARDS,
JAN
BARON VON HENSENHAUSEN

DAS IST ÜBRIGENS DER URMELKANAL.